오기 마치의 모험 1

 재생종이로 만든 책

솔 벨로

오기 마치의 모험 1

이태동 옮김

펭귄클래식코리아

오기 마치의 모험 1

초판 1쇄 발행 2011년 11월 15일
초판 5쇄 발행 2022년 12월 26일

지은이 | 솔 벨로 옮긴이 | 이태동

발행인 | 이재진 단행본사업본부장 | 신동해 편집장 | 김경림
마케팅 | 최혜진 이은미 홍보 | 반여진 최새롬 정지연
국제업무 | 김은정 제작 | 정석훈

브랜드 펭귄클래식코리아
주소 경기도 파주시 회동길 20 웅진씽크빅 단행본사업본부 펭귄클래식코리아
문의전화 031-956-7213(편집) 02-3670-1123(마케팅)
홈페이지 www.wjbooks.co.kr
페이스북 www.facebook.com/wjbook
포스트 post.naver.com/wj_booking

발행처 ㈜웅진씽크빅
출판신고 1980년 3월 29일 제406-2007-000046호

THE ADVENTURES OF AUGIE MARCH
Copyright ⓒ 1949, 1951, 1952, 1953, The Estate of Saul Bellow
Copyright renewed ⓒ 1977, 1979, 1980, 1981, The Estate of Saul Bellow
All rights reserved
Korean translation copyright ⓒ 2011 by Woongjin Think Big Co., Ltd.
This edition published by arrangement with The Estate of Saul Bellow c/o
The Wylie Agency(UK) Ltd. through Milkwood Agency Co.
이 책의 한국어 판 저작권은 밀크우드 에이전시를 통한 와일리 에이전시 사와의
독점계약으로 ㈜웅진씽크빅이 소유합니다. 신저작권법에 의하여 한국 내에서
보호를 받는 저작물이므로 무단 전재와 무단 복제를 금합니다.

Penguin Classics Korea is the Joint Venture with Penguin Books Ltd.
arranged through Yu Ri Jang Literary Agency. Penguin and the associated logo
are registered and/or unregistered trade marks of Penguin Books Limited.
Used with permission.
펭귄클래식 코리아는 유리장 에이전시를 통해 펭귄북스와 제휴한
㈜웅진씽크빅 단행본개발본부의 브랜드입니다. 펭귄 및 관련 로고는
펭귄북스의 등록 상표입니다. 허가를 받아야만 사용할 수 있습니다.

한국어 판 ⓒ 웅진씽크빅, 2011

ISBN 978-89-01-13344-7 04800
ISBN 978-89-01-08204-2 (세트)

* 잘못된 책은 바꾸어 드립니다.
* 책값은 뒤표지에 있습니다.

차례

역자 서문 / 기념비적인 신피카레스크 소설 · 7

오기 마치의 모험 1 · 9

옮긴이 주 · 331

역자 서문

기념비적인 신피카레스크 소설

카뮈의 작품이 아직 미국에서 아직 크게 읽히지 않을 때, 솔 벨로는 실존이라는 인간의 궁극적인 문제를 작품에서 다루며 이른바 '자아의 문학'이라는 미국 전후문학의 기수가 되었다. 때문에 그가 없이는 전후 미국 문학을 이해할 수 없다고 할 정도로 솔 벨로는 현 미국 문단의 구심점이다.

솔 벨로가 이러한 위치에 놓일 결정적인 역할을 한 작품은 다름 아닌 『오기 마치의 모험』이다. 이 작품이 세상에 나왔을 때 비평가들은 전통적인 경향을 깨뜨린 작품이며, 미국 소설의 새로운 방향을 제시해 주는 작품이라고 갈채를 보냈다. 또한 이듬해 유명한 전미도서상까지 받게 되면서 이 작품은 그의 출세작인 동시에 영원한 대표작이 되었다.

미국의 현대 시인 E. E. 커밍즈는 한때 "예술 덕분에 나는 나 자신을 알게 되었다."라고 말했다.

실로 그렇다. 특히 우리는 작가 솔 벨로의 역작 『오기 마치의 모험』을 통해서 이 감옥과도 같은 현세에서 우리의 존재가 무엇인지, 내가 누구이고 우리 인간 조건은 어떠한지, 또한 자아의 실체가 무엇인지를 이해하게 된다.

오기 마치는 고아 아닌 고아로 태어나서 험난한 세상을 방황하며 자유를 쟁취하기 위해 힘겨운 실존적 길을 선택한다. "인간 성격이 그 운명이다."라는 헤라클레이토스의 철학에서 시작된 오기 마치의 모험은 그의 문제일 뿐만 아니라, 우리 자신의 형이상학적인 편력이며 항해이다. 그러므로『오기 마치의 모험』의 세계를 이해하는 것은 곧 우리 자아를 이해하는 길이라 하겠다.

이 작품이 지닌 의미는 주제에만 한정되지 않는다. 형식 면에 있어서도 새로운 가치를 지닌다. 솔 벨로는 이 작품에서 '신피카레스크'라는 새로운 기법을 사용해서 예측할 수 없고 속박을 거부하는 자유로운 인생을 효과적으로 담았다. 그리하여 형식과 주제의 일치라는 미학을 성공적으로 이룩하였다. 이것이 누구도 부정하지 못하는, 20세기 후반 미국 전후문학의 기념비적인 업적이다. 오늘날 그를 카프카와 비교하는 것은 결코 우연이 아니며 그 증거가 바로『오기 마치의 모험』이다.

나의 아버지에게

등장인물

오기 마치 시카고 태생의 유대인. 고아 아닌 고아로 어린 시절을 보내는 그는 칠전팔기의 의지로 자아 발견을 위한 편력을 계속한다.

엄마 세 아들을 데리고 로시 할머니 밑에서 순종만을 하며 기구하게 살아가는 여인. 나중엔 눈이 멀어 요양소로 옮겨진다.

사이먼 마치 오기의 형. 영리하나 처세술에만 밝은 속물적인 인간. 황금과 권력을 희구하나 결국 비인간적인 요소에 자신을 팔았다는 사실을 뒤늦게 깨닫는다.

조지 마치 오기의 동생. 지적장애아. 오기가 가진 성격의 일면을 상징적으로 투영한다. 후에 구두공이 되어 그 나름대로 만족하며 살아간다.

로시 할머니 마치가(家)에 하숙인으로 들어와 살림을 맡아 하며 온 가족을 지배한다. 현실을 받아들이지 않고 과거에만 집착하는 노파로서 항상 자만심에 차 있다.

윌리엄 아인혼 전형적인 마키아벨리적 인간. 신체불구자로서 한때 오기를 고용하여 비서일을 맡긴다.

샬럿 매그너스 대부호인 매그너스가의 딸로서 사이먼의 뛰어난 처세술과 영리함에 매혹되어 그와 결혼한다.

아서 아인혼 윌리엄 아인혼의 아들. 출세를 바라는 아버지의 기대에 부응하지 못하는 시인 지망생이다.

루시 매그너스 샬럿의 사촌 여동생. 오기에게 호감을 갖고 약혼까지 하였으나 결국은 헤어지고 만다.

미미 빌라즈	오기와 허물없이 지내는 여자 친구. 강인하고 독립적인 성격의 소유자이다. 오해를 받아 오기와 루시의 결별의 원인이 된다.
테아 펜첼	한때 오기의 애인. 남성적인 활달함과 용기를 가지고 멕시코의 도마뱀 사냥과 오기의 사랑을 동시에 차지하려 하나 이루지 못한다.
스텔라 체스니	영화배우. 오기의 도움으로 위기를 모면한 후 그와 사랑에 빠져 결혼한다.
후커 프레이저	오기의 친구. 정치학을 전공하고 한때 공산주의 운동에 가담한다.
실베스터	오기의 친구. 한때 공산주의자였다.
클렘 탬보	오기의 친구.

1장

나는 시카고—음울한 도시 시카고—태생의 미국인이다. 나는 나 스스로 터득한 대로 자유로이 모든 일을 하며, 그 기록들을 내 나름대로 남기고자 한다. 나는 처음으로 노크를 해서 최초로 허락받은 사람이다. 노크는 때로는 순수하고, 때로는 그렇지 못하다. 그러나 헤라클레이토스가 말한 것처럼 사람의 성격은 그 사람의 운명이다. 그래서 결국 문에다 청각적인 효과를 가하거나 장갑을 끼고 문을 두드려서 노크의 성격을 가장할 방법은 전혀 없다.

압력을 가해서 아름답게 되거나 정확하게 되지 않는다는 걸 누구나 알고 있다. 만일 하나를 억누르면 그 주위의 것들도 억누르는 결과가 되고 말리라.

나는 엄마에게 신경을 썼지만, 부모님은 내게 별로 중요하지 않았다. 엄마는 마음이 약했다. 그래서 내가 엄마에게서 배운 것은 엄마가 직접 가르쳐준 것이 아니라, 객관적인 실제 학습을 통해서 얻은 것이었다. 불행하게도 엄마는 가르칠 것이 별로 없는 가련한 아낙네였다. 형제들과 나는 엄마를 사랑했다. 나는 형제들의 대변자였다. 왜냐하면 형을 위해서는 그렇게 하는 편이 안전했고, 동생 조지를 위해서는 그렇게 해야만 했기 때문이다. 조지는 백치로 태어났다. 그러나 내가 그를 백치라고 여길 필요는 없으리라. 왜냐하면 조지가 바보 걸음으로 다리를 질질 끌며, 뒤뜰에 친 철조망 담을 오르내리며 이런 노래를 불렀기 때문이다.

쪼오지 마아찌, 오오기, 씨이미
위이니 마아찌, 모도모도 엄마 사랑해.

조지는, 숨을 헉헉거릴 정도로 비대한 로시 할머니의 푸들 위니를 빼고는 모두에게 선량했다. 엄마는 로시 할머니의 하녀였으므로 위니의 종이기도 했다. 개 위니는 숨소리를 크게 내면서, 할머니의 의자 가까이에 있는 쿠션 위에 누워 있었다. 사자를 총으로 겨누고 있는 베르베르인을 수놓은 쿠션이었다. 위니는 할머니 개인 소유물이었으며, 할머니의 소지품이었다. 그리고 우리 모두, 특히 엄마는 할머니와 개의 피지배물이었다. 엄마가 개 밥그릇을 할머니에게 전해 주면, 위니는 할머니의 손에서 음식을 받아 할머니의 발끝에서 먹었다. 할머니의 손과 발은 자그마했다. 할머니는 두 다리에 쪼글쪼글해진 레이스사 양말을 신었고, 슬리퍼는 분홍 리본을 단 회색, 바로 중절모의 회색빛, 영혼에게 횡포한 그 회색 빛깔이었다. 그러나 엄마는 발이 커서 남자 구두를 끈도 매지 않은 채 신고서, 누군가의 상상 속에서나 나올 법한 뇌 모양의 면직 인형과도 같은 먼지 털이용 혹은 청소용 모자를 쓰고 있었다. 엄마는 조지처럼 착하고 온순한, 길고 둥근 눈을 가졌다. 부드럽고 푸르고 둥근 눈에, 긴 얼굴은 온화하고 신선한 빛을 띠었다. 손은 일을 해서 불그스레하게 보였고, 이는 마치 나자마자 망가진 것처럼 몇 개 남아 있지 않았다. 엄마와 사이먼은 코트 모양의 성긴 스웨터를 똑같이 입었다. 엄마는 둥근 눈에다, 나와 해리슨가에 있는 무료 진료소에 가서 얻은 둥근 안경을 쓰고 있었다. 로시 할머니의 지도를 받아 나는 그곳에 가서 거짓말을 했다. 지금은 그때 거짓말을 할 필요가 없었다는 걸 안다. 그러나 그때는 누구나 거짓말을 할 필요가 있다고 생각했다. 그중에서도 로시 할머니는 특히 그랬다. 할머니는 내가 어린 시절을 다 보낸 거리와 그 거리 주위에 살았던 권모술수가 능란한 사람 가운데 한 사람이었다. 우리가 집을 나서기 전에 할머니는 서늘한 작은 방에서 깃털요를 뒤집어쓰고 누워 몇 시간 동안 거짓말할 내용과 어휘를 꾸미고 나서, 아침 식사 때 우리에게 그것을 말해 주었다. 할머니는 엄마가 거짓말을 그럴듯하게 꾸며댈 수 있을 만큼 영리하지 못하다고 생각했다. 사람이 영리해질 필요가 없다는 생각은 우리에게 떠오르지 않았다. 이것은 하나의 경쟁이었다. 할머니가 우리에게 이르기를, 진료소에서 자선 단체가 안경값을 왜 지불하지 않는지를 물을 테니 그것에 대해서는 모른다고 답변을 하고, 그렇지만 아버지가 가끔 돈을 보내주기도 하며, 엄마는 하숙을 치고 있다고 말해야만 했다. 이러한 내용은 몇 가지 중요한 사실을 무시하고 생략함으로써, 치밀하게 선택된 방법이었다. 이것은 그들을 납득시킬 만큼 사실이었으며, 아홉 살 난 나로서도 완전히 이해할 수 있었다. 이러한 술책에는 너무나 둔감한 데다, 어쨌거나 몇몇 영국 학생들이 가지고 있는 명예에 대한 관념을 책을 통해서만 알고 있던 형 사이먼보다는 내가 나은 편이었다. 『톰 브라운의 학창 시절』이란 책은 수년 동안 우리에게 감당할 수 없을 정도로 커다란 영향을 주었다.

사이먼은 광대뼈가 튀어나오고 큰 회색 눈을 가진 금발의 소년이었다. 팔은 크리켓 선수의 팔과 같았다. 나는 지금 실례를 들어 설명하려고 한다. 우리는 오로지 소프트볼 경기만 했다. 조지 3세에 대한 그의 애국적인 분노는 그의 영국적인 스타일과 반대되는 것이었다. 시장은 당시 학교 이사회에 지시해서 조지 왕을 좀 더 심하게 다룬 역사책을 구입하도록 했다. 그래서 사이먼은 콘월리스 장군에 대해 대단히 흥분했다. 우리가 볼로냐 샌드위치를 먹을 때, 그가 종종 보인 콘월리스 장군에 대한 애국적인 열정과 무서운 분노, 그리고 장군이 요크타운에서 항복한 데에 대해 적이 만족해하는 그의 태도를 보며 나는 경탄해 마지않았다. 할머니는 정오에 삶은 닭고기 한 점을 먹었다. 때때로 머리털이 억세게 난 어린 조지의 몫으로 닭 목이 돌아갔다. 조지는 닭 목을 좋아해서 식히기 위해서라기보다는 소중히 간직하기 위해서 입으로 후후 불었다. 그러나 호전적인 참된 피의 긍지를 가진 사이먼은 진료소에서 그러한 교활한 짓을 하기에 적합하지 못했다. 그는 너무나 냉소적이어서 거짓말을 할 수 없었고, 오히려 그런 사람을 고발할 정도였다. 나는 그 일을 할 수 있다고 생각했다. 좋아했기 때문이다. 나는 전략적인 일을 좋아했다. 게다가 열성도 지니고 있었다. 비록 콘월리스 장군에 대해서는 그렇지 못했지만 사이먼과 같은 열성이 있었다. 물론 로시 할머니가 가진 열성까지도 지니고 있었다. 내가 위와 같이 진술하도록 지시받은 데 대해서 말할 것 같으면, 우리 집에 하숙하는 사람이 있다는 것은 사실이었다. 로시 할머니가 바로 그 하숙생이었다. 결코 친척이 아니었다. 할머니는 신시내티에 있는 아들과 위스콘신에 있는 아들로부터 생활비를 받고 있으나 며느리들이 시어머니인 할머니와 같이 살기를 싫어했다. 할머니는 오데사의 큰 사업가의 미망인이었다. 세력이 컸던 사업가인 로시 할머니의 남편은 머리가 벗어지고, 구레나룻에 펑퍼짐한 코를 하고, 모닝코트와 단추가 두 줄 달린 조끼에 단추를 단단히 잠그고 우리 위에 마치 신적인 존재처럼 걸려 있었다.(룰로브 씨가 확대해서 수정한 푸른빛이 나는 그의 사진 한 장이 긴 거울이 걸려 있는 현관 기둥 아래의 난로 위에 걸려 있었다.) 할머니는 우리와 함께 살기를 더 좋아했다. 왜냐하면 할머니는 오랫동안 각 나라의 언어를 다 사용하면서 한 가정을 지도하고 통솔하며 살림을 이끌어 왔고, 또 생활 계획과 전략도 짜곤 했기 때문이다. 할머니는 러시아어, 폴란드어, 이디시어[1] 이외에 프랑스어, 독일어 등의 실력을 과시했다. 그러나 디비전가 출신의 수정 예술가인 롤로브 씨 이외에 그 누가 할머니의 프랑스어 실력을 테스트할 수 있었겠는가? 그런데 그 역시 조용하고, 할머니에게 정중히 대하며 함께 차나 마시는 허위에 찬 인간이었다. 게다가 그는 한때 파리에서 택시를 몰았다. 그래서 그가 솔직히 고백한다면, 그의 프랑스어 실력은 고작해야 연필을 이 사이에 끼어 소리가 나게 하거나, 혹은 그가 흔드는 한 줌의 동전을 가지고서 탁자를 따라 그의 엄지손가락을 상하로 움직이며 박자를 맞추는 정도이며, 또 체스를 어떻게 두는가를 설명할 수 있을 정도였다.

로시 할머니는 구개음의 소리를 내며 심술에 차서 눈을 노랗게 치뜨고서 칭기즈칸처럼 체스나 혹은 클라비아쉬[2]를 두었다. 할머니는 이 놀이를 가르쳐준 이웃 크레인들과 함께 게임을 했다. 배가 불룩 나온 크레인들은 짤막하고 뭉툭한 손으로 탁자를 치며 그의 카드를 던지면서 "시토치! 야쉬! 메넬! 클라비아쉬!(shtoch! Yasch! Menēl! Klabyasch!)"라고 크게 소리쳤다. 할머니는 냉소를 띠며 그를 쳐다보았다. 그가 떠난 후 할머니는, "만일 헝가리인 친구를 가졌다면, 적이 필요하지 않을 텐데."라고 종종 말하곤 했다. 그러나 크레인들 씨에 대해서는 아무런 적대 감정이 없었다. 그는 때때로 단순히 훈련 조교와 같은 기침 소리로 인해 위협적으로 보였다. 그는 옛날 오스트리아-헝가리 제국 병사였다. 그래서 군인다운 면이 있었다. 목은 대포의 바퀴에 밀린 듯 팽팽했고, 얼굴에는 노병의 붉은 핏발이 서려 있었으며, 턱에는 심하게 물린 상처가 있었다. 그리고 금니에다 푸른 눈의 사팔뜨기였으며, 머리는 나폴레옹과 완전히 같지는 않았지만 부드럽고 짧았다. 발은 프레데릭 대제가 원했던 것처럼 밖으로 비스듬히 경사져 있었다. 그러나 키는 근위병에게 적합한 키보다 약 1피트가 작았다. 그는 독립된 인간으로서 훌륭한 외모를 지니고 있었다. 그와 그의 아내—그녀는 이웃 사람들에게는 조용하고 겸손했으나 가정에서는 잘 싸우는 여자였다.—와 치과대 학생인 그의 아들은 집 앞에 있는 소위 영국식 지하실 방에서 살았다. 코치라고 불리는 아들은 길 모퉁이에 있는 약방에서 밤일을 하며 주립 병원 부근에 있는 학교를 다녔다. 할머니에게 그 무료 진료소에 대해서 이야기를 한 사람도 바로 그였다. 혹은 오히려 할머니가 그를 보내 주립 병원으로부터 무엇을 얻을 수 있는가를 알아보게 했다. 늘상 고기 장수, 식료품 장수, 과일 행상들을 보내고는, 그들을 부엌으로 불러서 마치가(家) 사람들에겐 싸게 주어야 한다고 설명했다. 엄마는 보통 그 옆에 서 있어야만 했다. 할머니는 그들에게 "당신들도 사정을 알겠지요. 내가 더 이상 말을 해야 합니까? 집에는 남자 하나 없고 양육시킬 어린애들이 있어요."라고 말하곤 했다. 이것은 할머니가 지극히 자주 사용하는 논법이었다. 사회사업에 종사하는 루빈이 금테 안경을 쓰고 눈에 익은 대머리를 하고 와서 편한 자세를 취하며 입을 다물고 앉으면, 할머니는 그에게 "당신은 어린애들이 어떻게 양육되기를 바랍니까?"라며 호기심에 찬 놀라움을 나타냈다. 그는 할머니의 말에 귀를 기울이는 동안 편안한 자세를 취하려고 했으나, 점차 손에서 메뚜기를 놓치지 않으려고 애쓰는 사람처럼 되어버렸다. "글쎄요, 마치 부인이 당신의 집세를 올릴 수 있겠는데요."라고 그는 말했다. 이 말에 대해서 할머니는 종종 다음과 같이 대답했다.(이때는 그녀가 그와 단둘이 있기 위해서 우리를 모두 밖으로 내보내고 난 후였다.) "당신은 내가 없으면 모든 일이 어떻게 될지 압니까? 당신은 내가 그 모든 일들을 처리하는 방식에 대해서 감사를 해야만 합니다." 확실히 할머니는 "루빈 씨, 내가 죽을 때, 당신 수중에 들어오는 것이 있다는 것을 알게 될 겁니다."라고까지 말했다. 나는 할머니가 분명히 이 말을 했을 것이라고 확신한다. 할머니의 지배가 끝장날 때가 오리라는 이야기로 그녀의 지배력을 약화시킬 수 있는 그 어떤 것도 우리는 전혀 듣지 못했다. 게다가 이러한 이야기를 들었더라면, 우리는 충격을 받았을 것이다. 할머니는 우리에 관해서 놀랄 만한 지식을 가지고, 우리의 생각에 접근해 왔다.(할머니는 신하들에게 사랑과 존경심, 그리고 권력에 대한 공포를 적당히 조절할 줄 아는 군주와 흡사했다.) 할머니는 우리가 어떠한 충격을 받을 것이라는 것을 알았다. 그러나 루빈에게는 여러 가지 정치적인 의견과 할머니가 확실히 가지고 있었던 감정을 나타내야 했기 때문에, 그에게 그것을 말했음에 틀림이 없다. 루빈은 그 상황을 극복한 것처럼 보이려고 노력을 했으나, "이러한 고객들로부터 나를 구해 달라."라고 하는 할머니에 대해서는 괴로워하며 참았다. 그는 중산모를 사타구니에 끼고 (그의 신사복은 항상 바지가 너무나 짧아서, 흰 양말과 발가락이 튀어나와 보이는, 쭈글쭈글하고 끝이 뭉툭한 검정색 구두가 드러났다.) 그 메뚜기를 놓아주는 것이 현명한지 아닌지를 생각하는 것처럼 모자를 잠시 들여다보았다.
 "내가 할 수 있는 만큼 지불한다." 할머니는 이렇게 말하곤 했다.
 할머니는 숄 아래에서 담뱃갑을 끄집어내어, 바느질 가위로 무라드 담배를 반으로 자른 후 파이프를 집어 들었다. 당시는 지식인을 제외하고는 여자들은 아직 담배를 피우지 않던 때였다. 할머니는 '지식인'이라는 용어를 자신에게 적용했다. 교활함, 사악함, 그리고 명령 등을 발표하는 검고 작은 잇몸에 파이프를 물었을 때, 할머니는 무엇을 어떻게 할 것인가 하는 전략에 대해 최고의 영감을 얻었다. 할머니는 낡은 종이 봉지처럼 주름살이 져 있었고, 볼셰비키의 공격적인 늙은 독수리처럼 비타협적이고 궤변적인 전제군주 같았다. 리본을 단 회색 슬리퍼를 신고 그 작은 발을 사이먼이 수공업 실습장에서 만든 구두통과 걸상 위에다 올려놓고는 움직이지 않았다. 위니는 할머니 옆의 방석에 앉아 있었는데, 때 묻은 낡은 털에서는 아파트 전체에 풍기는 고약한 냄새가 났다. 만일 위트와 불만족이 반드시 서로 조화되지 않는다면, 내가 이 사실을 배운 것은 할머니로부터가 아니었다. 할머니가 만족한다는 것은 불가능한 일이었다. 예를 들면, 우리가 의지할 수 있고, 엄마가 아플 때 석탄을 날라다 주고, 코치에게 무료로 우리의 처방약을 짓도록 지시했던 크레인들을 '쓰레기 같은 헝가리 녀석' 혹은 '헝가리 돼지'라고 불렀다. 또 코치를 '구운 사과'라 부르고, 크레인들 부인을 '숨은 바보'라 하고, 루빈을 '구두 수선공의 아들'이라 불렀으며, 치과의사를 '도살자' 또는 '겁 많은 사기꾼'이라고 불렀다. 할머니는 자기의 이를 몇 번이나 해 넣으려다 실패한 치과의사를 몹시 싫어했다. 그 치과의사가 자기의 틀니를 뽑을 때 잇몸을 전부 태워버렸다고 비난했다.

할머니는 치과의사의 손을 자기 입에서 뿌리치려고 했었다. 무딘 신경과 딱 벌어진 체격에 난폭한 사람을 물리쳤던 건장한 워닉 의사는 숨 막히게 질러대는 할머니의 비명을 걱정하며, 또 할머니가 할퀴는 것을 참으며 단호한 결심을 하고 할머니를 대단히 조심스레 다루었다. 할머니가 그처럼 몸부림치는 걸 보는 건 참으로 참기 어려웠다. 워닉 의사도 내가 거기에서 보고 있는 것을 미안하게 여기고 있는 것을 알았다. 그러나 사이먼이나 나는 할머니가 가는 곳마다 그녀를 수행해야만 했다. 특히 여기에서 할머니는 의사 워닉의 잔인성과 서투름을 증언할 사람과 할머니가 힘이 빠져 돌아갈 때 기대어야 할 어깨가 필요했다. 나는 나이 열 살에 키는 할머니보다 약간 작았으나 벌써 할머니를 부축할 만큼 충분히 컸다.

할머니가 말했다.

"너 봤지? 그 사람이 무지막지한 손으로 내 얼굴을 눌러 숨을 쉬지 못하게 하지 않았니? 신은 그를 도살자로 만들었는데, 왜 치과의사가 되었을까? 그의 손은 너무나 무거워. 치과의사에게 가장 중요한 것은 부드러운 손길이야. 만일 손이 부드럽지 못하면, 개업하면 안 되는 거야. 그러나 워닉 부인은 그 사람이 대학을 마치도록 뒷바라지를 해서 치과의사로 만들었지. 그래서 나는 그에게 가야 했고, 그 때문에 이렇게 피해를 입게 되었어."

우리 모두는 그 진료소에 가야 했다. 수많은 치과의사들의 의자가 놓여 있는 꿈과 같은 곳이었다. 이곳에는 병기고처럼 거대한 공간에 수백 개의 의자와 유리 포도알 모양의 초록색 그릇, 곤충의 다리처럼 Z자 모양으로 세워 놓은 여러 개의 송곳들, 그리고 자기로 된 회전 접시 위에 불꽃이 타고 있었다. 이 진료소는 번갯불이 칠 것만 같은 우중충한 곳으로, 석회암으로 만든 주의회 건물이 있는 해리슨가에 있었다. 쇠로 된 격자무늬의 창문과 제왕의 구레나룻처럼 생긴 쇠로 된 배장기(排障器)가 앞뒤로 달린 거추장스러운 붉은색 전차가 다니고 있었다. 이 전차들이 종소리를 울리면서 육중하게 움직이면 브레이크 탱크는 눈 녹는 겨울 오후의 진흙탕이나 여름철 오후에 노출된 단단한 갈색 흙 속에서, 재와 연기, 그리고 대초원의 먼지를 뿌리면서 숨을 헐떡거리며 가다가, 이 진료소에다 절름발이, 꼽추, 의족을 낀 사람, 목발을 휘두르는 사람, 이와 눈이 아픈 사람, 그 외의 사람들을 내려놓았다.

그래서 안경 때문에 어머니와 진료소를 찾기 전에, 나는 항상 할머니에게서 어떻게 해야만 한다는 주의를 들었다. 나는 조심스럽게 앉아서 귀를 기울여야만 했고, 그곳에 가서 잘못이 없어야 했기 때문에 어머니 역시 자리를 같이했다. 할머니는 아무 말도 하지 말라고 몇 번이고 되풀이해서 말했다.

"레베카, 들어봐. 잘 알아둬. 대답은 모두 오기가 하게 해."

이 말에 엄마는 공손히 복종을 하며 그러겠다고 대답하면서 할머니가 골라준 무지갯빛 드레스 위에 긴 두 손을 모으고 앉아 있었다. 엄마의 안색은 대단히 건강하고 부드러워 보였다. 그런데 우리 형제 가운데는 아무도 이러한 혈색 좋고 생기 있는 엄마의 안색을 물려받지 못했다. 엄마의 코는 위로 들려서 콧구멍 속이 들여다보였다.

"너는 그 일에 전혀 신경 쓸 필요가 없어. 만일 의사가 물으면, 이렇게 오기를 돌아보아라."

할머니는 엄마가 나를 돌아보는 모양을 흉내 냈다. 만일 습관적으로 보이는 할머니의 위엄이 그 속에 깃들어 있지만 않았다면, 그 모습은 엄마의 몸짓과 똑같았다.

"아무것도 말해서는 안 돼. 질문에 대답만 해라."

할머니가 내게 말했다. 어머니는 내가 훌륭하고 믿을 수 있는 사람이 되기를 갈망해 왔다. 사이먼과 나란 존재는 엄마가 만들어낸 기적 아니면 우발적인 사건으로 이루어진 오발탄이었다. 조지는 엄마가 만든 올바른 작품이다. 엄마는 축복받을 만한 성공을 한 후 조지에게서 자기의 운명을 구현했다.

"오기야, 할머니 말씀 잘 들어라."

이것이 엄마가 할머니의 계획을 다 들은 후 용기를 내어 말한 전부였다.

"그들이 너에게 '아버지는 어디에 계시냐?' 하고 물을 경우에는, '어디 계시는지 모르겠어요, 미스.' 해라. 그 아무리 나이가 많다고 해도, '미스'라고 말하는 것을 잊지 말아야 해. 아버지가 마지막 소식을 전할 때 어디 계셨느냐고 물으면, 아버지가 마지막 송금을 한 곳은 뉴욕 주 버펄로였다고 말해야 한다. 그리고 자선에 관해서는 한마디도 하면 안 된다. 알겠느냐? 절대 하지 마라. 만일 그 여자가 집세는 얼마냐고 묻거든 월 18달러라고 해라. 또 만일 그 돈은 어디에서 오느냐고 묻거든 하숙을 친다고 해라. 몇 명이냐고 물으면? 두 사람이라고 해. 자, 이제 말해 보렴. 집세가 얼마지?"

"18달러입니다."

"그러면 몇 사람 하숙을 치고 있지?"

"두 사람입니다."

"그들로부터 얼마를 받니?"

"얼마를 받는다고 얘기할까요?"

"매주 8달러."

"8달러 받습니다."

"그래서 한 달에 네가 64달러를 번다 해도 개인 의사에게는 갈 수 없는 거야. 내가 개인 병원에 갔을 때, 안경알만 5달러를 주었다. 그는 내 눈에 뜨거운 김을 쐬게 했지. 그리고 이 안경,—안경집을 두드리며—이 안경테가 10달러, 그래서 전부 15달러 들었어."

필요한 때를 제외하고는 아버지에 대해서는 일절 말이 없었다. 나는 아버지를 기억한다고 주장했다. 그러나 사이먼은 내가 아버지를 기억한다는 말을 거짓이라고 했다. 사이먼이 옳았다. 나는 아버지를 기억한다고 생각하기를 좋아했을 뿐이다.

"아버지가 제복을 입은 군인이었다는 것은 확실히 기억나."

나는 말했다.

"웃기지 마, 넌 아무것도 몰라."

"그럼 선원이었겠지."

"제길, 아버지는 마시필드의 홀 브러더스 세탁소의 트럭을 몰았어. 그것이 아버지가 했던 일이었지. 아버지가 제복을 입고 다니곤 했다는 말은 내가 했지. 원숭이가 보고, 원숭이가 행동한다. 원숭이가 듣고, 원숭이가 말한다."

원숭이는 우리가 생각하는 많은 것들의 근거가 되었다. 우리는 부엌의 작은 탁자 위 투르키스탄 식탁보에는 눈과 귀와 입을 틀어막고, '악을 보지 말라는 신'과 '악을 말하지 말라는 신', 그리고 '악을 듣지 말라는 신', 즉 집안의 하급 삼위일체 신이 놓여 있었다. 이러한 하급 신의 좋은 점은 생각나는 대로 아무렇게나 이름 지어 부를 수 있는 것이다.

"원숭이는 법원의 침묵을 말하고 싶어 한다. 말해라, 원숭이야, 말해."

"원숭이와 대나무가 풀밭에서 놀고 있었다……."

그래도 여전히 원숭이들은 강력하고 무서운 존재가 될 수 있다는 것 외에 깊이 있는 사회 비평가가 될 수 있다. 라마승과 같은 할머니가—할머니는 결국 내게는 동양적인 사람이었다.—웅크리고 앉아 있는, 입과 콧구멍에 새빨간 핏빛 줄이 있는 세 마리의 갈색 원숭이를 가리키며, 심오한 위트로 크게 불친절함을 나타내는 마지막 말을 했다.

"아무도 네가 온 세상을 다 사랑하도록 바라지 않는다. 다만 정직하면(ehrlich) 된다. 시끄럽게 떠들지 마라. 네가 사람들을 사랑하면 할수록 그들은 너를 깊은 혼돈 상태로 빠뜨릴 것이다. 어린이는 사랑하고, 어른은 존경한다. 존경하는 것은 사랑하는 것보다 낫다. 가운데 있는 원숭이는 존경을 의미한다."

손으로 입술을 틀어막고 몸부림치는 '악을 말하지 말라'는 신에 대항하여 할머니가 말썽을 부리면서 죄를 지을 거라는 생각을 우리는 못 했다. 그러나 어느 때고 간에, 할머니에 대한 어떠한 비난이나 비평도 우리 마음에서 일어나지 않았다. 위대한 원칙에 대한 이야기가 부엌을 온통 울려 채울 때는 더욱더 생각나지 않았다.

할머니는 가엾은 조지가 이해할 수 없는 여러 가지 교훈을 우리에게 읽어주곤 했다. 조지는 개에게 입을 맞추곤 했다. 이 개는 한때 말다툼 잘하는 할머니의 시녀였다. 지금은 졸며, 긴 한숨을 쉬는 성미가 까다로운 존재로 나이에 비해 존경을 받는 대상이긴 하나 그리 사랑할 만한 것은 못 되었다. 그러나 조지는 이 개를 사랑했다. 그가 두 손으로 무릎이나 팔을 잡고 아랫입술을 앞으로 내밀고 할머니의 소맷자락이나 무릎에 입 맞추기 위해 블라우스를 허리에 걸치고 약간 흰 촘촘한 머리를 가시 우엉이나 혹은 씨를 뺀 해바라기같이 뻣뻣하게 한 채 좁은 등을 굽혔을 때,

그는 순결하고 바보스러웠으며, 애무하듯 부드러웠고, 부지런해 보였다. 할머니는 그에게 자신을 껴안도록 허락하고는 이렇게 말했다.

"애야, 너는 영리한 아이(junge)로구나. 넌 나이 많은 할멈을 좋아하는구나. 나의 목사, 나의 기사(cavalyer)여, 착한 아이로구나. 너는 누가 너에게 유익하고 맛있는 닭의 목을 주었는지 아니? 누가? 누가 너를 위해서 국수를 만들어 주었니? 그래, 국수는 미끄러워서 포크로 집어 올리기도 어렵고, 손가락으로 집어 올리기도 어렵다. 너는 어떻게 작은 새가 벌레를 잡아먹는지 알지 않니? 어린 벌레는 밖으로 나오기를 원하지 않고 땅에 머무르기를 원한다. 이젠 됐어. 내 옷을 적시고 있구나."

그리고 할머니는 늙고 딱딱한 손으로 조지의 이마를 밀어냈다. 할머니는 항상 우리를 알려고 하는 자기의 의무에 신경을 쓰면서, 나와 사이먼을 위해서, 간사하고 난폭한 사람들과, 새와 벌레 등의 투쟁적인 성격, 감정이 없는 무모한 인간들에 둘러싸여 있는 믿을 수 있고 사랑스럽고 단순한 사람들에 대해서 한 번 더 책망을 했다. 조지는 이것에 대한 한 예에 불과하다. 그러나 중요한 실례는 조지가 아니라, 사랑에서 비롯된 노역과 순박한 마음으로 세 아이와 더불어 버림을 받은 엄마였다. 이것이 노후의 지혜로움으로 제2의 가정을 이끌어갈 로시 할머니가 추구하고 있었던 것이다.

그런데 어떤 일로 나의 아버지가 화제에 올랐을 때, 엄마는 무슨 생각을 해야만 했을까? 엄마는 말없이 온순하게 앉아 있었다. 나는 엄마가 아버지에 대해 사소한 일, 이를테면, 아버지가 고기와 감자, 양배추 혹은 크랜베리 소스와 같은 음식을 좋아했고, 풀 먹인 옷깃이나 부드러운 옷깃을 싫어했다는 것을 생각하거나, 또 아버지가 《이브닝 아메리칸》이나 《저널》 등을 집에 가져왔던 일을 생각한다고 상상했다. 엄마의 생각은 항상 단순했기 때문에 이런 것을 생각했던 것이다. 그러나 엄마는 버림받았다고 느꼈다. 그리고 의식적인 정신적 고통보다 더 큰 고통이 엄마의 소박한 성격에 어두운 면을 가져다주었다. 아버지에게 버림받은 후 우리만 남았을 때, 엄마가 어떻게 살림을 꾸려 나갔는지 나는 모른다. 그러나 할머니가 와서 가정생활에 규칙적인 손을 쓰기 시작했다. 엄마는 그때까지 자기조차 몰랐던 모든 힘을 할머니에게 바치고, 고된 일로 벌을 받았다. 제우스 신이 그의 사나운 부인이 못 보게 동물의 형태를 씌워 감추어 보호한 여자들처럼, 엄마는 강력한 사랑의 힘에 의해 정복당한 여자들 중에서 한 자리를 차지했다고 생각한다. 크고, 부드러우며, 황폐해지고, 걸레질 같은 일을 하며, 또한 짐을 나르는 나의 어머니를 우아한 분노로부터 도망치는 엄청난 미인이라고 볼 수는 없고, 우리 또한 아버지를 대리석 다리를 가진 올림피아 신으로 볼 수 없다. 엄마는 웰즈가의 고층 건물에 있는 어떤 코트 공장에서 단춧구멍을 꿰매는 일을 했으며, 아버지는 세탁소 운전사였다. 아버지는 돌아가실 때 사진 한 장 남기지 못했다. 그러나 엄마는 봉급을 계속적으로 받는다는 강한 권리 때문에 이러한 여자들 가운데 한 자리를 차지한 것이다. 한 여자로부터 받은 복수에 관해서 말한다면, 로시 할머니는 주요한 기혼 부인 단체를 대표해서 합법적인 기준하에서 죄를 다스렸다.

    할머니도 아직 감정은 있었다. 이것은 할머니가 양심이 없다는 것을 의미하는 것은 아니다. 할머니는 독재적 성격이었고, 자기가 오데사에 있을 때는 호화스럽게 살았고, 하인과 여자 가정교사를 두었다면서 잘난 체했다. 할머니는 성공을 하긴 했지만,

감수성이 없어진다는 것이 어떠한 것인지를 알게 되었다. 이 사실을 할머니가 내게 도서관에서 빌려 달라고 하던 소설책 중 몇 권을 나중에 읽어보았을 때 깨닫기 시작했다. 할머니는 내가 이 책들의 제목을 알 수 있도록 러시아어 알파벳을 가르쳐주었다. 할머니는 일 년에 한 번씩 『안나 카레니나』와 『예브게니 오네긴』을 읽었다. 가끔 나는 할머니가 원하지 않는 책을 빌려왔기 때문에 궁지에 몰려 혼이 나곤 했다.

"옛 이야기 장편소설 책이 아니면 필요 없다고 너에게 몇 번씩이나 얘기를 했니? 책 속을 들여다보지 않았구나. 책장도 넘기지 못할 정도로 손가락이 약하니? 너는 손가락이 약해 공도 치지 못하고 코도 쑤시지 못하겠구나. 물론 그럴 때는 힘이 나겠지. 보제 모이(Bozhe moy)!³⁾ 하느님 맙소사! 너는 고양이만 한 두뇌도 못 가졌구나. 2마일이나 걸어가서 고작 표지에 톨스토이란 말이 쓰여 있다고 해서 종교 서적을 가져오다니."

나는 그 늙은 귀부인을 잘못 표현하기를 원치 않는다. 할머니가 의심하는 것은, 한 치의 나쁜 유전이라도 받으면 가정의 악이 되어 그것 때문에 우리가 피해를 입지나 않을까 하는 것이었다. 할머니는 종교에 관해서는 톨스토이의 작품을 읽지 않으려고 했다. 할머니는 톨스토이가 자기 아내와 화목하지 못했기 때문에 가정을 가진 사람으로서 그를 신뢰하려 하지 않았다. 그러나 비록 할머니가 유대 교회에 간 적도 없고, 유월절에 빵을 먹고, 또 엄마를 값싼 돼지고지 정육점에 보냈으며, 통조림 새우와 다른 금지된 음식을 좋아했지만, 할머니는 무신론자도 자유주의자도 아니었다. 할머니가 '라메시즈'라고 부른―아마 성경에 나오는 비돔이라고 불리는 도시의 이름을 땄으나 할머니의 영감이 무엇인지 말할 수 없는―늙은 쓰레기, 앤티콜 씨가 그랬다. 그는 신에 대한 반항아였다. 냉정하고 신중하게 할머니는 그가 말하는 것에 귀를 기울였으나 자신의 속마음은 결코 나타내려고 하지 않았다. 그의 얼굴은 붉고 우울했다. 가죽 같은 서지 모직물로 만든 모자는 그의 머리를 납작하게 만들었고, 넝마와 고철을 사려고 골목길을 "넝마와 고철 파세요." 하고 외치고 다녀서 목소리는 자갈 소리가 났고 거칠었다. 눈은 갈색이었고, 머리털과 눈썹은 억세었다. 대단히 부지런한 사람이었으며, 몸에는 털이 많이 났고, 또한 기름기가 많은 노인이었다. 할머니는 한 세트의 『아메리카나 백과사전』—내가 생각하기로는 1892년판—을 그에게서 사서, 사이먼과 내가 읽도록 보여 주었다. 그 역시 우리를 만날 때마다, 그 책이 종교적인 타당성이 없다는 것을 가르쳐주었다고 믿으면서 "그 책이 어떠냐?" 하고 물었다. 그를 무신론자로 만든 것은 마음에 새겨진 유대인 대학살이었다. 그는 자신이 숨어 있었던 지하실에서 한 노동자가 막 숨진 그의 처제의 시체에다 오줌을 누는 것을 보았다. "그러니 나에게 신에 대해서 말하지 말라."라고 그는 말했다. 그러나 항상 신에 대해 말하는 사람은 그였다. 앤티콜의 부인이 경건한 생활을 하는 반면, 대축제일에 혁신 유대 교회에 차를 몰고 가서, 마치 극장에 가는 것처럼, 머리가 벗어진 부유한 유대인들의 회전용 바퀴를 가진 사치스러운 여행용 차들 한가운데에 핑크색 눈과 같은 헤드라이트를 가진 낡은 자동차를 세워둔다는 것은 큰 배교(背敎) 행위라고 그는 생각했다. 이것은 유대인들이 행하는 일종의 비열한 행위로서 그가 죽을 때까지 그에게 무서운 위안을 가져다주었다. 그는 비를 맞고 감기에 걸려 폐렴으로 죽었다.

할머니는 남편 로시 씨가 죽은 날이 돌아오면 여전히 촛불을 켜고, 빵을 구울 때는 석탄불에다 밀가루 반죽 한 덩이를 일종의 제물로 집어 던지고는 어린아이 이에다 마술을 걸고 귀신이 보지 않도록 묘기를 연출했다. 이러한 일은 부엌의 종교였으며, 바닷물을 제자리로 되돌아가게 만들고 고모라를 멸망시킨 거대한 창조신과는 아무런 관계가 없었으나, 그러한 점에 종교적인 면이 있었다. 우리는 그러한 종교적인 입장을 취하지만, 나는 폴란드인들—우리는 이웃에 있는 폴란드인들 가운데 한 줌밖에 안 되는 유대인들이었다.—과 모든 부엌의 벽에 붙어 있는 퉁퉁 부어 피를 흘리는 심장, 성인들의 사진, 문간에 매달아 놓은 조화의 꽃바구니, 성찬식, 부활절, 그리고 성탄절에 관해서 언급하려 한다. 그리고 때때로 우리는 예수 그리스도의 살해자들이라고 추적을 당하고, 돌을 맞았으며, 물리침을 당했고, 매도 맞았다. 우리가 좋아하든 싫어하든 간에, 조지까지를 포함한 우리 전부는 이러한 신비스러운 짓을 했다고 기소를 당했다. 그러나 나는 이 일로 특별히 슬퍼하거나 우울해하지는 않았다. 왜냐하면 이러한 일로 서러워하기에는 너무나 장난치기를 좋아했고 거칠었기 때문이다. 그래서 나는 이러한 일을, 거리의 깡패들이 돌을 던지며 치고받고 하는 싸움이나, 담장을 무너뜨리고 여자들에게 찢어지는 소리로 아우성을 치며, 낯선 사람을 잡아서 때리는 가을 저녁의 교구(敎區)의 불량배 무리들의 짓 말고 달리 볼 필요를 느끼지 못했다. 비록 몇몇 친구가 이 폭력배들 사이에 나타나서 집들을 사이에다 두고 한길 양 끝에서 당신을 가두어 두고 골탕을 먹인다 해도, 나는 이해하기 힘든 이러한 일을 하도록 태어난 데 대해서 걱정하면서 나 자신을 피로하게 만들 성격의 소유자는 아니었다. 사이먼은 그들과 부딪치는 일이 적었다. 그는 학교생활에 보다 많은 정신을 쏟았다. 그래서 내티 범포, 퀜틴 듀르워드, 톰 브라운, 래티즈본에서 희소식을 가져온 사자(使者), 카스카스키아에 사는 클라크, 기타 등등에서 온 일종의 혼합된 감정을 갖고 있었다. 이것이 그를 자기 자신에 더욱 몰입하도록 했다. 그는 나로 하여금 근육을 붙게 하는 산도라는 운동 기구와 팔목의 근육을 늘이는 방법에 결코 몇 시간을 몰입하지 못하게 한 것처럼, 나는 이러한 일을 빨리 배우는 사람이 못 되었다. 나는 쉽게 우정에 젖어들 수 있는 사람이었다. 그러나 이러한 우정은 옛날 친구들에 대한 생각으로 오래가지 못했다. 스타슈 코펙스와는 가장 오랜 친구 사이였다. 그의 어머니는 밀워키가의 에스큘라피언 산파학교를 졸업한 산파였다. 코펙스의 집안은 부유해서 방마다 전자 피아노가 있었고, 방바닥에는 리놀륨을 깔았다. 그러나 스타슈는 도둑이었다. 그와 같이 뛰고 놀기 위해서 나 역시 도둑질을 했다. 차에서 석탄을 훔치고, 빨랫줄에서 남의 옷을 훔쳤으며, 싸구려 상점에서는 고무공을, 거리에 장치해 놓은 신문 판매대에서는 동전을 훔쳤다. 스타슈는 지하실에서 옷 벗기 장난이나 빨랫줄에서 슬쩍해 온 여자 속옷을 입어보는 놀이를 생각해 냈다. 그러나 이것은 대개 그가 자기의 재주를 과시하기 위한 행위였다. 약간씩 눈이 내리는 어느 추운 날 오후, 내가 진흙에 얼어붙은 나무 상자 위에 앉아서, 내비스코 와퍼를 한 입 깨물어 먹고 있을 때, 깡패 일행에 끼어 그가 나타났다. 깡패 맨 앞에는 열다섯 살쯤 된 키가 작고 심술궂으며 슬픈 인상을 한 어린 녀석이 있었다. 그가 내게 다가와 추궁했다. 키가 큰 무냐 스타플란스키가 합세했다. 무냐 스타플란스키는 성 찰스 감화원에서 방금 나와서 폰티액에 있는 감화원으로 가는 아이였다.

"이 콩알만 한 유대인 개새끼, 네가 내 동생을 때렸지."

무냐가 말했다.

"그런 적 없어. 그를 본 일도 없는걸."

"네가 내 동생에게서 5센트를 빼앗았잖아. 그러지 않고서 어떻게 그 과자를 살 수 있냐, 응?"

"이 과자는 집에서 가져온 거야."

머리를 설레설레 흔들며 나를 비웃고 있는 스타슈를 보며 나는 그의 속임수와 새로 드러난 다른 녀석들과의 친분 관계에 혐오를 느꼈다. 그래서 그에게 말했다.

"이봐, 아무짝에도 못 쓸 비겁한 스타슈, 너는 무냐에게 동생이 없다는 것을 알지."

그러자 스타슈는 나를 때렸다. 그와 동시에 나머지 모두가 나에게 달려들어 나의 양피 가죽 코트의 버클을 찢고 코피를 흘리게 했다.

내가 집에 돌아왔을 때, 로시 할머니가 물었다.

"누가 너를 그렇게 했느냐? 누가 그랬는지 넌 알지? 이것 봐, 오기야, 그것은 잠자리에서 아직 오줌을 싸는 창녀의 아들과 함께 놀 정도로 네가 못났기 때문이야. 사이먼도 그들과 같이 있었니? 사이먼은 없었지. 사이먼은 분별이 있는 애거든."

나는 할머니가 도둑질에 대해서는 아무것도 모르고 있다는 사실을 알고 하느님께 감사했다. 그래서 어떤 면에 있어서 이것은 할머니의 교육적인 기질이기 때문에, 추측건대 할머니는 애정을 너무 쉽게 주면 그것이 결국 어떻게 된다는 것을 내가 알았을 것이라 생각하고 기뻐했다. 그러나 이러한 약점의 큰 본보기인 엄마는 무서워 몸서리를 쳤다. 엄마는 이러한 이야기를 듣는 동안 할머니의 권위에 도전해서 감히 자기의 감정을 말하지 못했다. 그러나 나를 부엌으로 데리고 가서 찜질을 해주었을 때, 엄마는 눈이 너무 나빠 상처를 가까이 들여다보고는, 속삭이며 한숨을 지었다. 이러는 동안 키가 크고 얼굴이 흰 조지는 엄마 뒤에서 뒤

뚱거리며 걸어 다니고, 위니는 개수대 밑에서 물장난을 치고 있었다.

2장

 내가 열두 살이 된 후, 할머니는 우리를 맡아서 우리로 하여금 인생을 맛보게 하고 또 기본적인 생활비를 벌도록 했다. 그전에도 할머니는 나에게 일자리를 구해 주었다. 저능아들을 위한 아침 강좌가 있어서 나는 조지를 학교에 데려다 주고, 광고 전단을 돌리기 위해서 실베스터의 스타 극장에 출근했다. 할머니는 공원에 노인들을 위해 만들어놓은 정자에서 알게 된 실베스터의 부친에게 부탁해서 이 일자리를 구해 주었다.
 날씨가 아주 화창한 것이 아파트에 알려지면—할머니는 따뜻하고 조용한 날씨를 아주 좋아했다.—할머니는 자기 방으로 가서 한창 젊었을 때의 유물과도 같은 코르셋을 입고, 검정색 드레스를 입곤 했다. 엄마는 차 한 병을 할머니에게 갖다 주었다. 그러면 꽃이 달린 모자를 쓰고, 꼬리털로 만든 목도리를 오소리 발톱으로 어깨에 고정시키고 공원으로 갔다. 할머니는 읽지도 않는 책을 들고 다녀서, 이 책 때문에 공원에 있는 정자에서는 말이 많았다. 이곳은 많은 결혼이 이루어진 곳이었다. 무신론자인 늙은 앤티콜이 죽은 지 일 년쯤 후 그의 미망인은 이곳에서 두 번째 남편을 만났다. 미망인은 결혼을 할 목적으로 아이오와 시(市)에서부터 남쪽으로 여행을 했다. 그들이 결혼한 후 그녀의 두 번째 남편은 부인을 죄수처럼 집 안에 가두고 유산에 대한 모든 권리를 넘기는 데 사인하도록 강요했다는 소식이 전해졌다. 할머니는 애석하게 생각하는 빛도 없었다. 할머니는 "가엾은 베르타."라고 말했을 뿐이다. 그러나 할머니는 바이올린 줄처럼 가늘고 떨리는 목소리로 자기가 평소 잘하는 농담조로 이 말을 했다. 그런데 할머니는 이와 같은 재혼을 하지 않았기 때문에 상당한 신망을 얻었다. 나는 이미 오래전에, 늙은이들이 젊은 시절에 성취하려고 애쓰던 일을 하지 않는다고 생각하는 것은 그만두기로 했다. 그러나 이것은 할머니가 우리로 하여금 믿게끔 한 것—"나와 같은 늙은 성자"—이었다. 그래서 우리는 할머니의 말대로 할머니를 허영심을 버린 초연한 철학적 지혜를 지닌 사람으로 생각했다. 그러나 할머니가 아예 청혼을 받지 못했다 하더라도, 그것이 할머니에게 어떤 큰 변화를 주지 않았다고 말하지는 못 하겠다. 할머니는 아무것도 배우지 않고는 『안나 카레니나』와 내가 여기서 꼭 말해야 할 또 다른 할머니의 애독서인 『마농 레스코』를 탐독할 수가 없었을 것이다. 할머니는 기분이 좋을 때는 자기의 허리와 궁둥이를 한바탕 자랑한다. 할머니는 내가 알고 있는 어떠한 영예나 위력을 포기하기를 원치 않았기 때문에, 할머니가 코르셋에다 레이스를 달고, 70대의 브론스키나 데 그리외*의 시선을 끌기 위해서 머리를 땋으려고 침실로 가는 것은 다만 몸에 밴 습관 때문만은 아니었다. 때때로 나는 점이 많은 누르스름한 피부 빛과 주름살 그리고 메마른 상고머리 너머 할머니의 눈 속에서 젊고 분노에 찬 여인의 모습을 찾아보려 하기도 했다.

    그러나 할머니는 정자에서 혼자 무엇을 하든지 간에 우리를 결코 잊지 않았다. 할머니는 실베스터 노인을 통해서 극장 광고 전단을 뿌리는 일을 나에게 구해 주었다. 그 노인은 흰 범포(帆布)로 만든 옷을 입고 흰 골프 모자를 쓰고 다녀서 '빵쟁이'라는 별명을 가졌다. 반신불수이고 그 모습이 흡사 빵을 만드는 것 같아서 농담거리가 되었다. 그러나 그는 청결했고, 말도 간결했으며, 핏발 선 눈에 담긴 목표는 진지했고, 말발굽 모양의 흰 콧수염이 그리는 곡선을 그대로 빼닮은 대담함의 결과로, 자기의 수명이 짧다는 사실과 타협을 한 사람이었다. 내가 생각하기로는 할머니가 그와 담판 지어 일을 해결하는 태도는 할머니가 돌보고 있는 가정에서 하는 태도와 같았다. 그래서 실베스터는 나를 데리고 극장 주인인 자기 아들을 만나러 갔다. 그의 아들은 돈과 가정의 걱정거리 때문에 항상 땀을 빼는 젊은 친구였다. 그는 영화 업무나 2시의 텅 빈 좌석, 그를 위해 바이올린을 연주하는 자, 그리고 영사실 안의 기사 일 등등에 대해 끔찍하게 여겼으며, 내게 2비트를 지불하는 것에 대해 불평을 해댔다. 실로 이러한 일로 그는 거칠어졌다. 그가 말했다.

"과거에 보면 광고 전단을 하수구에 버리는 아이들이 있었다. 만일 그런 일을 하다가 걸리면 좋지 못한 일이 생길 거다. 그것을 알아내는 방법이 다 있지."

나는 이 말을 듣고 행여나 그가 길 모퉁이까지 나를 따라오지 않나 하여, 대머리에다 곰의 눈처럼 갈색이며 고민이 담긴 눈을 가진 그의 얼굴을 거리에서 계속 주의 깊게 찾아보았다. 그가 나에게 경고했다.

"나를 속이려 드는 깡패 같은 녀석에게는 몇 가지 대책이 있다."

그러나 그는 나를 믿을 만하다고 생각했다. 그래서 처음에 나는 그의 지시에 따라 광고지를 둥글게 말아 초인종 위에 달린 놋쇠로 만든 송화구(送話口) 안으로 찔러 넣었다. 이것은 우편함을 못쓰게 만들지는 않는 일이어서 우체국에 나쁜 인상을 주지는 않았다. 내가 이러한 일을 잘해 내자, 그는 탄산수와 터키 사탕을 사주면서, 내가 키가 더 크면, 극장의 표 받는 일을 시켜 주거나 그가 매입할 예정인 팝콘 기계를 맡기겠다고 말했다. 그는 공학 박사 학위 과정을 밟기 위해 아머 공과대학으로 돌아가 있는 동안 지배인 한 사람을 구하려 한다고 말했다. 가기까지는 고작 이 년 정도밖에 남지 않았다. 그가 학위를 받으면 그의 아내도 그를 따라 그 일을 하려고 계획하고 있었다. 그가 나에게 이런 얘기를 하는 것을 보면, 진료소에 있는 사람들이 그랬던 것처럼, 그것도 자주 그랬던 것처럼, 나를 외모보다 나이가 더 많은 사람으로 생각하는 것 같았다. 나는 그가 말하는 전부를 이해하지는 못했다.

여하튼 그는 어느 정도 나에게 속았다. 그가 나에게 다른 아이들이 광고 전단을 시궁창에 버렸다고 말했을 때, 나도 그들 못지않게 그렇게 할 수 있다고 생각하고 기회를 노렸기 때문이다. 혹은 내가 학교 주위에서는 가장 큰 얼음 창고와 상자 만드는 공장의 것과 같은 벽돌로 지은, 형무소 같은 학교에서 정오에 조지를 데리고 나올 때, 나는 조지의 인형 교실의 어린이들에게 그 광고 뭉치를 나누어 주리라 마음먹었다. 인형 교실은 쓰러져 가는 감옥 내부처럼 매우 음침하고, 천장은 잘 보이지 않을 만큼 높고, 나무로 된 바닥을 걸으면 요란스레 삐걱 소리가 났다. 여름에는 이 학교의 한 모퉁이를 저능아들을 위해 항상 열어두었다. 이곳에 들어서면, 얼음 창고 같은 분위기는 종이사슬을 만드는 가위질 소리와 웃으며 떠드는 소리, 선생들이 명령하는 소리로 변한다. 나는 계단에 앉아 남아 있는 광고지를 찢었다. 수업이 끝나면 조지는 나를 도와서 이것을 처리해 주었다. 그런 다음 그의 손을 잡고 집으로 돌아왔다.

조지는 낯선 개들을 대단히 무서워했지만, 위니는 좋아했다. 그가 위니의 냄새를 풍기고 다니면, 다른 개들이 그를 따라왔다. 낯선 개들이 항상 그의 다리의 냄새를 맡고 있었다. 그래서 나는 이 개들을 쫓기 위해서 항상 돌을 가지고 다녔다.

이 일이 일어난 것은 지난해 한가한 여름이었다. 학기가 끝나자마자, 사이먼은 미시간에 있는 어떤 관광호텔의 사환으로 일하러 가게 되었고, 나는 신문 배달을 하는 코블린을 돕기 위해서 북부에 있는 그의 집으로 가게 되었다. 나는 그쪽으로 이사해야 했다. 신문은 아침 4시에 배본소 창고로 들어오고 우리는 전차에서 반 시간 이상이나 보내야 하기 때문이다. 그러나 낯선 사람에게로 옮겨 가는 것 같은 기분은 들지 않았다. 안나 코블린은 어머니와 사촌인 관계로 나를 친척처럼 대해 주었다. 하이만 코블린은 포드 자동차를 가지고 나를 데리러 왔다. 내가 집을 떠날 때 조지는 소리 내어 울었다. 그에게는 엄마가 할머니의 압력 때문에 표현할 수 없는 그러한 감정을 내보이는 방법이 있었다. 조지를 응접실에 가두어 두어야만 했다. 나는 그를 난로 옆에 앉혀 놓고 떠났다. 모든 사람을 대신해서 사촌 안나는 마음껏 울었다. 내가 집 떠나는 가슴 아픈 서러움—이것은 나의 일시적인 감정인데, 실은 아들들이 나이도 어린데 어려운 일을 하러 끌려가는 것을 보았던 엄마에게서 모방해 온 감정이었다.—에 멍하니 말도 못하는 것을 보고, 그녀는 그녀의 집 문간에서 내게 수없이 입을 맞추었다. 그러나 나를 데려가기 위해 교섭해 왔던 안나 코블린이 가장 크게 소리 내어 울었다. 안나는 맨발이었고, 머리숱은 굉장히 많았다. 또 그녀가 입은 검정색 옷은 단추가 풀러 있었다.

"나는 너를 내 아들 호워드처럼 생각하겠다."

안나는 약속했다. 안나는 캔버스 천으로 된 나의 세탁 가방을 받아 들고 부엌과 화장실 사이에 있는 호워드 방에 내가 머물도록 했다.

호워드는 도망쳤다. 더구나 나이를 속여 장의사의 아들인 조킨스만 함께 해병대에 입대해 버렸다. 부모들이 그들을 빼내 오려고 무척 노력했으나 그동안 벌써 니카라과에 투입되어 산디노에서 반란군들과 전투를 하고 있었다. 안나는 그가 벌써 죽기나 한 듯이 몹시 슬퍼했다. 안나는 키도 크고 풍부한 정력을 가진 체질이었으므로 모든 종류의 감정을 지나치게 다 나타내었다. 신체적으로도 역시 그랬다. 사마귀, 물집, 머리털, 이마에 있는 혹, 목에 있는 커다란 혹 말이다. 안나는 불그스름한 머리칼을 나선형으로 대단히 아름답고 뚜렷하게 늘어뜨려, 그것을 위로 가리마를 타서 뒤에는 오리 꼬리 모양으로 잘라 귀 위로 꼬부라져 올라가게 했다. 목소리는 천성적으로 대단히 컸지만 울음과 기침으로 인해 변했다. 눈의 흰자위도 이 같은 이유로 구릿빛이 되었다. 그녀의 얼굴은 타들어 가듯 침울하며 가련해 보였다. 그리고 그녀의 정신은 자기 것보다 더욱 끔찍한 운을 사람들이 받아들이도록 하는 여러 가지 생각과 막연한 심사로 억제되지 못했다. 로시 할머니가 말하길, 그녀가 원하는 것이 무엇이고, 보통 여자는 그것을 좋아하는지 하는 본질적인 것에 대한 만족감으로 그녀의 경우를 해부해서 저울질해 보기 때문이었다. 안나의 형제들은 그녀에게 남편을 얻어 주고, 그 남편에게 사업도 하도록 도와주었다. 그리하여 그들은 두 자녀를 두고 약간의 부동산도 갖고 있었다. 안나는 자기가 처음 시작했던, 와바시 거리를 지나 루프란 곳에 있는 여자용 모자 제조 공장에 아직 다니고 있을지도 모른다. 이것은 사촌 안나가 로시 할머니를―현명한 여자에게 찾아가듯―찾아와 했던 이야기들을 우리가 주의 깊게 들었던 내용이다. 안나는 옷과 모자와 구두를 모았고, 부엌 탁자에 앉아 자신을 거울 속에 비쳐 보며 예사롭지 않게, 끊임없이, 심각하게, 분노에 찬 말을 했다. 안나는 비통에 잠겨 있을 때조차, 입에 눈물이 흘러 옆으로 넓게 헤벌어져 있을 때조차 계속 거울을 보았다. 엄마는 반다나 머릿수건을 머리에 쓰고 가스불에다 닭을 굽고 있었다.

"다라가야(*Daragaya*)[5], 자네 아들은 아무 일 없이 무사히 돌아올 거야. 다른 어머니도 자식들을 전쟁터에 보내고 있잖나."

안나가 흐느끼고 있을 때, 할머니는 말했다.

"아들에게 장의사집 아이와 같이 다니지 말라고 말했거든요. 그 집 녀석이 그 애에게 무슨 친구가 될 수 있겠어요? 그 녀석이 제 아이를 전쟁터로 끌어들였어요."

안나는 킨스만 가족을 죽음이나 번식시키는 사람들로 여겼다. 나는 그녀가 쇼핑을 갈 때 킨스만 집을 피하기 위해서 몇 구역을 돌아가는 것을 보았다. 비록 과거에는 크고 생기 있고 빈틈없이 보이는 킨스만 부인을, 한곳에서 사는 의형제와도 같은 친구라고 하고 부유한 킨스만 씨 내외라고 자랑을 해왔지만 말이다. 은행가인 코블린 아저씨는 킨스만 집과는 내왕 없이 지냈다. 그런데 프리들 코블린과 킨스만 집 딸은 같은 발성 선생에게 갔다. 그녀는 언어 장애가 있었다. 마치 지켜보고 있던 천사가 석탄이 있는 쪽으로 손을 끌어당겨서 장애를 입은 모세[6]처럼. 그녀는 말을 더듬었으나 나중에는 유창하게 했다. 몇 년 후, 어느 축구 시합장에서 핫도그를 팔면서 나는 그녀가 얘기하는 소리를 들었다. 그날 내가 흰 모자를 쓰고 있어서 그녀는 나를 알아보지 못했다. 나는 '서리가 호박 위에 내릴 때'를 그녀에게 가르쳐준 것이 기억났다. 그리고 내가 자라면 프리들과 결혼해야만 한다던 사촌 안나의 다짐도 생각났다. 안나는 그날 그 집 현관에서 나를 껴안았을 때 반가움의 눈물을 흘렸다.

"이봐, 오기야, 너를 아들과 같은 사위로 만들 테야. 귀여운 내 자식(mein kind)!"

이 순간에 안나는 호워드가 죽었다는 사실에 대해 한 번 더 체념을 했다.

안나는 이 결혼 계획을 계속 진행시켰다. 내가 잔디 깎는 기계를 갈다가 손을 다쳤을 때, 안나가 말했다.

"다친 상처는 결혼식 전에 낫게 되겠지."

그러고는 말을 이었다.

"너는 이제까지 잘 알고 지내온 사람과 결혼하는 것이 나을 거야. 낯선 사람보다 더 못하진 않지. 내 말 알아듣겠니? 잘 새겨들어."

어린 프리들은 자기 어머니를 닮았고, 그녀의 엄마는 딸의 어려운 점에 대한 예비지식을 가지고 살면서 미래에 대한 설계를 그런 식으로 했다. 안나 자신은 오빠의 거친 기질에 의해 그 어려움을 억압당해야 했다. 어머니도 그녀를 돕지 못했다. 그런데 안나는 만일 남편이 자신을 발견하지 못했다면, 자기는 숨 막히는 본능의 힘에 의해서 파괴되고 또 어린애들을 빼앗겼을 것이라고 느꼈다. 그리고 어린애들 때문에 흘리는 눈물이 모여 오필리아[7]가 빠져 죽은 개울물처럼 그녀를 익사시킬 것이었다. 결혼은 빨리 할수록 더 좋았다. 안나가 태어난 곳에서는 어쨌든 어린 시절에 격려라고는 없었다. 안나의 어머니는 열세 살 혹은 열네 살이라는 어린 나이에 결혼을 했다. 프리들도 사 년 내지 오 년만 되면 이 나이가 된다. 안나 자신은 적어도 이 나이보다 십오 년이나 지나서 결혼했다. 그래서 내 추측인데, 코블린은 안나와 결혼하기 마지막 몇 년 동안 대단히 슬퍼했을 것이라 생각한다. 그 결과 안나는 벌써 모든 어린 소년들이 결혼에 대한 어떤 계획을 가지도록 애쓰고 있었다 내 생각으로는 내가 당분간 결혼할 수 있는 유력한 후보자이기 때문이다. 그래서 프리들은 음악과 무용 연습, 웅변뿐만 아니라, 이웃에 있는 상류사회와 접하는 훈련을 받았다. 이러한 이유가 아니라면 안나는 결코 어떤 사교 회합에도 참여하지 않았을 것이다. 안나는 매우 우울하고, 집 안에만 틀어박혀 서성이는 여자였다. 이러한 안나에게 자선 모임이나 혹은 바자회에 나가게 하는 데엔 어떤 큰 목적이 필요했다.

누구든지 안나의 아이를 구박하면, 안나는 그 사람의 적이 되어 고약하고 나쁜 소문을 퍼뜨렸다.

"그 피아노 선생이 직접 나에게 말했어요. 토요일마다 똑같은 이야기였지요. 미니 카슨에게 피아노를 가르치러 갔을 때, 글쎄, 웬 남자가 그 선생을 문 뒤로 끌어당기려고 했대요."

그것이 사실이든 아니든 간에 그것은 곧 그녀의 확신이 되었다. 누가 그녀를 반박했든, 혹은 그 피아노 선생이 안나에게 그와 같은 말을 하지 말도록 호소했든 아무런 차이가 없었다. 그러나 카슨 집은 생일 파티에 프리들을 초대하지 않았고 스스로를 코르시카인처럼 잔인하고 순수한 몰입에 가득 찬 적으로 만들어 버렸다.

그리고 지금 호워드가 멀리 가버린 이상 안나의 모든 적은 어쨌든 지옥의 밀정이요 대리자임을 시사했다. 안나는 잠자리에 누워 울면서 그들을 저주했다.

"이 우주의 주인이신 신이여, 그들의 손발이 시들고 그들의 머리가 전부 말라버리도록 하소서."

그리고 다른 과장된 말투 역시 그녀에게는 일상적인 말이었다. 안나가 앞마당에 있는 개오동나무 그림자로 약간 가리워진 여름 햇빛 속에서 압박 붕대와 수건, 융단 등을 등 뒤에 깔고 누웠을 때, 그녀의 몸통은 상당히 높아 보였고, 발은 나폴레옹의 스페인 원정 시에 황폐해진 마을에서 볼 수 있었던 전쟁터를 밟은 것 같았으며, 발바닥은 흑연으로 문지른 종이처럼 시트 위에서 빛났다. 파리는 전등 스위치에 연결된 긴 전깃줄 위에서 떼 지어 날고 있었다. 이러는 동안 안나는 고통과 두려움으로 숨을 헐떡이면서 자신을 학대했다. 운명의 날까지 낙원에서 흐트러진 머리를 하고, 이브와 한나로부터 이어받은 출산의 고통 속에서 살아갈 순교자의 의지를 가졌다. 안나는 지극히 종교적이고 때와 장소에 대한 자기 나름의 생각을 지니고서, 천국과 영원은 그리 멀지 않다고 생각했다. 즉 그녀는 모든 것을 세분하고 납작하게 만들었으며, 피사의 사탑 무대와 바닥처럼 포개 놓았다. 이와 반면, 니카라과는 지구 둘레의 두 배 거리에 있었다. 이곳에서 몸집이 작고 당찬 산디노[8]—그녀에게 있어 그가 누구였는가는 나의 상상력 밖의 일이다.—는 그의 아들을 죽이고 있었다.

집 안은, 특히 부엌은 쓰레기장이었다. 그럼에도 안나는 퉁퉁 붓고 시뻘개진 눈을 하고 느리게 걸으면서, 전화에다 대고 이해할 수 없을 정도로 큰 소리를 지르고 있었다. 또 얼굴은 그녀를 왕족으로 보이게 하는 찬란한 머리털로 환하게 빛났으며, 어쨌든 자기 임무를 다하려고 했다. 그녀는 남자들을 위해서 즉시 음식 준비를 했으며, 프리들에게는 피아노 연습을 시켰고, 또 코블린이 없을 때에는 수금한 돈을 계산하고 세어서 분류하고, 동전은 말아두도록 하고, 새로운 주문을 받았다.

"저기(Der)…… 저기(jener)…… 오기야, 전화 좀 받아봐라! 지금 일요판 특보 신문이란 걸 잊지 말고 말해라!"

그리고 내가 호워드의 색소폰을 불려고 했을 때, 안나가 얼마나 빨리 침대에서 일어나 방을 달려오는지 알게 되었다. 그녀는 방으로 뛰어들어 와 색소폰을 빼앗으면서, 내 머리와 목 전체의 가죽을 벗겨 갈 듯이, "벌써 그의 물건을 탈취해 가려고 하는구나." 하고 소리 질렀다. 그래서 나는 사위—다만 미래에 될 가능성이 있는 사위—가 그녀의 아들에 비교해서 그 위치가 어디쯤인가를 알았다. 비록 나를 놀라게 했다는 것을 알았지만, 안나가 나를 용서해 주지는 않았다. 그러나 나는 내가 느꼈던 것보다 상처를 덜 받은 것같이 보였다고 추측했다. 그래서 그녀는 내가 후회할 줄 모르는 사람이라고 생각했다. 실제로 더욱 나를 그렇게 보이게 한 것은, 내가 그 당시 그의 일상사였던 위험한 안일주의의 하찮은 번민과 옛날 남부인들의 명예를 지닌 사이먼과는 달리 불만을 전혀 가지고 있지 않았다는 점이다. 더구나 그렇게 무서운 사람에게 내가 무슨 불만을 보일 수 있었겠는가? 그녀는 나로부터 색소폰을 빼앗아 갈 때도 긴 장롱 위에 높이 올려놓은 조그마한 거울에 비친 자기의 모습을 보고 있었다. 나는 덧문과 연장 등이 있는 지하실로 내려갔다. 이곳 지하실에서 나는 집에 돌아가면 로시 할머니에게 도로 쫓겨올 것이라 생각하며, 화장실에 물이 왜 새는지에 관심을 가지고 물통을 열어보거나, 또 걸으면 삐걱거리는 부엌 바닥을 용접해 붙이면서 지하실 밑에서 시간을 보냈다.

집으로 휘청휘청 걸어오는 사람은 파이브 프로퍼티즈라고 하는 안나의 건장한 남동생이었다. 그는 팔이 길고 등이 굽었으며, 머리는 그의 등줄기처럼 신체의 본질이 되는 두꺼운 근육으로부터 떨어져 나와 있었고, 머리털은 부드럽고 푸르스름한 갈색이었으며, 눈은 매우 푸르고 맑은 동시에 계산적이고 원시적이고 또한 냉소적이었다. 그리고 에스키모처럼 높은 잇몸에 묻혀 있는 이 위로 원시적인 순수성을 담은 미소는 남을 조롱하고, 고소해 하고, 불분명했다. 그의 이름이 말해 주듯 그는 재산을 모으기 위해서 투쟁을 벌여 온 건장한 사람이었다. 그는 우유 배달 트럭을 몰았다. 그 차를 운전하는 일은, 유리병과 철사로 엮은 나무 상자가 미친 듯이 맞부딪칠 때는 조타수처럼 그 자리에 멈추어야만 하는 열광적인 일이었다. 그는 나를 자기 배달 구역 주위를 몇 차례 돌게 하더니, 빈 병을 차에 꽉 채워 싣는 걸 도와주었다고 50센트를 주었다. 내가 병을 가득 넣은 상자를 들려고 할 때, 그는 나의 허리와 사타구니, 팔을 만져보았다.(이것은 그가 가끔 즐겨 하는 것이었다.) 그 자신은 무거운 상자를 힘을 다해 들고 오다 냉장고 옆에서 떨어뜨려 부숴버리면서도 "너는 아직 못 해, 더 기다려야만 해."라고 말했다. 그는 자기가 배달을 해주는, 라드 기름 냄새가 나는 조용하고 조그마한 폴란드인의 여러 식료품 가게에 활기를 불어넣는 사람이었다. 그는 상자들을 온통 쏟아놓거나, 혹은 이탈리아 인들에게는 이탈리아 말로 "버섯!" 하고 욕을 하며 그들에게 뻣뻣한 팔을 불쑥 내밀기도 했다. 그는 매우 만족했다. 그의 누이는 그가 대단히 영리하고 빈틈이 없는 사람이라고 말했다. 그가 러시아인과 독일인의 시체를 사륜마차에 실어 나르는 일을 하면서, 제국의 멸망에 부분적으로 참여한 것은 그리 오래된 일이 아니었다. 그런데 지금 그는 은행에 저축을 해두고 또 낙농장의 주(株)도 가지고 있었다. 그는 유대인 희곡에서, 으스대며 걷는 뚱뚱한 구혼자의 걸음걸이를 배웠는데, "파이브 프로퍼티즈, 돈 많은 친구."라며 모든 사람이 다 싫어했다.

  하늘이 푸른 어느 일요일 아침, 풍선 장수가 나뭇잎이 깔려 있는 상쾌하고 조용한 신작로에서 피리를 불고 있을 때, 그는 흰 양복을 입고, 이를 부드럽게 쑤시면서, 또 스키타이인[9] 스타일의 머리를 밀짚 모자 아래로 쓰다듬으며 아침 식사를 하러 내려왔다. 그렇지만 그는 보통 때 지녔던 우유 냄새를 벗어버리지는 못했다. 그러나 바람에 그을고 혈기 왕성하며 이와 잇몸, 뺨에 웃음을 머금은 그의 모습은 오늘 아침 얼마나 아름다웠는가. 그는, 눈물을 흘리며 우울해져서 눈이 충혈된 그의 누이를 꼬집었다.

"아니츠카!"

"내려가, 아침 준비 다 됐어."

"파이브 프로퍼티즈, 돈 많은 친구가 왔는데."

우울하게 참아왔던 그녀의 얼굴에 미소가 스쳐 갔다. 그러나 안나는 그의 동생을 사랑했다.

"아니츠카."

"가라고! 우리 아이는 실종되었어. 세상이 혼란스러워."

"파이브 프로퍼티즈야."

"어리석게 굴지 마. 너도 이제 아이를 갖게 될 거야. 그러면 아픔(wehtig)이 무엇인지 알게 되겠지."

파이브 프로퍼티즈는 자리에 없는 사람이나 죽은 사람에 대해 전혀 아무 관심도 보이지 않고 거침없이 말했다. 죽고 없어진 사람은 결코 생각하지 않았다. 총에 맞고 폭발물에 터져 죽은 시체들이 그의 포장마차에 뒹굴고 있을 동안에도 그는 이 죽은 사람들의 군화와 모자를 사용했다. 그가 말해야만 하는 것은 보통 스파르타식이거나 혹은 신속하고 강직한 총독의 방식이었다. "탄약 냄새를 맡지 않고 전쟁터에 갈 수는 없다," "만일 할멈이 바퀴를 가졌다면, 할멈이 짐마차가 될 것이다," "개처럼 잠을 자고 벼룩처럼 잠을 깨라," "밥 먹을 동안 똥을 싸지 마라." 가장 중요한 한 가지 단순한 도덕은 "네 자신 이외에는 비난할 사람이 아무도 없다."는 것이다. 혹은 프랑스식으로—나는 세계의 수도인 파리에서 한때를 보냈다.—"이것은 네 잘못이야, 조르주 당댕.(*Tu l' as voulu, Georges Dandin.*)" 하는 식이었다.

파이브 프로퍼티즈가 그의 조카의 입대에 대해 어떤 견해를 가지고 있었는가는 이 같은 말에서 알 수 있을 것이다. 그러나 그는 어느 정도는 누이를 아끼는 마음이 있었다.

"뭘 바라지? 지난주에 녀석이 편지를 보냈잖아."

"지난주라고! 그러면 그동안 뭘 했지?"

안나는 물었다.

"그동안 녀석은 자기를 즐겁게 해주고 사랑해 주는 인디언 소녀를 알게 되었지."

"내 아들은 안 그래."

그녀는 시선을 부엌에 있는 거울로 돌리면서 말했다.

그러나 사실 그 소년들은 같이 잘 사람을 구했었던 것 같았다. 조 킨스만은 그의 아버지에게, 짧은 스커트를 입고 손을 마주 잡고 머리를 똑바로 늘어뜨린 두 원주민 소녀를 찍은 스냅 사진을 아무런 설명도 없이 보냈다. 킨스만은 이 사진을 코블린에게 보였다. 아버지들은 꼭 불쾌한 기분을 갖지는 않았다. 적어도 그들은 서로에게 불쾌감을 보일 마음은 없었던 것이다. 오히려 그 반대였다. 그러나 사촌 안나는 이 사진에 대해서 아무런 이야기도 듣지 못했다.

코블린은 아버지로서의 두려움은 갖추었으나, 안나가 킨스만에게 품고 있는 것 같은 분노는 없었다. 그래서 그의 사무실에서 킨스만과 필요한 연락을 계속해 왔다. 장의사인 킨스만은 그 집에 들어갈 수가 없었기 때문이다. 일반적으로 코블린의 주요한 연락 노선은 여하튼 바깥이었다. 그는 활동적이면서 착실하고 똑바로 살아가는 사람이었다. 그는 안나나 그녀의 동생보다 작아 보였지만, 실제로는 상당히 키가 컸고 몸도 튼튼했다. 머리는 깨끗이 깎았는데 원래가 대머리였고, 얼굴 모양은 역시 크고 둥글며 넓적했고, 캐리커처의 포인트가 될 정도로 깜박이는 눈은 부풀어 보였다. 만일 이런 안면 경련을 온건하고 건전한 방법으로 해석한다면, 글쎄, 인생 경험을 감추기 위해 발달된 형태와 습관이 있다고나 할까. 그는 안나 파이브 프로퍼티즈, 혹은 집안의 다른 가족들에게 지지는 않았다. 그는 뭔가 운동을 했고, 그 자신의 목적을 가지고 있었으며, 싸움할 때 불리해지기 쉬운 사람이 갖는 결심을 지니고 자신의 법칙을 설정했다. 그래서 안나는 그에게 굽히고 들어갔다. 그러므로 그의 셔츠는 옷깃에 고래 수염으로 된 가느다란 조각이 끼여 항상 장롱 서랍 속에 놓여 있었다. 그리고 그가 아침 배달을 하고 돌아왔을 때 그의 두 번째 아침 식사에는 콘플레이크와 단단한 삶은 달걀이 있어야만 했다.

음식은 전부 놀랄 만큼 특색이 있고 양도 많았다. 안나는 먹는 것을 매우 소중하게 생각하는 사람이었다. 그들이 먹는 음식은 소금이나 후추 혹은 버터나 소스를 넣지 않은 마카로니, 쇠고기로 만든 스튜, 허파로 만든 수육, 차갑게 절인 생선, 빵가루를 넣어서 만든 곱창, 통조림 콘 차우더[10], 큰 병에 든 오렌지 팝 등이다. 이 모든 음식은 파이브 프로퍼티즈와 잘 어울리는 음식이었다. 그는 손가락으로 빵에다 버터를 발라 먹었다. 더 나은 태도로 식사를 하는 코블린은 아무런 불평도 하지 않았고, 그것을 자연스러운 것으로 생각하는 것 같았다. 그러나 내가 시내 운송업자 회의에 갔을 때에는 그가 이와는 다른 태도로 음식을 먹는 것을 보았다.

우선, 그는 밀레의 그림「씨 뿌리는 사람」에서처럼 한 자루분의 서류를 잔뜩 가지고 자기의 배달 구역을 다닐 때 입었던 낡은 체크무늬의 옷을 벗어버리고 똑같은 체크무늬의 새 옷을 입었다. 형사들이 쓰는 챙이 좁은 중절모와 볼이 넓은 구두를 신고, 계산서와 《트리뷴》을 한 부 쥐고 있었다. 신문에는 스포츠 소식과 주식 가격—그는 투기(投機)를 하고 있었다.—및 갱 싸움 소식의 기사가 실려 있었는데, 키케로의 콜로시모와 카포네, 그리고 북부의 오바니온 주위에 어떤 사태가 발생했는가에 대해 알려고 했다. 그 당시 오바니온은 방아쇠를 지그시 쥐고 있던 어떤 친구의 총에 맞아 자신의 꽃밭에서 숨졌기 때문이다. 이 신문을 가지고 코블린은 애슐랜드로 가는 차를 탔다. 점심때는 보스턴 콩과 갈색 빵을 먹기 위해 고급 음식점이나 레이크(Reicke) 음식점으로 갔다. 그리고 신문 보급 매니저가 연설하는 회의장으로 갔다. 그 후 루프 지역의 남쪽 끝에서 아이스크림을 얹은 파이와 커피를 마시고, 이어서 헤이마켓 혹은 리알토에서 소극(笑劇)을 보거나 시골 처녀나 흑인 여자들이 손풍금을 타는 싸구려 집으로 갔다. 이러한 값싼 곳은 유쾌한 장소는 아니었지만 또 다른 목적을 지닌 집이었다.

또, 그가 시내에서 하는 사업에 대해 안나가 어떻게 생각하는지는 알 수 없다. 그녀는 사막에서도 전원에서처럼 성장할 수 있는 상태에 있었고, 야만적인 시대의 벨사자르[11] 향연의 환상적인 단계에까지는 가지 않았다고 말할 수 있다. 이 문제에 있어선 코블린 역시 실제로 거기까지 미치지는 못했다. 그는 상대적으로 얕은 생각을 하는 야무진 사람이었다. 그는 자기가 하는 일에 대해서는 최선을 다했기 때문에, 시내에서 한 시간 더 머물러 있다가 규칙적으로 일어나는 새벽 4시에 못 일어나게 되는 일이 없도록 했다. 그는 증권시장에서 투기를 했지만, 그것은 그의 사업이었다. 그는 포커 놀이를 했다. 그러나 거스름돈을 호주머니에 넣고 다니기에 무거울 정도까지는 하지 않았다. 존경을 받는 사람들이 어두운 곳에서는 더러운 일을 하고 있다는 것을 의심 많은 판사들이 기꺼이 지적하는 것처럼, 겉으로는 온화한 마음으로 남을 속이고 뒤로는 딴전을 부리면서 계속 잠복해 들어가는 사람들의 속성인, 오랜 거리를 두면서 위로 파고들어 가는 따위의 악은 그에게 없었다. 그와 나와는 다소 괜찮은 사이였다. 그러나 그는 나에게 일요일 보충판을 메우는 일을 빨리 하라고 괴롭히는 때도 있었다. 이것은 보통 안나 때문이었는데, 그때는 안나가 그에게 가장 큰 영향력을 행사하고 그녀의 참호의 연기 속에서 그가 그녀와 싸움할 때였다. 그러나 그는 독자적으로는 이와 아주 다른 유쾌한 성격과 정신을 갖고 있었다. 증기가 자욱하고 비좁은 선실 같은, 창문도 없는 욕실에서 그가 스폰지로 몸을 물에 적시면서 목욕통에 남자답게 똑바로 누워 있는 모습을 때때로 목격했다. 일개 해병이며 딸을 가진 아버지이고 사촌 안나의 남편인 그가 그렇게 권위 없이 보여야만 한다는 걸 생각한다는 것이 실제 그 사실보다 더욱 곤란한 일이었다. 지금 생각하면 나의 생각은 가혹한 것은 아니었다. 내가 대단히 깊고 자비로우며 나에게 후한 사촌 하이만을 늘 보았던 곳에서는 어떠한 방탕자도 볼 수 없었다.

사실 그들은 모두 다 대단히 후했다. 사촌 안나는 노래를 잘 부르지 못했고, 자신에게는 별로 돈을 쓰지 않았다. 그러나 나에게는 옆면에 잭나이프가 있는 겨울용 신발 한 켤레를 사주었다. 그리고 파이브 프로퍼티즈는 선물을 사 가지고 오는 것을 좋아했다. 초콜릿 우유, 커다란 사탕 상자들, 벽돌만큼이나 큰 아이스크림, 레이어 케익 등을 사왔다. 코블린과 그는 지나치게 풍부한 것에 대해 익숙해 있었다. 그것이 줄무늬가 있는 실크 셔츠이든, 혹은 옷소매의 끈이든, 또는 자수 장식이 있는 양말이든, 극장의 컵이든, 혹은 그들이 프리들과 나를 데리고 보트 놀이를 갔을 때 먹던 팝콘이든 간에 한 다스 이하를 사는 일은 거의 없었다. 파이브 프로퍼티즈는 지폐를, 사촌 하이만은 동전을 굉장히 많이 가지고 있었다. 항상 많은 돈이 눈에 띄었다. 그것은 컵과 유리잔 속에 있었고, 또 코블린 책상 위에 흩어져 있었다. 그들은 내가 어떠한 것도 집어 가지 않을 것이라고 확신하는 것 같았다. 아마 모든 것이 너무나 풍부하기 때문에 나는 아무것도 집어 가지 않았던 것 같다. 할머니가 나에게 어떤 의무를 지워 보냈을 때처럼, 그와 같은 태도가 무엇을 의미하는지를 이해할 수 있는 사람으로서 신용을 얻게 된다면, 나는 이러한 방법으로 쉽게 매력을 끌 수 있었다. 나는 또한 그만큼 쉽게 허위적인 것에 마음을 줄 수도 있었다. 그러나 내가 그 문제를 훌륭하게 해낼 것이라고 생각지 말지어다. 만일 나를 올바르게 대우해 준다면, 나는 카토[12] 같은 사람도 될 수 있고, 고객에게 3센트를 돌려주기 위해 미개척지에서 불어오는 영하의 강풍 속에서 4마일이나 터벅터벅 걸어갔던 젊은 링컨 같은 사람도 될 수 있었다. 나는 이러한 전설적인 대통령의 성격을 지닌 인간으로 통하고 싶지는 않았다. 만일 올바른 감정이 타올랐다면, 불과 그런 4마일 거리는 큰 장애물이 되진 않았을 것이다. 내 마음이 끌리는 방법에 달린 것이었다.

내가 한나절 쉬는 날에는 집이 깨끗하고 윤이 나서 보통 때와 대조를 이루었다. 안나의 집은 마룻바닥을 금요일 오후에 닦았다. 이때 안나는 침대에서 내려와, 긴 자루에 달린 걸레로 마룻바닥을 몇 번 문지르고 나서 맨발로 건너온 다음, 물기를 흡수해서 마르도록 깨끗한 종이를 그곳에 깔아 일주일이 지나도록 걷지 않았다. 여기에서 매일 청소용 왁스 냄새가 났다. 그리고 모든 것은 세심한 계획에 따라 적당한 자리에 정돈해 두었다. 베니어 합판 광택제, 덮개용 스프레드, 싸구려 가게에서 구입한 커트 글라스, 북아메리카산 양의 뿔, 시계 세트 등이 제자리에 있었다. 수도원의 응접실이나 하느님의 사랑이 가정적인 깨끗함에 바탕을 두고 이루어지는 곳이나, 또 모든 것이 방비가 없는 담장 위로 넘쳐 흘러들어오는 야만적이고 시끄러운 고통의 바다와 잘 분리된 어떤 곳에서처럼 질서정연했다. 사이먼과 내가 자던 침대에는 몇 조각의 수가 멋지게 놓인 베개가 가지런히 놓여 있었다. 그리고 책은 (사이먼의 영웅의 서재) 산같이 꽂혀 있었고, 대학에서 받은 페넌트들은 한 줄로 줄지어 진열되어 있었다. 여인들은 여름 분위기를 지닌 깨끗한 벽 색깔의 부엌 창문가에서 뜨개질을 하고 있었고, 마당의 해바라기와 푸른 빨랫줄 기둥 사이에서 조지는 참새들이 와서 앉았다 가버린 자리의 냄새를 맡는 위니를 뒤따라 비트적거렸다.

나는 사이먼과 내가 어떻게 집을 떠나 있을 수 있고 또 우리 없이 어떻게 집이 원활하게 돌아갈 것인가를 아는 것이 내 마음을 아프게 하는 것이라 생각했다. 엄마는 이것을 느꼈음인지 나에 대해서 온갖 법석을 다 피웠다. 즉 어머니는 과자를 굽고, 탁자를 펴고, 접시에 잼을 가득 담는 등 마치 나를 손님처럼 대했다. 그런 식으로 나의 돈벌이는 인정을 받았다. 내가 시계 주머니에서 몇 달러의 접힌 지폐를 끄집어낼 때는 자랑스러웠다. 그러나 보통 때보다 심한 할머니의 농담으로 크게 웃었을 때, 되울리는 백일해 기침 소리가 내게서 났다.—나는 그만큼 조숙한 어린애였다. 나는 비록 손발이 가늘고 길어졌으며 머리는 클 만큼 컸지만,

아직까지 짧은 바지에 폭 넓은 옷깃을 달고 있었다.

"애야, 너는 거기서 틀림없이 대단한 것을 배우고 있겠지."

할머니는 말했다.

"이것은 네가 교양을 넓히고 세련미를 배울 수 있는 좋은 기회란다."

할머니는 자기가 벌써 나의 인격을 형성시켜 놓았기 때문에, 우리가 나쁜 영향을 받을까 봐 두려워할 필요는 전혀 없다고 자랑할 심산이었다. 그러나 어떤 위험이 있을 경우에는 약간 조롱을 나타내기도 했다.

"아직 안나는 울고 있니?"

"네."

"온종일이겠지. 그래, 그 사람은 뭘 하며 지내지? 안나를 바라보고 눈을 깜짝깜짝하잖아. 그 어린애는 말을 머뭇머뭇하고. 틀림없이 생기발랄하겠지. 그리고 파이브 프로퍼티즈, 그 아폴로는 아직까지 결혼하려고 미국 여자를 찾고 있나?"

이것은 사람을 당황케 하는 할머니의 능란한 말솜씨였다. 뼈대가 작은 그 노란 손으로, 오데사에서는 몸집이 큰 남자와 실제로 결혼한 일이 있는 그 손으로, 할머니는 스위치를 틀었다. 물이 흘러들어 와서 어색한 것—돈, 힘, 비계, 비단, 과자 상자—은 모두 가라앉고, 재치가 있는 탁월한 미소만 남아서 잔물결을 명상하게 되었다. 내가 이해했던 것처럼 이것을 알기 위해서는 다음과 같은 사실을 알아야만 했다. 1922년 제1차 세계대전 종전 기념일, 공장들이 장엄한 축하의 소리를 내고 있던 11시였다. 가만히 서 있어야만 했던 할머니가 계단을 내려오다 그만 발목을 삐었다. 할머니가 당혹감에 욕설을 내뱉고 있을 때, 파이브 프로퍼티즈가 할머니를 안고 부엌으로 급히 갔던 일이 있었다. 그러나 할머니의 기억력은 비행과 허물만 전문적으로 다루고 있었다. 그것은 할머니의 두 눈 사이에 있는 귀족 티 나는 주름살처럼 할머니의 뇌리에서 뽑아버릴 수 없는 것이었다. 할머니의 불만은 성격을 이루는 하나의 구성 요소였고, 또 그것의 일부분이었다.

파이브 프로퍼티즈는 결혼 문제에 대단히 민감했다. 그는 모든 사람들과 그 문제를 가지고 얘기했으므로 자연히 로시 할머니가 그 문제를 알게 되었다. 할머니는 보통 때처럼 자신의 모습을 감춘 채 생각이 깊고 친절해 보였다. 반면 남몰래 할머니는 손수 철해 두기 위해서 알고 싶은 것을 전부 수집했다. 그러나 할머니 역시 그 문제에 자기를 위한 약간의 돈, 즉 중매쟁이 비용이 있다는 것을 알았다. 할머니는 돈 벌 기회를 찾고 있었다. 한때 할머니는 캐나다에서 돌아오는 이민자들의 밀수를 뒤에서 조종했던 적이 있었다. 할머니가 크레인들과 그의 처 조카딸에 대해서 어떤 합의를 보았었다는 것과, 할머니가 자기 편에서 프로퍼티즈를 권하고 크레인들은 중매자 역할을 하게 되었다는 것을 나는 우연히 알게 되었다. 처음에 파이브 프로퍼티즈는 여기에 대단히 관심을 보여서 털고 광내면서 옷단장을 요란하게 하고 눈 위로 올라간 눈초리에까지 면도를 하며 한껏 달아올라서 그 여자를 만나기로 한 크레인들 집의 지하실에까지 갔다. 그러나 계획은 모두 실패했다. 여자는 마르고 창백해서 그를 만족시켜 주지 못했다. 그가 마음속으로 생각하는 여자는 발랄하며 검은 머리카락에 입술이 큰, 파티에 나가는 아름다운 소녀였다. 그는 신사답게 거절하기로 하여, 그 여윈 여자를 한두 번 만났다. 그녀는 그로부터 큐피 인형과 수레바퀴 모양의 분홍빛 나는 캔디 한 상자를 받았고, 그들 사이는 끝났다. 할머니는 그녀가 그를 버렸다고 말했다. 그러나 크레인들과 할머니와의 타협은 얼마 동안 계속되었다고 믿는다. 그래서 크레인들은 그 문제를 결코 중단하지 않았다. 그는 아직까지 일요일이면 코블린 집을 찾았다. 그는 어떤 인쇄업자를 위해 유대인 연하장을 위탁판매할 때와 같이, 이중으로 심부름을 했다. 이런 일은 마치 잡화상 물건이나 경매품을 구입하는 일과 이웃 사람들로부터 한 벌의 가구가 필요하다는 말을 들었을 때 그들을 햄스테드가의 가구상으로 데리고 가는 일처럼, 그가 정규적으로 하는 일 중의 하나였다.

   그는 파이브 프로퍼티즈의 마음을 교묘하게 움직였다. 그래서 나는 그들이 헛간에서 얘기하고 있는 것을 보곤 했다. 이때 크레인들은 바지를 걷어 올리고, 굴욕을 받은 등과 옛날 영국 런던 탑 경비원의 혈기 왕성한 얼굴을 하고서 그날의 숙녀가 가진 좋은 점을 이마 끝까지 과장해서 열심히 이야기했다. 그 내용인즉, 그녀가 좋은 집안에서 태어나 어머니가 먹여 주는 최상의 깨끗하고 좋은 음식을 먹고, 아무런 마찰 없이 곱게 자랐으며, 제때에 젖가슴이 나와 아직 아무런 나쁜 생각을 하지 않고 다만 아주 맑은 젖만 짠다는 이야기였다. 그래서 파이브 프로퍼티즈가 팔짱을 끼고 싱긋이 웃으며 그의 이야기를 듣고 조롱하는 듯한 표정을 지었을 때, 나는 그가 생각하는 게 뭔지 알 수 있었다. 그녀는 실제로 그렇게 부드러웠고 멋있고 또 희었는가? 그러면 그녀가 결혼한 후 얼마 가지 않아 지나치게 꽃이 피어 거칠고 조잡해져 타락하고 게으른 인간이 되어서는 사치스러운 침대에 누워 무화과를 먹으면서 창문 차양가에서 잘생긴 젊은이들에게 메시지를 보낸다면? 만일 그녀의 아버지가 부정을 하는 사람이고, 남자 형제들이 건달이고 노름 사기꾼이며 어머니가 낭비벽이 심한 단정치 못한 여자라면? 파이브 프로퍼티즈는 대단히 조심스러운 사람이 되려고 했다. 그래서 그는 그의 누이로부터 적지 않은 경고와 주의를 받았다. 자기보다 열 살 위인 그의 누이는 그에게 미국적인 위험과 특히 나이 어린 고향의 청년들에 대한 미국 여자들의 위험성을 경고했다. 그의 누이가 그렇게 경고할 때는 희극적이었으나 침울함이 섞인 분위기였다. 이때는 슬퍼하는 시간이었다.

"그 문제는 나와 인생을 이해하는 어떤 사람과는 다를 거야. 만일 그녀가 멋쟁이 친구들처럼 털 코트를 원한다면 너는 그것을 사주어야만 해. 그런데 네가 그것을 사주기 위해서 너의 마지막 핏방울, 신선한 젊은 핏방울을 흘린다 할지라도 그녀는 조금도 걱정하지 않을 거야."

"나는 그렇지 않아."

파이브 프로퍼티즈가 말했다. 안나가 "내 아들은 그렇지 않다."고 말한 것과 어딘가 같은 태도로 말했다. 그는 넓은 손가락으로 빵 모양으로 생긴 알약을 굴리면서 시가를 피우고 있었으며, 푸른 눈을 차갑게 뜨고 있었다.

팬티만 입고 계산에 바쁜—그날 오후는 무더웠다.—코블린은 내가 이러한 대화에 귀를 기울이면서 얼마나 책 읽기를 게을리하는가를 주시하며, 눈짓을 하고 나에게 또 한 번 미소를 지었다. 그는 내가 프라이버시를 깨뜨리고 그의 욕실에 들어갔던 일로 인해서 내게 원한 따위는 품지 않았다. 오히려 그 반대였다.

책에 관해 얘기하자면, 그것은 『일리아드』라는 사이먼의 책이었다. 그동안 나는 아름다운 브리세이스가 천막에서 천막으로 어떻게 끌려갔으며 아킬레스가 어떻게 그의 창을 뒤틀어 갑옷을 걸었는가를 읽고 있었다.

코블린 가족은 농부의 집처럼 아침 일찍 일어나고 저녁만 먹으면 바로 잤다. 파이브 프로퍼티즈가 새벽 3시에 제일 먼저 일어나서 코블린을 깨웠다. 코블린은 나를 데리고 나가 벨몬트가의 대중 식당에서 아침을 사주었다. 이 식당은 밤이면 트럭 운전수, 차장, 배달부, 루프가의 사무실에서 온 날품팔이 여편네들이 단골로 찾아와 붐비는 곳이었다. 그는 비스마르크 샌드위치와 커피를, 나는 플랩잭이라는 과자와 우유를 먹었다. 그는 이곳에서 다른 단골손님들과 그리스인 크리스토퍼, 그리고 여급들과 사교적인 분위기에 흠뻑 젖어들었다. 그는 재치 있는 말솜씨를 갖지 못했으나 유쾌히 잘 웃었다. 4시와 5시 사이의 유죄 판결 시간에는 두려울 것이 없는 사람도 우울해지고 심각해지며, 서서히 졸립게 된다. 그러나 그는 그렇지 않았다. 적어도 여름철에는 집을 벗어나 커피를 한 잔 앞에 놓고 조간신문을 읽었다.

우리는 헛간 쪽으로 가서 신문 수송 트럭을 만나곤 했었다. 트럭은 나뭇잎을 떨어뜨리며 뒷문에 쓸모없는 물건을 싣고(신문 트럭을 올라타는 것은 브라이드웰에서 손을 들고 차를 얻어 타거나 훔친 차에 즐겁게 승차하는 것만큼 확실히 깡패로 출세하는 하나의 단계였다.), 차 소리를 내며 골목길을 내려오거나, 몇 뭉치의 《트리뷴》이나 《이그재미너》를 내려놓고 갔다. 그때 신문 배달 소년들이 자전거와 활차를 가지고 나타났다. 코블린과 그의 나이 든 조수들은 벽이 둘러 쳐진 가파른 뒤쪽 현관을 타고 기둥과 빨랫줄 너머로 3층까지 신문을 던져 올리면서 8시에는 배달 구역을 전부 다 돌았다. 그러는 동안 사촌 안나는 잠에서 깨어, 자기의 전문적인 일로 되돌아갔다. 그 일이란—마치 그들을 욕하는 것이 밤새 김빠져 버린 것처럼—눈물을 흘리고, 수다를 떨고, 또 슬퍼하고, 자신의 모습을 아침부터 거울에 비쳐 보는 일이었다. 그러나 두 번째 아침 식사가 식탁에 준비되면, 코블린은 그것을 먹고, 정중한 파나마 모자를 쓰고 눈을 반짝반짝 굴리면서 장지문을 가볍게 두드리며 수금을 했다. 그는 남의 집 마당을 제일 먼저 통과하는 사람이었다. 그의 바지에는 거미줄이 묻어 있었다. 밤새 일어난 맥주 상인들의 피로 얼룩진 갱 사건과 마지막 주식 시장 가격—모두 다 인슐이 경영하는 증권시장에서 증권 투자를 하고 있었다.—까지 무장하여 어떠한 대화에도 응할 수 있는 준비를 갖추었다.

그런데 나는 안나와 그녀의 딸과 함께 집에 있었다. 안나는 보통 꽃가루를 피하기 위해서 북쪽 위스콘신으로 갔다. 그러나 금년에는 호워드가 집을 나갔기 때문에 프리들은 방학을 빼앗겼다. 안나는 종종 프리들이 상위 계층의 애들 중에서 자기만이 방학을 갖지 못했다고 불평하는 것을 묵살했다. 그것을 달래기 위해서 안나는 이전보다 프리들을 더 잘 먹였다. 그래서 이 아이는 영양을 너무 많이 섭취한 안색을 띠게 되어 볼이 병적으로 붉어지고 과민하며 야만스러운 얼굴을 갖게 되었다. 그녀는 화장실에 갔을 때 문을 닫을 수가 없었는데, 조지까지 그런 것을 배우고 말았다.

내가 그날 축구 시합에—운동 선수들은 얼어붙은 운동장의 흰 선 위에서 머리를 박고 쿵하고 넘어졌다.—모습을 보이지 않았을 때 프리들이 나에게 약속했던 것을 나는 잊지 않았다. 그때는 그녀가 그러한 모든 버릇을 고치고 그녀의 어머니처럼 숙녀였을 때였는데, 그녀 아저씨 같은 사과빛 안색을 하고 너구리 털가죽 외투를 입고 열심히 웃어 가면서 미시간 교기를 흔들었다. 그녀는 앤 아버에서 영양사가 되기 위해 공부를 하고 있었다. 이것은 코블린이 나에게 돈을 주며 그녀를 영화관에 데리고 가도록 했던 그 토요일로부터 약 십 년 후의 일이었다.

안나는 우리가 가는 것을 반대하지 않았다. 하지만 축제일에는 돈을 만지려고 하지 않았다. 그녀는 조그마한 유대인 달력을 보고 생일 등을 포함한 모든 축제일을 지켰다. 머리에 미사포를 쓰고, 촛불을 밝히고, 또 눈을 크게 뜨고 엄숙한 태도로 기도를 했다. 무서운 니네베로 쫓겨 들어가는 요나의 공포와 대담함을 가지고 종교적인 공포를 추구했다. 안나는 내가 자기 집에 있는 동안 나에게 종교적인 가르침을 베푸는 것이 그녀의 의무라고 생각했다. 종교적인 가르침이란, 연민과 분노, 자기의 기억과 환상으로부터 가져온 작은 미사어구와 무자비한 정열에 압도되어서 히브리어와 이디시어 그리고 영어로 유창하게 창조와 타락, 바벨의 건물, 대홍수, 천사들의 롯 방문, 롯 부인의 처벌과 그 딸의 음탕함에 대한 괴상한 이야기를 늘어놓는 것이었다. 그녀는 아비멜렉의 정원에서 레베카와 놀고 있던 이삭에 대한 이야기나, 세겜이 디나를 강간한 이야기는 크게 설명해 주지 않았다.

"그는 그녀를 몹시 괴롭혔다."

그녀가 말했다.

"어떻게요?"

"몹시 괴롭혔다고!"

안나는 더 이상 설명이 필요하다고 생각지 않았다. 그녀 생각이 옳았다. 나는 그녀가 누구에게 이야기하는지를 알았다고 그녀에게 시인해야만 했다. 그것에 관해서는 아무런 실수가 없었을 것이다. 안나는 마음속 깊은 곳으로부터 나에게 그 위대하고 영원한 일들을 가르쳐주고 있었다.

3장

 그때까지도 내가 코블린가(家)로 결혼해서 들어갈 것이라고는 상상조차 할 수 없었다. 그리고 안나가 호워드의 색소폰을 채갔을 때, 나는 '어서 가지고 가십시오. 필요 없습니다! 나는 그것보다 더 좋은 것을 원합니다.' 하고 생각했다. 내 마음은 이미 아주 멋진 운명에 잠겨 있었다.
 한편 할머니는 그 운명이란 것이 어떠한 것이 될까 하고 자기 나름대로 생각하면서, 나를 위해서 온갖 일자리를 계속 찾았다.
 '온갖 일자리'라고 말하면서, 나는, 말하자면, 나의 전체 생애의 중요한 열쇠를 풀어보려고 했다. 비록 할머니가 우리를 위해 선택한 것이기는 하지만, 이와 같은 최초의 일자리가 일반적으로 비정한 것은 아니었다. 열심히만 하면, 그것은 임시적이고 더 좋은 어떤 자리를 구하는 길이 되게 마련이었다. 할머니는 우리를 평범한 노동자로 만들 의향은 없었다. 우리는 작업복이 아니라, 신사복을 입어야만 했다. 그래서 독일인 남녀 가정교사를 거느리고 김나지움 교복을 입은 할머니의 아들들과는 달리, 우리가 신사가 된다는 천부적인 희망을 갖지 못한 채 태어났어도 우리를 신사로 만들어주려고 했다. 할머니의 아들들이 조그만 마을의 장사꾼보다 좀 더 나은 일을 할 수 없었던 것은 결코 할머니의 잘못은 아니었다. 그들은 세상을 크게 흔들어놓을 수 있을 정도로 교육을 받았기 때문이다. 할머니는 그들에 대해서 여태껏 아무런 불평도 하지 않았고, 그들 또한 할머니에 대해서 상당한 존경심을 가지고 행동했다. 상당히 몸집이 큰 이 두 아들은 벨트가 있는 오버코트를 입고 짧은 각반을 두르고 있었는데, 슈티바는 스튜드베이커를, 알렉산더는 스탠리 스티머를 몰고 다녔다. 이 두 사람은 말이 없거나 쉽게 싫증을 내는 경향이 있었다. 러시아어로 말을 걸면, 그들은 영어로 대답했다. 확실히 그들은 자기들 엄마가 해준 모든 것에 대해 그렇게 크게 고마워하지 않는 듯했다. 아마도 할머니는 우리와 똑같은 어려움을 지니고 있으면서도 자기가 무엇을 할 수 있는가를 아들들에게 보여 주기 위해 사이먼과 나에게 그렇게 열심히 해주었나 보다. 할머니는 자기 아들들 때문에 사랑에 대해서 우리 두 사람에게 설교를 했었는지도 모른다. 그들이 할머니에게 의무적인 키스를 하려고 허리를 굽혔을 때, 그들의 머리를 얼른 끌어 잡을 수는 있었으리라고 생각된다.

어쨌든, 할머니는 우리를 심하게 통제했다. 우리는 소금으로 이를 닦고, 카스티야 비누로 머리를 감아야만 했으며, 우리의 기록 카드를 집에 가져와야만 했다. 그리고 속옷을 입고 자는 것은 규칙에 어긋났고, 반드시 파자마를 입어야만 했다.

만일 그것이 우리 모두를 고귀한 신분으로 만들기 위한 것이 아니었다면, 왜 당통은 그의 목을 잃었으며 나폴레옹 같은 인물이 존재했었는가? 어느 곳에서나 가르치고 있는, 고상하게 되기 위한 이러한 보편적인 자격이란, 명예로운 표정과 이로쿼이족[13]의 몸가짐과 독수리 같은 자태, 잔가지 하나도 부러뜨리지 않는 유연한 걸음걸이, 기사 바야르[14] 같은 우아함과 쟁기질을 할 때의 킨키나투스[15]의 손, 나소 거리에서 성냥을 팔다가 대기업의 총수가 된 소년의 근면성을 사이먼에게 주었던 것이다. 비전을 가진 특수한 재능이 없으면, 우리 중에 이같이 고상하게 될 수 있는 자격을 발견할 수는 없을 것이다. 즉, 악대들이 북을 치고 나팔을 요란하게 불어대고, 깨끗한 바람이 풀과 나뭇잎 그리고 연기를 춤추게 하며 기폭을 펄럭이게 만들고, 또한 쇠 깃대에 매인 밧줄 고리를 흔들어 소리 나게 만들 동안, 붉게 물든 가을날 아침 학교 정원에서 줄을 치고, 자갈 위에 검은 양피 외투와 실로 짠 검은 양말과 벙어리장갑, 서부의 갑옷용 장갑을 끼고 서 있거나 구두를 벗고 있는 모습 말이다. 그러나 사이먼은 학교 경찰 순찰대의 선두에 서서, 그 전날 밤 풀을 먹여 다린 샘 브라운 혁대를 하고 서지 모자를 쓰고 있어서 눈에 띄었음에 틀림없다. 그는 잘생겼으며, 윤곽이 뚜렷하고, 피부가 희고 혈색이 좋았다. 그의 눈썹 위에 있는 작은 홈까지도 아름답고 단정적인 면을 나타내었다. 학교 창문에는 추수감사절 조각 세공품인, 검고 오렌지 빛깔이 나는 순례자들과 칠면조의 형상, 그리고 실로 꿰놓은 귤이 걸려 있었고, 잘 닦아놓은 유리는 푸르고 붉은 하늘의 서늘함과 내부에 있는 전등불과 칠판들을 비쳐 보였다. 검붉은 건물, 즉 수도원, 폴 리버[16]나 혹은 서스퀘해너 강가에 있는 공장, 시립 교도소—이것은 각기 어느 정도 비슷했다.

사이먼은 이곳에서 뛰어난 성적을 내었다. 로열 연맹 회장인 그는 스웨터 위에 방패 모양의 배지를 달고 있었으며 또한 졸업생의 대표였다. 나는 사이먼과 같은 일편단심의 한 가지 목적을 가지고 있지 않았으며, 보다 산만했었다. 그래서 나를 즐겁게 해주었던 사람이라면 누구나 나에게 학교 수업을 빼먹고 폐물 잡동사니들을 찾아 골목을 돌아다니게 할 수 있었고, 또 보트 하우스 주위를 어슬렁거리게 하거나, 갯벌 다리 밑에 있는 철공소 속으로 기어들어 가도록 할 수 있었다. 나의 여러 가지 흠 자국이 이것을 말해 준다. 내가 잡동사니 장난감을 가지고 들어왔을 때, 할머니는 나를 '닻걸이'라고 부르고 프랑스어로는 '메샹(*meshant*)'이라고 하면서 내가 열네 살에 일하러 나가야만 한다고 위협하면서 폭행을 가했다.

"관청에 가서 면허장을 얻어줄 테니, 폴란드인처럼 가축 수용소에 가서 일해라."

할머니는 이렇게 말하고는 했다.

평상시에는 이와 다른 억양으로 나에게 말했다.

"네가 머리가 나쁘다는 것은 아니야. 넌 다른 사람만큼 똑똑하다. 만일 크레인들 아들이 치과의사가 될 수 있다면, 너는 일리노이의 주지사가 될 수 있어. 단지 너무 쉽게 좋아하는 것이 탈이야. 너에게 농담을 하고 웃으며 과자 부스러기나 아이스크림이나 조금 핥아먹게 해주겠다고 하면, 만사를 집어던지고 뛰어올 게다. 넌 바보야."

할머니는 둥근 거미줄 모양으로 짠 숄을 손으로 잡고, 마치 남자들이 옷깃을 여밀 때 하는 것처럼, 그것을 밑으로 끌어당겼다.

"네가 웃기나 하고, 복숭아 파이 따위나 먹으며, 이럭저럭 쉽게 지낼 수 있다고 생각하면, 어떻게 될지 모른다."

코블린이 나에게 파이 맛을 가르쳐주었는데, 할머니는 그것을 조소하고 경멸했다.

"연약하고 잘 달라붙는 녀석 같으니라고!"

할머니는 외부적인 영향력에 대해 증오심과 여호와와 같은 질투심을 가지고 말했다.

3장 63

"그 밖에 그가 네게 뭘 가르쳐주었지?"

할머니는 위협적으로 물었다.

"아무것도 없어요."

"없는 게 맞는 거야!"

그리고 할머니가 나를 세워 놓고, 형벌의 침묵과, 짧은 바지에 비해 지나치게 긴 다리를 하고 시꺼먼 더벅머리와 갈라진 턱―조롱의 원천―때문에 머리 모양이 커진 나 자신과 나의 바보스러움에 대해 평하는 것을 참고 들어야만 했다. 게다가 건강한 안색은 확실히 내게서 사라졌다. 왜냐하면 할머니는 "저것 봐, 그의 얼굴 좀 보란 말이야!" 하면서 이를 내놓고 웃으며, 잇몸에다 물부리를 물고 담배에서 연기를 조금씩 조금씩 뿜어내었기 때문이다.

한번은 포장을 하고 있는 도로에서 할머니가 좋아하지 않는 가정의 지미 클라인이라는 내 친구와 함께, 내가 펄펄 끓는 항아리에서 타르를 젓고 있는 것을 할머니가 본 적이 있었다. 그래서 할머니는 이전보다 더 오랫동안 나를 싫어했다. 이러한 기간이 점점 더 길어짐에 따라 나의 비행도 점점 더 악화되어 갔다. 나는 내 벌이 너무 심하다는 생각을 했으므로 엄마가 나를 용서받게 할 수 있는 방법을 강구한 후, 나를 위해 할머니에게 가보도록 요청했다. 그리고 용서를 받을 때 나는 눈물을 흘렸다. 이렇게 해서 나는, 내가 나의 죄를 더욱 관대하게 보도록 만들었던 세속적인 죄를 통해서, 감정이 더욱더 저항적인 단계에 이르게 되었다. 그러나 그것은, 내가 할머니를 최고급과 최상급―할머니의 말을 빈다면―유럽의 법정, 빈의 의회, 기정의 명에, 그리고 할머니의 보이지 않는 행동과 언어에 나타난 깊이 있고 수양이 된 모든 것과 연관 짓는 일을 중단했다는 것은 아니다. 할머니는 대단히 중요한 함축성 있는 말과 황제가 새겨져 있는 갈색빛 나는 제국 동화

(銅貨)와 여러 가지 그라비야판 화폐, 그리고 지극히 깊은 사색이 담겨 있는 우울증을 생각나게 했다. 나는 할머니의 잔소리에 영향을 받지 않을 수 없었다. 나는 열네 살에 증명서를 가지고 밖에 나가 내가 택하려고 했던 그 통조림 공장에서 너무 오랫동안 빈번히 일하고 싶지 않았다. 나는 집에서 숙제를 하고 질문에 답하기 위해 내 자리에서 거의 일어나다시피 하며 손을 드는 것이 좋았다. 그런데 할머니는 자기가 살아서 힘만 있으면, 나를 고등학교뿐 아니라 대학까지 보내주겠노라고 맹세했다.

"네가 그렇게 원한다면! 하늘과 땅이 감동하겠다."

그리고 할머니는 의과대학 시험 공부를 하면서 잠을 쫓기 위해 며칠 밤을 마룻바닥에서 뒤척였었다는 자기의 사촌 대샤에 관해 이야기했다.

사이먼이 졸업하면서 졸업식 연설을 했을 때, 나는 한 학년을 월반했다. 그래서 교장 선생님은 그의 연설 중에 우리 마치 형제를 언급했다. 전 가족이 다 참석했다. 엄마는 조지가 장난을 할까봐, 동생을 데리고 뒷자석에 앉아 있었다. 엄마는 오늘 조지를 집에 두고 오려고 하지 않았다. 그들은 좌석에서 가장 후미진 제일 끝 마지막 줄에 있었다. 나는 깃털이 날리는 듯한 가벼운 표정으로 할머니와 함께 앞줄에 앉아 있었다. 할머니는 검은 비단옷을 입고, 이가 갓 난 어린애가 움푹 물어놓은 것 같은 하트 모양의 작은 금합(金盒)이 달린 황금 목걸이를 여러 겹으로 감고 있었다. 할머니는 거만하게 보이는 좁고 오똑한 코를 지녔다. 양쪽 방향으로 바쁘게 움직이는 깃털이 달린 겹가지 브로치 장신구를 일종의 분노 속에 말없이 만지고 있어서, 이민 온 다른 친척들과는 구별되었다. 이 같은 태도는 만일 우리가 할머니가 말한 대로 한다면, 이러한 대중적인 존경과 같은 많은 결과를 기대할 수 있다는 것을 우리에게 마지막으로 설득해 보려고 했었던 것이다.

"지금 나는 내년에 네가 저기에 서 있기를 바란다."

할머니가 내게 말했다.

그러나 할머니는 그것을 기대하지는 않았다. 월반할 정도로 열심히 공부했어도 때는 이미 너무 늦어버렸다. 과거의 내 성적은 과히 좋지 못했던 것이다. 여하튼 나는 이러한 성공으로부터는 영구적인 고무를 받지 못했다. 나는 그러한 일에는 적합지 못했다.

게다가 사이먼 또한 계속 일등을 유지하지 못했다. 그는 나보다 학교에 더 열성을 기울여 왔지만, 벤턴 하버에서 웨이터 노릇을 했던 여름에 어떤 변화를 겪게 되었다. 그래서 그가 원래 가졌던 것과는 다른 목적과 행동에 대한 새로운 관념을 가지고 돌아왔다.

그가 변화했다는 표시는, 이것은 나에게 대단히 중요한 일이었는데, 그가 가을 단풍처럼 노랗게 되어 돌아왔다는 것이다. 앞니 하나가 부러져 전체 하얀 이 사이에서 유난히 눈에 띄게 드러나 보였고, 얼굴은 웃음으로 온통 일그러져 있었다. 그는 어떻게 이 꼴이 되었는지를 말하려 하지 않았다. 누구와 싸움을 해서 이를 그렇게 부러뜨렸는가?

"동상(銅像)에다 키스를 한 덕택이야. 아니, 크랩 게임[17]에서 10센트짜리 은전 하나를 깨물어서 그래."

그가 내게 말했다.

육 개월 전만 해도 이외 같은 대답은 상상도 할 수 없었다. 또한 할머니가 만족하실 정도로 돈의 용도를 설명하지 못했다.

"30달러를 팁으로 주었다고는 말하지 마라! 내가 알기로는 레이만은 일류 휴양지야. 거기는 클리블랜드와 세인트루이스 전역에서 오는 사람들로 붐비지. 그래서 돈을 좀 쓸 것이라 예상은 했다만……."

"물론이지요. 약 15달러 정도 썼습니다."

"사이먼, 너는 언제나 정직했다. 이제 오기는 돈을 한 푼 남기지 않고 전부 집으로 가져온단다."

"정직했었다고요? 나는 지금도 정직합니다!"

그는 이렇게 말하며, 자존심과 남을 무시해 버리는 듯한 지극히 허위적인 위엄으로 거드름을 피웠다.

"지난 12주 월급 이외에 30달러를 더 집에 가져왔습니다."

할머니는 그 문제에 대해 이야기를 중단시켰다. 이때 할머니의 금테안경 표면에서부터 조용하고 투명한 빛이 번쩍였고, 할머니의 회색 머리카락과 주름살에는 탈선에 대한 어떤 경고가 보였으며, 허로 자기 뺨을 한 번 빨리 핥았다. 할머니는 때가 오면 나를 한 대 치려는 것 같았다. 그러나 처음부터 나는 사이먼이 이에 대해서 걱정할 필요가 없다고 생각하는 것을 느꼈다. 그가 반항하려고 했다는 것은 아니다. 그러나 그에게는 어떤 생각이 있었다. 우리는 차츰 여자들 앞에서는 말할 수 없었던 다른 일들을 서로 얘기했다.

처음에 우리는 가끔 같은 장소에서 일을 했다. 코블린은 일손이 필요할 때 우리를 그의 일터로 불렀다. 그래서 울워스 집 지하실 밑에서, 들어가 걸을 수 있을 정도로 큰 통 속에서 사기그릇을 꺼내는 일을 했다. 우리는 썩은 짚을 꺼내어 아궁이에 집어 던졌다. 거대한 압착기에 집어넣어 종이를 꾸러미로 만들었다. 그곳 아래는 부패한 음식과 겨자 깡통, 오래된 사탕, 짚, 종이들이 뒤섞여 지저분했다. 점심을 먹기 위해 우리는 위로 나왔다. 사이먼이 집에서 샌드위치 싸 오는 걸 반대했다. 일할 때에는 방금 한 따뜻한 음식이 좋다고 말했다. 우리는 25센트를 주고 핫도그 두 개와 루트 비어 한 잔, 파이, 지하실 공기를 나쁘게 만들었던 바로 그 겨자가 철철 흐르는, 섬유질의 빵 속에 넣을 소시지를 샀다. 그러나 그곳에서의 일은 작업복을 입고, 여자 종업원과 같은 처지의 모습이었다. 철물류, 유리 그릇, 초콜릿, 닭 모이, 보석류, 마른 음식, 유포(油布) 그리고 히트송 레코드판 등을 고루 갖춘, 거친 양철통 소리와 삐걱거리는 소리가 나는 광란의 시장 거리 가운데 있는 것은 실로 거창한 일이었다. 마루 밑 이곳의 아틀라스 신이 되어, 마룻바닥을 걸어 다니는 수백 사람의 무게를 어떻게 지탱하는지 듣는 일과, 이웃에서 이따금씩 들리는 영화관의 오르간 소리와 시카고 거리에서 들려오는 전차 소리를 듣는 것도 큰 소득이었다. 바람에 실려 날리는 재로 핏빛을 띤 우울한 토요일과 찬란하게 빛나는 크리스마스 상가로부터 눈에 잘 보이지 않게 흐릿한 북쪽 하늘로 치솟아 오른 5층 건물의 새까매진 모양을 보는 것도 큰 소득이었다.

사이먼은 곧, 나은 일자리를 찾아 페더럴 뉴스 컴퍼니로 옮겼다. 이 회사는 각 철도역에 매점을 내어 기차 내에서 과자나 신문을 팔 이권을 지니고 있는 회사였다. 종업원은 유니폼 보증금을 기탁해야만 했다. 그래서 그는 새로운 유니폼으로 말쑥하게 차려 입어서 사관생과 같은 모습을 하고서는 밤 시간을 기차와 상가에서 보내기 시작했다. 일요일 아침에는 늦게 일어나서 목욕용 가운을 입은 채로 나왔다. 그러고는 아침 식사를 마음 편히, 그리고 충분히 하고는 새로 얻은 힘으로 용기를 되찾았다. 그는 엄마와 조지에게 더욱 냉담해졌으며, 때로는 나에게까지 까다롭게 굴었다.

"내가 보기 전에《트리뷴》을 버리지 마. 제기랄, 밤에 집에 가지고 오는데, 아침이면 내가 보기도 전에 벌써 조각이 나버리니, 참!"

또 한편으로 그는 할머니 몰래 엄마만 혼자 쓰라고 자기 봉급에서 얼마를 주었으며, 내게도 용돈을 주었다. 조지에게도 군용 캐러멜을 사 먹을 수 있도록 몇 푼 주는 것을 잊지 않았다. 사이먼은 돈 문제에 대해서는 째째한 면이 없었다. 그는 일종의 동양적인, 남에게 잘 주는 기질이 있었다. 돈이 부족하면, 쉬거나 편안히 있지 못했고, 또 팁을 듬뿍 주지 못할 경우엔 돈도 지불하지 않고 식당차를 나오곤 했다. 언젠가 커피숍에서 그는 접시 밑에 놓아둔 10센트 은전 두 개 중 하나를 내가 집었다고 내 머리를 쳤다. 내 생각으로는 10센트면 충분한 것 같아서였다.

"네가 그렇게 째째한 짓을 하는 것을 다시는 보이지 마라."

그가 말했다. 나는 그가 몹시 두려웠기 때문에 감히 말대꾸조차 할 수 없었다.

최근 일요일 아침마다, 부엌에서 유니폼이 잘 보이도록 침실 안, 침대 발치에 조심스럽게 걸어놓고, 안개가 창문에 닿아 방울방울 유유히 흘러내리는 것을 보면서 그는 가족의 통제권을 손아귀에 쥘 준비가 되어 있는 자신의 위력을 느꼈다. 때때로 그는 할머니가 이방인인 것처럼 내게 말했다.

"할머니는 우리랑 아무 상관이 없어, 오기야! 너도 알잖아?"

그가 신문을 식탁을 다 차지하며 펼쳐 놓고 짙은 갈색 머리가 내려온 이마 위에 손을 얹고 신문을 읽는 건 할머니가 두려워해야만 하는 거부, 즉 할머니에게 아무런 관심도 보이지 않는 행동만큼 반항적이지는 않았다. 아직 그는 할머니를 물러나게 할 어떤 계획도 세우지 않았으며, 또 나머지 우리들에 대한—특히 전과 같이 하녀로서 지내왔던 엄마에 대한—할머니의 세력에 대해

간섭하지도 않았다. 엄마의 시력이 나빠짐에 따라, 지난해에는 잘 맞았던 안경이 이제 맞지 않게 되었다. 우리는 새로운 안경을 맞추기 위해 진료소에 가서 다시 검사를 했다. 단지 검사만 했다. 그들이 사이먼의 나이를 카드에 기록하면서 그가 일을 하는지 물었을 때, 나는 할머니에게 훈련을 받지 않고서도 얼마든지 스스로 대답할 수 있을 것 같았다. 엄마까지 전처럼 가만히 있지 못하고, 이상하리만큼 맑은 목소리를 높여 말했다.

"우리 애들은 아직 학교를 다녀요. 학교를 마치면 나를 돕게 되겠지요."

우리는 치료비 흥정을 하느라고 직원에게 붙들려 혼이 나고 있었는데, 다행히 그날 밀려드는 손님들 덕택에 안과에 서류를 접수시킬 수 있었다. 우리는 아직 할머니의 가르침이 없이는 아무것도 할 수가 없었다.

이제 사이먼의 소식은 집안의 주요 관심사가 되었다. 사이먼은 그동안 열차 칸에서 라샐스트리트 역에 있는 매점으로 옮겼다가, 다시 여행의 주요 도로에 있는, 잘 팔리는 책과 새로 나온 물건들을 파는 가장 붐비는 중앙 매점으로 왔다. 그곳에서 그는 털옷을 입거나 군모나 알파카옷을 입은 많은 사람들이 수하물 사이로 자유로이 걸어가는 것을 볼 수 있었는데, 그들은 겉으로 드러난 것보다 더욱더 자만심에 차 있거나, 우울해하거나, 정중하거나, 질서정연했다. 그들은 높은 건물이 무자비하게 가득 찬 라샐스트리트의 휘몰아치는 눈 속을 급행열차가 달릴 때 포틀랜드 로즈를 타고 캘리포니아와 오리건에서 왔다. 그들은 '20세기호' 열차를 타고 뉴욕으로 떠났는데, 꽃으로 장식되고 짙은 초록색 융단을 깐 어두운 광택이 나는 거실 같은 화려한 객실에 앉아, 은빛 세면대에서 손을 씻고, 중국산 차를 마시거나 시가를 피우면서 갔다.

사이먼은 "나는 오늘 큰 벨벳 모자를 쓴 존 길버트를 만났다."라든가 "상원의원 보라가 《데일리 뉴스》를 사고 거스름돈 10센트를 내게 주었다."라든가 혹은 "만약 네가 록펠러를 보면, 그는 사람들이 말하는 것처럼 고무 창자(胃腸)가 있다고 믿을 거야."라는 등의 보고를 했다.

그는 이러한 이야기들을 식탁에서 하면서, 어떻게 해서든지 위대함을 떨쳐 자신도 그런 계열 속에 들고 싶은 희망을 나타냈다. 그는 누군가의 눈에 들어 혹은 인슐의 눈에 들어, 그가 명함을 주면서 다음 날 아침 자기 사무실로 찾아오라고 할지도 모른다는 기대를 했다. 할머니가 곧 사이먼을 비난하기 시작하는 것을 보고, 속으로 그런 성공을 불신한다고 느꼈다. 아마 그는 남의 눈에 띌 만큼 이렇다 할 신경을 쓰지 않았는지도 모른다. 그의 태도가 바르지 못했거나 어쩌면 주제넘게 보였는지도 모른다. 할머니는 유명 인사들의 눈에 띄게 만드는 것은 뛰어난 재주나 영감(靈感)이라 믿었기 때문이다. 할머니는 이것에 대한 여러 가지 이야기를 수집해서, 줄리어스 로젠월드[18]가 새로운 기부금을 모으고 있다는 기사를 읽을 때마다 그에게 편지를 쓸 계획을 세웠다. 할머니는 로젠월드가 항상 흑인들에게만 돈을 주고 유대인들에게는 주지 않는다고 말했다. 그것이 할머니를 몹시 분노케 했다. 할머니는 "그 독일 놈의 예후다(Yehuda)[19]!"라고 소리 질렀다. 늙어 비틀거리는 흰 개는 이와 같은 소리를 듣고 할머니에게 빠른 걸음으로 달려가려고 애를 썼다.

"그 독일(Deutsch) 놈!"

그럼에도 불구하고, 할머니는 줄리어스 로젠월드를 찬양했다. 그는 할머니와 동일한 부류 안에 있었는데, 그곳에서 그들은 우리와 다르게 이해하면서, 모든 것을 소유하고 모든 것을 지휘 감독했다.

한편, 사이먼은 라샐스트리트 역에서 나를 위해 토요일에 일할 수 있는 자리를 구하려고 애를 썼으며, 또한 지미 클라인이 그의 후임자가 된 지하실 싸구려 잡화점에서 나를 구원해 주려고 했다. 할머니와 심지어는 엄마까지 무엇인가 하기 위해서는 사이먼을 찾았다.

"사이먼, 꼭 오기에게 일자리를 구해 주어야 한다."

"글쎄요, 보르그를 만날 때마다 부탁을 하고 있기는 한데요, 제기랄! 모두들 거기에 친척을 데리고 있답니다."

"어떻게 된 거야? 그 사람이 돈을 먹으려고 하는 것은 아닐까? 내 말을 믿어라. 그 사람은 네가 뇌물을 바칠 것이라 기대하고 있을 거야. 그에게 저녁을 같이하자고 해봐라. 그러면, 냅킨에 싸둔 2달러를 주마."

할머니는 우리에게 세상 사는 법을 가르쳐주곤 했다. 네로 황제가 했던 것처럼, 식사를 하는 자리에서 경쟁자나 방해자의 목을 독이 있는 깃에 스쳐서 죽게 하는 다소 악한 방법과는 조금 달랐다. 사이먼은 보르그를 초대할 수 없다고 했다. 단지 임시 고용인이기 때문에 그를 잘 알지도 못할뿐더러 아첨하는 사람처럼 보여 경멸을 받고 싶지 않다고 했다.

"애야, 포토키 백작."

할머니는 얼굴을 좁혀 차갑고 메마른 표정을 지었다. 사이먼은 초조해서 숨이 넘어갈 지경이었다.

"그러니까 너는 네 동생을 울워스의 지하실에서 그 바보 같은 클라인과 함께 일하도록 내버려 두겠다는 것이로구나!"

몇 달이 지난 후, 사이먼은 그를 지배하고 있는 할머니의 위력이 아직 자기 안에 남아 있다고 시인하면서, 드디어 나를 시내로 데리고 갔다.

어느 날 아침, 그는 나를 보르그에게 데리고 갔다. 그는 전차 칸에서 나에게 경고했다.

"웃기는 헛소리를 하지 않도록 명심해라. 이제 너는 늙은 여우 같은 노인 밑에서 일하게 될 거야. 그는 바보 같은 짓은 전혀 참지 못해. 이 일을 하면서 너는 많은 돈을 만지게 될 거야. 그래서 너는 돈을 대단히 빨리 다루게 된다. 하루 일이 끝났을 때 모자라는 것이 있으면, 보르그는 몇 푼 안 되는 너의 월급에서 제할 거야. 너는 조건부 임시 직원이다. 나는 몇몇 바보 같은 놈들이 화가 나서 나가는 것을 보았어."

그는 유난히도 그날 아침 나에게 심하게 대했다. 날씨는 아주 차가웠고, 땅은 얼어붙었으며, 풀잎은 서리를 맞아 시들어 있었고, 강에서는 김이 올라왔으며, 기차 화통은 위스콘신 특유의 넓고 푸른 하늘로 증기를 내뿜었다. 밀짚으로 만든 의자의 놋쇠 손잡이는 손으로 닦은 것같이 빛났으며, 껍질이 단단한 밀짚은 황금빛이었고, 올리브빛과 갈색빛 나는 주름진 코트 역시 황금빛이고, 상당히 큰 사이먼 팔목에 난 털은 똑같은 빛깔이면서도 더욱 찬란하게 빛났다. 지금은 전보다 더 자주 면도하는데, 그의 얼굴에 난 솜털 역시 황금빛으로 빛났다. 그는 숨을 내쉬며 거리에서 소리를 지르는 새로운 거친 버릇을 가졌다. 그가 이미 경험했거나 경험하고 있는 변화가 어떤 것이든 간에, 그는 나를 통솔했던, 독립심이 강한 세련된 표정을 아직 잃지 않았다. 키는 그와 거의 같았지만, 나는 그를 두려워했다. 얼굴을 제외하곤 골격이 같았다.

나는 역에서 일을 잘해 나갈 수 있는 운명이 아니었다. 어쩌면 이건 사이먼의 협박과 관련이 있었는지 모른다. 또 첫날에 내가 급료를 삭감당하자 그가 나에게 느낀 혐오감과 관련이 있을 것 같았다. 그러나 나는 완전히 실패했다. 셋째 주까지 매번 거의 1달러씩 돈이 비었다. 나는 교통비 이외에 불과 2비트—푼돈 40센트—를 받았기 때문에, 모자라는 돈을 메울 수 없었다. 그래서 어느 날 밤, 엄하고 무뚝뚝한 사이먼이 보르그가 나를 해고했다고 말해 주었다.

"나는 돈을 덜 주는 사람들을 쫓아갈 수 없었어."

나는 자신을 계속 변호했다.

"그들은 돈을 집어 던지고 신문을 집어 갔어. 형이라도 그들을 쫓아가기 위해서 판매대를 비워 둘 수는 없을 거야."

마침내 그는, 눈에 차가운 빛을 띠고 냉정히 응답했다. 찌꺼기 때문에 역류하는 강물에 끌려오는 이루 말할 수 없는 혼합물들이 걸려 있는 다리의 겨울처럼 차가운 검은 쇠난간을 잡은 채였다.

"너는 다른 사람들에게 줄 거스름돈에서 그 부족을 메울 생각은 안 해봤구나!"

"뭐라고?"

"알아듣겠냐고, 이 얼간이 같은 자식아!"

"왜 일찍 내게 말해 주지 않았어?"

나는 소리쳐 반문했다.

"말해 달라고?"

그는 화가 나서 나를 밀치며 말했다.

"외양간 잘 잠그라고 꼭 말해 주어야 아니? 조지보다 더 머리가 안 돌아가는 거 아니야?"

그러고는 할머니가 나에게 소리 지를 때 날 편들지 않고 내버려 두었다. 이러한 일이 있기 전에는 그가 곤란한 일이 있을 때마다 항상 내 편에 섰다. 이제 그는 저녁을 따뜻하게 데우는 난로 뚜껑을 이따금씩 들고, 석탄을 쑤시면서 엉덩이에 손을 얹고, 부엌의 어둠침침한 불빛 속에서 계속 중얼거렸다. 나는 그가 나에게 불충실하다는 것을 나쁘게 생각했지만, 나 역시 보르그와 함께 그를 실망시켰다는 것을 알았다. 사이먼은 결국 보르그에게 머리 좋은 동생을 팔았다가 그가 바보란 것을 드러낸 꼴이었다. 나는 큰 기둥 밑에 있는 조그마한 매점에서 일했었다. 그곳에서 나는 단지 낙오자들만 받은 것 같았다. 그래서 보르그는 내게 너덜너덜한 소매에 다 떨어진 합사로 된 줄이 진 제복 코트만 주었다. 그곳으로 어떤 사람이 오더라도, 홀로 있는 나에게는 유명한 사람을 가르쳐줄 사람이 없었다. 나는 멍하니 시간만 보내며 점심 휴식 시간과 3시 휴식 시간을 기다렸다. 휴식 시간에 중앙 매점에 있는 사이먼을 보고, 그곳 장사에 놀라고 말았다. 그곳에서 수금이란 장관이었다. 쏟아지는 돈과 검은 분자처럼 움직이는 여행객들이 있었다. 그들은 껌, 과일, 담배, 신문과 잡지 뭉치에서, 공간의 위력과 중앙에 위치한 샹들리에에서, 그들이 무엇을 원하는지를 알고 있었다. 만일 보르그가 나를 기적 소리만 들릴 뿐 열차는 볼 수도 없는 대리석 코너 대신에 이곳에서 일하도록 했으면, 나도 좀 더 좋은 결과를 가져올 수 있었으리라.

    그래서 나는 불명예스럽게 갇히게 되어 부엌에서 난동을 부리는 것으로 보였다. 겉으로 보기에 할머니도 이러한 일이 일어날 것을 예견한 듯했고, 내가 그러한 생활 환경에 처해 있었기 때문에, 어찌할 수 없었던 잘못이라고 나에게 말했다. 인생에서 내가 처한 상황이란, 나를 고난에서 구해 줄 아버지가 없고, 굶주림과 빈곤, 그리고 범죄와 세상의 분노로부터 우리를 영원히 보호해 줄 수 없는 연약한 두 여인 이외에는 아무도 없는, 버림받은 가정의 어린애였다. 한때 엄마가 생각했던 것처럼, 만일 우리가 고아원으로 보내졌더라면 그것이 더 나았을 것이다. 나는 안락함과 누울 수 있는 장소를 찾는 성격이어서, 적어도 엄격한 교육은 받지 않았을까. 할머니는 나에게 심한 말을 하면서 흥분해서 손을 흔들어대더니, 지금은 다만 혼자 비통하게 뭔가를 중얼거렸다. 이런 말 속에는 바다의 거대한 예언의 빛이 번쩍였다. 할머니가 이런 일을 생각하지 않으면 아무것도 할 일이 없었던 며칠 동안 난롯가에서 생각해 낸 것이었다.

"오기야, 내가 죽게 될 때, 내가 무덤에 있을 때를 생각해 봐!"

그리고 손을 내 팔 위에 떨어뜨렸다. 그것은 우연이었지만, 그 효과는 대단히 놀랄 만했다. 팔을 부드럽게 친 정도였지만 나는 마치 나의 영혼을 열 배나 세게 때린 것처럼 소리를 질렀기 때문이다. 보다 나은 다른 희망, 즉 나의 고통을 덜어주고, 고통으로부터 나를 순화시켜 구제해 줄 힘이 없이 자신이 무덤으로 가야만 한다는 최악의 경우를 느끼며 나는 내 성격에 대고 소리를 질렀는지도 모른다.

"생각해 보렴, 오기야. 내가 죽었을 때를!(*Gedenkt, Augie, wenn ich bin todt!*)"

그러나 할머니는 자기의 죽음에 대해서 더 오래 생각할 수는 없었다. 여태까지 할머니가 우리에게 자신의 피할 수 없는 죽음에 대해서 말한 적은 없었다. 이것은 부주의에서 나온 일종의 실수였다. 할머니는 지금까지도 파라오나 카이사르처럼 자기가 어떤 신(神)으로 변할 것이라는 약속을 했다. 다만 그러한 언약을 입증해 줄 피라미드나 기념탑이 없을 뿐이었다. 할머니는 그들보다 훨씬 못한 인물이었다. 그러나 할머니의 무섭고 고통에 찬 외침, 이 없는 잇몸을 드러내면서 죽음의 문에서 심판받는 울부짖음은 나에게 큰 효력을 주었다. 할머니는 이같이 보통 사람들이 주는 위협 이상의 것을 주는 힘을 가졌으나, 동시에 할머니 역시 그것에 대해 자신에게 주는 공포의 대가를 치러야 했다.

  할머니는 또다시 우리가 아버지가 없다는 것으로 화제를 돌렸다. 기분 나쁜 순간이었다. 내가 엄마의 불행을 초래한 원인이었다. 사이먼은 니켈로 된 암갈색 난로 옆에서 침묵을 지키며 난로 뚜껑을 여는 손잡이와 쇠꼬챙이가 달려 있는 강철 코일을 만지작거렸다. 맞은편 구석에는 엄마가 죄책감을 느끼고 침울하게 앉아 있었다. 엄마는 우리의 아버지가 누구이든 간에 그에게 이용당한 사람이었다. 할머니는 그날 밤 나를 태워 한 줌의 재로 만들려고 애를 썼다. 그래서 다른 사람들도 모두 다 불에 데일 뻔했다.

  나는 전에 일했던 울워스로 되돌아갈 수 없었다. 할머니가 클라인을 가까이하지 말라고 경고를 해도 나는 함께 일자리를 구하러 다녔다. 그는 대단히 사교적이었고 발랄했으며, 몸은 호리호리하고 얼굴은 검은 편이었고, 가느다란 눈에 익살맞은 모습을 하고 있었다. 그는 늘 정직한 사람이 되려고 하나, 양심에 지나치게 얽매이지는 않는 편이었다.(이 점에 관해서만은 할머니가 옳았다.) 그는 집에 올 수가 없었다. 할머니는 내가 좋지 못한 친구와 사귀도록 내버려 두지 않을 것이라고 했다. 그러나 나는 클라인의 집에서 환영을 받았다. 조지까지도 환영을 받았다. 오후에 내가 조지를 데리고 밖에 나가야만 했을 때, 나는 그 애를 건물 사이에 있는 어두운 진흙 통로에서 그들이 키우고 있는 크고 작은 닭들과 놀게 했다. 그래서 클라인 부인은 조지가 지하실 부엌으로 못 들어가도록 돌볼 수 있었다. 부엌에서 부인은 화덕에 가까운 테이블에 앉아 야채 껍질을 벗기고, 썰고, 다지고, 스튜를 만들 고기를 자르고, 미트볼을 빚었다.

클라인 부인은 몸무게가 200파운드 이상이나 되는 데다 한쪽 다리가 짧아서 오래 서 있을 수가 없었다. 걱정 없는 정상적인 모양으로 보이는 이마에다, 약간 굽고 짤막한 코를 가진 그녀는 앨투나에서 우편으로 주문한 액체로 머리를 검게 물들였다. 그녀는 욕실 창문 위에 있는 유리컵 속에 둔 낡은 칫솔에 약을 묻혀 염색을 했다. 그녀의 땋은 머리는 인디언 머리 빛 같은 독특한 윤이 났다. 여러 겹으로 된 땋은 머리는 뺨에서부터 턱 아래로 드리워져 있었다. 그녀의 검은 눈은 작았지만 난처한 일에 대해서는 관대했고 자비로웠다. 그녀는 사죄하는 일과 속죄하는 일에 대해서 사제와 같이 너그러웠다. 지미는 형이 넷, 누이가 셋이 있었는데, 그중 몇 명은 이해하기 힘든 상황에 처해 있었다. 그러나 모두 다 상냥하고 호의적이었다. 결혼한 딸들과 중년이 된 아들까지도 그러했다. 그들 중에 두 명은 이혼을 했고, 딸 하나는 미망인이었다. 그래서 클라인 부인의 부엌에는 손자와 손녀들이 있었다. 어떤 애들은 점심을 먹으러 학교에서 오고, 학교가 끝난 후에는 코코아를 먹으려고 집에 왔으며, 또 다른 애들은 마루를 기거나 유모차에 누워 있었다. 경기가 좋은 때는 모두 다 돈을 벌었다. 그러나 모두 다 문제를 안고 있었다. 길버트는 이혼 수당을 지불해야만 했고, 이혼당한 누이인 벨마는 이혼 수당을 정규적으로 받지 못했다. 그녀의 남편은 말다툼 끝에 그녀의 이 하나를 부러뜨려 놓고, 지금에야 가끔 장모에게 와서 그녀를 되돌려 보내 달라고 간청했다. 나는 그가 탁자에다 그의 빨간 머리를 숙이고 울고 있는 것을 보았다. 그동안 아들과 딸들은 그의 택시 안 좌석에서 놀고 있었다. 그는 돈을 잘 벌었으나, 벨마를 궁하게 만들면 자기에게 돌아올 것이라는 생각에서 여전히 돈을 충분히 주지 않았다. 그러나 벨마는 친정 식구들에게서 돈을 빌려 썼다. 나는 그렇게도 돈을 빌리고 또 빌려 주는 사람들을 본 적이 없다. 그 가족들 사이에서 돈은 항상 주인이 바뀌고, 아무도 돈 문제에 인색하게 굴지 않았다.

그러나 클라인 가족은 상당히 많은 물건들을 필요로 하는 것 같았다. 그들은 이 모든 물건을 월부로 사들였다. 지미는—그와 함께 나도—모자의 양 귀마개 속에 돈을 집어넣고서 월부금을 지불하러 심부름을 갔다. 축음기, 싱거 재봉틀, 작은 홈이 가득 난 뒤집혀지지 않는 재떨이가 있는 모헤어 가구 한 세트, 유모차, 자전거, 리놀륨, 치과와 산부인과 진료, 클라인 씨 아버지의 장례식, 클라인 부인의 등을 받쳐 주는 코르셋과, 클라인 씨를 위해 특별히 마련한 구두, 결혼 기념일에 찍은 가족 사진 등등에 대해 월부금을 물었다. 우리는 이런 심부름을 하기 위해 시내를 헤매고 다녔다. 클라인 부인은 우리가—종종 그랬는데—쇼를 보러 가는 것을 전혀 상관치 않았다. 우리는, 소피 터커가 자신의 궁둥이를 때리며 「레드 핫 마마」를 부르거나, 로즈 라 로즈가 밋 부리며 걸어 나와서 나른한 리듬에 맞추어 코블린이 찬양해 마지 않던 스트립쇼 하는 것을 즐겼다. 코블린이 말했다.

"저 여자는 단지 아름다운 게 아니야. 아름다운 여자들은 많이 있지만, 저 여자는 남자들의 마음을 알고 있거든. 다른 여자들이 옷을 벗듯 하나하나 벗지 않고 옷을 머리 위로 끌어 올려. 이게 그녀가 오늘날 자기 분야에서 정상을 차지한 비결이야."

우리는 예정보다 오래 루프에 머물렀으며, 수업 시간 내내 극장에서 줄 서 있는 코블린에게 빼먹지 않고 달려갔다. 그는 결코 나를 고자질하지 않고 그저 장난처럼 "오기야, 오늘 어쩐 일이야? 시장이 학교 문을 닫았니?"라고만 했다. 보통 때처럼 유쾌하게, 얼굴의 반쪽은 에메랄드이고 다른 반쪽은 붉은 보석인 스코틀랜드 안개 속의 옛날 왕처럼, 극장 천막의 푸르고 붉은 등불 속에서 이를 드러내고 싱긋이 웃으며 행복해했다.
 "오늘 프로는 뭐예요?"
 "「굉장한 바델리스」[20]에다가 데이브 아폴론[21]과 그의 코마린스키 무용단이야. 자 이리 와, 나와 함께 가자."
 우리가 그 당시 학교에 가지 않는 이유가 있었다. 나와 사물함을 같이 쓰는, 세일러 불바라는 별명을 가진 스티브라는 친구가 있었다. 그는 짐승 같은 붉은 코에다, 위험 인물임을 나타내는 세심하게 깎은 장발을 하고 있었다. 또 경마장 염탐꾼처럼 짧은 구레나룻을 하고 있었는데, 단추가 많이 달린 땅에 끌리는 선원 바지를 입고 쥐처럼 위협적으로 뾰족 나온 구두를 신은 난폭하면서도 궁둥이가 무거운 친구였다. 최근에 그는 대낮에 비어 있는 아파트에 들어가 비품을 훔치거나 공중전화 동전 박스를 부수는 강도질을 일삼았다. 이 불바라는 놈이 나의 과학 노트를 가져가 자기 것으로 제출해 버렸다. 나는 불바를 어떻게 해볼 도리가 없어서 지미가 자기 노트를 내게 빌려 주었다. 나는 부주의하게도 그의 이름을 지우고 그 위에 내 이름을 썼다. 우리는 선생님한테 걸려서, 사이먼이 학교로 불려 와야만 했다. 사이먼은 나와 마찬가지로 엄마가 학교에 불려 오는 것을 원치 않았다. 그는 과학 선생 위글러를 교묘히 피할 수 있었다. 그러나 작은 눈과 온화한 표정, 그리고 평화롭고 무감각한 이마를 가지고, 교실에 비치는 부드러운 겨울 햇살에 얼굴을 찡그리고 있는 불바는 줄곧 접는 잭나이프의 날을 마치 뿔이 난 곤충 모양으로 세우고 있었다.
 이러한 일이 있은 후, 특히 오후 과학 시간에 지미가 나를 불러내어 시내로 데려가는 것은 그리 어려운 일이 아니었다. 우리는 더 좋은 일이 없을 때면, 그의 형인 톰과 함께 황금빛으로 찬란하게 칠한 시청 로비에서 시법원까지 엘리베이터를 탔다. 우리는 감옥처럼 생긴 엘리베이터를 타고 오르내리면서, 거물급 인사와 경영인들, 정부 기관장, 강탈자, 정치 브로커, 엉터리 같은 투기업 정보 제공자, 깡패, 색마, 뇌물을 주고 사람을 매수하는 사람, 원고인, 순경, 서부의 모자를 쓴 남자들과 도마뱀 가죽 구두와 털 코트를 입은 여자들과 팔꿈치를 비볐다. 우리는 그들로부터 터키탕의 뜨거운 김과 찬바람이 혼합된 듯한 체취와 동물적이고도 섹시한 인상을 받았다. 잘 먹었음이 분명한 증거와, 정규적으로 면도를 하고, 계산을 하며, 때로는 슬퍼하고, 또 타인에 아무런 관심도 보이지 않는 인간들이라는 인상과 콘크리트 공사나 미시시피 강물만큼이나 많은 밀주 위스키나 맥주 등으로 수백만 달러를 벌어들이려는 기대에 가득 찬 인상을 받았다.

토미는 우리를 레이크가에서 그가 경영하는 불법 영업점의 주식 브로커에게 보냈다. 이 비밀 주식 브로커 사무실은 정면에는 담뱃가게로 가장한 칸막이 뒤에 있었다. 토미는 증권시장의 정보를 잘 아는 좋은 자리에 있었다. 돈을 쉽게 버는 시절에도, 옷장에 걸어놓은 값비싼 옷과 그의 가족에게 준 선물을 계산에 넣지 않으면, 그는 아무런 이익을 보지 못했다. 클라인 부부는 둘 다 선물을 주는 사람들이었다. 선물용 예복, 잠옷, 베니스식 거울, 달빛에 젖은 프랑스 성곽을 수놓은 벽걸이 장식, 차를 내놓는 운반대, 오닉스[22] 판이 달린 램프, 커피 끓이는 퍼컬레이터, 전기 토스터, 소설책 등 벽장과 침대 밑에 쌓여 있는 몇 상자나 되는 물건들이 사용될 때를 기다리고 있었다. 성장(盛裝)을 해야 하는 일요일을 제외하고는 클라인 가족은 가난한 모습을 하고 있었다. 늙은 클라인 씨는 소매가 긴 내복 위에 조끼를 입고는 담배를 작은 기계로 말았다.

미혼인 딸 엘리너는 집시 스타일이어서 일본 물감으로 염색된 붉게 타오르는 꽃무늬의 옷을 차려입었다. 그녀는 비대하고 창백했으며, 눈에는 지성적이고 매혹적인 쌍꺼풀이 있었다. 인정이 많고, 불행에 대해 지나칠 정도로 쉽게 순종했다. 그녀는 시집가기에는 자신의 몸이 너무나 비대하다는 것을 사실로 받아들이고, 결혼한 자매들과 변덕스러운 형제들의 행운을 너그럽게 생각했다. 또 그녀는 거의 남성적이고 우애 깊은 친절한 목소리를 가지고 있었다. 그녀는 특히 나에게 친절했다. 그래서 나를 '애인', '착한 동생', '마음을 애끓게 하는 이'라고 부르며, 카드로 운을 봐주기도 하고, 세 개의 모서리가 있는 노란색과 초록색이 섞인 스케이트 모자를 짜주기도 했다. 그래서 나는 마치 연못 빙판 위에 서 있는 노르웨이 스케이트 선수같이 보였다. 그녀는 신경통으로 고생하고 부인병을 앓고 있었는데, 가끔 몸이 좋을 때는 노스브랜치에 있는 비누 공장에서 포장하는 일을 했다. 집에 있을 때는 엄마와 함께 부엌에 앉아 있거나, 화려한 꽃무늬가 있는 옷을 입고, 숱이 많은 검은 머리를 위쪽에서 나비 리본으로 묶어 나무뿌리 모양으로 뒤로 풀어 늘어뜨리고서 차를 마시거나, 뜨개질을 하거나, 독서를 하거나, 다리에 면도를 하거나, 축음기에다 희가극을 틀어놓고 듣거나, 매니큐어를 바르거나 하며 시간을 보냈다. 이렇게 꼭 필요하거나 별로 필요하지 않거나, 또는 아주 불필요한 일을 하는 것은 그녀로 하여금 보이지 않게 한자리에 오래 앉아 있는 여인의 기분에 깊이 몰두하게 했다.

  클라인 가족은 로시 할머니가 우리와 더불어 하는 일에 대해서 존경과 찬사를 보냈다. 그러나 할머니는 어느 개인적인 소식통을 통해, 조지가 어두운 건물 사이에서 병아리들과 놀고 있다는 것을 들었다. 그 병아리들은 태양광선과 사료를 충분히 취하지 못해서 제대로 자라지 못하고, 비정상적인 발육 상태로 털이 빠지고 말라 죽었는데, 그래서 할머니는 클라인 가족에게 아름답지 못한 별명을 붙였다.

할머니는 자기의 마음을 보이기 위해 그들에게 가본 적이 없었다. 싸워봤자 아무 소용이 없었기 때문이다. 때때로 그들은 지미의 아저씨인 탬보 씨를 통해 나에게 자그마한 일자리를 주선해 주었다. 탬보는 이 지역에서 친척들의 표를 모으고 있었으며, 지역 공화당 내에서 아주 거물급이었다. 우리는 선거전에서 선전 유인물을 돌리면서 한 달을 잘 지냈다. 우체국에서 선거 인사문을 분실하거나 명성에 관계되는 좋지 못한 증거물 등으로 누군가가 그의 일을 방해했을 때, 그는 항시 우리를 이용했다. 그를 카드 게임으로부터 끌어내는 것은 바람직한 일이었다. 그러나 그는 허가가 없어도 되는 면도칼, 가죽 허리띠, 인형 접시, 장난감 실로폰, 유리 자르는 기계, 호텔용 비누, 구급 상자들을 사서 밀워키 거리에 점포를 열고는 이것을 관리하기 위해 우리를 고용했다. 그의 아들은 아버지를 위해 일하기를 싫어했다.

탬보 씨는 이혼을 하고 작은 방에서 혼자 살았다. 그는 큰 코에, 물고기를 잡아먹는 새의 눈망울을 하고 있었으며, 피부는 더럽고 푸르스름하며 회색빛을 띠어서 표정은 말끔해 보이지 않았다. 인내력이 있고 근면해 보이는 모습을 하고, 비대한 몸집으로, 마치 카우보이처럼 의자에 깊숙이 앉아서 무거운 몸무게에 시가를 입에 물고 휘파람을 불듯 숨을 몰아쉬었다. 코에는 털이 나 있었고, 손가락 마디에 끼고 있는 여러 가지 반지 주위에는 털이 더 많았다. 일 년 내내 어느 때고 그는 똑같았다. 5월이든 11월이든, 우유와 각설탕을 넣은 차와 달콤한 빵을 아침 겸 11시에 먹고, 저녁은 스테이크와 구운 감자를 먹고는 벤 베이 담배를 열 대 내지 열두 대 피웠으며, 정치인들이 자주 입는 줄 있는 바지를 입었다. 그는 자기가 얼마를 득점할까, 언제 잭을 잡고 에이스를 잡을까, 또 가끔 그의 아들인 클레멘티가 달라고 하는 돈을 줄 수 있을까를 속으로 생각했다. 또 한편으로 천성적으로 타고난 영향력 있게 생긴 얼굴에 사회적 힘을 더해 주는 전통적인 검정색 옛날 모자를 썼다. 클레멘티는 그의 작은 아들로, 어린이 옷을 파는 상점 뒤에서 엄마와 의붓아버지와 함께 살고 있었다. 탬보는 말하기를, "내 아들아, 그래, 주마." 또 "내일 주마."라고 말했다. 그는 의붓아버지 밑에서 사는 자기 아들들에게 결코 "안 된다."라고 거절하지 않았다. 겹겹으로 둘러싸인 타락한 인간성을 지닌 그는 기름 냄새, 커피, 양파 냄새 등이 뒤섞여 풍기는 단골 식당에서 무릎에 떨어진 재를 한 손으로 뭉개고, 다른 손으로는 카드를 쥐고서는 다른 죄에 대해서도 그렇듯이 돈에 대해 전혀 걱정하지 않았다. 클라인 가족처럼 돈에 대해서 제왕처럼 행동했다. 클레멘티 역시 돈을 낭비하는 친구였다. 그래서 한턱 살 수가 있었다. 그러나 그는 그의 아버지나 다른 누구를 위해서도 일하지 않았다. 그래서 탬보는 사람들이 많이 다니는 밀워키 거리에다 상점을 차려놓고 실베스터의 책임 하에 우리가 가게를 돌보게 했다. 그는 우리를 괴롭히지 않도록 순경에게 돈을 좀 쥐어 주고는, 다시 카드 게임을 하러 갔다.

　이 기간은 실베스터에게는 대단히 불행한 순간이었다. 그는 영화관에 대한 임대권을 상실했다. 그런데 영화관은 그때까지 잘 되지 않았다. 지금은 벽지와 페인트를 파는 가게로 전락해 버렸다. 실베스터는 아내가 그를 버리고 떠났기 때문에, 아버지와 함께 살았다. 자신에 관해 이야기하기를, 아내를 보기 위해 뒷마당으로 지나가려고 하면, 그녀는 그에게 돌을 던졌다고 했다. 그래서 그는 그녀가 미친 것으로 단정하고 이혼에 동의하는 편지를 보냈다. 그는 아머 공과대학에서 공학사 학위를 얻기 위한 공부를 끝마치는 데 드는 학비를 마련하기 위해, 가구와 영화 기구 등을 모두 다 팔았다. 학교를 너무 오랫동안 멀리했기 때문에 교실에 앉아 있을 수 없었다고 말했다. 외투 주머니에 두터운 손을 집어넣고 목을 움츠린 채 발을 동동 굴리며 우리와 함께 밀워키 거리에 서 있었을 때처럼, 11월의 바람 속에서 눈물을 흘리던 그는 우울한 농담을 했다. 우리의 나이 차이는 고려 대상이 아니었다. 그는 자기의 모든 생각을 말했다. 그는 학위를 받게 되면, 세계 여행을 떠날 예정이었다. 여러 외국 정부는 미국인 기술자를 요구하고 있었다. 그래서 그가 원하면 직장을 얻을 수 있었다. 그는 킴벌리로 가고자 했다. 그곳의 원주민들이 내장에다 다이아몬드를 감추고 있다는 것을 사실이라 생각했다. 또는 소련으로도 가고 싶어 했다. 이렇게 모든 이야기를 해주면서 그는 공산당들을 동정하며 레닌과 특히 트로츠키를 찬양했다. 트로츠키는 러시아 황제와 신부, 귀족, 장군 및 지주들이 궁중에서 끌려나오는 동안, 내란을 승리로 이끌고, 전차를 타고 여행하며, 프랑스 소설을 읽었다.

그러는 동안, 지미와 나는 두 개의 커다란 탬보의 가방 위에 앉아, "면도날 사세요!" 하고 소리치며 장사를 했고, 실베스터는 돈을 받았다.

4장

 모든 영향력들이 나를 기다리며 줄을 지어 서 있었다. 내가 태어난 그 순간부터 영향력이 나라는 인간을 형성했다. 이것이 바로 내가 나 자신보다 이런 영향력들에 대해 더 많이 이야기하는 이유이다.

 지금 그리고 나중에도 역시, 나는 영향력에 상당히 둔감했다. 할머니는 내가 준비해야 할 것—노동 증명서, 가축 우리, 삽질하는 노동, 교도소의 돌더미, 빵과 물, 그리고 일생 동안의 무지와 타락—에 대한 경고와 예언으로 상상력에 이르는 길을 내게 열어주는 데 성공하지 못했다. 특히 내가 지미 클라인과 함께 다니기 시작했을 때부터 할머니는 점점 더 열을 내어 이러한 이야기를 끄집어냈다. 할머니는 가정교육을 더욱 강화하여, 학교 가기 전에 내 손톱과 셔츠의 깃을 조사하고, 식사 예법을 더욱 철저히 가르쳤으며, 내가 10시 이후에 거리에 나가 있다면 밤마다 내가 나가지 못하도록 하겠다고 위협했다.

 "클라인 집 사람들이 너를 받아들이면 가도 좋다. 하지만 오기야, 잘 들어두어라. 나는 너를 훌륭한 사람으로 만들려고 노력하고 있단다. 엄마를 시켜 너를 뒤쫓아가게 해서 네가 뭘 하는지 조사하게 할 수는 없잖니. 나는 네가 인간(mensch)이 되기를 바란다. 너는 네가 생각하는 것보다 너 자신을 발전시킬 시간이 부족해. 클라인은 너를 곤경에 빠뜨리고 말 거야. 그 애는 도둑 같은 눈을 하고 있어. 이제 사실대로 말해 봐. 그 애는 사기꾼이니, 아니니? 아! 대답을 하지 않는구나. 사실이야."

할머니는 나를 윽박질렀다.

"말해!"

나는 멍하니 "아녜요."라고 말하고 나서 할머니가 무엇을 알고 있는지, 누가 할머니에게 말했는지 궁금해했다. 왜냐하면 지미는 마치 스타슈 코펙스처럼 자기가 원하는 것을 가게와 매점에서 가져왔기 때문이다. 그리고 이때 우리는 이웃에 있는 디버 백화점에서 부정을 저질렀다. 우리는 백화점 장난감 판매부에서 크리스마스 임시 고용인으로서 요정의 옷을 입고 얼굴에 색칠을 하고 산타클로스의 조수로 일했다.

고등학교 2학년인 우리가 이러한 일을 하기에는 너무나 컸다. 그러나 산타클로스는 거대한 사람이었다. 그는 스웨덴 태생의 화부였으며 손재간이 있는 사람이었다. 그는 상점의 좁은 복도 쪽에 서 있었는데, 고향은 덜루스이고 이곳에 오기 전에는 철조선에서 화부 노릇을 했다. 그는 울퉁불퉁한 근육질을 갖고 있었으며, 네덜란드인과 같은 눈망울에 이마에는 값싼 위스키 빛깔이 나는 혹이 있었고, 수염에 가려진 입술은 코펜하겐 물개가 숨을 들이쉬는 듯한 모습을 하고 있었다. 다리는 가늘고 길었기 때문에, 바지를 밑으로 늘여서 입었다. 우리는 그가 코트를 입는 것을 도와주었다. 지미와 나는 연극 배우가 쓰는 화장 기름으로 얼굴을 붉게 칠하고 운모 가루를 눈처럼 뒤집어쓰고는, 탬버린을 치

4장 87

며 혀 꼬부라진 소리를 내며, 당구대의 초록색 벨벳으로 만든 광대들의 무대복을 입고 공중제비를 넘으면서 상점 주변을 행진했다. 우리는 아이들을 떼로 모아 3층으로 인도했다. 3층에는 사슴을 천장에다 기술적으로 교묘하게 매달아 놓았고, 스웨덴인 산타클로스가 썰매에 앉아 있었다. 장난감 기차가 째깍째깍 소리를 내고 있었으며, 돈바구니가 케이블을 타고 자동적으로 빠르게 수납 창고로 왔다 갔다 했다. 여기서 우리는 빨간색과 초록색 종이, 호랑가시나무, 다이아몬드 가루, 은빛 턱수염을 둘둘 말아놓은 뭉치 등으로 가득 찬 깜짝 상자들을 관리했다. 이 크리스마스 상자를 2비트에 팔았는데, 지미는 이것에 대한 재물 조사를 한다는 것은 불가능하다고 생각하고는 열 개를 팔 때마다 25센트를 자기 호주머니에 넣기 시작했다. 며칠 동안은 그가 나에게 아무 말도 하지 않았고, 다만 점심을 샀을 뿐이었다. 일의 양이 차차 많아지자 그는 자기의 비밀에 나를 끌어들였다. 우리는 10달러가 모이면 출납원에게 돈을 가져가기로 되어 있었다. 그런데 지미가 나에게 말했다.

"그 여자는 그것을 나머지 거스름돈과 함께 자루에 넣어 곧장 갖고 가. 그런데 너무나 바쁘기 때문에 그 돈을 일일이 확인해서 어디서 나온 돈인지 표시를 할 수 없어. 그러니 우리가 돈을 왜 빼낼 수 없겠니?"

우리는 이 문제에 대해 여러 가지로 의논을 해봤다. 그러고는 열 개를 팔 때마다 50센트까지 퍼센트를 올려 호주머니에 넣었다. 장내는 대단히 시끄럽고 불빛은 휘황찬란했다. 모든 사람들은 딸랑거림, 붕붕거림, 울려 퍼지는 캐롤, 시간을 알리는 차임벨 소리에 정신이 빠져 있었으므로, 우리 손에서 남몰래 일어나는 일은 눈에 띄지 않았다. 그래서 우리는 상당한 양의 돈을 훔쳤다.

이 일에 있어서 지미는 나를 능가했다. 그가 단지 나보다 일찍 이 일을 시작한 때문만이 아니라, 우리가 버르다가 사 먹은 버터볼 크림 파이와 다른 값비싼 것을 먹고 배탈이 난 덕분에 내가 며칠을 쉬었기 때문이다. 어쩌면 우리가 저지르는 비행이 기발하고 성공적이라는 생각에 극도로 흥분해 있었기 때문인지도 모른다. 지미는 그 돈을 선물 사는 데 많이 썼다. 자신이 신을 아름다운 슬리퍼를 샀고, 가족 모두에게는 줄무늬가 있고 털로 된, 뒤축이 없는 슬리퍼를 샀다. 주름 장식이 있는 재킷, 화려하고 요란한 넥타이, 양탄자, 웨어에버 알루미늄 그릇 등을 샀다. 나는 엄마에게 목욕 가운을, 할머니에게는 카메오 핀을 사 드렸고, 조지에게는 격자 무늬가 있는 양말, 사이먼에게는 셔츠를 사 주었다. 클라인 부인과 엘리너 양 그리고 학교 여자 친구들에게 줄 선물도 샀다.

우리가 일을 하지 않을 때, 나는 클라인 씨 집에 머물기를 더 좋아했다. 그 집은 창문턱이 인도와 같은 높이로 되어 있어서 응접실에 있는 가구에 걸터앉는 기분이 과연 어떤 건지 맛보았다. 그러는 한편 바깥에서는 우리의 비행 때문에 뭔가가 진행됐지만 실로 그때 우리가 처했던 현실은 얼굴에다 성형 수술을 하고, 지문을 없애려고 손가락에 염산을 묻힌 범인 로저 투하이, 토미 오코너, 배질 뱅하트 혹은 딜링저 등과 같았다. 그들은 집에 들어앉아 카드 놀이를 하고, 스포츠 결과를 빼놓지 않고 귀를 기울이고 듣다가 햄버거와 밀크셰이크를 시켜 먹고 마지막으로 극장에 갔는데 그곳에서 붙잡히거나 도망가다 지붕 위에서 붙잡혔다. 클라인 집 사람들은 그들의 혈통이 13세기에 있었던 아빌라라고 불리는 스페인 가계에까지 거슬러 올라가는 역사를 가졌다고 믿었다. 그래서 우리는 지미의 족보를 그려보았다. 그들에게는 멕시코시티에서 가죽 재킷을 제조하는 사촌이 하나 있었는데, 그가 바로 이러한 족보 이론을 만들어낸 장본인이었다. 나는 이러한 가계에서 태어난 행운을 아무런 거리낌 없이 믿으려고 했다. 그리하여 지미와 함께 설계 용지에다 붉은 잉크와 푸른 잉크로 지미의 가계도를 그렸다.

크리스마스 휴가가 끝날 즈음에 디버 백화점 사람이 우리를 찾아왔다. 백화점 지배인이 집으로 와서 할머니와 얘기를 했다. 그들이 깜짝 상자의 재물 조사를 했다는 것이었다. 우리는 도둑질을 했다는 사실을 부정하려 하지 않았다. 우리가 실제로 훔친 금액은 70달러도 되지 않았지만, 지배인은 우리가 훔쳐간 돈의 금액을 가지고는 여하튼 다투지 않았다. 할머니는 처음엔 나를 구해 주지 않으려고 했다. 사이먼에게 사회복지가인 루빈에게 도움을 청하는 편이 낫겠다고 쌀쌀하게 말했다. 나를 도와줄 경제적인 힘이 없는 데다 또 어린애들을 양육만 할 뿐이지, 저지른 범죄 행위까지 처리해 주고 싶지 않았기 때문이다. 그런데 사이먼은, 사회복지가들은 우리가 얼마나 그 일을 계속해 왔으며, 우리가 여태까지 그 사실을 말하지 않은 이유를 말해야 된다고 하면서 할머니를 설득했다. 물론 할머니는 나를 감화원으로 보내려는 생각은 조금도 없었다. 그것은 위협일 뿐이었다. 그러나 그러한 위협이 정말로 이루어졌다. 그래서 나는 그들이 처벌하는 데 있어서 하고 싶은 대로 하라는 중국인식 체념을 하고, 소년재판소로 가서 감화원으로 넘겨질 각오를 했다. 이것은 나쁜 짓을 했기 때문에 당연히 처벌을 받아야 될 거라는 내 생각을 부분적으로 보여 주는 것이었다. 반면, 내가 죄인이라는 진정한 느낌, 즉 내가 눈 위에 상처를 입고, 절단된 손가락과 찢어진 귀와 코를 지닌 채, 인간의 나쁜 면이라든지 악한 면을 가지고 악의 세계에 속해 있다는 기분은 없었다.

이번에는 단지 위협하거나 꾸짖는 데에 그치지 않고 완전히 굴욕적인 것이었다. 처음으로 이러한 큰 소동이 난 후에, 할머니는 나를 냉정하게 대했다. 사이먼은 나를 멀리했다. 나는 전에 그가 부족한 거스름돈에 대해 충고했던 것을 그에게 다시 상기시켜 내뱉게 할 도리가 없었다. 그는 내가 바보였다고 무뚝뚝하게 말하고는 내가 얘기하는 것에 대해서는 전혀 알지 못하는 것처럼 행동했다. 엄마는 자신이 운명적인 불행한 순간에 처해 있다고 느꼈고, 또 아버지에게 굴복한 불행의 결과가 인과응보의 형태를 띠기 시작했다고 느끼고 있음에 틀림없었다. 엄마는 나에게 몇 마디 가혹한 말을 했다. 나는 해리(海狸)처럼 괴로워했다. 설사 내가 투옥되어서, 머리를 깎이고, 양분이 없는 콩밥을 먹고, 진흙 속에 동원된다는 생각으로 마음이 동요되었다 할지라도, 그들은 내가 빌거나 애원하게 만들지 못했다. 그들이 내가 그렇게 되리라고 결심했다 할지라도, 글쎄, 내가 그것에 대해서 뭐라고 반박할 수가 있었겠는가?

그러나 정말로 감화원에 갈 위험은 없었다. 의복과 카메오 장신구, 그 밖의 다른 물건들을 되돌려 주었다. 코블린 가게에서 받은 월급은 변상할 만큼 충분히 모아 놓았다. 지미의 가족들도 지미를 구해 주었다. 지미는 아버지에게 사정없이 매를 맞았고, 어머니는 울었다. 이러한 나의 불명예스러운 일이 어느 정도 잊히기까지는 상당한 시간이 걸렸다. 우리 집에서는 모든 일이 더욱 엄격해졌다. 클라인 사람들도 나에게 더 이상 화를 내지 않았다. 그들 눈에는 그다지 분노할 일도 아니고 나의 영혼을 타락시키는 것으로 비쳐지지도 않았기 때문이다. 며칠 후, 나는 그 집에서 전과 다름없는 환영을 받았다. 엘리너도 나를 '애인'이라고 불렀으며, 내가 되돌려 줘야 했던 머플러를 대신할 새것을 하나 짜고 있었다.

 지미는 조금도 동요하지 않고 끝까지 냉소적인 태도로 그의 아버지가 속내의 차림으로 팔을 휘둘러 변덕스럽게 때리는 매질을 조금도 움츠리지 않고 얻어맞았다. 위협적인 상태에서 벗어나자, 그는 디버 백화점이 우리 때문에 돈을 번 것에 분개했다. 그들은 사실 우리 때문에 이익을 보았다. 그는 보복할 궁리를 했으며, 불을 지를 생각까지 했다. 그러나 나는 백화점에 다시 고용되기를 원했을 정도로 심한 경제적 고통을 받았으며, 지미 또한 그랬다. 지미가 그와 같은 음모를 꾸미는 것은 그것으로 입은 아픔을 어느 정도 보상하자는 셈이었다.

 지미의 사촌인 클렘 탬보는 우리가 백화점에 불을 지르는 일이나 다른 필사적인 계획을 의논하는 것을 보고는 껄껄 웃었다. 우리가 잃어버린 돈을 보충하고 싶다면, 웨버에서 열리는 찰스턴 콘테스트에 참가하여 정직하게 돈을 벌 수 있다고 제안했다. 농담이 아니었다. 그는 배우가 되기를 원했으며, 이미 아마추어로서 밤무대의 경험이 있었다. 그는 밤무대에서, 한 영국인이 카이버 패스에서 발생한 사건에 대해 이야기했던 것을 흉내 내었다. 폴란드인들과 스웨덴인들이 그를 야유했기 때문에 사회자가 그를 옆으로 밀어 내보냈다. 그의 동생인 도널드는「마르퀴타」를 부르고 탭댄스를 추어 실제로 5달러를 벌었다. 도널드는 엄마를 닮아 미남이었으며 검은 곱슬머리였다. 그의 어머니 역시 미인이었으며, 위엄이 있었고, 상점에서는 검은 옷을 입고 코안경을 걸쳤다. 그녀의 특별한 화제는 사업가인 오빠에 관한 이야기였다. 그녀의 오빠는 전쟁 중 바르샤바에서 발진티푸스에 걸려 죽었다. 클렘은 체중을 제외하곤 모두 아버지를 닮았다. 혈색이 좋고 머리통이 크고 코는 매부리코였으며, 머리털은 짧고 입술이 두툼했고, 다리는 길고 튼튼했다. 그가 시가를 피워 호흡기를 해치지 않았다면, 그리고—그가 떠벌리는—건강 매뉴얼에서 말하는 자기 남용, 인간 소모가 없었다면, 시에서 열리는 반 마일 경주에서 승리할 수도 있었을 것이다. 그는 자기의 사악함과 교훈적인 이 세계가 신음을 내게 만드는 모든 일들을 비웃었다. 그는 운동장 트랙을 점잔을 빼며 걸었는데, 넓적다리는 종아리만큼이나 가늘었고 거기엔 뻣뻣한 검은 털이 나 있었다. 뽐내며 긴장한 채 나아가는 그의 소박한 경쟁자들에게는 멋이 있으면서도 거만스러웠다. 그러나 항상 불안해하며 무엇에 홀린 듯했다. 검은 두 눈은 농담하지 않는 근엄한 긴 얼굴 때문에 때때로 퍽 우울해 보였다. 때때로 무가치하고 비열한 사람처럼 침울하기도 했다. 그는 내가 하려고만 들면, 그보다 더 잘할 수 없는 일이라곤 아무것도 없다고 말했다.

"그럼, 물론이지, 나 같은 것은 거들떠보지도 않는 계집애들을 사귈 수 있지."

그가 나를 인정한 것은 주로 이러한 것 때문이었다.

"너와 같은 이를 가졌다면. 네 이는 완벽해. 우리 어머니가 내 이를 망쳐놓았어. 만일 큰 경기에라도 출전하려면 틀니를 해야 할 거야."

나는 그가 하는 말마다 웃음을 터뜨렸다. 그래서 그는 내가 등신 같다고 가끔 말했다.

"딱하기도 한 마치, 무엇이든 너를 웃길 수 있구나."

대체로 우리는 매우 사이좋게 지냈다. 그는 나의 미숙함을 너그럽게 봐줬다. 내가 사랑에 병들어, 욕망을 억누르거나 완전히 몰입해 있는 고전적인 중세로 괴로워하며 무엇인가를 그리워하고, 남에게 존경을 받도록 용모를 다듬고, 무능력하고, 영화를 보고 얻은 생각에만 충만해 있고, 팝송 가사나 외고 있을 때, 나는 그와 지미로부터 약간의 도움을 받았다. 소녀의 이름은 힐다 노빈슨이었다. 그녀는 키가 훤칠하게 컸으나 얼굴은 작고 창백했으며, 폐가 약하다는 다른 징조가 있었다. 목소리는 가벼웠고 말을 빨리하며, 수줍음을 탔다. 나는 그녀에게 단 한마디 말도 하지 못했지만, 남모르는 환희에 가슴이 두근거렸으며, 우연히 지나가는 듯이 가장을 하고 그녀를 지나쳤다. 나는 전혀 아무것도 의식을 하지 못한 듯한 표정을 짓고, 마치 다른 일을 생각하는 것처럼 가장하며 무겁게 발걸음을 옮겼다. 그녀의 얼굴 생김새는 러시아인 같았고, 희미한 두 눈은 사람을 바로 보지 않고 낮게 내리깐 채, 나이 든 여인의 표정을 하고 있었다. 그녀는 초록빛 재킷을 입고, 담배를 피우며, 가슴에 책을 한아름 안고, 잠그지 않은 방수용 고무 덧신을 신고, 신발 쇠고리를 땡그랑 울리며 걸었다. 잠그지 않은 하이힐 덧신과 신발 고리 소리가 들려오면 사랑에 들뜬 나의 영혼은 마치 열이 오르는 듯했고, 그녀 앞에서 쓰러져 버리고 싶은 바보스러운 욕망에 가득 찼다. 후에 내가 무엇인가 알고 불행하게 되었을 땐 한층 더 육욕적인 인간이 되어버렸다. 처음으로 내가 순수한 감정을 열망하며 구애를 했을 때, 어쩌면 유전적인 탓인지도 모르지만, 나는 사랑의 모든 대상으로부터 호감을 샀다.

  내가 힐다를 쫓아다님으로써 그녀가 마음이 우쭐해져 기뻐할 줄은 몰랐다. 클렘과 지미가 그녀가 그렇다고 말했을 때, 나는 무척 놀랐다. 복도에서 그녀를 만나 농구 게임까지 쫓아가 그녀 뒤에 앉아 계략을 짰다. 그러고는 방과 후 일주일에 한 시간씩 그녀와 같은 교실에 있기 위해 봉뇌르 클럽에 가입했다. 내가 대단히 괴로워서 참지 못할 땐, 그녀가 집에 갈 때 타는 전차 플랫폼 뒤에 서 있었다. 그녀는 전차 앞문으로 내렸고, 나는 뒷문으로 해서 높이 쌓인 그을음투성이의 더러운 눈 속으로 뛰어내렸다. 그녀의 아버지는 양복장이였고, 가족은 양복점 안쪽에서 살았다. 힐다는 커튼 속으로 사라졌다. 지금 그녀는 무엇을 할까? 장갑을 벗고 있나? 아니면 덧신을? 코코아 한잔을 마시고 있을까? 아니면 담배를 피우고 있을까? 나는 담배를 피우지 않았다. 책을 만지작거리고 있을까? 머리가 아프다고 투덜대고 있을까? 겨울날 오후에 내가 어두운 거리 불빛 아래에 쭈그리고 앉아 있기도 하고, 양가죽 코트를 입고 무거운 발걸음으로 자기를 따라다닌다고 그녀 어머니에게 얘기하고 있을까? 그럴 것 같지는 않았다. 양복장이인 그녀 아버지는 내가 거기 있는 것을 모르는 듯했다. 그는 호리호리한 키에 면도를 하지 않았고 등이 굽었다. 그가 핀을 꽂고, 스폰지에 물을 적시고, 다리미질을 하면서 피로해하기도 하고, 가끔 멍하니 있는 모습을 나는 오래 쳐다볼 수 있었다. 힐다는 한번 사라진 후 다시 나타나지 않았다. 그녀는 집에 들어앉아서, 밖에는 아무 볼일도 없는 듯했다.

"매력적인 계집애들이 얼마나 많은데!"

클렘 탬보는 못생긴 코를 실룩거리며 경멸하듯 말했다.

"언제 한번 너를 매춘부에게 데려다 줄게. 그러면 너는 그녀를 잊게 될 거야."

물론 나는 대답하지 않았다.

"아니면 내가 그녀에게 편지를 써줄 테니, 데이트를 신청해."

그가 제의를 했다.

"네가 그녀와 한 번만 같이 걸어보고 그녀에게 키스하고 나면, 너의 사랑은 그것으로 끝나 버릴 거야. 너는 그녀가 얼마나 머리가 나쁜 줄 알잖아. 그렇게 예쁘지도 않아. 그녀의 이는 아주 불결하거든."

나는 이 제안 역시 거절했다.

"좋다, 그러면 내가 그녀에게 말하겠어. 네가 여전히 눈이 멀어 있는 동안 너를 휘어잡으라고 말이야. 그녀는 더 미남은 구할 수 없을 거야. 그녀도 그걸 알아야 해. 왜 넌 그녀에게 관심을 갖게 되었니? 아마 담배 피우는 것 때문이겠지."

마침내 지미가 말했다.

"오기를 더 이상 괴롭히지 마. 그는 짝사랑에 빠지고 싶은 거라고."

그들은 생식기를 음탕하게 주무르며 우리 아지트인 클라인 씨 집 거실 침대 위에 몸을 던지고 뒹굴었다. 그러나 나는 그녀에 대한 감정을 억제할 수 없었다. 우울한 오후에 양복점 앞 한길을 가로질러 흡사 그림 속의 나무처럼 서 있기도 하고, 그녀를 흠모하며 주변에서 서성거리기도 했다. 수척해 보이는 그녀의 아버지는 꾸부리고 바느질을 하고 있었다. 불을 켠 유리 창문 너머로 보이는 자신의 모습에 대해서는 전혀 개의치 않는 듯했다. 검정 체육복 블루머를 입은 병아리같이 약한 그녀의 동생은 큰 가위로 종이를 자르고 있었다.

이 같은 격한 감정이 누그러진 것은 몇 주일이 지나서였다. 나는 여전히 집에서 미움을 사고 있었다. 사랑의 포로가 되었던 동안에 나는 거의 돈을 벌지 못했다. 사이먼은 요즘 이상하게 왔다 갔다 하는 시간이 많았다. 그는 일을 하고 있었으므로 그 이유를 물어볼 수도 없었다. 우리는 이제 점심 식사를 하러 집에 오지 않았다. 따라서 정오가 되면 늘 하던 자질구레한 일들 즉, 석탄을 나르고, 위니를 운동시키고, 조지를 학교에서 데려오고, 세탁 날에 시트를 비틀어 짜는 일을 엄마가 맡게 되었다. 그래서 엄마는 과로로 인해 점점 야위고 초췌해 갔다. 어쨌든 주변에는 무질서하고 제멋대로만 하려는 풍조와 분위기가 떠돌았고 테러와 공포가 숨어 집을 파괴하려는 듯한 기분이 들게 했다.

"오기야? 뭘 하니? 일은 하는 거냐?"

할머니가 물었다.

"음, 일은 끝냈다고? 너는 평생 자선 단체에나 의존하고 살려고 하니?"

그 당시 나는 꽃가게에서 일하고 있었다. 단지 내가 봉뇌르 클럽에서 갖는 회합에 나가거나, 내 마음을 사로잡는 덧신을 신고 진창길을 걸어가는 힐다 노빈슨의 뒤를 쫓고 있었던 오후에만 블루그렌이 내게 꽃 배달을 시키지 않았다고 쉽사리 말할 수 있었다.

블루그렌은 그가 마음이 내키는 특정한 오후에만 내게 배달거리를 주고, 보통 때는 꽃 배달을 보내기보다는 밀짚으로 화환의 중심을 단단하게 묶는 일을 돕게 했다.(그에게는 거물급 갱단 고객이 있었다.) 그는 내가 꽃 배달을 갔을 때 상당히 많은 팁을 받았다고 생각했다. 나는 장례식용 큰 화환이나 상가집 문에 다는 화환을 갖고 전차 타기를 싫어했다. 왜냐하면 초저녁의 퇴근 러시아워를 만나 자리 다툼을 해야 하고 또 차장과 겨울 날씨처럼 변덕스럽고 우울한 승객들의 미움을 받으며 한구석에 서서, 화환이 상하지 않도록 몸으로 감싸야 하므로 무척 귀찮기 때문이었다. 그리고 배달 꽃바구니를 마치 베이스 바이올린처럼 머리에 이고, 아우성을 치고, 빽빽이 들어찬 사이를 천천히 비집고 찾아간 곳이 장의사 집인 것 같으면, 솜을 넣어 누빈 조용한 플러시 옷을 입고 마호가니의 장밋빛으로 상기되어 응접실에 나타나 나에게 팁을 주는 사람은 아무도 없고, 다만 제복을 입은 문지기가 나와서 뾰족한 스케이트 모자를 쓰고 이따금씩 털장갑 낀 손으로 흐르는 코를 말끔히 닦고 있는 나를 맞아들였을 뿐이었다. 나는 가끔 밀주를 마시고 눈알이 뻘개진 사람들의 무리가 서성거리는 상가에서 시체를 지키며 밤을 세우곤 했다. 그 집 정원의 긴 늪을 따라 나 있는 산책길을 통해 가는 반대쪽 초록빛 방갈로에서, 죽은 사람의 친구와 조객들이 술을 마시고 있었다. 위스키 냄새로 가득 찬 이러한 방으로 꽃을 가지고 들어섰을 때, 내가 본 다른 상가의 슬픔처럼 내가 들어온 줄도 모를 정도로 슬픔에 잠겨 있는 사람은 없었다. 나는 꼭 그곳에서부터 1달러 정도를 받아 오거나 모자에 잔돈을 무겁게 받아 나오게 되어 있었다. 어쨌든 나는 꽃가게—엘리시안 필드—에 있기를 좋아했다. 뒷방에 있는 흙상자 주변에 쌓여 있는 꽃향기와, 냉장고의 두꺼운 판유리 뒤에 장미, 카네이션, 국화가 산더미처럼 쌓여 있는 그 낙원 같은 꽃가게에 있기를 더 좋아했다. 특히 내가 사랑에 빠져 있었기 때문이다.

블루그렌 역시 위엄이 있는 사람이었다. 그는 잘생겼고 성질도 부드러웠으며 매우 건장한 체격의 소유자였다. 그는 갱단과 주류 밀수업자의 친구였으며, 이발사인 제이크와 한창때는 노스 사이더 클럽의 회장이었던 디온 오바니온[23] 같은 사람들과 아주 가깝게 지냈다. 디온 오바니온은 유행에 따라 화원을 경영하다 조니 토리오가 보냈다는 세 사나이에 의해서 그의 꽃가게에서 살해되어 파란색 주이트 세단에 실려 가버렸다. 블루그렌은 장미에 가위질을 해줄 때에는 가시에 찔리지 않도록 장갑을 끼었다. 그는 무엇이든 꿰뚫어 볼 수 있는 푸르고 차가운 눈과 보기에도 구역질 나는 관능적인 큰 코를 갖고 있었다. 날카로운 사고력을 가진 사람이 저속한 얼굴을 하고 있고, 저속한 생각을 품고 있는 사람이 교활한 얼굴을 가지고 있다는 데서 혼돈이 일어날 수도 있다고 나는 생각했다. 블루그렌이야말로 이러한 첫 케이스였다. 왜냐하면 내 생각으로는 그는 갱단들과 관련을 맺고 있으면서도 두려움 없이 임기응변을 했기 때문이다. 이것이 그를 그런 식으로 만든 요인이었다. 그는 때때로 잔소리가 심했고, 잔인했으며, 입버릇이 나빴다. 제나나 아이엘로와 같은 요인들이 살해된 후에는 더욱 그랬다. 그리고 그해 겨울에는 많은 사람들이 살해되었다.

그해 겨울은 누구에게나 좋지 못했다. 유명 인사들만이 아니라 자신의 성공과 실패를 제외한 다른 어떤 것에도 관심이 없고, 감정과 이성의 제한된 교류에만 급급한 평범한 사람들에게까지도 좋지 않은 겨울이었다. 크레인들이나 엘리너 클라인, 엄마까지도 그랬다. 요즘 크레인들은 오페라 지휘자 같은 신경과민에 걸려 영국인 아파트 지하실에서 불평하는 장면을 연출하고 있었다. 그는 접시를 마구 집어 던지거나, 발을 쿵쿵 굴렀다. 그리고 엘리니는 정신적인 슬럼프에 빠져서 덧없이 지나가는 자기 인생을 생각하며 방에서 가끔 혼자 울었다. 마치 세월의 일반적인 추세에 맞추기나 하듯, 모든 사람들의 마음을 동요시키기에 충분한 자극이 많았다. 나도 힐다 노빈슨이 없었더라면 이것을 심하게 느꼈을지도 몰랐다.

엄마도 역시 불안하고 초조해했다. 그러나 진혀 내색하지 않았으므로 어느 누구도 이것을 알아챌 도리가 없었다. 엄마가 유순하면서도 엄한 빛을 보이고 때때로 주위에 있는 모든 사물들을 나약하고 푸른 눈으로 오랫동안 지켜보거나, 힘든 일을 하지 않고서도 숨소리를 크게 낼 때, 나는 엄마가 불안해하고 초조해한다는 사실을 눈치챘다. 엄마는 어떤 불길한 징조나 다른 징조에 대해서 야단스럽게 중얼거리는 소리에 정신이 어지러울 정도로 신경을 썼다.

지금 우리 모두는 무슨 일이 일어나고 있는가를 알았다. 할머니는 한바탕 야단을 칠 준비가 되어 있었던 것이다. 할머니는 우리가 저녁 식사를 할 때까지 기다렸다. 나는 시든 꽃들을 버리고 돌아왔고, 사이먼은 역 매점을 쉬는 날이었다. 할머니는 갑작스러운 태도로 주먹을 치면서, 조지에게 지금 무엇이라도 해야 할 때라고 소리쳤다. 테이블에는 비프 스튜가 놓여 있었다. 모두들 계속 고기와 육즙을 핥아먹었다. 그러나 나는 할머니 말대로, 조지가 뜻밖의 화젯거리가 되리라고는 생각지 않았다. 또 할머니의 푸들까지도 화제의 대상이 되리라고는 전혀 생각지 못했으나 다만 할머니가 죽기 전에 귀가 먹을 때까지는 그 개에 대한 이야기가 화젯거리가 되리라는 것은 알았다. 때때로 조지는 자기에 관한 이야기가 오르내리고 있는 동안 모나리자가 짓는 독특한 미소를 띠기도 하였다. 정말이었다. 그의 하얀 속눈썹과 뺨에 흐르는 미묘한 표정, 이것은 무능력의 포로가 된 지혜의 반영이었으며, 우리 모두의 인생에 대해 많은 것을 이야기해 주는 그 무엇이었다. 할머니가 조지의 장래 문제에 관해 언급한 것은 이번이 처음은 아니었다. 그러나 이번은 또 한 번의 반복된 발언에만 그치는 것이 아니라, 그의 처지에 대해 차분히 대책을 강구해 보자는 것이었다. 나는 엄마의 얼굴에 나타난 기다림의 표정을 보고서, 엄마는 이미 그것을 알고 있다고 생각했다. 할머니는 조만간 조지에게 어떤 조치를 취해야만 한다고 했다. 그는 다루기가 매우 힘들었다. 이제는 자라서 키도 크고 남성의 면모를 갖추기 시작했다.

"만약 조지가 어떤 계집아이를 잡으려 하면 우리는 어떻게 하지? 경찰의 손을 빌려야만 할까?"

할머니가 말했다. 이것은 우리 모두가 지닌 어려운 문제점, 불복종, 고집 등과 우리가 실제적인 상황에 대해서 신경을 쓰지 않는다는 데에 대한 통렬한 비난이었다. 나 자신이 잘 알고 있듯이, 할머니의 비난의 주원인은 나였다. 할머니는 조지를 보호 시설로 보내야 한다고 말했다. 그가 평생 우리와 함께 지낼 수 없다는 것은 상식이었다. 게다가 우리는 조지의 짐을 질 능력을 별로 보이지 못해 왔었다. 그 밖에도 조지는 무엇이든 배워야 했으며, 바구니 만드는 세공이나 머리빗 제조, 혹은 지적 장애아들에게 가르칠 수 있는 것이면 무엇이든지 배우도록 훈련을 받아야만 했다. 그래서 자신의 생활비라도 벌 수 있어야 했다. 할머니는, 어린 딸을 가진 이웃 사람들은 조지가 뜰을 배회하고 있는 것에 화를 내며, 딸들에게 긴 바지를 입힐 준비를 하고 있다고 말하면서 위협하는 강한 어조로 말을 끝맺었다. 할머니는 자신의 혐오감을 세련되게 처리하지 못한 채, 조지가 완전한 남성의 면모를 갖추었다고 말했다. 그러나 피할 수 없는 음탕한 그 무엇 때문에 할머니는 그 늙은 얼굴을 찡그리며, 이것을 이야기하지 않고 넘겨 우리를 공포 속에 몰아넣었다.

아아! 할머니가 뒤죽박죽 섞어놓은 현실을 우리에게 오랫동안 맛보게 하고는 우리의 눈빛이 침울하게 되는 효과를 지켜보는 것은 할머니로서는 대단한 일이었다. 이야기를 끝마치자, 할머니는 계략적인 즐거움을 띤 소름 끼치는 표정을 지으며 눈썹을 치켜올리고 있었다. 나는 조지가 계속 육즙을 핥아먹고 있긴 했지만, 이 화제에 대해서 어떤 생각을 하고 있었다고 말하고 싶다. 조지의 태도는 숭고한 반면에 할머니의 태도는 오히려 아주 사악하다는 것을 말하고 싶은 것은 아니다. 물론 이것은 사실일 수도 없으리라. 할머니는 우리에게 이익이 될 이 같은 충격적인 일을 제안해야 한다는 어렵고 실질적이며 무거운 짐을 지고 있는 것이었다. 우리로서는 그러한 제안을 할 힘도 지혜도 없었다. 우리는 남을 사랑하고 인정은 많으나 꼭 다른 사람처럼 살아야 하고 또 그들을 이끌어가야 할 보다 강인한 정신에 의지해야만 하는 사람들 같았다. 그러나 나는 할머니를 최대한 용서하고 있다. 아직까지 이러한 일이 할머니 자신에게 주는 만족감이 있기 때문이다. 할머니는 장기를 두면서 적을 함정에 빠뜨릴 때 혼잣말로 중얼거리는 "아하!" 라는 격한 소리를 내었다. 이것은 꼭 그것과 동일한 것이었다. 우리는 우리가 저지른 실수가 어디로 이끌려 갈지 보려고 하지 않았다. 그래서 무서운 결과가 발생하였다. 흡사 자기를 조롱하는 어린아이들에게 달려가는 엘리사의 곰이나 십계명이 든 법궤를 마차에서 떨어지지 않도록 하기 위해 손을 내밀 정도로 생각이 없었던 유대인들에게 내린 하느님의 벌과 흡사했다. 이제는 고칠 여유도 없는 그 같은 실수에 대한 벌이었던 것이다. 그 실수는 과거에 있었던 그 상태대로 있었다. 할머니는 이 같은 냉혹성을 대신해서 행동할 수 있을 때 행복감을 느꼈다.

조지는 발을 포개고 앉아서 이 같은 세속적인 판단과 대조적으로, 자신도 의식하지 못하는 심적으로 병든 천사처럼 육즙을 먹고 있었다. 엄마는 고통에 가득 차서 날카로운 목소리로 무엇인가 대답하고자 했으나 단지 횡설수설할 뿐이었다. 어쨌든 엄마는 많은 이야기를 똑똑히 할 수 없었다. 엄마가 흥분했거나 고통에 차 있을 때는 무슨 말을 하든지 거의 이해할 수 없을 정도였다. 그때 조지가 먹는 것을 멈추고 끙끙거리기 시작했다.

"조지, 조용히 해."

할머니가 말했다.

나는 조지와 엄마를 옹호했다. 나는 조지는 아직 잘못을 저지르지는 않았으며 우리는 그와 함께 살기를 원한다고 말했다.

할머니는 나의 이런 발언을 이미 예견했으므로 대답할 준비가 되어 있었다.

"잘났구나.(Kopfmensch meiner.)"

할머니는 매우 역설적으로 말했다.

"천재야! 그래, 그 애가 말썽 피울 때까지 기다릴 참이냐? 조지를 돌보아야 할 때 네가 이곳에 있기나 하겠니? 너는 깡패 같은 클라인과 함께 길거리나 골목길에서 도둑질과 온갖 더러운 짓을 다 배우고 돌아다니고 있겠지. 어쩌면 네 동생과 흰머리의 폴란드 소녀 사이에서 태어난 사생아의 아저씨 역할을 기꺼이 해낼지도 모르겠구나. 가축 우리에 있는 그녀의 아버지에게 조지는 훌륭한 사위가 될 것이라고 설명하겠지? 그러면 아마 그녀의 아버지는 도끼 같은 큰 망치를 들고 너를 죽이려고 할 거다. 집도 불태워 버리겠지."

"저, 만약 오기가 조지를 정말 책임지려 한다면······."

사이먼이 말을 꺼냈다.

"설사 오기가 지금보다 더 나아진다 해도 그게 무슨 소용이 있겠니?"

할머니는 재빨리 대답했다.

"오기가 때때로 일한답시고 들썩거릴 때면 돈보다도 사고를 더 많이 냈다. 그 애가 전혀 일하지 않는다면, 그 편이 얼마나 더 좋은지 상상해 봐라. 그 애는 조지를 클라인 집에 내버려 두고는 자기 친구들과 돌아다니겠지. 사이먼, 나는 물론 네 동생을 잘 안다. 괴롭히지만 않는다면 마음이 참된 애다. 그 애는 마음만 먹으면 무슨 일이라도 약속하겠지. 하지만 그 애가 얼마만큼 믿을 수 있는 애인지는 내가 말할 필요도 없을 거야. 설사 그 애가 약속을 지킨다고 해도 그 애가 벌어오는 얼마 안 되는 돈을 보충할 능력이 네게 있겠니? 네가 재산이라도 물려받았니? 너는 하인이나 남녀 가정교사 등을 갖출 수 있겠니? 로시가 우리 아들들에게 마련해 주고자 자기 생명도 내던진 것처럼 말이야. 나는 너에게 조금이나마 학교 교육을 시키고 정직하게 양육시켜 신사답게 만들고자 최선을 다했다. 너는 지금 네가 어떤 사람이며 어떤 직업을 가지고 있는가를 명심하고 허황한 생각일랑은 아예 품지 마라. 세상이 비정하게 널 대하는 것은 먼저 너 자신을 위해 최선을 다하라는 의미일 거다. 나는 너보다는 좀 더 많이 보아왔으니까 하는 말이다. 잘못이 어떻게 고쳐지고 있는가, 또는 다른 것 때문이 아니라 단지 어리석음 때문에 죽음까지 당해야 하는 경우가 얼마나 많은가를 난 알고 있다. 이런 것에 관해 네 동생에게 설명하고자 했다. 그러나 그 애의 생각은 마치 술 취한 녀석이 오줌 싸는 것처럼 거의 변화가 없었다."

이렇게 할머니는 불길한 예언을 계속 늘어놓았다. 할머니는 사이먼을 이기려고 애쓸 필요까지는 없었다. 조지에 관해선 사이먼도 할머니와 뜻을 같이했기 때문이다. 그러나 그는 엄마에 대한 감정 때문에 아주 내놓고 찬성할 수는 없었어도 우리끼리 침대에 있게 되면 나의 모든 주장과 비난을 말하도록 했다. 그는 어른스러운 얼굴을 하고 침대 시트—케레소타 자루들을 잇대어 꿰맨—에 편안히 누워 얘기가 다 끝날 때까지 기다렸다. 내가 그의 말을 들을 준비가 되었을 때, 그가 말했다.

"그런 얘기를 해병대에게 해라. 왜 너는 그들이 화를 내어 맹렬히 공격하기 전에 머리를 쓰지 않니? 조지에 대해 걱정하는 사람은 너 하나뿐이라고 생각지 마라. 무슨 조치가 취해져야 해. 무슨 짓을 할지 어떻게 알겠니? 그는 더 이상 애송이가 아니야. 평생 그를 지킬 수는 없지 않니?"

내가 역에서 일자리를 잃고, 위글러와 세일러 불바 때문에 시련에 처한 이래로, 또 디버 백화점에서 부정한 짓을 한 이래로 사이먼은 나를 거칠게 대했다. 그는 클렘과 지미도 탐탁히 생각지 않았다. 그런 데다 나는 그에게 힐다에 관한 감정을 털어놓는 실수를 범해서 조롱거리가 되고 말았다.

"프리들 코블린이 자라면 지금보다 더 보기 좋아지기야 할 테지. 어쨌든 젖꼭지라도 생기겠지."

그가 말했다. 물론 사이먼은 내가 진짜 원한을 품을 만한 성격의 소유자는 아니고 스스로 화를 내자마자 곧 얌전해지는 타입이라는 걸 알고 있었다. 그는 내가 바보짓을 하는 동안 자신은 발전을 하고 있어서 나를 이렇게 다루어도 된다고 생각했고, 나폴레옹 시대였다면, 나폴레옹이 그의 동생들을 다루었던 식으로 나를 다루려고 했다. 내가 할머니와 심각한 어려움에 처해 있을 때 그는 엄격했고 나와 거리를 두었다. 그러나 그때도 그는 나에게 내가 진정으로 도움을 받을 고통에 처해 있다면 자기에게 도움을 청해도 좋다고 말했다. 그는 허무맹랑한 생각을 가진 나의 친구들이 나를 어려움에 빠뜨리는 것을 보기 싫어했다. 확실히 그는 나에게도 조지에게도 어떤 의무감을 느꼈다. 나는 그가 조지에 대해 위선적이었다고 말할 수 없었다.

"엄마에게 말을 시켜 놓고 형은 아무 말도 하지 않았을 때, 난 견딜 수 없을 정도로 속을 태웠어."

내가 말했다.

"내가 학교를 그만두고 조지를 돌보지 않는다면 그 애에게 많은 것을 해줄 수 없다는 것을 형은 알고 있어. 그렇지만 엄마가 그 애를 집에 두길 원한다면 형은 그 문제를 엄마에게 맡겨야만

해. 그러니 형이 거기에 앉아 엄마가 스스로 창피당하도록 행동하게 만들어서는 안 된단 말이야."

"엄마는 여러 번 당하는 것보다 차라리 한 번에 당하는 편이 나을지도 몰라."

다갈색 금발의 사이먼은 어두운 쇠침대틀에 누워서 힘주어 말했다. 그러다가 잠시 멈추고 부러진 이에 혀를 가만히 대어보았다. 사이먼은 내가 좀 더 세게 공격하리라고 예상한 듯이 보였다. 내가 가장 날카로운 비난을 했을 때, 그는 내가 듣지 않아도 잘 알고 있는 것들을 들어달라는 듯이 말을 계속했다.

"오기야! 엄마 말이 맞았어. 네가 엄청나게 너저분했다는 것을 너는 알지. 네가 지금 하지 않았던 공격을 그곳에서 했다 해도 그 애와 또 일 년 이상을 지낼 수는 없어!"

"흠, 할머니는 이제 보스로 자처하겠군."

"그렇게 생각하도록 내버려 둬."

사이먼이 말했다. 그는 가장 온전한 순간을 나타내듯 크고 짧은 호흡을 내뱉더니, 머릿속의 혼란한 것들을 깨끗이 지워버리려는 것처럼 발로 스위치를 켜고 책을 읽기 시작했다.

그리고 나서 내가 할 수 있는 일은 별로 많지 않았다. 나는 할머니가 가족의 우두머리라는 사실을 더 이상 인정할 수가 없었다. 옛날의 권위 일부를 지니게 된 것은 바로 사이먼이었다. 나는 밖에서 엄마의 얼굴을 대하기보다는 차라리 방에서 사이먼과 함께 있었다. 그때 엄마는 접시 닦기를 끝내고 옷에 묻은 빵가루를 털고 난 후 의자에 앉아 있기보다는 주로 누워 있었다. 프러시아 못이 박힌 의자의 둥근 장식에서 빛나는, 별로 좋지 않은 광택이 엄마의 머리를 스쳐 울퉁불퉁하고 굽어진 페인트 칠한 부분을 비쳐 주었다. 엄마가 슬플 때는 그것에 전혀 손을 대지 않았다. 엄마는 망연자실했다. 엄마는 아무런 소란도 피우지 않고 소리도 내지 않고 울고 있는 모습을 보였다. 누군가 가까이 가서 눈물로 충혈된 파란 눈과 핑크빛 얼굴, 이가 성기게 난 입을 볼 때까지 소름이 끼칠 정도로 무섭게 부엌 창문 밖을 지켜보는 듯했다. 머리는 결코 바르게 두지 않고 의자 팔걸이에 기댔다. 엄마가 아플 때도 역시 그랬다. 머리가 흐트러지지 않도록 꼭꼭 땋고는 가운을 입고 침대에 누워서 혼자 일어날 수 있으리라고 생각될 때까지 누구하고도 접촉하지 않았다. 체온 재기도 거부해서 체온계를 갖고 가봤자 헛일이었다. 마음도 쓰지 않고 기운이 회복되기를 기대하며 말없이 누워 있었다. 하기야 마음 쓸 힘도 없었을 것이다. 죽음과 회복에 대하여 엄마 나름의 견해를 지니고 있었다.

이제 조지에 대한 결정이 내려졌다. 할머니가 자기의 계획을 실행하기 위해 박차를 가하는 동안, 엄마는 어느 누구도 비난하지 않고 묵묵히 자신이 할 일만을 했다. 할머니는 사회복지가인 루빈에게 전화를 하러 손수 약방으로 내려갔다. 그 사실 자체가 의미심장한 일이었다. 할머니는 얼음이 언 휴전기념일에 발목을 삔 이후 눈 내린 거리에 발을 내디딘 적이 거의 없었기 때문이다. 할머니는 가끔 노인들이 뼈가 부러져 다시 고칠 수 없어 고통을 당하는 것을 목격해 왔고, 한 구간에 불과하지만 집에서 입는 옷을 입고 갈 수는 없었다. 그것은 올바른 처신이 아니었다. 할머니는 정장을 해야 했고, 털실로 짠 스타킹—사실은 헝클어진 양말 대님이 있는 골프용 스타킹—을 비단 스타킹으로 갈아 신어야만 했고, 검은 드레스를 입고, 줄이 세 개 둘린 모자를 쓰고, 추해 보이지 않도록 분도 발라야만 했다. 상냥하지 않게 보이는 것에는 개의치 않고 모자 핀으로 공중으로 날아갈 듯한 깃털을 꽂아 식장에 가는 기분을 내고, 분노에 가득 찬 노령의 성급한 태도로 밖으로 나갔다. 그러나 아직도 계단을 내려설 때에는 한 칸마다 두 발로 디뎌야만 했다.

그날은 선거일이었다. 투표소에는 깃발이 엇갈려 걸려 있었으며 체구가 건장한 당원들이 입김을 내뿜으며 투표 용지 견본을 흔들며 눈 속에 서 있었다. 학교가 쉬는 날이어서 내가 할머니와 함께 갈 수 있었지만, 할머니는 나를 원치 않았다. 반 시간 후 난로의 재받이를 가지고 밖에 나왔을 때 할머니가 눈이 내린 통로에서 한쪽 무릎을 꿇고 앉아 있는 걸 보았다. 넘어진 것이었다. 할머니가 넘어진 것을 보는 것은 가슴 아픈 일이었다. 전에는 누구의 보호도 없이 혼자 밖에 나간 적이 없었다. 나는 양철 재받이를 내팽개치고 할머니에게로 달려갔다. 할머니는 눈에 젖은 장갑을 낀 손으로 얇은 셔츠를 입은 나의 팔에 꼭 매달렸다. 그러나 할머니는 일단 일어설 수 있게 되자 나의 부축을 더 이상 원치 않았다. 지나치게 과장된 속죄 의식 때문인지, 아니면 보복에 대한 미신적인 생각 때문인지도 모른다. 할머니는 층계를 혼자 올라가서는 식구들의 방을 지나 자기 방으로 절룩거리며 걸어갔다. 할머니의 방문은 잠글 수 있게끔 설계되어 있었다. 그때까지 나는 열쇠가 있는 줄 몰랐다. 할머니는 처음부터 보석과 가족 서류와 함께 열쇠를 숨겨 왔음에 틀림없었다. 엄마와 나는 놀라서 밖에 서 있었다. 할머니에게 다친 데는 없는지 물었더니, 할머니는 화를 내며 제발 자기를 혼자 있게 해달라고 했다. 나는 눈에 젖은 얼굴을 보고 놀랐으며 고양이 소리같이 날카로운 목소리에 몸을 떨었다. 그리고 이미 세워진 질서의 주요 부분에 변화가 있었다. 교회의 문보다 허술하여 접근하기가 쉬우리라고 생각되던 문에 열쇠가 있고, 그 열쇠가 사용되다니! 선거일에 넘어졌던 일의 의미는 한층 더 깊어졌다. 왜냐하면 보통 때 할머니가 쓰던 칼이나 부엌 난로를 더욱 주의 깊게 마치 큰일이나 되듯이 다루며, 깊은 우울증과 궁극적인 위협에 쫓기는 듯한 행동을 취했기 때문이다. 할머니는 옥소 또는 기름과 붕대를 사용한 후 신경 안정을 위해 담배를 피우려고 했다. 그러나 무라드 담배는 부엌에 있는 반짇고리에 있었고, 할머니는 자기 방에서 나오지 않았다.

  점심시간이 지났다. 할머니가 밖으로 나오기 전에 날씨는 계속 좋았다. 할머니는 다리에 두툼히 붕대를 감고 집의 낡은 통로를 따라 내려왔다. 난로 주위와 부엌으로 통하는 부분의 양탄자는 빨간 빛깔이 퇴색되어서 실오라기가 보일 정도였다. 리놀륨을 깐 부엌 통로는 갈색으로 변했는데, 이것은 할머니가 회색빛 슬리퍼를 신고 십 년 동안이나 왔다 갔다 한 흔적이었다. 할머니는 평상복을 입고 숄을 다시 걸쳤다. 모든 것이 거의 정상적으로 혹은 거의 그렇게 되돌아가는구나 하고 생각하게 되었다. 반면 할머니는 신경질을 내지 않고, 온화하고 침착한 표정을 지으려고 노력했다. 할머니는 정말 피를 잃은 듯, 피를 보자 오랫동안 지녀왔던 여성적인 침착성을 잃은 듯 파랗게 질려 있었다. 할머니는 무서워하며 놀라서 문을 잠갔다. 그러나 표면적으로는 정상을 찾아야 한다고 결심한 듯이 보였다. 비록 납빛처럼 창백할지라도 할머니의 영향력을 다시 회복시켜야 한다고 결심한 듯했다. 그러나 무엇인가 상실되어 버렸다. 눈 주위의 흰털이 갈색으로 퇴색된 기진맥진한 늙은 개는 콜록거리면서 힘없이 천천히 걸어 다녔다. 그 개는 마치 새 시대가 실각된 정권의 최후, 법관이나 재상들이 자신들의 영광의 최후를 목격하고 스위스 사람들과 집정관들이 불안해하던 바로 그 최후의 순간을 몰아내고 있는 것을 느끼는 듯했다.

  나는 지난달부터 전적으로 조지와 시간을 보내기 시작했다.

그에게 썰매를 태워주고, 공원에서 산책도 시켜 주며, 레몬꽃을 보기 위해 가필드 파크의 온실에 데려가기도 했다. 관료 시대의 역사적인 수레바퀴는 이미 지나가고 있었다. 열한 시간의 노력은 아무 소용이 없었다. 조지가 보호 시설에 가면 더 좋아질 것이라고 항상 말하던 루빈은 위탁 증서를 가지고 찾아왔다. 할머니에 대항해 왔던 사이먼의 허락 없이—실상 그것도 할머니를 막을 수는 없었을 것이다. 왜냐하면 할머니가 결정적인 행동을 하고 운명적인 충동에 끌려가고 있었기 때문에—엄마는 사인을 해야만 했다. 아니, 할머니에게 저항할 수는 없을 것이라고 나는 확신했다. 지금, 이 경우에 있어서는, 이 모든 일을 생각해 보건대, 아무리 슬픈 일일지라도 어린애를 맡기는 것이 더 현명한 처사였다. 사이먼이 말한 대로 나중에는 그것을 우리 자신이 해야 할지도 모르기 때문이었다. 그러나 할머니는 이러한 일로 반드시 이루어져야만 할 필요성이 없는 그 무엇, 즉 요령 없는 회교주의의 일면인 힘을 시험해 보는 일을 꾸몄다. 그것은 우리가 거의 이해할 수 없는 일—즉 실망, 자기가 부여한 자만심에 가득 찬 투쟁, 할머니의 판단력을 저해하는 죽음에 대한 나약한 접근성, 완고한 동물 정신의 강렬한 발로, 그리고 마음의 깊은 심층에 깔려서 맹목적으로 발산하는 인간의 모험심에서 나온 허무맹랑한 계획—로부터 비롯된 것이었다.

내가 알까? 그러나 조지를 보내버리는 문제는 달리 처리될 수도 있었을 텐데.

마침내 시설에 자리가 있다는 통보가 왔다. 나는 조지를 육해군 상점으로 데리고 가서 내가 살 수 있는 가장 좋은 황갈색 여행용 가방 하나를 사주어야만 했다. 그 가방은 그가 죽을 때까지 가지고 있어야만 했다. 조지가 가방을 좋아해야 할 텐데. 나는 조지에게 가방을 잠그는 법과 열쇠를 사용하는 법을 가르쳐주었다. 그가 가는 곳엔 도와줄 사람들이 항상 있을 것이다. 그러나 이리저리 옮겨 다닐 때, 적어도 자신의 소유물인 가방만은 마음대로 다룰 수 있어야 한다는 것이 내 생각이었다. 우리는 또한 옷 가게에 가서 모자도 하나 샀다.

봄이 늦게 시작된 날씨는 햇볕은 없었으나 눈은 녹고 있었다. 나무와 지붕에서는 눈이 녹아 물방울이 떨어졌다. 조지는 성인용 모자와 코트를 세련되게 입지는 않았지만—그의 어깨 위에 그것을 올바르게 걸칠 필요를 전혀 느끼지 않는다는 듯—다 자란 듯, 마치 여행을 떠나는 사람 같아 보였다. 사실 그는 창백한 얼굴과 정신박약으로 인해 무기력하게 보이는 아름다움을 지닌 장거리 여행자의 모습을 하고 있었다. 그를 보고 주저앉아 울어버리기에 충분한 모습이었다. 그러나 아무도 울지 않았다. 우리 둘 중에 아무도 울지 않았다는 말이다. 그때는 엄마와 나만 있었을 뿐이다. 아침에 조지가 떠날 때 사이먼은 그의 머리에 입을 맞추며 말했다.

"잘 가, 조지야, 너를 보러 갈게."

할머니는 방에서 나오지 않았다.

"할머니에게 가서, 갈 준비가 다 되었다고 여쭈어라."

엄마가 말했다.

"오기예요. 떠날 준비가 다 되었어요."

나는 할머니의 방문 앞에서 말했다.

"그래? 그럼 가거라."

할머니는 대답했다. 이렇게 할머니는 결단력 있고 짜증 난다는 듯 말했지만, 명랑하거나 엄숙한 명령조는 아니었다. 방문은 잠겨 있었다. 추측건대 할머니는 아마 허영에 찬 테이블과 화장대 위와 벽에다 오데사에서 쓰다 가져온 골동품을 장식해 놓고, 앞치마와 숄을 걸치고 뾰족한 슬리퍼를 신고 깃털로 된 침대 위에 누워 있으리라.

"엄마는 할머니가 조지에게 작별 인사를 했으면 하는 것 같습니다."

"인사가 뭐 필요 있냐? 나중에 찾아가 볼 텐데."

할머니는 갈 힘도 없었지만, 자기가 얻으려고 열심히 노력했던 결과를 볼 힘도 없었다. 그러나 여전히 자기 손아귀에 세력을 쥐고자 안간힘을 쓰고 있었다. 그리고 이러한 가족 구성의 연약함과 붕괴가 거부의 원인이라 여기지 않는다면 내가 이것을 달리 어떻게 해석해야 할까?

마침내 엄마는 화를 내기에는 너무나 힘든 약자의 분노로 몸을 떨었다. 엄마는 조지가 이 늙은 할머니로부터 어린애 취급을 받아야만 한다고 결심한 듯했다. 그러나 잠시 후 침실에서 혼자 돌아와, 나를 겨냥한 것은 아니겠지만 거친 말투로 "오기야! 손가방을 들어라."라고 했다. 나는 넓은 소매 속으로 조지의 팔을 붙잡고, 위니가 양치식물 밑에서 졸고 있는 앞방의 문 옆을 지났다. 조지는 걸어가면서 입술 한쪽을 살며시 깨물었다. 우리는 자동차로 천천히 갔다. 차를 세 번이나 바꾸어 탔다. 웨스트사이드에서 탄 마지막 차가 노빈슨 씨 가게 옆까지 실어다 주었다.

시설에 도착하는 데는 한 시간이 걸렸다. 그곳은 철창문이 드리워져 있고, 개가 지키고 있는 바람받이 벽이 있었으며, 마당에는 아스팔트가 깔려 있어 어둠침침하고 우울한 느낌을 주었다. 아래층 사무실에는 시무룩해 보이는 부인이 서류를 받아 원부에 적어 넣었다. 우리는 그와 함께 기숙사에 올라가도록 허락을 받았다. 그곳에 있던 다른 소년들이 벽 높이 달아놓은 라디에이터

밑에 둘러서서 우리를 응시했다. 엄마는 조지의 코트와 성인용 모자를 벗겼다. 커다란 단추가 달린 셔츠를 입고 창백한 얼굴에다 크고 흰 차가운 손가락—손가락이 너무나 어른처럼 큰 것이 문제였다.—을 가진 조지는 내가 손가방을 여는 간단한 기술을 일러주는 동안 내 옆 침대 가에 있었다. 그러나 나는 이 같은 장소와 소년들—그가 전에 한 번도 만난 적이 없었던—에 대한 공포로부터 그의 주의를 다른 곳으로 돌릴 수는 없었다. 그는 우리가 그를 두고 갈 것이라는 것을 깨닫고 어떤 감정을 느끼기 시작했다. 그에게서 신음 소리가 새어 나왔다. 울음이라고 하기엔 이해할 수 없을 만큼 소리가 없었지만, 이 신음 소리는 눈물보다 더 참을 수 없는 것이었다. 엄마는 완전히 주저앉아 포기하고 말았다. 엄마는 유난히 뻣뻣한 조지의 머리를 두 손으로 쓰다듬고 입을 맞추면서 급기야 울음을 터뜨렸다. 잠시 후 내가 엄마를 잡아끌었을 때, 그도 따라 나오려고 했다. 나도 역시 울었다. 나는 그를 다시 침대에 데리고 가서 "여기 앉아." 하고 말했다. 그는 계속 신음했다. 우리는 자동차 정류장으로 내려와, 윙 소리가 나는 검은 전주 옆에 서서 시내 전차가 종점을 돌아 나오기를 기다리고 있었다.

그 후 우리 가족의 유대감은 줄어들었다. 마치 집안을 단합시켜 준 것이 조지를 돌보는 일이기나 했던 것처럼 지금은 모든 것이 다 흐트러져 버렸다. 우리는 서로 다른 방향을 보며 지냈고, 할머니는 자신을 바보로 만들었다. 정말 우리는 할머니에게도 실망을 느꼈다. 할머니가 처음에 우리 집 살림을 맡기 시작할 즈음에는 우리 중에 누군가 한 사람이 명성을 떨치게 될 비범한 천재적 재질을 지니고 있을지 모른다는 꿈을 꾸었다. 우리 가운데 있는 이러한 재질을 보다 훌륭한 것이 되도록 지도해 주고, 세계를 한 걸음 두 걸음 천천히 완성의 단계로 이끌어 나아가게 하고, 군중들의 귀에 닿아서 그들에게 그와 같은 위대한 행진에 참여하도록 용기를 북돋워 주는 노래를 발견할 천재들을 낳게 할 신부감을 고를 힘이 조지에게보다는 우리에게 있다고 할머니는 생각한 것 같았다. 우리는 할머니가 원했던 소질을 소유하는 것과는 거리가 멀었다. 고귀한 태생인가, 천한 태생인가 하는 것도 문제가 되지 않았다. 푸셰,[24] 탈레랑[25]만큼이나 멀리 있었다. 중요한 것은 천부적인 재질이었다. 이 점에서 할머니는 우리가 재능을 갖고 태어나지 못했다고 씁쓸히 생각하게 되었다. 그럼에도 우리는 고상하고 신사다운 행동을 취하고 흰 옷깃을 달고 손톱과 이를 깨끗이 하며 식탁 예절을 갖추도록 배웠다. 어떤 사무실이나 가게든, 또 우리가 신용을 얻어 금전 출납 금고에서 일을 하든 언제나 대단히 훌륭한 모범이 되도록 교육을 받았다. 엘리베이터 속에서는 예절을 지키며, 길을 물을 때는 양해를 먼저 구하고, 숙녀에게는 정중하게, 행인들에게는 묵묵히 근엄하게 대하며, 차 안에선 분별이 있고 생각이 깊어야 하며, 어둠침침하고 흐린 카스틸리오네의 길을 걸어야 했다.

  그러나 우리는 그렇게 배우는데도 예절을 다하는 대신, 점점 더 평범해지고 버릇없이 거칠어지고, 목소리는 한층 더 걸걸해졌으며, 몸에는 털이 많아졌다. 아침마다 옷을 입는 동안 우리는 팬츠 바람으로 장난을 치며, 마루에서 쾅쾅 뛰고 의자 위에 넘어지며, 장난으로 서로 쥐어박고 멱살을 잡고 싸웠다. 세수를 하러 홀로 나오면, 할머니의 조그마한 모습을 볼 수 있었다. 그때 할머니의 두 눈은 경멸하는 듯한 빛을 띠고, 잇몸을 드러낼 정도로 무서운 하품을 하고는 두 볼은 쑥 들어간 채 아무 말도 없었다. 그러고 힘을 잃고 아주 피폐하고 패망한 모습을 했다. 사이먼은 때때로 "뭐라고요, 할멈?" 그리고 가끔 "로시 부인."이라고까지 말했다. 나는 할머니의 존재를 거부한 적은 없었으며 이전에 할머니가 행사했던 것과 같은 영향력에 대항하여 공격하려고 한 적도 없었다. 이제 사이먼도 덜 무례한 억양을 취했다. 그러나 지금에 와선 그것이 큰 문제가 되진 않았다. 할머니는 우리가 실제 어떠한 존재이며 무엇을 할 능력이 있는가를 보아왔다.

우리에게는 집도 바뀐 것 같았다. 한층 더 보잘것없고 더 어둡고 더 작아졌으며, 한때는 빛나고 찬양을 받았던 것들이 매력과 풍요함과 그 중요성을 상실해 갔다. 에나멜이 벗겨진 곳은 주석이 갈라지고 검은 점처럼 보였고, 양탄자는 여기저기 긁혀서 올이 다 풀렸다. 광택, 풍성함, 꽃들의 웃음, 그 모든 화려함은 전부 사라져버렸다. 위니가 죽을 즈음에는 집에 있는 여인들이 위니가 죽고 오래되어 썩은 냄새를 알아차리지 못했다. 그것을 안 것은 밖에서 신선한 공기를 갖고 들어온 우리였다.

위니는 그해 5월에 죽었다. 나는 그 개를 구두 상자에 넣어 마당에 묻어주었다.

5장

윌리엄 아인혼은 내가 알았던 사람 중에서 가장 우수한 사람이었다. 그는 우수한 두뇌와 많은 기업을 소유했으며, 진정한 지도력과 철학적 사고력도 지니고 있었다. 만약 내가 중요하고 실질적인 결정을 하기에 앞서 잠시 생각을 할 수 있을 정도로 꼼꼼했다면, 그리고 또한 (N. B.)[26] 현재의 내가 아닌 진정한 그의 제자였다면 나는 이렇게 자문했을 것이다.

"카이사르라면 이런 경우에 무엇을 겪을까? 마키아벨리는 어떤 충고를 하며, 율리시즈는 무슨 말을 할까? 아인혼은 무슨 생각을 할까?"

내가 아인혼을 이같이 유명한 인물 속에 포함시킨 것은 결코 조롱에서가 아니었다. 아인혼은 내가 잘 알고 있는 사람이었고, 그를 통해서 위와 같은, 다른 위대한 사람의 성격을 이해했던 것이다. 만일 우리가 세기말적인 시대에 처해 있지 않고, 명성 같은 문제는 우리보다 좀 더 낫고 강했던 세계에서 살았던 동화 속 왕들의 얘기에서 어린애의 그것처럼 취급하지 않는다면 말이다. 그러나 어른과 어린애, 인간과 반신을 비교하는 것이 아니라 인간과 인간을 비교한다면—이것은 민주주의자들 사이에서 카이사르를 기쁘게 하는 일이 되겠지만—또 사람들 앞에서 우리가 갖고 있는 결함에 대한 부끄러움 때문에 우리가 가졌던 인간적인 면을 버리고 다른 비열한 형태의 인간으로 되어버리려는 특별한 생각을 갖지 않는다면, 나는 아인혼을 칭찬할 만한 권리를 지니고 있다고 말할 수 있다. 그리고 또한 인간은 이미 이 같은 전설적인 이름 가운데는 우리가 숭배할 것이 아무것도 없다고 강력히 주장하면서 타락의 웃음을 짓는 자들에 대해서는 전혀 개의치 않는다. 그들이 과거와 직면하게 될 때마다 항상 자신의 유치함을 느끼는 그러한 학생들의 견해로 인해서 나 자신을 너무 과장하고 싶지는 않았다.

나는 고등학교 2학년 때 아인혼 밑에서 일했다. 당시는 큰 경제공황이 일어나기 얼마 전인 후버 행정부 때였다. 그런데 아인혼은 그가 나중에 주장하는 만큼 그렇게 부자는 아니었지만, 그 당시에도 부유한 편이었다. 나는 그가 대부분의 재산을 잃어버린 이후에도 계속 그와 같이 지냈다. 사실 당시 나의 존재는 그에게 매우 중요했다. 흔히 비유하여 말하는 '오른팔'이 아니라 실지로 그의 두 팔과 두 다리 구실을 했다. 아인혼은 사지를 다 쓰지 못하는 불구자였다. 다만 그의 두 손이 아직 기능을 발휘했으나 휠체어를 움직여 갈 수 있을 만큼 튼튼하지 못했다. 그는 아내나 동생, 친척들, 또는 고용인이나 그와 친한 사람들이 휠체어를 밀어주어야 집 주변을 돌아다닐 수 있었다. 그들이 그를 위해 일하든, 단지 그의 집이나 사무실 주위에 있든 간에, 그는 그들을 임시로 고용하는 재능을 가지고 있었다. 수많은 사람들이 아인혼을 통해 부자가 되거나 이미 부자인 사람들은 더욱 부자가 되기를 원했다. 그들은 그 지역의 가장 중요한 부동산 중개인들이었으며, 마혼 세대가 살 수 있는 대규모의 아파트를 포함한 많은 재산을 소유하며 경영하고 있었다. 그들은 그 건물의 구석에 있는 당구장을 공공연히 소유하고는, 아인혼의 당구장이라 불렀다. 여섯 개의 다른 상점 즉, 철물점, 과일가게, 통조림가게, 음식점, 이발소, 킨스만 소유의 장의사가 있었다. 킨스만의 아들이 바로 내 사촌 호워드 코블린과 함께 산디노를 상대해서 싸우는 해병대에 들어가기 위해 도망친 사람이다. 음식점은 공화당의 유력 후보자인 탬보가 카드 놀이를 하는 곳이었다. 아인혼 씨 가족은 그의 전처의 친척들이었다. 그러나 그들은 결코 이혼에 동의하려 하지 않았다. 그 문제를 누구의 경우처럼 엄격히 따진다면, 아내가 네 명이었고, 그중 두 여인은 별거수당을 받고 있는 아인혼의 아버지, 즉 늙은 시 위원이어서는 안 될 것이었다. 시 위원은 한 번도 관직에 있은 적이 없었다. 이 점이 사람들의 웃음거리가 되었다. 그는 버펄로 빌[27]의 허연 반다이크식 수염을 기른, 여전히 쾌활한 노인이었다. 그는 양복을 입고 혈기왕성한 모습을 지닌 채, 성(性)에 관심 있는 듯한 큰 두 눈을 번쩍이고 점잔을 빼며 돌아다녔다. 많은 사람들이 예리한 판단력 때문에 그를 존경했다. 그가 동산 저당물이나 토지 구획 등에 관해 단음절로 필요한 말만 내뱉으며 위엄 있게 얘기를 시작하면, 장내에 있는 세력 있는 신중한 사업가들은 하던 이야기를 멈추었다. 그는 상냥한 조언을 했고, 코블린과 파이브 프로퍼티즈는 그에게 자기네의 돈을 투자하도록 했다. 때때로 그를 위해 일을 했던 크레인들은 그를 신처럼 현명한 사람이라고 생각했다. "그 친구는 똑똑해. 그러나 시 위원은 이 지상에서 없어져야 할 인간이야."라고 말했다. 그때 나는 동의하지 않았으며 지금도 그렇다. 비록 시 위원은 자기가 무엇인가 정말 하려고 하면 다른 사람을 무시하고 혼자 독주하지만 말이다. 여름철에 내가 하는 일 중의 하나는 그와 함께 해변으로 가는 일이었다. 그는 해변에서 9월 둘째 주일까지 매일 수영을 즐겼다. 나는 그가 멀리 나가지 않도록 지켜보기로 되어 있었으며, 그가 부두 근처에서 옷을 벗고 큰 배와 쭈글쭈글하고 큰 성기에 긴 줄이 처진 수영복을 입고 누렇게 벗겨진 양 무릎을 드러내 보인 채 떠 있는 동안 그에게 불 붙인 담배를 건네주었다. 그의 희끗희끗한 머리카락은 누르스름한 빛을 띤 채 마치 북극 지방의 곰털처럼 물에 퍼져 떠 있었으며, 앞이마는 태양에 그을러 붉게 된 채 물에 떠올랐다. 입술은 열려 있었고, 미시간의 따스하고 짙푸른 바닷물에서 수영하며 코로 담배 연기를 내뿜는 모습은 아주 영리하고 즐거운 듯이 보였다. 한편 나무로 만든 까치발이 있고 양면에 타르를 바른 트롤선들은 힘차게 물 밖으로 증기를 내뿜고 있는데, 떠들어대고 물장구를 치는 등 갖가지 행동을 하는 밝고 아름다운 피부 빛깔의 무리들을 위해 예약된 배였다. 저 너머 완만한 해안선을 따라 마천루, 탑, 건물 등이 수직으로 서 있었다.

아인혼은 시 위원의 본부인의 아들이었다. 그에게는 둘째 부인 아니면 셋째 부인에게서 난 아들이 또 하나 있었다. 그를 세프라고 부르기도 하고, 그의 당구장 친구들은, 시 정치 브로커이며 폴란드인 샘 징코위즈의 친구인 존 딩뱃 오버타의 이름을 따서, 딩뱃이라고 불렀다. 그는 오버타를 모르고, 그와 닮은 점도 없으며, 제13선거구의 정치와 그 외의 다른 어떤 것과도 관련이 없어서 나로선 그가 왜 그런 별명을 얻게 되었는지 정확히 말할 수가 없다. 그러나 그 자신은 불량배가 아니면서도, 갱 사건이나 범죄 사실에 대하여 아마추어적인 지식을 지니고 있었으며, 불량배 스타일로 옷을 야하게 입어서, 사람들은 그를 위험 인물인 드루시스나, 빅 헤이스 허바세크와 관계를 맺고 있는 인물로 오인할 정도였다. 은행원의 뾰족한 모자를 쓰고 몸에 꼭 끼는 양복을 입고, 깃 위까지 단추를 채우고 넥타이를 매지 않는 안달루시아식의 셔츠를 입고 있었다. 구두는 마치 탱고 댄서의 것처럼 윤이 나게 닦였고, 끝이 뾰족하며 포주 냄새가 나는 뒷굽이 높은 신이었다. 가죽 뒷굽에다 높은 밑창을 달았던 것이다. 딩뱃의 머리털은 억세긴 했으나 윤이 났고, 잘 매만져서 곱슬거렸다. 땅딸막하고 근육이 약하며 민첩하지만 나약한 그는 절대적으로 분별력 있는 얼굴을 지니고 있지는 않았다. 그의 얼굴에 동물적인 것과 다른 점이 있다면 온갖 감정이 나타나 있다는 점이다. 그러나 그 얼굴은 거칠고, 아래쪽으로 비틀리며 실눈을 하고 있었고, 거칠게 면도를 한 뒤 바른 탤컴 파우더 위로 나온 수염들과 더불어 도저히 바꿀 수 없는 나쁜 생각을 하고 있는 모습을 나타내었다. 우리가 그 얼굴의 원형을 살인자로서가 아니라(그는 주먹을 쥐고 살인적으로 휘두르기는 했으나 살인을 할 의도는 전혀 품지 않았다.) 감당해 낼 수 없는 누군가로서 간주한다면, 그 모습은 형 집행관의 부하의 얼굴이었다. 그는 항시 주먹을 휘두르고 다녔지만 얻어맞기만 하였고, 링에서 권투를 하다가 볼이 이에 물린 자리가 아직도 아물지 않았다. 그러나 그는 계속 탄력성 있게 뛰면서 권투를 하다가 새로운 도전에 응하기 위해 당구장에서 뛰어나와 탱고 구두를 신은 채 한 바퀴 획 돌더니, 격하나 가벼운 펀치를 넣었다. 그의 펀치는 도전자를 넘어뜨리지는 못했다. 어느 일요일 그가 거구인 파이브 프로퍼티즈에게 싸움을 걸어 양손으로 가슴을 밀어젖혔으나, 그는 꼼짝도 하지 않았다. 파이브 프로퍼티즈는 딩뱃을 들어 올려서 마룻바닥에 내던졌다. 딩뱃이 주먹질을 하면서 다시 도전했을 때, 파이브 프로퍼티즈는 이를 드러내고 싱긋 웃었으나 놀라서 당구대 뒤로 피해 물러섰다. 보고 있던 무리 중 한 친구가 파이브 프로퍼티즈는 비겁한 놈이라고 소리 지르기 시작했다. 분노에 차서 아무것도 보지 못하고 찡그린 얼굴로 싸우고 있는 딩뱃을 뒤에서 잡아끄는 편이 좋겠다고 생각되었다. 그의 친구 한 명은 샤토티에리[28] 전투에서 싸운 적이 있는 놈이 풋내기에게 밀린다는 것은 얼마나 창피한 일이냐고 말했다. 파이브 프로퍼티즈는 그 말을 명심하고, 그 후부터는 당구장에 나타나지 않았다.

딩뱃은 한때 당구장의 책임을 맡았으나, 믿음성이 없어서 시 위원은 그를 매니저와 대체했다. 그는 요즘 주인집 아들로서 공들을 모아놓기도 하고, 당구장의 초록색 테이블의 펠트가 찢어지면 석탄처럼 얼굴빛이 까맣게 변하기도 했다. 기업체 중심 인물이 되기도 하고, 폭한이 되기도 하며, 심판원, 판돈 보관자이며, 유능한 스포츠 전문가이기도 하고, 갱 싸움의 내력을 잘 알며, 조그마한 거래를 찾으려고 주시하며, 권투 매니저 역할도 하고, 한 번 던지는 데 10센트씩 내며 돌아가는 게임의 관리자 역할도 하고, 아버지의 운전사 구실도 했다. 시 위원은 자신의 소유인 크고 붉은 블랙호크 스터츠 차를 운전할 수 없었다. 아인혼 가족은 조그만 자동차는 쓸모가 없다고 했다. 딩뱃은 날씨가 너무나 더워 걸을 수 없을 때 아버지를 해변가로 태워다 주었다. 그 노신사는 나이가 75세에 가까웠지만 단 한 번도 졸도한 적이 없었다. 나는 뒷자석에 그와 함께 앉아 있었고, 딩뱃은 상처가 있는 목을 미친 듯 휘두르며 급히 엔진 기어를 넣고는 옆의 쿠션에다 우쿨레레[29]와 수영복을 놔두었다. 운전을 할 때 그는 특히 성적(性的)인 기분에 취해 소리를 지르거나, 휘파람을 불거나, 계집애 뒤에서 경적을 울리면서 아버지를 기쁘게 만들어주었다. 우리는 클렘과 지미, 영화 사업을 하다 실패한 실베스터와 동반할 경우도 가끔 있었다. 실베스터는 당시 아머 공과대학에서 엔지니어 코스에 낙제를 하고서는 뉴욕으로 가겠다는 이야기를 했다. 해변에서 딩뱃은 마치 운동선수처럼 허리 벨트와 팔목 밴드를 졸라매고, 머리카락에 모래가 들어가는 것을 막기 위해 반다나 스카프를 두르고, 선탠 기름으로 얼룩진 머리를 꼿꼿이 세우고, 한 무리의 소녀와 다른 운동선수 들과 함께 우클레레를 뜯으며 춤을 췄다.

> 아니카, 훌라 위키위키
> 달콤한 갈색의 소녀가 나에게 말하네.
> 그리고 와이키키 해변에서
> 내게 훌라훌라를 가르쳐주네.

신이 나서 그는 욕정을 자극하는 듯한 묵직한 목소리를 찢어지듯 냈는데, 그 소리는 처음에는 맑았으나 차츰 이상하고 이해할 수 없게 떨리는 정열적인 수탉의 울부짖음 같았다. 그의 늙은 아버지는 허튼소리를 하며 허세를 부리고 있었으나 내심으로는 즐거워하면서 마치 에트루리아의 버펄로 빌처럼 포즈를 취하고는 해변가 의자에 누워 있었다. 눈이 부셔 타월로 두건 모양을 만들고, 살찐 팔을 들어 그늘지게 하고는 텁수룩한 입을 벌려 웃음을 터뜨렸다.

"바보 같은 놈!(*Ee-dyot!*)"

그가 아들에게 말했다.

파티가 하루의 가장 더운 때에 시작됐더라면, 윌리엄 아인혼도 자가용 스터츠 차의 짐 싣는 곳에다 휠체어를 실어 오고, 아내는 햇빛을 가리기 위해 양산을 쓰고 왔으리라. 그는 사무실에서 차까지, 차에서 해변 오른편에 있는 집터까지 그의 동생이나 나에게 업혀 왔다. 그는 뛰어날 정도로 모든 것이 주의 깊고 하얗고 때 묻지 않고 후작처럼 고상했다. 눈치도 빨랐다. 시 위원만큼 균형 잡힌 남자다운 모습의 거구였으며, 정신적인 면에서는 시 위원보다 더 섬세한 면을 지니고 있었다. 딩뱃은 비교도 되지 않았다. 아인혼은 창백하고 활기가 없는 듯이 보였다. 그는 상당히 굴곡이 진 코와 조그마한 입술을 갖고 있었으며, 회색빛 머리털은 길게 자라 귀에 닿을 정도였다. 또한 계속해서 경계하는 듯한 시선은 대상들을 끊임없이 뚫어지게 쳐다보았다. 그의 옆에는 뚱뚱하고 매력적인 그의 아내가 파라솔을 들고 권태로운 듯 이따금씩 미소를 지으며 부드러운 갈색 손을 무릎 위에 놓고 앉아 있었다. 숱이 많은 그녀의 머리는, 우리가 사진에서 볼 수 있는 이집트 여인의 두건처럼 목 뒤로 잘 빗어 넘겨 밑으로 비스듬히 드리운 단발머리였다. 그들은 여름의 시원한 바람을 즐기면서 파도 위에 떠 있는 작은 보트를 타고 광대 놀이와 음유시인들의 노래를 즐겼다.

   그녀가 무슨 생각을 했는가를 알고 싶다 해도 알 도리가 없었다. 가스 레인지 선반 위에는 핫도그 2파운드가 있었으며, 샐러드용 차가운 감자 2파운드, 겨자, 이미 썰어놓은 호밀로 만든 식빵이 있었다. 만약 그녀가 다 쓰면, 나에게 더 사 오라고 했을 것이다. 아인혼 부인은 재료를 미리 준비하기를 좋아했고, 노인은 차를 좋아했다. 그는 항상 즐겁기를 바랐으며, 그녀도 그에 기꺼이 응하였으나, 그 대신 마룻바닥에 침을 뱉지 말라고 했다. 그녀는 너무 수줍어서 말하지 못하고 자기 남편을 통해 이야기했으나 노인에게는 웃음거리에 불과했다. 우리가 휴식을 취할 때는 아인혼이 좋아하는 코카콜라를 마셨다. 나의 하루 일과에서 성가신 일 중의 하나는, 그날 기분에 따라 코카콜라를 당구장에서 병째로 가져다주거나 잡화점에서 유리잔으로 사서 가져다주는 일이었다.

 사이먼 형은 내가 사업가들이 항상 붐비는 아인혼 씨 집 앞과 킨스만 장의사에서 나오는 상을 당한 사람들, 당구장에 드나드는 사람들로 붐비는 길을 헤치고 쟁반에 콜라 잔을 받쳐 들고 오는 것을 보고, 놀란 듯 비웃으며 말했다.

 "이거야말로 네게 알맞은 일이구나! 꼭 식당 주임 같은데!"

 그러나 이것은 내가 해야 하는 수백 가지 역할 중의 하나에 지나지 않았다. 이 일보다 더욱 천한 개인적인 심부름을 했고, 때로는 총명하고 잘 훈련된 다른 일, 즉 그의 비서, 관리인, 앞잡이, 말동무 등의 역할도 했다. 그는 항상 옆에 누군가를 필요로 하는 사람이었다. 그는 독재적인 인간이 되어갔다. 베르사유나 파리의 궁전에서 태양왕[30]은 아침 접견 때 입을 셔츠와 양말을 건네줄 귀족을 두고 있었다. 아인혼은 잠자리에서 일으켜 주어야 했고, 옷도 입혀 주어야 했다. 가끔 그것을 해야 하는 사람은 나였다. 그와 그의 아내는 창문을 닫고 잠을 잤기 때문에 대부분 방은 어둠 침침하고 공기가 탁했다. 이것은 두 육체가 여러 날 밤 잠을 자서 생긴 냄새였다. 그러나 나는 내가 그러한 일들을 비판할 감각이 없음을 알고 있다. 나는 그것에 곧 익숙해졌다. 아인혼은 속옷만 입고 잤다. 파자마를 갈아입는다는 것도 일종의 한 가지 성가신 일이었기 때문이다. 그들 부부는 늦게까지 잤다. 그러므로 불이 켜졌을 때, 아인혼은 팬츠를 입고, 쇠약한 두 팔, 마르고 주근깨가 있는 활기가 없어 보이는 얼굴로 흘러내린 회색 머리털, 날카롭게 굴곡이 진 코와 면도한 콧수염을 내보였다. 가끔 그가 신경질을 낼 때 내가 할 일은 그의 흥분이 가라앉을 때까지 조용히 침묵을 지키고 기다리는 것이었다. 아침부터 화를 낸다는 것은 그의 의도에 어긋나는 것이었다. 그는 익살을 잘 부렸다. 기묘하고 때로는 싱겁고 음탕한 짓으로 사람을 괴롭게 하는 그는 아내가, 아침 준비를 하면서 수다를 떨고 사람을 괴롭게 한다고 야유를 했다. 그에게 옷을 입혀 주는 일은 전에 조지에게 입혀 주던 경험이 있어서 대단히 쉬웠다. 그러나 아인혼은 조지와는 달리 옷 입는 데 멋을 냈다. 그의 양말은 우아한 비단으로 만든 것이며, 바지는 은행가들이 잘 입는 무늬가 있는 것이었다. 그는 구두가 여러 켤레 있었는데 물론 구두 등에 아직 구김살도 가지 않았으며 전혀 닳지 않은 좋은 워크오버 제품이었다. 벨트에는 글자 무늬가 있었다. 나는 그를 허리까지 옷을 입힌 후에 검은 가죽의자에 앉혀 흔들리는 휠체어를 밀어 목욕탕으로 데리고 갔다. 그는 그 의자에 처음 앉을 때 눈살을 찌푸리기도 하고 독을 마신 듯이 시선을 비스듬히 던지기도 했다. 그러나 보통 때는 모든 것을 체념한 듯이 태연한 자세를 취했다. 나는 그를 편하게 해주고는 휠체어를 반대 방향으로 밀어 목욕탕으로 데리고 가거나 정원으로 난 창이 있는 양지바른 방으로 데리고 갔다. 시 위원과 아인혼은 둘 다 항상 부주의했기 때문에 이곳을 깨끗이 하기란 어려웠다. 그러나 고귀한 귀족들에게는 이러한 일을 저지르는 것이 항상 허용되었다. 내가 알기로는 마차 바퀴 뒤에다 소변을 볼 수 있는 권리가 있다.

아인혼 부인이 마룻바닥에 대해 할 수 있는 일이란 아무것도 없었다. 무슨 일이나 다 하는 바바츠키가 때때로 폴랙 타운에 너무 오래 가 있거나 지하실 포도주 저장실에서 술 취해 있을 때는 나에게 청소를 시켰다. 아인혼은 내가 학생 신분이었기 때문에 강요하고 싶지는 않다고 말했다. 나는 특정한 일이 아닌 여러 가지 잡일을 해서 월급을 받고 있었다. 마루 닦는 일을 그런 일로 여기고 받아들였다. 이러한 일들이 가지고 있는 다양성은 내가 좋아하는 것들 중의 하나였다. 나는 내 친구 클렘 탬보만큼이나 변화무쌍해서 규율이나 질서에는 맞지 않았다. 단지 그와 다른 점은 내가 일단 어떤 일이나 목적에 애착을 느끼게 되면 해리(海狸)같이 부지런히 일한다는 점이다. 아인혼이 자연적으로 이런 점을 발견했을 때—실로 그는 재빨리 발견했다.—그는 나를 계속 그러한 방향으로 일을 시켰다. 그는 할 일이 많았으므로 이와 같은 나의 성격은 그에게는 아주 안성마춤이었다. 그가 할 일이 없게 되면 내가 옆에 있어 주는 것이 그에게 더 많은 것을 발견하게 하였다. 그래서 사소한 화장실 청소 따위는 시키지 않았다. 그는 나에게 시킬 중요한 일이 너무나 많았다. 내가 그 일을 맡았을 때, 로시 할머니 밑에서 했던 일을 생각하면 한 시간 동안 짐꾼 노릇을 하는 것은 별것 아니었다.

그러나 지금은 아인혼과 함께 화장실 안에 있다. 그는 나를 그의 옆에 앉히고는 《이그재미너》 신문에 실린 중요한 아침 뉴스들, 이를테면 월스트리트와 라셀스트리트의 마지막 증권 시세에 관한 기사를 읽으라고 시켰다. 다음에는 빅 빌 톰슨에 관한 것같이 지역 뉴스다. 예를 들면 톰슨이 코트 극장을 세내어 가축 우리에서 잡은 커다란 쥐 두 마리를 새장에 넣어 들고 무대에 나타나서 공화당 탈당자의 이름으로 쥐들에게 말을 걸었다는 기사 말이다. 나는 아인혼이 가장 먼저 원하는 기사란을 알게 되었다.

"그래, 그것은 톰슨이 말한 그대로야. 그는 대단한 허풍선이야. 하지만 이번에는 사실이지. 그는 누군가를 형무소로부터 구하기 위해 호놀룰루에서 급하게 돌아왔어."

그는 오래된 일을 잊어버리지 않는 기억력을 지니고 있었으며, 신문을 자세히 읽는 독자였고, 아주 체계적인 사람이어서 자신에 관해 서류철을 해두었다. 내가 하는 일 중의 하나는 이 서류철들을 그가 가까이에 두는, 쇠와 나무로 된 상자 속에 순서대로 정리하는 일이었다. 나는 이 일에 아주 능숙해졌지만, 가끔은 어떤 자료를 정리하면서 그것을 버리자고 그 앞에 내놓았을 때 내가 도저히 이해할 수 없는 이유를 들면서 그가 지나치게 야단을 쳐서 당황스럽기도 했다. 그러한 자료들은 그의 손이 즉시 닿을 수 있는 곳에 놓아두어야만 했다. 그것은 대개 그가 신문에서 오려낸 것과 서류 쪽지들인데 그것들을 상업, 특허품 발명, 지방 주요 거래 상황, 범죄와 갱, 민주당, 공화당, 고고학, 문학, 국제연맹이라는 라벨을 붙인 서류철에다 각각 정리해 두었다. 국제연맹이라니, 난들 알랴. 그러나 그는 인간을 만드는 것이 무엇인가에 대해 베이컨적인 생각을 지니고 살아왔다. 그리고 완전한 정보를 가지고 있지 못하다는 약점이 있었다. 아인혼에게는 모든 일이 잘되어 가고 있었으며, 그 일들을 책상과 주변에 아주 철저하게 조직적으로 정리해 두었다. 셰익스피어, 성경, 플루타르크, 사전과 『비전문가를 위한 상법』, 부동산과 보험 안내서, 연감과 주소록 등. 그리고 검은 커버를 씌운 타자기, 속기용 구술 녹음기, 선반 위의 전화들, 5센트짜리 동전이 떨어지는 것을 기록하는, 전화기의 부속품을 여는 데 사용하는 조그마한 드라이버,—가장 번창하고 부유했을 때에도 아인혼은 자기가 거는 모든 전화의 통화료를 지불하려고 하지 않았기 때문이다. 그 회사는 사무실로 오는 다른 사업가들이 사용하는 동전 박스에서 돈을 긁어모으고 있었다.—기결, 미결 표시가 된 철 서류함, 주물(鑄物)로 된 에트나 저울추, 관직의 표시 위에 있는 공증인의 인장, 스테이플러, 압지, 금고 열쇠 뭉치, 기밀 서류, 수표, 콘돔, 개인 편지, 시, 에세이들이 그의 책상과 그 주위에 놓여 있었다. 이 모든 것들이 다 적당하게 배열되었을 때 그는 두 개의 공식적인 문으로만 들어갈 수 있는 윤이 나는 장벽 뒤에서 일하기 시작했다. 이 벽 뒤에 있는 방에서, 그는 그 자신과 때때로 그의 위엄과 오만하고 철판에 양각된 초상화처럼 잘생긴 용모를 망쳐버리는 변덕스럽고 고집센 날카로움까지도 의식하며, 남들의 생계를 좌우하는 창백한 얼굴을 한 집행관의 역할을 하고 있었다.

그는 아버지 친구들과의 관계를 기초로 해서 아버지가 사업을 위해 뭘 생각하는가를 파악하고 아버지와 보조를 맞추었다. 아버지의 사업가적인 두뇌는 그렇게 상상력이 풍부하지는 못 했지만 폭은 대단히 넓었다. 이 늙은 시 위원은 아인혼가(家)의 돈을 벌어준 장본인이었고, 아직까지 재산의 소유권을 자기 이름으로 해두었다. 이것은 그가 아들을 믿지 못해서가 아니라, 그 자신이 사업 거래 신청자를 맨 처음 접촉하는 당사자인 아인혼가의 총수였기 때문이다. 윌리엄은 그의 상속자였고 또한 일리노이 주립대학 2학년에 재학중인 그의 아들 아서와 딩뱃에게로 돌아갈 재산의 관리인이기도 했다. 때때로 아인혼은 아버지인 시 위원이 그의 마크 트웨인 신사복 안주머니에 넣고 다니는 은행 예금통장에서 상당히 많은 돈을 개인적으로 찾아 써버리는 버릇을 못마땅하게 생각했다. 그는 자주 아버지를 노스웨스트사이드를 건설한 개척자라고 자랑하면서 아인혼가의 왕조를 건설할 구상을 찾고 있었다. 정복자 다음에 정착을 위한 창립위원이 조직되고 그다음에 시인과 철학자, 그 뒤로 광범위하고 전형적인 미국적 개발이 뒤따르는, 광활한 대지와 같은 가능성의 세계에 힘과 지혜의 탑을 건설할 생각을 하고 있었다. 그러나 그는 아직 패기 있고 진취적이고 야망에 불타고 있었지만 아버지에게는 존경을 다했다. 그는 아버지가 지닌, 남을 압도하려는 지배력 이외에 또 다른 어떤 것, 다시 말하면 정치가적인 기질과 고상한 성질 및 파시 교도[31]적인 관념, 남을 깊이 파고들어 가는 수단 등을 지니고 있었고, 교황 알렉산더 6세처럼 관습을 경시했다. 어느 날 아침 내가 신문 기고란에서 어느 미국 여자 상속인과 이탈리아 왕자가 칸에서 일으킨 불의의 사고에 관한 기사를 읽고 있을 때, 그는 나에게 읽기를 멈추게 하고 다음과 같은 말을 인용했다.

"'사랑하는 케이트, 당신과 나는 어떤 한 나라의 초라한 유행에 갇혀 있을 필요가 없어. 케이트, 우리는 유행을 창조하는 사람이잖소. 그리고 우리에게 속해 있는 곳의 자유는 남을 험담하는 입을 멈추게…….' 이것은 헨리 5세가 남긴 교훈이다. 일반적인 사람들이 가야 할 길이 있고, 무엇인가 특별히 해야만 할 사람들이 갈 길이 따로 있다는 뜻이지. 자기들 앞에 대체로 해야만 할 일이 있어야 해. 만일 어떠한 특권이 있다는 것을 아는 한, 그 특권을 누릴 수 없다는 것이 그들에게 용기를 준다. 더욱이 법이 있고, 그런 다음 자연인으로서의 본성이 있지. 여론이 있고 그다음에 본질적인 성격이 있고 말이야. 그렇다면 누군가는 법과 여론을 벗어나서 본성을 위해서 말을 해야만 한다. 이것은 공적인 의무이기도 해. 관습은 우리의 숨통을 틀어막지 못할 것이야."

아인혼은 로시 할머니와 유사한 교훈적인 말투의 소유자였다. 두 사람 다 세상 사람들과 무엇을 할 수 있고, 그들이 어디에서 베풀고 저항하는지, 또 어디에서 사람들이 자신 있게 달릴 수 있고 어디에서 길을 더듬어 가야만 하는지를 나타낼 수 있다고 믿었다. 그런데 그에게는 대학에 다니는 아들과 더불어 학생이라고는 나밖에 없었다.

그는 신중히 판단하는 머리를 가졌다. 그래서 사태가 아무리 어렵게 된다 할지라도 용기를 내어 힘껏 하려고만 하면 마음대로 할 수 있고, 또 중단시켜 바로잡을 수도 있었다. 그는 오른쪽 팔을 왼쪽 손가락으로 끌어 올리고 또 왼팔을 오른 손가락으로 끌어 올리는, 여러 단계를 거치는 아주 교묘한 방법을 써서 불구의 팔을 책상에 올려놓았다. 그가 이런 일을 할 때 이것은 하등의 감정이 필요치 않았다. 즉 이것은 다만 하나의 기계같이 움직이는 조작 운동이었다. 그러나 이러한 동작이 갖는 중요성은 대단했다. 건장하고 혈기왕성한 사람이 연단에 올라가서 하느님 앞에서 자기의 약점을 고발할 때처럼 서두에 이미 연약함을 내보인 아인혼은 '힘'이라는 연제에 대해서 힘 있게 연설할 준비가 되어 있었다. 여기에서 그가 특히 일상생활을 염두에 두고 이러한 어조로 연설하는 것을 듣는 것은 실로 좋지 않았다.

다시 아인혼이 아침에 스스로 나갈 준비를 하는 화장실로 되돌아가 보자. 한때 그는 이발사를 집으로 불러 면도를 했다. 그가 말하기를, 이렇게 하는 것이 그가 이 년 반 동안이나 입원했던 병원을 너무 생각나게끔 만들었다고 했다. 또한 그는 가능한 한 스스로 일을 처리하길 좋아했다. 사실 그는 너무나 많은 사람들에게 자신을 의존해야만 했다. 그래서 지금 어떤 체코 발명가가 친히 그에게 팔았다는, 어떤 장치 속에 넣어 면도날을 혁지(革砥)에 가는 안전면도기를 사용했다. 그는 이것을 크게 믿었다. 그가 싱크대 끝에서 물에 손을 넣고 턱과 얼굴 주위를 면도하는 데 반 시간 이상이 걸렸다. 세수수건을 끄집어내어 그것으로 얼굴을 쌌다. 나는 그가 수건의 작은 돌기들을 통해서 숨 쉬는 소리를 들었다. 거센 털이 나 있는 부분에 비누칠을 하고 문지르며 장난 삼아 손가락으로 만져보기도 하고 비벼 닦고 파헤쳐 보았다. 나는 변기 뚜껑에 앉아 신문을 읽었다. 수증기가 옛날 냄새를 일깨웠다. 그가 사용했던 면도용 크림에서는 독한 수렴제 냄새가 코를 찔렀다. 그는 젖은 머리에 포마드 기름을 바르고 여성용 스타킹 끝으로 만든 조그마한 캡을 눌러 썼다. 물기를 닦고 분을 바른 후, 그는 부축을 받아 셔츠를 입고 넥타이를 맸다. 손가락으로 넥타이 매듭을 여러 번 매만져 본 후 약간 손을 떨면서 그것을 셔츠 맨 위 단추가 있는 제 위치로 비틀어 넣었다. 그다음 마지막으로 윗도리를 작은 옷솔로 마른 소리를 내며 털어 입었다. 우리는 단추 가리개를 다시 점검하고 구두에 묻은 물방울을 훔치고 모든 것을 준비 완료했다. 그래서 나는 그에게 고개를 끄덕여 아침을 먹도록 부엌으로 인도했다.

그는 식욕이 왕성해서 많이 먹었다. 아인혼이 불구의 사람이란 것을 알지 못하는 어떤 낯선 사람이 그의 정면에 앉아 그가 생달걀에 구멍을 뚫어 빨고 있는 것을 보면 건강한 사람이 아니라고 추측했을 것이다. 그와 같은 행위에는, 인간으로서는 교활하게 손발을 거칠게 휘두르며 보통 이상으로 허기졌을 때 나타내는 그 어떤 것이 보였기 때문이다. 만일 운동 경기나 전투적인 표현을 허락한다면 그는 또 다른 욕구의 전장에서 쟁취한 전리품처럼 여자의 스타킹으로 만든 그 캡을 머리 위에 쓰고 있는 것이다. 그는 이것을 의식하고 있었다. 거의 모든 것을 생각했기 때문이다. 그의 마음은 전문적이 되어서 그가 했던 모든 일을 놀랄 만큼 잘했다. 그의 마음은 그가 행동하는 것을 중단시키려 하지도 않았고 중단시킬 수도 없었다. 또한 추잡한 행동을 하는 것은 다만 인간 본성이라 생각하고 그 욕정을 향락하고 탐닉했다. 즉 그의 마음은 그의 마비 상태가 능력을 파괴시킨 것이 아니라 오히려 대부분의 많은 정상적인 사람보다 더 풍부한 능력을 가져다주었다고 자랑스러워했다. 혐오와 수치심 때문에 많은 사람에게 이야기도 못 하는 많은 것을 그는 그 자신이나 나와 같은, 그가 충분히 믿는 사람(혹은 거의 그 정도로 믿는 사람)에게 서슴없이 이야기했다. 모든 감정을 자유롭게 포착해서 사용하고 움직였다. 말하자면, 내면적으로 진행되는 것이 많았다. 그는 대단히 바쁜 사람이었다.

커피를 마신 후에 아인혼이 잠시 동안 명령을 내리는 시간이 있었다. 주로 살림에 관한 것이었다. 힘줄이 있는 근육에 주름살이 많고 우울한 타이니 바바츠키가 지하실에서 불려 와서 무엇을 해야 할 것인가 지시를 받을 때, 저녁까지 그 병을 치우라는 경고를 받았다. 그는 비틀거리며 돌아가서는 혼자 위협적인 말을 중얼거리면서 맡은 일을 시작했다. 아인혼 부인은 화장실 바닥이 더럽고 노인이 침을 뱉는다고 불평을 했지만 그녀 자신은 그다지 훌륭한 주부는 되지 못했다. 그러나 아인혼은 생각이 깊어서 집안의 모든 일이 활발하게 움직이고 활기차게 진행되어 항상 개선되도록 주의를 기울였다. 이를테면 쥐를 잡고, 뒤뜰에 시멘트를 깔고, 기계를 깨끗이 닦아 기름칠을 했으며, 현관에 있는 목재 기둥을 새것으로 갈아 세우고, 또 가족의 건강에 대해 항상 세심한 주의를 기울이며, 쓰레기통을 덮고, 창문에 친 망사그물을 수선하고, 소독약을 뿌려 파리를 박멸하는 등의 일을 했다. 그는 페스트균이 얼마나 빨리 불어나며, 유리창 한 장을 끼는 데 접착용 풀을 얼마나 많이 사야 하며, 못·빨랫줄·퓨즈, 기타 이와 같은 여러 가지 물건들의 가격을 정확히 알고 있었다. 그는 이런 관심이 좋지 못한 것이라고 생각하기 전에는 고대 로마의 원로원들이 가정 살림에 대해 알고 있었던 만큼이나 잘 알고 있었다. 그런 다음, 모든 것이 제대로 통제되고 나면, 그는 특별히 제작된, 툴툴 소리가 나는 바퀴 달린 의자를 자기 사무실로 옮겼다. 나는 그의 책상 위의 먼지를 털어주어야 했고, 그가 두 번째 담배를 피워 물 때는 코카콜라를 마시게 해주어야 했다. 콜라를 갖고 왔을 때 그는 이미 우편물을 만지고 있었다. 우편물은 많았다. 또 많아야만 했다. 그 우편물들은 전국 각지에서 온 수많은 종류의 편지였다.

날씨가 덥기는 더웠다. 나는 그와 함께 보냈던 휴가 동안의 여름에 관해 이야기하고 있다. 그런데 그는 사무실 내에서 조끼를 입고 있었다. 하루의 힘든 일이—시카고의 여름철 오후의 무더위와 업무—시작되려면 아직도 오래 있어야 하는 이른 아침의 날씨는, 마치 무자비하게 혹사시키는 인간들 가운데서 기대하는 순진한 사람들처럼 때로 부드러워지기도 하는 초원 지대의 날씨였다. 그러나 그때는 휴식 시간이었다. 시 위원은 치장을 마치지도 않은 채 슬리퍼를 신고 포근한 햇빛이 내리쬐는 거리로 나갔다. 어깨 멜빵은 늘어져 있었고, 클라로 담배 연기는 백발의 머리 주위로 흩어져 사라졌다. 또 팔은 편안한 자세로 허리띠 아래로 축 늘어뜨렸다. 아인혼은 기다란 사무실로 돌아와서 편지 귀퉁이를 찢어 읽고 난 후, 회답에 필요한 요점을 적고 난 다음 서류철에 끼우거나 나에게 체크하도록 건네주었다. 나는 그가 저지르는 수많은 사기 행각 중에서 그에게 대두되는 문제를 해결하는 대담한 보좌관이 되었다. 이런 점에서 볼 때 우표, 라일락 향수의 작은 튜브, 린넨 향낭(香囊), 물에서 피어나는 일본의 종이장미를 비롯하여 일요판 부록 뒷면에 있는 온갖 종류의 광고품에 대하여 마음에 들면 산다는 조건으로 요금을 당장 지불하지 않을 생각으로 물건을 주문하는 등등, 그가 관계치 않는 것은 거의 없었다. 그는 나에게 자필로 이들 서류를 쓰게 했고, 여기에 사용하기 위해 나에게 여러 가지 가명을 주었다. 그는 빚을 독촉하는 편지는 물론 팽개쳐 버리고 이런 편지를 보낸 사람들에게 그들이 청구한 것은 손실로 계산된 것이라고 말했다. 그는 돈을 내지 않는 물건이면 무엇이든지 얻으러 보냈다. 이를테면 샘플용 음식이나 비누, 의 약품, 모든 행사에 관한 인쇄물, 미국 인종국(美國人種局) 보고서, 스미스소니언협회와 하와이 소재 비숍 박물관의 출판물, 연방 의회 의사록, 법률, 팸플릿, 투자 설명서, 대학 안내서, 엉터리 섭생법, 젖가슴을 발달시키는 법, 여드름 제거법 및 장수법, 자기 암시법 등에 관한 참고서, 플레처식 식사법, 요가, 강신술, 생체 해부 반대론에 대한 팸플릿 등이 그것이었다. 또 그는 헨리 조지 협회, 런던 소재 루돌프 스타이너 재단, 지역 변호사협회, 미국 재향군인회 등의 우편물 수취인 명부에 올라 있었다. 그 외에 그는 모든 것과 접촉을 해야만 했다. 그렇게 해서 얻은 이 모든 자료를 소유하고 있었다. 그것이 너무나 많아 바바츠키 또는 나 아니면 일주일에 세 번씩 다리미질을 하기 위해 이곳에 오는 롤리 퓨터가 그것을 지하실로 옮겼다. 이러한 물건 가운데 일부 절판(絕版) 인쇄물은 서점이나 도서관에 팔았고, 일부는 선의의 뜻으로 아인혼이란 도장을 찍어 고객에게 다시 우송했다. 그는 콘테스트 때문에 참으로 할 일이 많았다. 새로운 상품의 이름이나 슬로건을 모집하는 기회가 있다는 것을 눈치채면 기발한 아이디어를 가지고 꼭 응모했다. 즉 그는 기발하고 그럴듯한 말과 가장 난처한 순간, 가장 유쾌한 꿈, 그가 주의를 기울였던 흥조, 정신감정술, 같은 말을 반복해서 음률을 맞춘 문장 등 기상천외의 갖가지 요소를 뒤섞어 명문을 만들었다.

> 라디오가 처음 나왔을 때 나는 얼마나 격찬했던가(rave).
> 그래서 나는 푼돈을 쓰지 않고 저축했네(save).
> 잊어버리는 날도 있었지, 면도하는 일(shave).
> 내 사랑하는 라디오를 갖고 가리, 무덤까지(grave).

그는 이 시로 《이브닝 아메리칸》으로부터 5달러 상금이 수여되는 일등상을 획득했다. 그래서 나의 일 중의 하나는 무엇을 콘테스트에 출품할 것인지, 각국의 대통령의 이름이나 수도 이름의 철자를 바꾸는 것으로 할지, 혹은 작은 숫자들로 구성한(총계가 얼마인가?) 코끼리로 할 것인지 판단하는 것이며, 이런 항복들이 잘 만들어지고, 계산에 착오가 없고, 내용을 증명할 수 있는 서류, 예를 들어 쿠폰, 박스 뚜껑, 라벨 등이 갖추어져 있는지 확인하는 것이었다. 게다가 나는 그의 서재나 시립 도서관에서 자료 수집을 도와야 했다. 그의 계획 중의 하나는 참고하고 확인할 수 있는 기드온 성경처럼 색인을 붙인 셰익스피어 작품집을 출판하는 것이었다. 부진한 사업, 악천후, 까다로운 고객, 지난해 유행한 상품의 대량 재고로 인한 교착 상태, 여자, 결혼, 파트너와 같은 색인 말이다. 이 기상천외의 저질 작품집은 표지만 번드레한 싸구려 책으로 수도 없이 팔렸는데, 한 번에 너무 많이 주문해도 안 될 뿐 아니라 너무 적어도 팔지 않는 책이었다. 또한 아인혼은 환락가인 시카고 클라크 거리에 있는 기이한 잡동사니 물건을 파는 가게에서 구해 온, 욕정을 불러일으키는 프랑스 나체 사진, 음란한 장면을 찍은 사진이나 희극적인 춘화도, 만화, 외설적인 장면을 담은 그림을 돌려 보면서 수다를 떨고 익살을 부리는 몸짓을 하기도 하고 고상한 태도를 취하거나 철학적이며 교훈적이 되기도 하며 또 깊은 감상에 젖기도 했다. 또한 탄광촌에서 갓 올라온 어린 롤리 퓨터에게 집적거렸다. 롤리란 계집애는 푸른 두 눈은 성적인 불길을 억제하지 못하는 빛을 발했고, 헐거운 옷을 걸치고 몸을 가볍게 흔들어대면서 주근깨가 박힌 가슴을 드러내고 사내들이 모이는 곳에 나타나는 그러한 애였다. 실로, 아인혼은 신경이 마비된 두 다리를 걸쳐놓은 의자에 신경을 많이 썼다. 그러나 자기는 다른 사람과 다르다는 것을 공공연히 부정했다. 그는 중풍으로 인한 자신의 마비 상태에 대하여 이야기하기를 꺼리지 않았다. 꺼리기는커녕, 어릴 때 가난한 농가에서 태어나 역경을 극복하고 대성한 사업가처럼 그의 신체 불구를 그가 정복한 어떤 것인 양 자랑했다. 또한 그걸 활용할 기회 또한 놓치지 않았다. 그는 휠체어와 의족, 그 외 여러 기구들을 파는 집에서 수집해 온 주소로 '셔트인(The Shut-In)'[32)]이라고 불리는 등사판 인쇄물을 보냈다. 그중 두 쪽은 통고 사항과 호소문으로 채워졌다. 예를 들면 『엘버트 하버드의 스크랩북』에서 따온 감상적인 문구나 『새너톱시스』의 시구의 마지막 부분, 또는 '매를 맞아 희생자가 된 노예같이 되지 말고, 고상하고 금욕적인 그리스인이 되라.' 또는 휘티어의 시구에서 따온 '여러분은 왕자입니다. 성인만이 보수적인 공화당입니다,' '나는 그대를 위해 더욱 당당한 저택을 지으리라. 오, 내 영혼이여!' 등등 여러 자료에서 문구들을 따서 실었다. 제3면은 독자들의 서신란으로 남겨 두었다. 내가 이러한 일을 했다고―나는 등사판으로 인쇄하여 스테이플러로 찍어 우송했다.―때때로 나를 쓰다듬어 주었지만, 그의 손길이 목덜미에 닿으면 소름이 끼치는 듯했다. 그러나 그는 이러한 제스처를 내가 '셔트인' 일을 한 데 대한 보답이라고 말했다. '셔트인' 발행은 그에게도 역시 도움이 되었다. 그는 거기에 '여러분 곁에 있는 브로커, 윌리엄 아인혼'이라고 친히 사인을 함으로써, 보험업무를 상당히 증가시켰다. 그래서 여러 보험 회사는 그 경비를 지불해 주었다. 로시 할머니처럼 그도 큰 공공기관들을 이용해 먹는 방법을 알고 있었다. 그는 약간 지적인 냄새가 풍기는 콧수염을 달고, 검은 두 눈을 정략적으로 굴리면서, 양팔을 닭의 날개처럼 늘어뜨리고는 희멀건 얼굴을 한 보험회사 대표들과 중요한 상담을 했다. 그는 소매 밴드를 하고 있었는데, 한쪽은 여자용 소매끈을 매고 있었다. 그는 계략적으로 조작을 해서 여러 보험회사가 경쟁 입찰하게 하여 자신의 수수료 수입을 증가시키려고 노력했다.

강한 타격과 같은 효력을 가진 수없이 거듭되는 압력, 그것이 자신의 방법이라고 그는 말했다. 나이가 먹어 터득한 남의 잘못을 묵인하는 방법을 다른 사람처럼 훌륭하게 사용할 줄 안다는 것이 그의 특별한 자랑이었다. 얼마 전까지만 해도 그는 그의 움막집에서 미라처럼 취급받고 또는 누군가가 그를 교회 앞에 있는 거지인 양 도와주어야만 했던, 죽기 직전 죽음을 상기시키는 (memento mori) 모습을 하거나 혹은 그보다 더 무시무시한 몰골이 되어 죽음이 오기 전에 겪는 어려움이 어떤 것인가를 연상시켜 주었던 인간이었다. 그러나 지금은 글쎄, 교묘한 기계를 만들어낸 사람이 불구자인 헤파이스토스였던 것은 아마도 우연이 아니었던 것 같다. 보통 사람은 장애물을 피하기 위해 자기 자신을 크랭크나 체인, 그리고 금속 부속품 등을 사용하여 들어 올릴 필요가 없었기 때문이다. 아인혼이 그렇게 많은 일을 할 수 있었던 것은 인간의 진보와 평행하는 것이었다. 특히 모든 인간이 기구나 연장에 관해 너무나 잘 알고 강박관념을 가지고 있었기 때문에 그는 여러 상품이나 엔진, 간단한 기계 장치, 미닫이, 전기, 수도와 같은 시설의 도움 없이는 아무것도 할 수 없는 다른 사람들보다 크게 무엇에 의존하는 사람은 아니다. 이러한 조그마한 질곡으로부터 벗어나기 위해서 마음은 시련을 겪는 중심체가 되었다. 아인혼이 심각한 기분에 잠겨, 살이 찌고 매부리코 모양을 한 부르봉가 사람들 같은 얼굴에 깊은 사색의 표정을 띠는 것을 보라. 그러면 그는 기계 시대에 대한 내막과 그 장점과 단점에 관해 이야기를 들려줄 것이다. 그런 다음 이야기의 방향을 약간 돌려서 불구자들에 관한 역사로 이어갈 것이다. 용감하고 의지가 굳은 스파르타 사람이 벙어리였다는 점, 오이디푸스가 절름발이였고 신들도 때로는 수족이 절단된 불구였다는 사실, 모세는 말더듬이였으며, 마법사 드미트리는 한쪽 팔이 썩어 없었고, 카이사르와 마호메트는 간질병 환자였고, 넬슨 경은 팔이 없는 불구자였다는 역사를 말이다. 그러나 그는 특히 기계 시대와 그로 인해 얻어지는 이점 등에 관해 이야기를 했다. 나는 마치 이런 이야기를 하고 싶어 하는 학식 있는 귀족(*signor*)으로부터 강의를 받고 있는 병사와도 같았다.

나는 그의 이야기를 듣도록 훈련을 받은 사람이었다. 그래서 아인혼은 자신의 예의범절, 학식, 웅변술 그리고 인상적인 음성을 통해 나에게 실질적인 영향을 끼치려고 애를 쓰지는 않았다. 그는 75년 동안 받은 인생 교육을 우리에게 강요했던 로시 할머니와 같은 사람은 아니었다. 그는 말이 술술 나와서 존경을 받고 남들에게 감명을 주기를 원했다. 물론 아버지 같지는 않았다. 나는 내가 그의 가족의 한 구성원이라고 생각해 본 적은 없었다. 신원 보증서에 나타난 유일한 아들인 아서처럼 그들이 내가 그 집의 한 구성원이 되기를 원한다는 것은 있을 수 없는 일이었다. 그래서 어떠한 큰 가정 문제가 생기기 시작하면 나를 밖으로 내밀었다. 확실히 나는 그러한 것을 알지 못했다. 아인혼은 때때로 내게 우리 집 가족들에 관해서 질문을 하곤 했다. 마치 코블린, 크레인들, 클렘, 지미 등을 통해 아무 소식도 듣지 못하는 사람처럼. 그는 매우 영리하고 빈틈없었기 때문에 나를 이런 식으로 다루었다. 만약에 할머니가 어떤 부유한 사람이 우리에게 호감을 가져서 사이먼이나 나에게 재산을 준다는 생각을 하고 있었다면,

아인혼은 그것을 뒤집었다. 아인혼이 나와 친하고 나를 좋아하기 때문에 내가 그의 유산을 받게 될 것이라는 생각을 해서는 안 된다. 그가 요구하는 것은 그를 위해 일하고 있는 사람은 반드시 자신과 친해야 한다는 것이다. 이러한 일이 나를 괴롭혔다. 그와 아인혼 부인은 너무나 나의 처지를 잘 알았기 때문에 나는 그것을 잊지 않았다. 어쩌면 그들이 옳았는지도 모른다. 비록 결코 그러한 생각을 진지하게 품어본 적은 없었지만, 할머니가 그런 생각을 내게 깊이 불어넣어 주었기 때문이다. 그러나 그러한 생각이 없지는 않았다. 이러한 사실이 분노를 일으켰다. 아인혼과 그의 아내는 아주 이기적인 사람들이었다. 공정하게 얘기해 그들이 결코 인색하지는 않았다. 대체로 나는 이러한 일에 공정하니까. 두 사람의 이기심이란 잔디밭에서 점심을 먹으면서 다른 사람에게 권하지 않는 정도의 것일 뿐이다. 샌드위치를 먹고 싶어 죽을 정도가 아니라면, 달걀과 오이의 껍질을 벗기고, 케이크를 자르고, 입가에 묻은 겨자를 쪽쪽 빨아 먹는 것은 보기에 대단히 유쾌한 그림이 될 수도 있다. 그럼에도, 아인혼은 이기적이었다. 그의 코는 끊임없이 움직여서 냄새를 맡고 모든 것을 찾아냈다. 때로는 엄하게, 때로는 예의도 없이 남몰래 눈을 반쯤 감고는 관찰자들을 살핀다. 그러나 어떤 것이라도 있으면 결코 가만두지 않았다.

나는 내 자신이 시 위원의 상속자로 아주 막연하게나마 염두에 두었다고는 생각지 않는다. 왜냐하면 그들이 한편으로는 나의 유산 상속의 희박성을 강조하지도 않았지만, 다른 한편으로는 이러한 상속 문제에 관하여 전혀 토의도 하지 않았기 때문이다.

어쨌든, 그들은 보험과 부동산, 소송과 법적 유산, 시큰둥한 동업과 약속 불이행, 그리고 유언 소송 등의 일에 온 신경을 다 기울여 열중하고 있었다. 이러한 이야기는 그의 절친한 친구들로 구성된 권위 있는 감식가 클럽 회의에서나 들을 수 있는 내용이었다. 눈에 띄는 여러 가지 세속적인 표지, 즉 반지, 담배, 양말의 질, 파나마 모자의 신제품 여부 등이 그들의 지위를 나타냈다. 또 그들은 행운과 지혜, 출생의 어두운 면, 골칫거리, 아내들에 대한 지배나 종속 여부, 여자, 아들과 딸들, 결함의 등급으로 분류된다. 혹은 비극, 희극, 섹스 소극(笑劇) 등의 역할에 의해 등급이 매겨진다. 남을 이용하거나 남으로부터 이용당하거나, 자신이 남을 조종하거나 거칠게 다루어지거나 그들의 운명, 즉 사기, 심한 파산, 그들이 일으킨 화재 등의 실수를 저지르는 여부에 따라 인간이 분류된다. 그들의 인생에 대한 기대는 무엇이며, 죽음이 그들과 얼마나 멀리 있는가 등도 분류의 기준이 된다. 그들의 장점도 있다. 쉰 살을 먹은 유력한 인물은 좋은 사람이며, 기증자, 친구, 정열가, 용기 있는 자, 명석한 수학자, 비록 자기 이름을 서명할 수 없었지만 자선사업을 위해 대부를 기꺼이 하는 자, 교회에 양피지를 제공하는 자, 폴란드인척들의 보호자는 모두 좋은 사람들이란 것이다. 아인혼이 이 모든 것을 기록해 두었다는 것은 누구나 아는 사실이었다. 그리고 모두가 모든 것을 아는 것이 분명했다. 서로 솔직히 이야기를 나누었고, 또 상호 존경심도 오고 갔다. 동시에 경멸할 만한 일도 많았다. 그렇더라도 난간으로 둘러싸인 벤치에 앉아서 혹은 별관 부속 사무실에서 피노클 카드 놀이를 할 때 화제는 대부분 사업에 관한 것이었다. 즉 재산 관리인의 직(職), 부동산 양도, 유언, 실질적으로 아무것도 아닌 것들에 관하여 이야기했다. 혹한에 관한 이야기가 안데스 산맥 정상에서 불어 내리는 바람을 맞고 있는 래브라도에 사는 사람들의 화젯거리인 것처럼, 바다 밑 지층에 누워 있는 콘월 광부에게는 공간이 화젯거리였다. 벽에는, 불이 나도 비상구가 없는 건물 속에서 실의에 가득 찬 사람들의 모습이 담긴 보험회사 포스터와 쥐들이 대들보 밑을 갉아 주부가 찬장 선반을 안고 쓰러지는 장면의 그림이 붙어 있었다. 이 모든 것들이 상속 문제를 어떻게 피할 수가 있었던가를 보여 준다. 늙은 시 위원이 나를 좋아했을까? 아인혼 부인은 평상시는 아주 친절한 여인이었으나 때때로 내게 하갈[43]의 아들과 사라[44]를 연상케 하는 시선을 던졌다. 그렇더라도 아무 것도 걱정할 것이 없었다. 아무것도. 나는 그 집 혈통을 이어받지도 않았고, 또 그 노인은 왕조를 건설하겠다는 생각을 가지고 있었다. 그러나 나는 유산에 관해 무엇을 알아내려고 노력하지도 않았고 품위 있고 교양 있는 그녀의 아들인 아서에게 돌아가는 어떤 몫도 얻으려 하지 않았다. 확실히 시 위원은 나를 좋아했고 어깨를 쓰다듬으며 팁도 주었다. 그는 나를 그 이상으로 생각하진 않았다.

그러나 그와 아인혼은 틸리에게는 수수께끼 같은 존재였다. 그녀의 파라오 형의 단발머리는 대부분 머리에서 실제로 자라난 것이다. 그녀는 그들이 그것으로 뭘 할 생각인가를 알 수 없었다. 특히 그녀의 남편은 유순하고 창조력이 풍부하며 변하기 쉬운 사람이었다. 그녀는 그를 숭배하는 마음으로 복종했으며 마치 우리처럼 그의 명령과 심부름에 응했다. 그는 면허증 발행 기록과에 가서 자료를 얻어 오도록 그녀를 시청으로 보냈다. 그는 메모를 썼다. 그가 원하는 것을 그녀가 도저히 설명할 수 없었기 때문이다. 그녀는 서기가 써준 자료를 가지고 돌아왔다. 그는 자신이 하는 일에 방해가 되지 않도록 하기 위해 그녀를 사우스사이드에 사는 사촌을 방문하도록 보냈다. 그래서 그녀는 온종일 전차로 유람 여행을 했다. 그녀는 착해서 시키는 대로 했지만 남편의 속을 알고 있었다.

그러나 이제 아인혼의 하루에서 점심시간을 살펴보자. 아인혼 부인은 부엌에서 일하는 것을 좋아하지 않았으며, 통조림 제품이나, 식초와 양파를 넣은 연어 통조림, 햄버거, 기름에 튀긴 감자와 같이 이미 만들어진 음식이나 만들기 쉬운 음식을 좋아했다. 그리고 이 햄버거는 옥수수 가루로 빠듯하게 살아가는, 거리의 이동판매차에서 헐하게 산 것이 아니라 큰 고깃덩어리에 마늘을 넣고 다져서 거무스름하게 기름에 튀긴 것이다. 서양 고추냉이와 칠리 소스가 너무 두껍게 발린 것은 그들은 잘 먹지 않았다. 이것은 냄새나 가구처럼 정상적인 상태에서 이 집의 음식이다. 만약에 당신이 알바트로스 새처럼 찾아온 손님이라면 당신은 결코 먹어본 적이 없는 음식을 먹고도 푸념은 하지 않을 것이다. 시 위원, 아인혼, 딩뱃은 그것에 관해 묻지 않고 많이 먹기만 하였다. 음료수로는 여느 때처럼 차와 코카콜라가 나왔다. 아인혼은 헛배가 부른 증세 때문에 비소를 한 숟가락 먹고 와우케샤 물 한 잔을 마셨다. 그는 그것에 대해 농담을 했지만 그것을 먹는 것을 잊지 않았으며, 이것을 복용하는 과정을 아주 신중하게 행해서 가루가 혀에 너무 많이 묻지 않고 약이 부드럽게 잘 넘어가도록 온갖 주의를 기울였다. 그가 자신의 의사 노릇을 할 때, 때때로 아주 심각해 보였다. 그는 의사들에게, 특히 그에게 별로 희망을 준 적이 없는 의사들에게는 그가 아주 가망이 없다고 말하기를 좋아했다. "의사 두 명을 매장시켰어. 그들은 내가 일 년 안에 죽을 것이라고 말했지. 그런데 그해가 가기도 전에 그들이 먼저 죽어버렸어." 하고 그는 말했다. 그는 다른 의사들에게 이와 같은 이야기를 하고서 혼자 기분 좋아했다. 그는 자신을 돌보는 데에 여전히 열성이 대단했다. 이러한 열성으로 끝없이 자기 학대를 하면서 걱정을 하고 개새끼들처럼 자기 경멸에 빠졌다. 그는 자신의 혀를 입술 위로 축 늘어뜨리고는 아주 우스꽝스럽고 멍청한 모습을 하고는 어지러울 정도로 두 눈을 굴렸다. 그럼에도 그는 항상 자신의 건강을 염두에 두고는 가루약과 강장제, 간장약을 복용했다. 그가 그의 사고와 동화되고 있다고 말할 수도 있을는지 모른다. 온몸을 침식한 죽음이 그의 두뇌의 중심부에, 섹스에, 무엇을 열심히 찾아 헤매는 그의 두 눈에까지 계속 옮아가고 있었다. 확실히 그는 아직까지 무엇을 계속 걱정하는 사람이었다. 그러나 그는 타인들이 자기에 대해 생각해 주는 것 이상으로 자신의 생각을 해야만 했다. 그가 잘못되기라도 한다면, 그는 그것을 결코 정당화할 수도 없는, 다시 말하면 설명할 수도 없는 완전한 패배자, 손발을 절단한 환자의 처지가 되어 거추장스럽고 쓸모없는 무용지물이 되어버리기 때문이다. 그는 모든 것을 다 표현하므로 나는 이것을 잘 알고 있었다. 비록 그가 은행에 예금해 둔 돈이나, 그가 소유하고 있는 재산에 관해선 터놓고 이야기하지 않는다 할지라도 아주 중대한 일에 관해서는 기탄없이 이야기를 하며 나에게 그의 마음을 다 보여 주었다. 특히 그가 체계적인 것에 관해 지니고 있었던 개념들을 더욱 공상적으로 만들고 혼란시켜서 결국은 밀거나 크랭크로 가동할 수도 없는 기괴한 장치를 만들어내는 연구를 하느라고 바쁠 때면 우리는 함께 있게 되는데, 이러한 경우에는 더욱 그러하였다.

"오기, 만약 다른 사람이 나의 위치에 있다면, 너는 알지, 그는 영원히 아무런 힘도 쓰지 못할 거야. 어떤 철학적인 견해에서 보면 인간이란 다만 인분 제조기에 지나지 않아. 너는 이와 같은 견해를 『햄릿』에서 충분히 찾아볼 수 있을 거다. 인간이란 실로 훌륭한 작품이고, 황금으로 문지른 하늘은 얼마나 훌륭한 작품인가. 그러나 살기 위해서 해야 하는 수많은 일(*gescheft*)은 인간을 참으로 귀찮게 하지. 나를 봐라. 나는 신속하게 움직이지도 못 하고 놀랄 만큼 행동이 민첩하지도 못 해. 오기, 너는 나와 같은 인간은 누워 있어야 하고 사직을 해야 한다고 생각할 거야. 그런데 나는 오히려 오늘날 큰 기업을 경영하고 있으니 말이다.(이것은 진짜 진실은 아니다. 사업의 주도권을 잡고 있는 사람은 시 위원이다. 그러나 이 사업이란 것이 항상 흥미 없는 것은 아니었다.) 한편, 주위에 발랄하고 건강한 사람들이 돌아다니는 와중에 내가 다른 사람들이 보지 못하게 뒷방에서 담요를 뒤집어쓰고 썩어가고 있거나, 나의 쓰라린 가슴이 시원하도록 이해할 수도 없는 말로 불평을 늘어놓거나 수다스럽게 지껄인다 해도 아무도 나를 탓하지 못할 거야. 이를테면 너 같은 아이는 능금처럼 붉은 장밋빛 얼굴을 하고 있지. 마치 뭇 남성들에게 사랑을 받은 알키비아데스[35]처럼 말이다. 나는 너의 머리가 어떠한지 모른다. 너는 아직 너무나 짓궂고 놀기를 좋아해. 그래서 비록 네가 나중에 똑똑한 사람으로 탈바꿈한다 하더라도, 너는 결코 내 아들 아서에게는 미치지 못할 것이다. 네가 다행히 다른 사람으로부터 이러한 사실을 듣는다 해도, 참된 이야기를 듣는 데 대해 화를 내서는 안 돼. 너는 알키비아데스 같은 친구이기에 그렇게 나쁘지는 않아. 그러한 사실 때문에 나는 너를 너의 친구들보다 훨씬 낫다고 보는 거야. 그런데 그들이 알키비아데스를 미워하지 않는다고는 생각하지 마라. 그들은 우리에게, 소크라테스 그 자신은 늙은 개처럼 추하다고 말한단다. 그것은 그 젊은 알키비아데스가 배를 타고 시칠리아로 떠나기 전에 성인들의 조상(彫像)의 성기를 부러뜨렸기 때문만은 아니거든. 그러나 본론으로 돌아가 말한다면, 사르다나팔로스[36]처럼 모든 육체적 쾌락과 더불어 묻히는 것이 한 가지이고, 쾌락을 볼 수 있도록 쾌락 바로 앞에 묻히는 것이 또 한 가지이다. 그렇다고 생각지 않니? 너는 이러한 좌절감을 극복하기 위해서 어떤 재능이 필요할 거야……."

우리는 너무나 조용하고 조용한 오후에 그의 뒷방 서재에 있었다. 서재 책상 위에는 유포가 깔려 있었고, 벽 위에는 몇 개의 흉상이 있었으며, 보이지 않는 자동차들이 공원을 향해 덜컹거리며 지나갔고, 도둑을 막기 위해 철조망을 친 창문 밖 마당에는 태양이 내리쬐고 있었다. 당구공들은 당구대의 초록빛 융단과 스폰지 고무 위에서 서로 부딪치고 튀어올랐고, 장의사 집 뒷문은 조용하고 고요했으며, 골목길 너머 있는 루터 교회의 정원에 난 길에는 고양이들이 앉아 있었다. 이 길은 자선사업 부인 회원들에 의해 깨끗이 쓰레질 되어 있었고, 아직도 요람의 받침대 모양의 장식이 있으며, 항상 깨끗이 칠해 놓은 자기네들 집 현관을 걸어 나오는 덴마크 여집사들이 잘 걸어보지 못한 길이었다.

아인혼이 나와 그의 아들을 비교하는 방법은 내 감정을 다소 상하게 했다. 그러나 나는 알키비아데스가 된다는 데에 개의치 않았다. 그래서 흥정에서 그를 소크라테스와 같은 범주에 넣게 했다. 그것이 그가 목표로 한 것이었기 때문이다. 우리는 쇠사슬 갑옷을 입은 영국 왕들이 브루투스에게 붙인 칭호만큼이나 훌륭한 칭호를 가졌다. 만일 거울같이 맑은 해안의 공기와 고대의 완성미를 지닌 아름다운 나뭇잎들 가운데서 자신의 이상적인 사람을 찾아서 어떤 위대한 인간이 편하게 쉬었던 곳에 안전하게 있기를 원한다면, 왜 그렇게 안 되는지 그 이유를 알 수가 없었다. 비록 예배를 보고 있는 자기의 교구민들에게 "여러분은 신입니다. 여러분은 수정처럼 투명한 결정체입니다. 여러분의 얼굴에선 찬란하게 빛이 납니다!" 라고 말하는 비처[57] 목사 같은 사람을 백 퍼센트 따라갈 수는 없다지만, 복수든 단수든 내가 봐도 실제 얼굴들을 생각하면 나는 그 정도로 낙천주의자가 되지 못했다. 지독히 못난 자갈과 화산 응회암이 수정보다—보통 정도의 세련미를 지닌 눈에—더욱 흔하게 보이고 중간 정도의 석영에 만족하는 것이 대단히 영리한 수법인 것같이 보이는 때, 특히 추하고 바빌로니아 시대처럼 사악한 때에는 나는 항상 사물에의 참된 비전이란 하나의 선물이라고 받아들였다. 나는 창조 과정에서 "인간 세계!" 라는 고함 소리에 너무나 크게 놀라 몇 번이나 다시 보아야 했는지 모른다. 그러나 가능한 한 많은 모험을 했고 또 해왔다. 그렇지만 비록 아인혼이 은행가의 바지를 입고 고관들의 구식 넥타이를 매고, 사용할 수 없는 제멋대로 움직이는 자신의 발을 특별히 주문하여 만든 바퀴 달린 기묘한 기계장치의 이발 의자같이 생긴 대(臺) 위에 올려놓는 중요한 순간에 나를 같이 있게 했을 때만큼 그에게 강요당한 적은 없었다. 나는 그가 말하고 싶은 게 자신이 뛰어나다는 것인지 뛰어났다는 것인지 종잡을 수가 없었다. 어쩌면 그 뜻에 약간의 의문이 있기를 그가 바랐을지도 모른다. 그는 싫든 좋든 자연히 그렇게 될 수 있는 기회가 있는데도 자기가 천재가 아니라고 나서서 공언할 사람도 아니었다. 그는 이복형제인 딩뱃과 같은 사람에게는 천재로 비쳤다. 딩뱃은 "윌리는 마법사야. 그에게 2비트짜리 전화용 백동화를 주면, 그걸 크게 부풀려 놓지."라고 여러 곳에서 단언했다. 아인혼의 아내도 그가 마법사라는 것에 전적으로 동의했다. 그가 하는 것은 어느 것이든—상당히 여러 분야에 걸친 것이지만—그의 아내에겐 오케이였다. 그들에겐 높은 권위라고는 없었다. 심지어 홀로웨이 엔터프라이즈 매니지먼트 회사를 경영하는, 돈 버는 데는 귀신인 그녀의 사촌 카라스에게서도 그것은 찾아볼 수가 없었다. 도덕적으로 음탕하고 야비하고 소화불량으로 꺼먼 얼굴을 하고 있으나 모든 면에 영리한 카라스가 아주 끝내주는 옷을 입고 씩 하고 작게 웃으며 착취자의 두 눈으로 바라볼 때면 경외심을 불러일으킬 정도였지만, 아인혼 수준에는 미치지 못한다고 생각했다.

그러나 아인혼은 육체적인 쾌락 앞에서는 그의 본능을 완전히 숨기지는 못했다. 그는 이 여자 저 여자를 건드렸으며, 특히 롤리퓨터와 같은 여자들이 상당히 필요하다고 설명했다. 그는 자신이 부친을 닮았다고 말했다. 시 위원은 친절하고 졸린 듯하면서도 안온하게 매혹적인 방법으로 모든 여자의 등을 두드리며 찬사를 보내고는 그가 원하는 곳이면 어디든 그의 손길을 뻗치곤 했다. 그가 여자들이 가장 자랑스럽게 여기는 곳—이를테면 피부색이나 젖가슴, 머리카락, 엉덩이는 물론 사소한 비밀까지도 끄집어 내어 극찬했기 때문에 이러한 스타일로 키스를 퍼부어도 여자들은 화를 내진 않았으리라 생각이 든다. 그것을 일반적인 호색가의 기질일 뿐이라고 간단히 말할 수는 없다. 그것은 늙은 두목이나 나이 먹은 바다표범의 솔로몬적인 관심의 일종이었다. 반점투성이인 늙고 우람한 손으로 그는 기혼녀든 미혼녀든 가리지 않고 손을 댔으며 약혼한 어린 계집애들에게까지도 손을 뻗쳤다. 그러나 아무도 그런 그를 싫어하지 않았고, '오렌지', '꼬마 썰매', '왕년의 마담', '6피트 비둘기' 등의 애칭을 거부하지 않았다. 단지 우아하고 나이 많은 점잖은 신사, 만족해하고 기뻐하는 남자라고 생각했다. 그가 즐긴 에누리 없는 진짜 쾌락을 통해서 이제는 늙었거나 죽었을 여자들과의 사이에 있었던 온갖 일을 느낄 수 있을 정도이다.

그의 아들들은 이러한 기질을 본받지는 않았다. 물론 이 젊은 이들이 황혼의 미시시피 강의 고요함과 같은 것을 갖고 있으리라고 기대하진 않지만, 그들에게는 객관적이거나 심사숙고하는 일조차도 없었다. 아마 로맨틱한 기질은 아인혼보다도 딩뱃에게 더 많은 것 같다. 딩뱃이 한번은 예쁜 여자와 약혼한 적이 있었는데, 그녀에게서 존경을 받고 싶은 미칠 듯한 갈망에 그는 그녀를 만나러 나갈 적엔 몸치장에 신경을 썼다. 때때로 너무나 몰두한 나머지 거의 울 듯했다. 또 준비를 하다 황급히 향수 냄새가 풍기는 욕탕에서 뛰어나와 자기가 미리 준비해 놓은 빳빳하게 풀 먹인 깨끗한 셔츠를 착 달라붙은 머리에 대고 끼어 입는 모습은, 블루 그렌 꽃가게에서 작은 꽃다발을 얼른 갖다 줘야겠다는 생각을 하도록 만들었다. 그는 이런 여자들을 위해선 무엇이건 충분히 할 수 없으며 자기 자신이 그들에게 충분하다고 생각지도 않았다. 매춘부들을 흠모하면 할수록 그는 그들을 가이온의 패러다이스에서 스터츠 차에 태워 포리스트 프리저브나 카라스 홀로웨이가 소유하고 있는 윌슨가의 작은 호텔로 데려가곤 하느라고 시간에 쫓겨 다녔다. 그러나 금요일 저녁 가족 식사 때, 딩뱃은 자주 약혼녀들을 데려왔다. 어느 때는 피아노 선생이었다가, 어느 때는 의상 디자이너, 서점 점원, 혹은 그냥 가정에서 소일하는 여자들이었는데, 약혼 반지와 그 외의 약혼 선물로 치장하고 있었다. 그리고 딩뱃은 넥타이를 매고, 긴장해서 바보 같은 표정을 지으며, 경의를 표하려는 투로 가늘고 음침한 목소리로, "자기," "이사벨 자기," "귀여운 재니스."라고 부르곤 했다.

그러나 아인혼은 다른 이유에서 어떤 감정을 품고 있든지 간에, 이와 같은 감상적인 느낌은 전혀 없었다. 딩뱃은 그의 부친이 하던 것처럼 자유로이 농담을 했지만, 그의 농담은 부친의 것과는 달랐다. 재미없는 농담을 하는 것은 아니지만, 그 농담으로 여자를 유혹하려고 하지는 않았다. 그는 남을 웃기는 짓을 하지 못했다. 그는 유행에 뒤졌으며 여자들에게 은밀하게 말하지도 않았지만, 그녀들은 그에게 불구가 아닌 비범한 무엇이 있다는 놀라움을 발견할 만큼 그를 높이 평가했다. 그는 이미 약혼을 했다. 그래서 그는 다소 아첨하는 듯한 농담이나 간질이는 것을 부담없이 받아들일 수 있는 세속적인 목사나 노숙한 신사처럼 교활하면서도, 매력을 대단히 완전하게 발휘했기 때문에 그는 모든 남녀가 하나가 되는 바로 그 일에 전심전력을 기울여 무섭게 해낼 수가 있었다. 그 역시 그들 모두와 다를 것이 조금도 없었다. 물론 그가 어떤 위대한 성공을 내다보는 것은 아니고, 어떤 여자—아름답고 조숙하며 그와 비밀스러운 놀이를, 아마 다소 변태적 어떤 유희(그가 제안한)를 하기 원해 그와 간통을 한 경험이 있는 여자—가 그를 보고, 그를 붙잡고, 그를 갈망하여 자신을 불태워 버리기를 꿈꾸고 있었다. 그는 모든 여자에게서 이러한 것을 찾고 또 희구했다.

아인혼은 불구자로 머물기를 원치 않았다. 신체장애 상태에서 그는 그의 정신을 유지할 수 없었다. 이것은 때로 무서운 것이었다. 이때는 그가 무수한 시간을 통해 그 자신과 불구의 조건과 조화시켜 보려고 했던 모든 것을 상실해 버리고서는 동물원 구덩이 속에 있는 늑대가 이러저리 왔다 갔다 하며 벽 모퉁이에다 주둥이를 처박은 것처럼 되어버리곤 했다. 이런 일이 자주 일어나지는 않았다. 보통 사람들이 악마를 밀쳐 낼 때보다 드물었다. 그러나 일어났다. 밥을 먹지 못했거나 감기가 들어 약간 열이 났을 때, 조직에 틈이 생겼거나 자신의 지위가 그렇게 탁월하게 느껴지지 않아 그가 필요한 만큼 많은 존경과 우편물을 받지 못할 때, 혹은 그의 생활을 구성하는 수많은 요소들로부터 보이지 않게 벗어날 수 있다는 무서운 진리로 방향 전환이 되었을 때, 그를 접촉해 보라. 그러면 그는 이렇게 말하곤 했다.

"나는 내가 다시 걷거나 아니면 옥소를 마실 수 있다고 생각하곤 했지. 나는 어떤 단일 근육에 정신을 집중시켜서 그 근육을 내 의지대로 발달시키기 위해 마사지와 운동, 엄격한 훈련을 했다. 그런데 오기야, 이것은 전부 헛된 일이었어. 쿠에[38]의 이론 따위 말이다. 그것은 그들에게나 필요한 것이야. 즉 위대한 인물 테디 루스벨트가 그의 책에서 쓴 "그것은 이루어질 수 있다."와 그와 같은 종류의 말이다. 내가 그것이 가능하지 않다는 것을 최종적으로 결정하고 단언할 때까지 내가 노력해 본 모든 일들은 아무도 모를 거야. 나는 그것을 취할 수가 없었어. 그러나 취했지. 지금도 그것을 취할 수가 없어. 하지만 그것을 취하고 있지. 어떻게! 너는 29일 동안 너의 어려움을 견디어낼 수 있지. 그러나 제기랄, 항시 견딜 수 없는 30일째 되는 날이 있어. 그때 너는 첫 강추위에 구린내 나는 파리같이 느껴질 것이야. 이때 너는 네 주위를 돌아보고 네가 마치 신드바드의 목에 매달린 '바다의 노인'[39]이라고 생각할 테지. 그런데 왜 누군가가 이러한 부러운 인간 폐물의 조각을 짊어져야만 하겠니? 만일 사회가 지각이 있다면, 나에게 어떤 열의를 보여 주든지, 에스키모 사회에서 노인들을 이틀분의 음식을 이글루에 넣어주고 방치하는 방식으로 나를 내팽개쳐야 할걸. 그렇게 비참한 표정을 짓지 말고 꺼져버려. 틸리에게 도울 일이 없는지 알아봐라."

그러나 30일째 되는 날, 혹은 그 이후의 날은 거의 없었다. 대체로 그는 건강이 좋았고 그 자신을 유용한 시민으로, 심지어 탁월한 시민으로 생각했으며, 자기가 실제로 마음만 먹으면 되지 않는 것이 거의 없다고 허풍을 떨었기 때문이다. 확실히 그는 뭔가 대단했다. 그는 롤리 퓨터와 단둘이 있는 데 방해가 되지 않도록 우리를 모두 밖으로 내쫓았다. 우리 모두를 나일 센터로 보내서 시 위원에게 물건 하나를 보여 주도록 주선했다. 우리가 없는 동안 표면적으로 자신은 어떤 일을 준비하고 있는 듯 보였으나—서류와 정보철이 그 앞에 잔뜩 쌓여 있었다.—그는 서두르지 않았다. 고급 뿔테 안경을 쓴 채 조용하고 매력적으로 마지막 질문에까지 자세하게 대답을 했다. 토지와 개량 상황에 대해 아버지와 몇 마디 나누기 위한 당일 여행을 가는 것조차 지체시켰다.

"잠시 기다려주세요. 지도에서 지선(支線) 버스가 어디를 통과해 가는지 보여 드리겠습니다. 오기, 지도를 가져와."

그는 나를 지도를 가져오도록 보내놓고 시 위원이 초조해질 때까지 그를 붙잡아 놓았다. 이때 딩뱃은 경적을 울리고, 아인혼 부인은 과일을 몇 상자 가지고 뒷자리에 앉아 소리를 질렀다.

"이리 와요, 더워 죽겠어. 여기서 기절할 것 같아."

롤리는 더울 때 입는 얇은 블라우스와 짚으로 만든 샌들을 신고서, 방과 사무실 사이에 있는 어둠침침하게 윤이 나는 복도를 오르내리면서 먼지떨이들 들고 서성거렸다. 대담하고 유연한 태도로, 그녀는 마치 다 큰 계집애가 인형을 들고 다니면서 이러한 엄마 같은 행동 그리고 부부 사이의 유희에 대해 속으로 미소를 지으며, 사뭇 앞으로 즐길 유희에 힘을 아끼기라도 하듯 느릿느릿 태평한 태도였다. 클렘 탬보는 유희의 결과가 어떠하였는지 나에게 말해 주려 했으나, 나를 설득하지는 못했다. 별난 생각과 아인혼에 대한 내 소년 같은 흠모 때문만이 아니라, 나 자신이 이미 롤리와 사귀었기 때문이다. 나는 그녀가 다리미질을 하고 있는 동안 함께 있을 구실을 만들었다. 그녀는 나에게 프랭클린 카운티의 탄광촌에서 살고 있는 그녀의 가족과 그곳의 남정네들, 그리고 그들이 무슨 짓을 했으며, 하려고 했는지에 관해 이야기해 주었다. 그녀는 나를 흥분시켰다. 암시만으로도 나는 몸을 가

눌 수가 없었다. 우리는 곧 키스를 하고 애무를 했다. 그런데 그녀는 내가 아직도 풋내기라고 화를 내면서, 교육을 시켜야겠다며 내 손을 잡아당겨 자기의 옷 속으로 집어넣었다. 드디어 어느 날, 롤리는 친절을 베푼다면서 말하기를, 저녁때 내가 돌아오면, 자기를 집에 데려다 줄 수 있을 것이라고 했다. 그녀가 나를 너무 흥분시켜 거의 걸을 수 없을 지경이었다. 나는 아인혼이 나를 찾으러 사람을 보낼까 두려워, 당구장에 숨어 있었다. 그러나 클렘이 롤리로부터 그녀의 마음이 변했다는 소식을 가지고 왔다. 그 소식을 듣고 나는 씁쓸하긴 했으나, 동시에 위기에서 벗어난 것 같은 생각이 들기도 했다.

"내가 말하지 않았니?"

클렘은 말했다.

"너희들은 같은 주인 밑에서 일하고 있잖아. 그리고 그 계집애는 아인혼의 애송이 정부야. 그와 다른 두 놈의 정부라고. 그러나 네 것은 아니야. 너는 아무것도 모르고 돈도 없지 않니."

"빌어먹을 더러운 년!"

"아인혼은 그 계집애에게 뭐든지 줄 거야. 그녀이라면 사족을 못 쓰거든."

도저히 상상할 수 없는 일이었다. 갈보 같은 계집애에게 마음을 준다는 것은 아인혼답지 않은 짓이다. 그러나 사실 그는 그런 행동을 했다. 그는 그녀에게 완전히 빠져 있었다. 아인혼 역시 그 계집애가 당구장에 드나드는 불량배들과 놀아난다는 것을 알고 있었다. 물론 그렇겠지. 정보를 수집하는 것이 그의 생활이니까. 그에겐 사방에서 흘러오는 소식들이 검은 방사선을 이루어 상부에 올려지도록 짜여 있는, 개미탑처럼 빽빽한 정보망이 있었다. 그 검은 정보망들은 그에게 링글[40] 사건의 다음 차례는 무엇이 될지, 공매 계획은 어떨지, 인쇄 전 아펠레이트 법정의 판결이 어떨지, 털옷에서 학용품에 이르기까지 새로 나온 상품이 어디에 있는지 등에 관해 알려 주었다. 그래서 그는 처음부터 끝까지 롤리에 대하여 샅샅이 알고 있었다.

엘리너 클라인은 내게 감상적인 질문을 여러 번 했다. 애인이 있느냐고. 나는 애인을 가질 나이가 된 듯싶었다. 우리의 옛 이웃인 크레인들 역시 다른 방법으로 내게 비밀스럽게 그런 질문을 했다. 그는 내가 더 이상 어린애가 아니라고 단정 짓고는 눈을 기분 나쁘고 건방지게 굴리며, 자신이 동성애자임을 표했다.

"오기, 넌 벌써 그 일을 해치웠겠지?(*Schmeist du schon?*) 네 친구들하고 말이야. 내 아들은 그렇지 않단다. 그 애는 가게에서 집으로 돌아오기만 하면 신문을 읽어. 그 애는 도무지 관심이 없어.(*S' interesiert ihm nisht.*) 너는 그다지 어리지 않지, 그렇지? 나는 너보다 더 어렸는데, 그리 만만치 않았지(*gefährlich*). 그런데 이해할 수 없어. 코치는 나를 닮지 않았어."

그는 자신을 보다 더 잘 나타낼 필요가 있었다. 사실 그는 자기 집에서 유일한 남자였다. 그가 이를 꽉 다물고, 외출복의 줄을 세우며, 얼굴에 거친 미소를 띨 때에는 아주 강인해 보였다. 그는 갖은 풍상을 다 겪었다. 샘플 외판원 가방을 들고 웨스트사이드 전 지역을 걸어 돌아다녔다. 한 푼의 돈도 소중히 여겼기 때문이다. 그는 한 달에 스무 번씩 한 공장의 똑같이 생긴 납빛 창문을 지나, 포장도로를 꾸준히 걸을 수 있는 인내와 강인함을 지니고 있었다. 그래서 목적지까지의 길에 있는 공지 구석구석을 알게 되었다. 목적지에 도착하면 6비트의 소개비나 조그마한 정보라도 얻기 위해 몇 시간 동안 일없이 기다려야만 했다.

"코치는 내 마누라를 닮아서, 냉혈동물(*kaltblutig*) 같아."

나는 그가 시끄럽게 소리치고, 비명을 지르며, 자기 방에서 쿵쿵거리면서 마루에 물건들을 내동댕이치는 장본인이라는 것을 알았다.

"네 형은 잘 있니?"

그는 음흉스럽게 말했다.

"나는 그 조그마한 계집애들이 그 애 때문에 팬티를 적셨다는 것을 알고 있다. 네 형은 뭐 하면서 지내냐?"

사실 나는 사이먼이 요즘 뭘 하고 있는지 몰랐다. 그는 내가 아인혼의 집에 있는 심부름꾼이라고 단정 짓고, 내게 이야기도 하지 않고, 또 내게 무슨 일이 일어났는지 관심도 갖지 않는 것 같았다.

한번은 딩뱃과 함께 그의 약혼녀 중의 하나가 여는 파티에 갔었다. 그곳에서 나는 털로 장식한 오렌지 빛깔의 옷을 입은 폴란드 여자와 함께 있는 형을 만났다. 그는 체크무늬의 커다랗고 부드러운 신사복을 입고 있어서 미남으로 보였고, 풍족해 보였다. 그는 오래 머물지 않았다. 그래서 나는 그가 내가 있는 곳에서 저녁을 보내고 싶어 하지 않는다는 느낌이 들었다. 아마 그를 불쾌하게 한 것은 딩뱃이었을 것이다. 그는 그날 저녁 시를 암송하고, 쉰 목소리로 익살을 부리고, 칠면조 소리를 내며, 또 과장해서 냉소를 짓고, 음탕하게 재잘거리고 해서 여자들을 소리 지르게 만들었다. 딩뱃과 나는 몇 달 동안 대단히 가까웠다. 나는 얼빠진 녀석처럼 파티마다 그와 같이 돌아다니면서 익살을 부리는 그의 연기의 상대역을 해주었다. 그렇지 않을 경우에는 그가 하듯 여자들을 껴안고 현관이나 뒷마당에서 뒹굴었다. 당구장에서 그는 나를 그의 보호하에 두었다. 우리는 친선 게임으로 권투 시합을 했는데, 나는 권투를 그다지 잘하지 못했다. 그래서 권투보다는 좀 나은 스누커[1]를 했다. 그러면서 불량배들과 소란스러운 친구들과 당구장 주위에서 서성거렸다. 내가, 마름모꼴 모양의 공기 구멍이 뻐끔뻐끔 나 있고, '키스 미' 구리핀과 알 스미스 단추로 장식을 한 모자에다 운동화를 신고, 모호크 제품의 운동복 상의를 입고, 찢어질 듯 흥분한 재즈 소리, 야구 중계방송 소리, 당구 점수를 계산하는 수판 소리, 당구공을 때리는 큐 소리가 들리고, 앵무새가 뱉어 내놓은 씨 껍질과 푸른 분필이 발 아래 부서지고 손을 문지르는 활석 가루 먼지가 자욱이 깔려 있는 당구장에서 푸른 당구대 너머에 있는 구두닦이 자리에 앉아 있는 것을 로시 할머니가 보았다면, 할머니가 내게 아무리 심한 말을 퍼붓는다 해도 나에게는 가벼운 것이라고 생각했을 것이다. 나는 피비린내 나는 건장한 살인 청부업자, 풋내기 치기배, 자동차 도둑, 권총 강도, 극장·음식점 따위의 문지기, 파업 방해를 폭력으로 감시하는 깡패, 경호용 갱으로 고용될 야망을 품고 있는 직업 권투 선수, 턱 밑까지 잭 홀트 스타일의 짧은 구레나룻 수염을 달고 있는 동네 카우보이, 불량 대학생, 허세 부리는 삼류 협잡꾼, 퇴역 군인, 가출한 남편, 택시 운전수, 트럭 운전수, 2류 운동선수 등과 어울려 다녔다. 이중에 어떤 놈이 나를 칠 생각을 할 때마다—여기에서는 자신도 모르는 사이에 사람의 시선을 끄는 다루기 힘든 인물들이 많이 있었다.—딩뱃은 나는 듯이 뛰어와서 나를 보호해 주었다.

"이 애는 내 친구야. 그리고 형의 일을 봐주고 있어. 얘를 놀리거나 업신여기면 대갈통이 부서질 테니까. 뭐야, 기분이 나쁜 거야, 아니면 배가 고픈 거야!"

그는 문제가 의리라든가 명예에 관한 것일 때는 하나부터 열까지 아주 진지하고 심각했다. 뼈대가 굵은 그의 두 주먹을 불끈

쥐고, 보통 높이의 쿠바식 구두 뒷굽으로 날카롭게 땅을 파헤쳤다. 골이 진 그의 턱은 빳빳하게 풀 먹인 셔츠의 어깨 위에서 벌써 싸울 태세를 갖추고 앞으로 움직이려는 듯한 태도를 취하며, 춤추듯 발을 구르고 강타를 넣을 기세를 보였다.

그러나 나로 인한 싸움은 더 이상 없었다. 집에서 행해졌던 할머니의 가르침대로라면, 비록 본심에서 우러나온 자비심이라기보다 전략적인 것이었지만, 야만적인 인간들과 바보들, 난폭한 인간들에게 부드럽게 대답을 해주고 옷의 먼지를 털어주어야 했다. 그런데 나는 분노를 가라앉히는 게 훈련받은 영혼이요, 늑대들이 나를 존경하게 만드는 것이 깨끗이 수양된 정신(내가 어떻게 할 수 있겠는가?)이라고 주장하지는 않겠다. 그러나 나는 끊임없는 위험 신호, 가늘게 떠는 눈, 교활한 타이볼트가 사람을 찌르기 위해서 휘감아 놓은 모든 것, 이 같은 종류의 폭력배들의 도덕에는 아무런 취미도 없었고 사람을 치는 기분이 어떠한가에 대한 호기심도 없어서 도전하는 일이나 도전을 받는 싸움의 청부를 거절했다.

이 점에 있어서는 나 역시 아인혼의 견해와 같았다. 그의 견해를 보여 주는 좋은 예는 다음과 같다. 그가 스터츠 차 운전석에 앉아 있었다. 그는 테니스 경기나 도시 지역의 야구 게임을 구경하기 위해 종종 옮겨 다녔다. 그때 타이어를 단 수레를 끌고 달려가는 석탄 배달부가 스터츠 차를 옮기라고 한두 번 경적을 울렸다. 그런데 차를 치워 줄 딩뱃이 없었다.

아인혼이 말했다.

"그가 내게 물어보지도 않고 주먹을 휘두르거나 내 얼굴을 친다 해도 무슨 도리가 있었을까? 내가 핸들을 잡고 있었으니, 그는 나를 운전사라 생각했거든. 그래서 나는 말을 빨리 하지 않으면

안 되었어. 내가 말을 빨리 할 수 있었을까? 그 짐승 같은 인간에게 무엇으로 감명을 줄 수 있었을까? 기절한 척하거나 죽은 척해야 했을까? 하느님 맙소사! 내가 병들기 전 튼튼한 젊은이였을 때만 해도, 완력으로 힘이나 쓰고 다니는 원숭이 같은 개자식이나 말썽을 부리고 싸움질이나 하는 나쁜 놈들에게 주먹을 날리기 전에 내가 먼저 뭐라도 할 수 있었지. 이 도시는 조용히 산보 나간 사람이 자칫하면 눈이 시퍼렇게 멍들거나, 코피가 터져서 집에 돌아오기에 알맞은 곳이야. 몇 푼의 돈이 없어 리버뷰 유원지에서 계집애들을 쫓아가지 못하고 뒷골목을 어슬렁거리며 누군가를 덮치려고 하는 몇몇 골 빈 녀석들에게 얻어맞은 것처럼 경찰들의 곤봉으로 상처를 입을 그러한 곳이야. 경찰이 모든 조직들이 바치는 뇌물 없이 봉급만으론 살 수 없는 도시이기 때문이야. 밀주를 실은 한 대의 트럭도 경찰 순찰차의 호송 없이는 1마일도 갈 수 없단 말이야. 그래서 그들은 자기들이 하는 일에 관심이 없게 마련이지. 게다가 영어를 잘 몰라 경찰관의 질문에 대답을 못하는 사람들이 살해되었다는 소문도 들은 적이 있어."

그는 코와 불룩한 눈을 재빨리 움직여 시야를 넓혔다. 흰머리를 귀 뒤로 빗어 넘김으로써 때로는 아주 위엄 있게 보이기도 했으며, 무언가를 '위해' 서가 아니라 무언가로 '인해' 고통을 받고 있는 듯, 자기 방어로 인한 긴장을 풀면서 아주 당당한 모습을 나타냈다.

"그러나 어떠한 꿈조차 가지고 있지 않은 시카고와 같은 거칠고 험악한 곳에서도 이로운 점이 있기는 하지. 반면 세계의 모든 대도시에서 인간성이 무척 다른 양상을 띠고 있는 데에는 이유가 있어. 모든 고대 문화와, 미켈란젤로나 크리스토퍼 렌이 대중 앞에 내보여 준 아름다운 예술 작품과, 근위병들의 군기 분열식, 또는 파리를 굽어보는 판테온 묘지에서 위인들의 장례를 치르는 의식 같은 모든 것 말이야. 그러한 경이스러운 일을 보고는 야만적인 것들은 모두 과거에 속한다고 생각하겠지. 그렇게 생각할 거야. 그리고 다른 생각도 할 거고. 그들이 탄광에서 여성들을 구해내거나 바스티유 감옥을 무너뜨리고, 스타 체임버[42]와 봉인장[43]을 없애 버리고, 예수회 신도들을 풀어내고, 교육을 증진시키며, 병원을 짓고 예절과 겸손 등을 전파한 후에도 5, 6년 동안을 전쟁과 혁명으로 보내며 2천만 명이나 되는 사람을 살해했었다는 사실을 알고 있겠지. 그들은 이곳보다 생명에 대한 위험이 적다고 생각할까? 그것은 폭동이다. 오리노코[44] 강에서 사람 머리를 사냥하는 종족을 몰아내거나, 키케로 마을에 알 카포네를 숨기려고 애쓰지 말고, 차라리 그 녀석들에게 더욱 우수한 인간들을 말살시켰다는 사실을 말하게끔 하는 편이 낫지. 그러나 가장 훌륭한 인간들은 항상 학대를 받거나 살해되거든. 나는 더러운 매춘부가 아리스토텔레스에게 기어올라 가 말을 타듯이 그를 타고 있는 그림을 본 적이 있어. 또한 도해(圖解) 위에서 살해당했던 피타고라스나, 두 손목을 잘라야만 했던 세네카, 순교자가 되어버린 학자와 성인들도 있었다."

그는 이어 말했다.

"그러나 가령 어떤 녀석이 총을 들고 들어와 책상 앞에서 나를 쳐다본다면 어떻게 될까 하는 생각도 가끔 해보지. 그놈이 '꼼짝 마라!' 하고 소리치고는 내 팔이 마비되었다는 것을 설명할 때까지 기다릴 거라고 생각하니? 설사 내가 설명할 때까지 그가 기다렸다고 하자. 내가 서랍에 다가가서 경보 신호를 울리고 있지나 않나 하는 생각이 그놈에게 떠오르게 되면, 그때는 아인혼은 끝장이 나고 말 거야. 권총 강도 사건의 통계를 자세히 봐. 그러면 내가 말도 안 되는 사고를 생각해 낸다고 하겠지. 그럴 때 내가 해야 할 일이란 '불구자'라는 표시를 내 머리 위로 들어 올리는 것뿐일 거야. 그러나 줄곧 벽 위에 있는 그 표시를 보기는 싫다. 어디에서나 볼 수 있는 브링크 익스프레스[15]와 핀커턴 프로텍티브[16] 간판이 그들을 쫓아버리기를 바랄 뿐이지."

그는 가끔 죽음이라는 문제에 사로잡혀 있곤 했다. 그렇게 여러 가지 면에서 진보했음에도 그의 죽음에 대한 관념은 미라의 쭈글쭈글한 속옷을 입힌 것처럼 낡은 것이었다. 즉 거울에는 하얀 젖가슴과 옛 독일 강들의 푸른빛, 그리고 그들의 마루처럼 바둑판 무늬를 한 창문 너머로 보이는 도시들로 가득 차 있기 때문에, 아름다운 아가씨들이 '죽음'을 보지 못하는 것과 마찬가지이다. 그것은 사과나무 가지에서 어린 소년들에게 인사를 하는 세드릭 경이 아니고, 사슴 가죽 장식이 달린 교정뼈를 한 늙어빠진 파렴치한이었다. 아인혼은 이 몸서리 치게 만드는 강도를 친절하고 친근하게 대하는 것이 아니라 그에 대해 몇 가지 미신을 갖고 있었다. 그는 항상 금욕적인 새너톱시스[死觀]의 역할을 했으며, 이미 그를 훨씬 능가한다는 자—죽음!—를 거꾸러뜨리려는 계략을 짜고 있었다.

그것은 아마 아인혼이 섬기고 있던 유일한 진짜 신일지도 모른다.

아인혼은 내심으로는 이러한 공포에 완전히 굴복했을지도 모른다는 생각이 가끔 나에게 떠올랐다. 그러나 그의 행동과 일을 통해서 아인혼을 알아볼 수가 있다고 믿는다면, 여러분은 자신이 오리무중의 미로 한가운데 있는 것이 아니라, 앞이 환히 트인 탄탄대로에 서 있는 것을 알게 될 것이다. 그래서 그는 여기에서 새로운 면으로 나타나 보일 것이다. 마치 죽음이란 것은 다만 개인적인 요소이고 또 먼 장래 일로만 생각하는, 위풍당당하고 없어서는 안 될 만인의 애인인 그가 리무진을 타고 화려한 호위병을 거느리고 지사가 되어 오는 듯한 모습으로 말이다.

6장

 이 모든 것 가운데 나는 나 자신을 위해서 무엇을 원했는가? 말할 수 없었다. 형 사이먼은 나이가 나보다 그리 많지 않았다. 내가 방황하는 동안, 우리 나이 또래의 다른 사람들은 그들이 영위할 삶이 있다는 생각을 갖고 이미 살아갈 방향까지 정해 놓고 있었다. 아인혼은 내게 필요로 하는 서비스가 무엇인지 잘 알고 있었지만, 내가 그로부터 얻으려는 것이 무엇인지는 명확하지 않았다. 나는 내가 매우 많이 갈망한다는 것은 알았으나, 무엇을 갈망하는지는 이해하지 못했다.

 성숙에서 비롯된 권태로움의 일종인 악덕과 결함—대단히 보편적이어서 확대해 보는 게 지루한—이전에 비단처럼 부드럽고, 무의식적이고, 자연의 빛깔로 물든 시기가 있다, 혹은 있게 마련이다. 그 시기는 마치 시칠리아의 양 치는 연인의 전원시 같거나, 돌멩이로 쫓아버릴 수 있는 사자나 매듭을 풀고 에릭스 산의 갈라진 틈으로 흩어지는 황금빛 뱀들과 같다. 유년 시절의 풍경을 말하는 것이다. 모든 사람은 제각기 우리가 영원히 되돌아가고 싶어 하는 그곳에서 나와 에덴 동산을 출발해 속박·고통·왜

곡·죽음의 과정을 거쳐 어둠으로 사라진다. 노쇠와 다가오는 죽음, 중상모략, 공포에 찬 눈초리, 행복에 대한 어떠한 회상이나 기대할 수 없다는 두려움이 있다. 그러나 시칠리아의 양 치는 목동도, 손으로 그린 풍경화도 없고, 대신 도시의 깊은 번민이 있을 따름이며, 사원에서 예배를 보기 위해 법의를 입고 엘리[47] 앞에 가지도 않고, 울고 있는 누이들을 놔두고 말을 타고 그리스어를 배우러 보고타로 떠나지도 않고, 그 대신 당구장에나 가는 등 어릴 때부터 어두운 도시 생활에 빠져들지 않을 수 없다면, 가장 값진 것은 어떻게 될 것인가? 그것은 피리와 양, 노래를 부르고 우유를 마시는 천진함, 안경을 쓴 창백해 보이는 선생님과 자연을 거니는 것, 혹은 바이올린 레슨을 받는 것 대신에 행복이나 불행에 대한 어떠한 해독제를 갖다 줄 수 있을까? 친구들이여! 세상 사람들이여! 형제들이여! 그것이 어디로 이끌어질 것인가에 대하여 간단히 말할 도리가 없구나. 이 하늘 아래서 오로지 자연과 더불어 홀로 생활했던 크루소는 비인간적인 그 자체와 싸우면서 복잡하고 바쁜 시간을 보냈지만, 나는 그보다 더 큰 어려움과 저항을 느끼게끔 하는 군중 속에 있으며, 또한 나 자신이 이러한 군중의 일부분인 것이다.

어두운 도시 생활에 대해서 이야기하자면 딩뱃도 내게 짧은 기간 동안 적지 않은 영향을 끼쳤다. 그는 자기 형조차도 가르칠 수 없었던 많은 것을 내게 가르칠 수 있다고 생각했다. 나는 딩뱃이 시 위원과 아인혼 앞에서 자기를 정당화시키고, 성공하고자 하는 생각으로 가득 차 있다는 것을 알아냈다. 그러한 행동은 그의 독특한 특성이었다. 그는 성공하겠다고 맹세했다. 게다가 자신에게는 돈을 벌고 명성을 떨칠 만한 재능이 있다고 믿었다. 본 시합이 시작되기에 앞서 링을 통과하는 여러 명사들 가운데에서 다이아몬드처럼 빛나는 명성이 라디오에서 중계되는 그런 프러모터로서 이름을 날리기를 원했다. 이따금씩 그는 넋을 빼놓을 만한 권투 선수를 맡아서 일을 돌보아 주었다. 이번에는 헤비급 선수의 매니저가 되었는데 이제야 훌륭한 선수를 맡게 되었다고 말했다. 그의 이름은 네일즈 나겔이었다. 딩뱃은 미들급과 웰터급 선수들을 모두 맡고 있었지만 만약에 어떤 선수가 챔피언감이 될 수 있다면 그중에서도 헤비급이 가장 큰 돈벌이가 되는데, 네일즈가 바로 그런 선수라고 딩뱃은 선언했다. 실로 싸울 준비를 끝낸 진지한 발언이었다. 때때로 네일즈도 역시 자기가 그렇다고 생각했다. 아마 진심으로는 그렇지 않을지도 모르지만, 그것에다 자기의 온 시간을 바쳤으며, 옛날 폐차장 일자리로 되돌아가려는 생각을 버렸을지도 모를 일이었다. 그가 관절 부근에 새로 근육이 생긴 다부진 하얀 팔 끝에 달린 때가 전 손을 사용하는 모습은 느리기도 했다가 돌발적이기도 했다. 그의 무디고 검은 턱에도 비슷하게 근육이 붙었고, 그것은 수염을 깎은 목덜미까지 내려가서 펀치로부터 피할 수 있었다. 그의 머리 꼭대기는 캡으로 둘러싸여 있고, 깊이 감추어진 눈 위까지 안면 가리개가 덮었다. 나쁜 뜻이나 해로움을 나타내지 않는 상처 입은 고상한 남성미, 말총코일이나 지저분한 남성미를 지닌 거친 공, 이것이 그가 주는 인상이었다. 그는 매우 강했고 강타를 맞을 때에는 천사 같았다. 희고 큰 넓적다리를 가진 그의 몸은 헤비급 선수치고는 대단히 빨랐다. 그가 부족한 건 링 위에서의 재치였다. 그는 주로 딩뱃이 지시하는 대로 따랐으며, 빨리 뛸 수가 없어서 고생을 했다. 그러나 이들이 빠져 있고 매우 느리게 말했기 때문에 달리 어찌할 도리가 없었다. 그러자 재치 있는 당구장 재담꾼이 말했다.

"가벼운 놈으로 갈아치워. 그놈은 이러한 상황에선 시합이 안 돼."

그는 권투 선수로서는 적합하지 않았다. 그는 닭 치는 여자의 아들이었다. 그의 어머니는 닭집에서 닭과 거위 털을 뽑으며 수년간 일을 해왔고, 항상 입을 벌리고 있으며, 삼베옷을 입었다. 그녀는 돈을 많이 벌었고, 네일즈는 자기가 돈을 벌기보다는 엄마에게서 더 많이 타 썼다. 그는 자신 있게 할 수 있는 유일한 일인 권투를 했다.

그러나 그는 권투 선수로서 칭찬받기에는 어리석었다. 딩뱃이 스폰서인 당구장 친구의 초대를 받아 디비전가의 어느 지하실에 있는 '소년 클럽'에서 연설을 할 동안 그를 옆에 세워 놓았을 때, 그는 믿기 어려울 만큼 좋아했다. 그 당시 광경을 말할 것 같으면, 딩뱃과 네일즈는 가장 좋은 옷을 입었고 검은 스웨이드 구두를 신었으며 눈까지 덮이는, 테가 위로 젖혀진 중절모를 쓰고 열쇠고리를 달고 있었다.

"여러분, 여러분이 제일 먼저 알아야 할 일은 깨끗하게 살고 열심히 훈련을 받고 영양을 충분히 섭취하고 창문을 열어둔 채로 잔다는 것이 얼마나 중요한 일인가 하는 것입니다. 여기 서 있는 권투 선수를 보십시오."

그는 네일즈에게는 보라는 듯이 이를 내놓고 씩 웃었고, 소년들에게는 굳은 표정을 지으면서 꾸짖었다.

"네일즈는 노상이든 어디든 장소를 가리지 않고 하루에 한 번씩 땀을 흠뻑 흘리면서 연습을 합니다. 그런 다음 온수욕과 냉수욕을 하고는 안마를 합니다. 그는 땀으로 인체의 나쁜 분비물을 배출해 냅니다. 그가 담배를 피우는 경우는 승리를 거둔 후 내가 그에게 주었을 때뿐입니다. 어느 날 나는 텍스 리카드[48]가 《포스트》에 기고한 아래와 같은 기사를 읽은 적이 있습니다. 그늘에서도 화씨 100도가 되는 오하이오에서 윌라드 대전(對戰)을 치르기 전, 뎀프시는 너무나 훈련을 잘 받아 그가 시합을 하기 전 내의만 입은 채 낮잠을 잤을 때에도 땀 한 방울 흘리지 않았다는 겁니다. 여러분! 그것이 얼마나 훌륭한 일인가를 말하고 싶습니다. 한번 해볼 만한 일이 아닙니까. 그러니 내 충고를 받아, 바보 같은 짓은 하지 마십시오. 나는 그것이 얼마나 중요한지를 여러분에게 설명할 수가 없습니다. 그만둡시다. 여러분이 권투 선수가 되기를 원치 않는다면 그보다 더 좋은 것은 거의 없을 것입니다. 다른 야망을 품게 되더라도 그것이 길을 잘못 드는 시초인 것입니다. 그러니 다른 생각은 버리십시오. 그러면 여러분의 머리도 훨씬 가벼워질 것입니다. 애송이 계집애들과도 장난질을 치지 마십시오. 그런 짓은 그들이나 여러분에게 아무런 도움도 되지 못합니다. 나한테서 배우십시오. 나는 이 같은 사실을 솔직히 말합니다. 뒤에 숨어서 하는 짓이나 비열한 수단 따위는 싫어하기 때문입니다. 나는 길거리에서 꼬리 치는 애송이 계집애들을 많이 보았습니다. 그대로 지나치십시오. 만일 여러분이 여자 친구를 가져야 한다면—그러지 못할 이유가 어디 있겠습니까마는—여러분의 옷깃도 감히 만지지 못하거나, 새벽 1시까지 계단에서 감상에 젖어 기다리는 그런 부류의 순진한 소녀들도 많이 있지 않습니까?"

딩뱃은 캠프 의자에 앉아 진지한 눈길로 회원들을 쳐다보면서 이 같은 연설을 계속했다. 매니저가 된다는 것은 딩뱃에게는 적합한 일이었다. 그가 할 일이라고는 가끔 연설을 하거나(그의 형은 회의장이나 연회석상의 연설가였다.), 공원에서 뛰기 연습을 시키려고 아침에 네일즈를 방에서 끌어내서는 달래고, 지도하고, 울어도 보고, 채찍을 휘두르고, 트래프턴 체육관 시설물을 사용하는 데 대해 논쟁하는 일이었다. 그때마다 그는 늘 화를 내면서 도포약 냄새로 어지럽고, 줄넘기 소리가 나고, 로커 여닫는 자물쇠 소리가 나는 어두운 지하실 방에 있는 붕대들과 샌드백에 대한 권리, 그리고 얻어맞은 근육에 땀이 번질거리는 폴란드인, 이탈리아인, 흑인계의 후보 선수들에 대한 권리를 주장했다. 그 방에는 약삭빠른 매니저와 손익 계산자들이 항시 우글거리고 있었다. 그는 네일즈의 몸 컨디션을 조절한 후, 아인혼에게서 빌린 돈을 갖고, 그를 데리고 나와 버스를 타고 서부로 갔다. 그러나 솔트레이크시티에서 돈이 떨어졌을 때 전보를 치고는, 굶주리고 창백해져서 돌아왔다. 네일즈는 여섯 게임 중에서 두 게임을 이겼다. 그래서 당구장에서 비웃음을 받는 것을 견디기 힘들게 되었다.

딩뱃은 잠시 동안 권투 시합을 관리하는 일에서 떠나 있었다. 그때는 졸리엣[49]에서 굉장한 탈옥 사건이 일어났던 때였다. 그래서 그는 지사가 소집한 국립 방위군 하사가 되었다. 그는 즉시 카키색 군복을 입고 줄 있는 전투모를 쓰고 돌아다녔다. 그가 숭배했던 토미 오코너,[50] 비행사인 래리, 벅시 곤잘레즈를 궁지로 몰아넣을 순찰을 하게 될지도 모른다는 걱정을 감추지는 않았다.

"이 바보 같은 놈아, 시궁창에나 빠져버려라."

아인혼이 그에게 말했다.

"그러나 네가 기차에 오르기도 전에 주립 방위군들이 와서 그들을 검거하고 말 거야. 네가 당하게 될 가장 나쁜 일은 복잡한 차를 타고 그들을 감옥으로 호송하는 일이야."

최근에 건강이 좋지 않은 시 위원이 침대에서 그를 불러 말했다.

"찰리 채플린, 떠나기 전에 한번 보자."

딩뱃이 흉한 모습을 하고, 꼭 끼는 천한 바지를 입고 그의 앞에

섰을 때, 그는 "바보 같은 놈!(*Ee-dyot!*)" 하고 매우 웃긴다는 듯이 내뱉었다. 딩뱃은 폐병으로 잘못 이해해서 얼굴을 찡그렸다. 아인혼 부인은 그가 제복을 입고 있는 것을 보고 매우 놀라서, 롤리퓨터의 목에 매달려서 울음을 터뜨렸다. 딩뱃은 비가 오는 며칠 동안 졸리엣 근처에서 야영한 후 피로로 충혈된 눈을 사팔뜨기처럼 하고 더욱 비쩍 마르고 초췌해지고 피로에 지쳐 금방 쓰러질 듯한 몸으로 돌아왔다. 그러나 그는 네일즈와 함께 곧 합숙에 들어갔다. 그는 미시간 주의 머스키건에서 시합을 준비했다. 아인혼은 알지도 못하는 낯선 시골 구석에서 딩뱃과 나겔에게 일어난 일의 진상을 알아보는 데에 나도 보냈다.

"오기, 너에게 휴가를 주겠다. 네 친구 클라인이, 내가 그리 신용하진 않지만, 네 대신 여기서 며칠 동안 오후에 일을 해준다면 말이지. 너는 여행을 좀 즐겨봐. 아마 자기 편에 누군가 있다는 것이 나겔에게 자신을 줄 수 있을지도 모르지. 딩뱃은 그 녀석에게 너무 지나치게 매질을 해서 지게 할 거야. 아마 유쾌한 제3의 참여자가 되겠지. 마음을 드높이, 주를 향해서,(*sursum corda*.) 라틴어는 좀 하나?"

아인혼은 악마처럼 자기의 생각에 행복해졌다. 그가 원하는 것이 훌륭한 업적과 일치했을 때 그는 흐뭇해했다. 그는 자기 아버지를 불러서 말했다.

"아버지, 10달러만 오기에게 주십시오. 이 친구 저를 위해 출장을 떠날 예정입니다."

이렇게 그는 관용을 베풂으로써 장애물을 통과했음을 보여 주었다. 시 위원은 인색하지 않게 기분 좋은 태도를 보이며 돈을 주었다. 그는 돈을 나누어 주는 데에 모범적이었다.

딩뱃은 내가 같이 가게 된 것을 좋아했다. 그는 자기가 책임자가 되었을 때는 언제든지 그 동물 같은 뻔뻔스러움을 지닌 채, 모든 사람에게 연설을 했다.
"좋습니다. 여러분, 이번에는 틀림없이 이겨야만 합니다……."
가엾은 네일즈, 자줏빛 여자용 공군 재킷으로 근육을 싼 그는 그리 좋아 보이지 않았다. 그리고 트레이닝 팬츠 위에 입은 그의 윗옷은 연관공의 도구만큼이나 무겁게 그의 구부러진 긴 다리 아래로 늘어졌다. 넓적하게 큰 얼굴은 수분이 부족해서, 긁어모은 정원의 흙과 같았다. 이렇게 푸석푸석하게 마른 얼굴에 최악의 경우를 두려워하는 희끄무레한 두 눈과 얻어맞아 비뚤어진 코가 불쌍하게 붙어 있었다.
그날 가장 최악의 사태가 벌써 다른 누구에게 일어났다. 아이엘로 형제 중 한 명이 그의 승용차에서 총에 맞아 거의 죽은 시체로 발견되었다.《이그재미너》는 그것을 크게 보도하였고, 우리는 이 기사를 부두로 가는 전차 속에서 읽었다. 네일즈는 한때 이 아이엘로에게 도전하여 소프트볼 시합을 한 것을 생각했다. 그는 풀이 죽어 우울해졌다. 그러나 아직 새벽이 겨우 지난 너무나 이른 시각이었다. 아침 거리의 빈민가는 텅 비어 있었고, 다만 한 줄기 흰 햇살이 건물의 언저리를 비추고 있었다. 우리가 부두에 내려서 소가투크 시(市) 쪽으로 걸어 창고를 벗어났을 때, 갑자기 그 도시의 우울함은 끝나고 검은 해안 끝에서부터 황금빛으로 희게 빛나며 동쪽 해안으로 흘러내리는 한없이 푸른 물이 파도로 출렁이고 있었다. 또 백연(白鉛)으로 만든 갑판들은 막 씻기어졌고, 따스한 멕시코 만의 물빛으로 찬란하게 빛났다. 갈매기들은 공기의 흐름을 타고 날았다. 딩뱃은 마침내 행복해졌다. 그는 갑판이 사람들로 너무 붐비기 전에, 네일즈에게 달리기 연습을 하도록 했다. 아무런 운동도 하지 않은 채 물 위에서 여덟 시간이나 있으면 몸이 너무 굳어 그날 밤 경기를 할 수 없을지도 모르기 때문이었다. 그래서 네일즈는 웃으면서 가볍게 뛰기 시작했다. 빠른 물살에 햇빛이 비치고 갈매기가 한 조각의 빵을 찾아서 가만히 날아 떠 있다가 수면으로 내려왔을 때, 그는 다른 사람이 되었다. 그는 그의 가슴 위로부터 힘차게, 기술적으로 또 위협적으로 잽을 몇 번 넣었다. 딩뱃은 메뚜기의 다리 같은 줄무늬가 있는 옷을 입고서 주먹을 어깨 위로 더 올리라고 그에게 지시를 했다. 그들은 자기들이 승리를 향해 항해하고 있다는 것을 확신했다. 두 사람은 커피를 마시러 장밋빛 양탄자가 깔린 라운지로 내려갔다. 나는 태양과 태양빛이 좋아 갑판에 머물러 있으면서 지방 순회 서커스의 말들이 있는 출입구에서 흘러나오는 건초 냄새를 마시고 있었다. 사이즈가 크고, 푸른 잉크로 글씨를 넣은, 매우 닳은 운동화를 신은 내 발에서부터, 청바지, 그리고 칸막이 벽에 기대어 있는 숱 많은 머리 위에까지 불어오는 부드러운 바람을 안고, 푸르고 따스한 바다 위에 앉아 있자니 나는 행복했다.

　우리가 따뜻하고 소금기 없는 물에서 나왔을 때, 딩뱃이 살롱에서 젊은 두 여자와 걸어 나왔다. 딩뱃이 이자벨 아니면 재니스의 친구들을 살롱에서 만난 것이다. 두 사람은 흰 테니스복을 입고 리본으로 머리를 묶었다. 그들은 방학이 시작되어 소가투크 리조트의 테니스 잔디에서 뛰어다니며 공을 높이 치기 위해 팔을 쭉 내뻗기도 하고, 조용한 해변가에서 아름다운 가슴을 물에 띄우려고 했다. 그는 모자로 출발 지점을 가리켰다. 그때 그의 아름다운 머리카락은 태양에 비쳐 향기를 발산했다. 인간의 희망으로 넘치는 어느 아침에, 성장하고 있는 젊은 권투 선수의 매니저가 흰 신발을 신고 요트 조종사처럼 바지를 걷어 올리고 거닐며 여자들의 흑기사가 되는 것보다 더 훌륭한 일이 있겠는가? 네일즈는 클러[51]라고 불리는 기계로 상을 타려고 살롱에 머물고 있었다. 클러는 값싼 사탕 더미에 파묻힌 카메라와 만년필, 회중 전등 등으로 가득 찬 유리 상자 속에 붙어 있는 작은 기중기이다. 두 개의 부속으로 조종할 수 있는데, 하나는 목표물을 조준하는 것이고 다른 하나는 그 클러를 쥐는 것이었다. 그는 50센트로 밀랍 사탕 한 줌 외에는 아무것도 따지 못했다. 그는 어머니에게 주기 위해 카메라를 갖고 싶었다.

그래서 그는 갑판 위에서 나와 함께 사탕을 나누어 먹으면서 말하기를, 그 기계에 너무 집중한 나머지 어지러웠다고 했다. 그러나 그를 어지럽게 만든 것은 그가 서 있는 뱃머리의 움직임과 부드럽게 솟아오르는 바다였다. 그리고 우리가 미시간 주의 해변과 잔 파도에 가까워졌을 때에, 그의 죽은 코는 가장 깊이 팬 주름살 속속들이까지 폴립처럼 하얗게 변했다. 그가 토하는 동안에 딩뱃은 그가 넘어지지 않도록 온 힘을 다해서 등을 부축했다.(그는 그의 친구가 무한히 고통스러워하는 것을 보았다.) 그는 감추기 어려운 쓰라린 실망을 나타냈다.

"아! 이 사람아, 제발 그만하라고!"

그러나 네일즈는 숨을 속으로 들이켰다가는 찢어질 듯이 내쉬었다. 그의 머리칼은 차가운 얼굴과 육지를 그리워하는 눈 위로 드리워져 물결치고 있었다. 우리가 소가투크에 닿았을 때에 차마 그에게 머스키건까지는 아직도 몇 시간 더 가야 한다는 말을 할 수가 없었다. 딩뱃은 그를 눕히기 위해 아래로 데리고 갔다. 네일즈는 세상을 통틀어 단지 몇몇 거리에서만 안전하다고 느꼈을 것이다.

머스키건에서 우리는 노랗게 축 늘어진 그를 부두의 널빤지 바다 위로 메고 갔다. 그곳은 오후 낚시꾼들의 낚싯대를 속일 만큼이나 바닥의 모래가 거의 움직이지 않았다. 우리는 YMCA로 가서 그를 씻기고 구운 쇠고기 한 접시를 먹이고는 체육관으로 갔다. 그는 두통이 난다고 불평하면서 눕고 싶어 했지만, 딩뱃은 계속 걸어보라고 시켰다.

"내가 너를 그대로 눕게 한다면, 넌 단지 누워서, 네 자신에 대해 유감스럽게 생각할 것이고, 오늘 밤에 싸우지도 못 해. 난 네가 무엇을 필요로 하는지 알고 있어. 오기는 가서 아스피린 몇 알만 갖다 주고 저녁이나 빨리 먹고 와라."

나는 알약 몇 개를 갖고 돌아왔다. 그런데 네일즈는 어둡고 바람도 없는 방을 열 바퀴 돌았기 때문에 경련을 일으키고 창백해져 농구 골대 아래에 앉아서 헐떡이고, 딩뱃은 그의 가슴을 문질러주며 자신감을 불어넣어 주려고 애쓰고 있었다. 그러나 어떻게 해야 협박을 하지 않고 희망을 북돋워 줄 수 있는지 모른 채 다만 고통만을 더해 주었다.

"이 녀석아, 대체 너의 의지력은 어디 있고, 힘은 어디로 가버렸느냐!"

아무 소용도 없었다. 이미 해가 지고 있었고 시합까지는 한 시간밖에 남지 않았다. 우리는 링 밖에 앉아 있었다. 거기에는 신선한 물 냄새가 짙게 풍겼다. 네일즈는 메스꺼워했다. 벤치에서 머리를 떨어뜨리고 기운 없이 축 늘어져 있었다. 딩뱃이 말했다.

"글쎄, 정신 차려. 할 수 있는 한 최선을 다해야지."

권투 시합은 라이온즈 클럽에서 열렸다. 네일즈는 프린스 자보르스키라는 사람과 두 번째의 경기를 했다. 자보르스키는 브룬스윅 농장의 굴착기를 조작하는 기사였는데, 관중들의 뜨거운 응원을 받고 있었다. 특히 네일즈가 비틀거릴 때, 상대방의 공격을 막았거나 클린치로 그에게 매달렸을 때, 자보르스키를 격려하는 고함 소리는 대단했다. 특히 그가 마른 봉사가 번쩍이는 링에서 죽음의 공포에 질린 듯 입을 벌리고 바보처럼 멀거니 서서 링사이드의 수많은 얼굴과 귀에 거슬리는 잔인한 피의 부르짖음을 바라보고 있었을 때, 자보르스키에 대한 관중들의 환성은 더했다. 자보르스키는 보다 더 큰 스윙 포즈를 취하면서 네일즈에게 성큼성큼 다가갔다. 그는 가엾은 네일즈보다 키도 컸고, 팔다리도 더 길었다. 네일즈보다 어림잡아 다섯 살은 어려 보였다. 딩뱃은 관중들의 야유에 미친 듯이 화가 나서 네일즈가 코너로 오면 소리를 질러댔다.

"네가 이번 라운드에서 한 번도 그를 때리지 못하면, 너를 여기에 혼자 남겨 두고 나가 버리겠다."

그러자 네일즈가 말했다.

"우리는 기차를 타야 한다고 내가 말했잖아요. 그러나 당신은 돈 4달러를 아끼려고 했어요."

그러나 곧 그는 자신에게 퍼붓는 시끄러운 비난 소리를 듣고 눈을 부릅떴다. 2회전에는 좀 더 정신을 가다듬고 뛰어나와 크고 흰 두 주먹을 죽을 힘을 다하여 서서히 움직이면서, 무분별하게 자보르스키와 싸웠다. 그러나 3회전에서 그는 잘하면 견딜 수도 있었을 강타를 복부에 얻어맞고는 거의 서 있을 수가 없어서 힘없이 나자빠져 뻗어버렸다. 고함 소리와 공포의 웅성거림, 사전에 짜고서 녹아웃 시키는 매수된 게임이라는 비난이 빗발치는 가운데 카운트 아웃이 선언되었다. 딩뱃은 자기 앞의 맨 아래 로프를 잡고 올라가 말굴레 같은 손으로 귀를 막고 심판에게 모자를 집어 던졌다. 네일즈는 백야의 흰 전등불 아래 죽어가는 듯한 눈과 굳은 스폰지처럼 된 뺨에 구레나룻이 젖은 이끼처럼 붙은 채 패배자의 빛을 띠고 링을 돌아서 내려섰다. 나는 그가 옷을 입도록 도와주고 다시 YMCA로 데리고 가서 침대에 눕히고 방문을 걸었다. 그런 다음 딩뱃이 그 방에 가서 문을 차지 못하도록 거리에서 기다렸다. 그러나 내가 딩뱃을 만났을 때 그는 그렇게 하기에는 너무나 울적했고 기운이 빠져 있었다. 우리는 길을 걷다가 이동 판매차에서 감자튀김을 사 가지고 돌아왔다.

아침에 우리는 호텔비를 지불하기 위해 돌아갈 차표를 현금으로 바꿔야 했다. 딩뱃이 지갑을 뒤져서 돈을 계산해 보니 바닥이 나 있었기 때문이다. 우리는 히치하이크를 해서 시카고로 향했다. 세인트조로부터 그리 멀지 않은 하버트의 해변에서 네일즈는 집에서 입는 긴 옷으로 몸을 싸고, 딩뱃과 나는 비옷을 같이 덮고 밤을 지새웠다. 우리는 그날 플린트로부터 온 트레일러를 타고 방파제와 유황과 석탄 더미 옆을 지나 개리와 하몬드를 통과했다. 유황과 석탄 더미는 불꽃이 일었으나 정오의 대기 속이라 빛을 볼 수 없었다. 그 사이로 주인 없는 거대한 검은 파시파에[52] 황소들과 다른 원추형 모양의 짐승들이 거닐고 있었고, 거대한 조상(彫像)처럼 서 있는 용광로와 공장에서는 녹슨 연기가 뿜어 올랐다. 여기저기 개구리들이 알을 낳고 갈대가 자라는 웅덩이 속에는 낡은 보일러와 타다 남은 잿더미가 있었다. 만일 여러분이 겨울철 저녁 강물이 마지막 두려운 빛을 내는 순간 런던 공장들이 시끄러운 소리를 내면서 저녁 일을 시작하는 것을 보거나 12월의 흰 증기 속에서 차가운 쇳소리를 들으며 알프스에서 토리노까지 가보면, 이곳이 얼마나 거대하고 굉장한지 알게 될 것이다. 기름으로 더럽혀진 30마일의 복잡한 길, 그곳은 용광로와 가스, 그리고 화산처럼 불을 뿜는 공장 굴뚝이 여러 가지 원료로 선철이나 대들보, 레일 등을 만들고 있었다. 한가한 도시 10마일을 지나고 5마일에 이르는 복잡한 도시를 지나, 우리는 루프 지역에서 그리 멀지 않은 곳에서 트레일러에서 내려, 스튜와 스파게티를 먹으러 톰프슨 식당으로 갔다. 이곳은 흥신소에서 가까웠고, 영화 배급소들의 거대한 영화 광고 포스터가 나붙어 있는 지역의 한가운데에 위치했다.

우리의 귀향에 아무도 관심을 보이지 않았다. 그동안에 아인혼의 집에 화재가 났었기 때문이다. 불은 거실을 태워버렸다. 모헤어로 만든 고급 양탄자는 검은 구멍이 냄새를 풍기며 커다랗게 뚫려 못쓰게 되었고, 서재에 있는 마호가니 책상과 그 위에 있는 하버드 클래식 세트[53]는 그을렀으며, 소화기에 흠뻑 젖어 있었다. 아인혼은 2000달러의 보험 청구서를 제출했다. 검사관은 화재의 원인이 전기 합선 때문이라는 것에 전적으로 동의하진 않았으나 그것을 넌지시 긍정하여 말했다. 그가 뇌물을 원했다는 소문도 들렸다. 바바츠키는 주위에 없었다. 나는 잠시 동안 그의 업무까지 모두 맡아야 했다. 그가 숨어 있으리라는 것을 알고 있었으나 그를 불러내지 않는 것이 현명하다고 생각했다. 화재가 발생했던 날에 틸리 아인혼은 사촌의 아내를 방문 중이었고, 지미 클라인은 병든 시 위원을 공원으로 데리고 갔었다. 시 위원은 화재를 당한 데 대해서 몹시 짜증을 내는 듯했다. 그의 침실은 응접실에서 떨어져 있었지만 몇 주일 동안이나 계속 냄새가 났고, 그는 아들이 사업하는 방법을 비난하면서 얼굴만 찡그리며 누워 있었다. 틸리가 새 침대를 사달라고 요구했기 때문에 그는 그것 역시 사주었다. 가구를 탐내는 여자들과 그들의 집에 대한 집착을 고려한 것이다.

"내가 너에게 500~600달러를 주지 않으면 너는 회사로부터 그 돈을 사취하겠지."

시 위원은 아들에게 말했다.

"그러나 내 마지막 날까지라도 이 불탄 연기 냄새를 맡지 않아야겠다. 윌리, 너는 내가 아프다는 것을 알지?"

이것은 사실이었다. 새의 부리 모양으로 뾰족하고 창백하며 근엄한 아인혼은, 긴 속옷과 앞이 트이고 무늬를 넣어 짠, 발꿈치까지 닿는 가운을 입고 침대에서 일어나 의자 등에 자연스럽게 기대지 않고 혼자 힘으로 부엌에 서 있는 시 위원의 책망을 당연한 것으로 받아들였다.

"예, 아버지."

아인혼은 대답했다. 그때 나쁜 일에 대한 예감이 두세 개의 헐거운 고리처럼 그의 목에 걸려 있었다. 유머도 없이 강렬하게 거의 사나울 정도로 나를 쳐다보았다. 나는 그가 화재를 일으킨 장본인이란 것을 확실히 알게 됐다. 아마도 그는 내가 자기의 모든 비밀을 눈치챘다고 생각했을 것이다. 내가 그 비밀을 알아도 별문제가 없겠지만 비밀이 새나가게 된다는 사실이 그의 자존심을 해쳤다. 나는 내가 주의를 끌지 않도록 노력했고, 그가 그 주일치 급료를 지불하지 않은 것에 대해서도 말하지 않았다. 그것은 지나치게 세심한 짓이었는지도 모르나, 나는 과장해서 말하는 나이였다.

여름은 지나갔고 학교가 다시 문을 열었다. 보험회사는 화재에 대해 여전히 의심을 풀지 않았다. 클렘이 전하길, 아인혼이 화재 보험금을 타려고 부시장과 접촉하기 위해 시청 직원을 알려고 탬보 아버지를 따라다닌다고 했다. 가장 큰 브로커도 조그만 화재 사건 하나를 해결할 수 없다고 불평하는 편지를 그가 보냈다는 것을 나는 알고 있다. 어떻게 그들은 그들의 손실액이 즉각 회복될 거라고 고객을 설득하리라는 기대를 그에게 걸었을까? 기대했던 대로 그는 자기 사업의 근간을 이루는 회사를 가진 자신을 보험에 걸었다. 홀로웨이 엔터프라이즈 단독으로 백만 달러 값어치의 부동산의 4분의 1에 대해 보험료를 지불했으므로 방화의 확실한 증거가 있었음에 틀림없었다. 그 회사는 확실히 잘 봐주기를 원했기 때문이다. 연기 냄새가 나는 타버린 가구들은 시위원이 자기 곁에서 치우라고 말할 때까지 천막으로 덮어 놓아두었다. 그러나 그것을 마당으로 옮겨 놓았을 때 어린애들이 그 위에서 '언덕의 왕' 놀이를 했다. 고물장수가 와서 사무실 주위에서 겸손하게 열심히 일하면서 탄 가구를 가져가겠다고 청했다. 그러나 아인혼은 그것을 거절했다. 그는 보험료 청구 문제가 해결되면 그것을 구세군에 기증할 생각이었다.

실제로는 그것을 크레인들에게 팔기로 약속이 돼 있었다. 크레인들은 그걸 재생시키려 했다. 특히 귀찮은 일 때문에 아인혼은 제값을 다 받으려고 했다. 그것은 또한 그의 아버지 시 위원의 비난 때문이기도 했다. 그러나 전체적으로 그는 자기가 옳다고 생각했다. 이것이 새로운 거실 가구를 원하는 그의 아내의 요구에 응하는 하나의 방법이었다. 그는 탄소 분출로 표지가 탄 하버드 클래식을 내게 선물로 주었다. 나는 그 책들을 침대 밑에 있는 상자 속에 넣어두고, 『플루타르크전』에서 시작해 독일 귀족들에게 보낸 루터의 편지들을 읽었다. 특히 『비글 호의 항해』는 게들이 우둔한 바닷새의 알을 훔치는 곳까지 읽었다.

나는 밤에 공부를 할 만큼 충분히 안정되지 않아서 더 이상 책을 읽을 수 없었다. 할머니는 늙어서 대단히 허약해져 신경이 둔해지고 정신착란 상태였으며 매우 고통스러워했다. 할머니는 엄마가 훌륭한 요리사가 되지 않는다면 아무것도 가르치지 않겠다고 으름장을 놓았으나 지금은 스스로 요리하기를 원했고, 자기가 사용할 주전자와 냄비를 따로 두었다. 또한 식료품과 조그만 항아리들을 종이로 덮어 고무줄로 묶고 냉장고 속에 두고는 모두 썩어 곰팡이가 날 때까지 잊어버리고 있었다. 이것을 내버리자, 할머니는 화를 내고 할퀴며, 엄마가 그것을 훔쳐 갔다고 야단쳤다. 할머니는 부엌을 오랫동안 같이 사용해 왔다는 것을 잊은 채 한 사람이 부정직하고 더러운 짓을 할 경우 두 여자가 같이 부엌을 사용할 수 없다고 말했다. 둘 다 와들와들 떨었는데, 엄마는 억울해서라기보다는 두려워서 몸을 떨었다. 엄마는 할머니를 똑바로 바라보려고 애썼다. 최근 시력이 급속도로 나빠지고 있었다. 할머니는 사이먼과 내게는 거의 아무 말도 하지 않았다. 할머니의 아들 스티바가 할머니에게 주었던 개—할머니는 그것을 위니의 계승자로 받아들일 수 없었지만 어쨌든 개를 요구했다.—가 우리에게 달려오자 "물어라, 물어!(*Beich du! Beich!*)" 하고 소리를 질렀다. 그러나 그 조그마한 황갈색의 암캐는 놀고 싶어 했고, 죽어버린 늙은 개처럼 할머니의 발 옆에 누우려 하지 않았다. 두 여자가 지금 놓여 있는 상태와 같이, 암캐는 이름도 없었고, 집에 길들여지지도 않았다. 사이먼과 나는 번갈아 청소를 하기로 약속했다. 엄마는 청소를 계속할 수가 없었다. 그러나 사이먼은 시내에서 일했으므로 공평하게 일을 분담할 방법이 없었다. 집에는 이 개에게 이름을 지어 주고 길들일 만한 사람이 없었다. 책을 뚫어지게 들여다보면서, 눈멀고 귀먹은 사람처럼 나에게 말 한마디조차 하지 않는 로시 할머니의 더러운 침대 밑으로 나는 기어들어 갈 수 없었다. 할머니는 개가 나의 소매 끝에서 깽깽거릴 때만 비명을 질렀다. 이곳이 바로 내가 대부분의 시간을 보내는 곳이었다.

 게다가 시력 때문에 엄마가 조지를 혼자서 찾아갈 수 없게 된 이후로 우리는 엄마를 멀리 웨스트사이드까지 모시고 가야만 했다. 조지는 이제 나보다 크고, 가끔 약간 퉁명스럽게 화를 냈었다. 그러나 그는 여전히 여느 정신지체아가 지닌 아름다운 용모를 지니고 있었고, 때때로 약간 덜 발달된 다리로 발을 질질 끄는 그런 걸음걸이로 숨을 헐떡이면서 육중하게 움직이는 거인이었다. 그는 나와 사이먼에게서 물려받은 옷을 입었는데, 같은 옷을 전혀 다르게 입은 것을 보자니 기이했다. 학교에서는 그에게 빗자루를 만드는 법과 베 짜는 법을 가르쳤다. 가끔 조지가 수틀에서 모직으로 만든 엉겅퀴꽃 넥타이를 우리에게 보여 주기도 했다. 그러나 조지는 소년들의 수용소인 그곳에 있기에는 너무 나이가 많았다. 일 년 동안만 있다가 다시 만테노나 다른 남부에 있는 보호 시설로 옮기든가 해야 했다. 엄마는 이것을 매우 가슴 아프게 생각했다.

"일 년에 한두 번은 우리가 그 애를 방문할 수 있을 거야."

엄마가 말했다. 조지와 같이 그렇게 부드러운 얼굴을 한 사람을 보러 가는 일이 내게는 쉽지 않았다. 그래서 그 후 조지를 보러 가기 위해 여행을 할 때는 요사이처럼 호주머니에 돈이 있었기 때문에 나는 엄마를 크라포드가에 있는 호화로운 그리스식 음식점으로 모시고 갔다. 그리고 아이스크림과 케이크를 사드리면서, 대부분의 사람이 늘 시간을 보내고 있는 바위처럼 깊고 무거운 번민으로부터 엄마를 이끌어내려고 했다. 엄마는 가격이 너무 비싸서 얼떨떨해하고, 또 어떻게 말을 하고 있는지도 모르는 사람처럼 언성을 높이며 반대했지만, 내가 엄마의 마음을 기쁘게 해주는 걸 어느 정도 허락했다. 그것에 대해 나는 조용히 말하고 싶었다.

"괜찮아요, 엄마! 걱정하지 마세요."

사이먼과 나는 여전히 자선 단체의 도움으로 학교를 다녔으며, 우리 둘 다 일을 했고, 조지는 정신지체아 보호 시설에 있었기 때문에, 우리는 여태까지보다 더 많은 돈을 가질 수 있었다. 어분의 돈을 관리하는 사람은 사이먼뿐이었다. 이미 할머니는 과거처럼 돈 관리를 하지 않게 되었다.

어두운 복도 끝의 밝은 곳에서, 마치 우리와는 단절된 듯한 상태에서, 가장자리를 유클리드의 선(線)만큼이나 빳빳하게 풀을 먹인 윗옷과 블루머를 입고는, 수정궁[50] 옆에 있는 작은 탑에서 난로를 쬐며 홀로 누군가를 기다리고 있는 듯한 자세로 거실에 있는 할머니를 나는 이따금씩 흘끔 쳐다보곤 했다. 지금에 와서 할머니를 용서해 주기에는 그녀가 우리에게 너무나 많이 못된 짓을 했으며, 그런 짓들은 논의될 여지도 없었다. 할머니는 너무 늙어서 심약해졌다. 우리가 늘, 힘이 세고 충격에도 잘 견디어내리라 여겼던 할머니였다.

사이먼은 "할머니는 이제 죽을 때가 가까웠어."라고 했고, 사실 우리도 할머니가 점점 쇠약해져 죽어가고 있다는 사실을 인정했다. 그것은 우리가 이미 세상 물정을 알고 있었기 때문이다. 반면 엄마는 그런 생각을 전혀 하지 못했다. 할머니는 마치 자기가 어두목·통치자·황태후·여왕이나 되는 것처럼 자신의 세력의 대부분을 엄마에게 뻗쳤다. 조지를 쫓아낸 일이나 노망 들린 듯한 부엌에서의 추문조차도 그토록 오랫동안 자리 잡아왔던 존경심이나 군주를 섬기는 듯한 감정을 동요시킬 수는 없었다. 엄마는 할머니의 이상한 변화에 관해서 사이먼과 나에게 얘기하면서 울었다. 그러나 할머니의 새로운 바보짓에 대해 엄마에게 답변을 할 수 없었다.

하지만 사이먼이 말했다.

"엄마에게는 너무나 큰 부담이야. 왜 로시 집안 사람들은 할머니를 우리에게 맡기고 도망쳤을까? 엄마는 아주 오랫동안 할머니의 종 노릇을 했었지. 엄마도 이젠 늙어서 자기 발밑에 있는 개도 볼 수 없을 만큼 눈이 어두워졌잖아."

"글쎄, 이것은 우리가 엄마에게 그냥 맡겨야 할 문제일 것 같은데."

"제발, 오기야."

사이먼이 퉁명스럽게 말했다. 그의 부러진 이가 그의 경멸감을 더욱 효과적으로 나타내 주었다.

"네 일생 동안 바보가 되지 마라. 알겠니! 신에게 정직해라. 너는 우리 둘 중에 나 혼자 완전한 두뇌를 가지고 태어난 것처럼 생각하게 만드는구나. 엄마 혼자서 결정하게 내버려 두는 것이 무슨 소용이 있겠니?"

나는 보통 엄마와 관련된 이론이나 현실의 문제일 경우, 어떤 제의도 할 수가 없었다. 우리는 엄마를 똑같이 대했으나 엄마에 관해 생각하는 면에서는 서로 달랐다. 내가 이야기하려던 것은 엄마는 홀로 있는 데에 익숙하지 않다는 것이다. 그리고 사실 내가 그 상황을 상상했을 때, 기분이 갑자기 가라앉았다. 엄마는 이미 거의 장님에 가까웠다. 홀로 앉아 있는 것 말고 무엇을 할 것인가? 엄마는 친구도 없었으며, 항상 남자 구두를 끌고, 검은 탬[55]을 쓰고, 장밋빛 갸름한 얼굴에는 두꺼운 안경을 쓰고 휘청거리는 걸음으로 심부름을 다녔다. 엄마는 완전히는 아니었으나 약간 이상한 여인으로 이웃 사람들의 호기심을 끌었다.

"할머니는 어떤 종류의 인간일까?"

사이먼이 말했다.

"오, 어쩌면 할머니는 약간 변할지도 몰라. 나는 두 분이 때때로 얘기를 나누고 있다고 생각하는데."

"도대체 엄마가 언제 그랬니? 네 말은 할머니에게 아우성을 쳐 엄마를 울리게 만들라는 것이구나. 네가 말하고 있는 것은 우리가 모든 일들을 그대로 방치해 두어야만 한다는 것이야. 비록 네가 태평스럽게 살아가는 놈이고 할머니가 해온 일에 대해 할머니에게 배은망덕하고 싶지 않다고 스스로에게 말한다 할지라도, 그런 태도는 단지 게으르다는 표시일 뿐이다. 우리 역시 할머니를 위해 뭔가를 해주었다는 사실을 명심해라. 할머니는 수년 동안 엄마를 괴롭혀 왔고, 우리 돈으로 호의호식해 왔어. 이제 엄마는 더 이상 그런 일을 할 수 없어. 만약에 로시 집안이 가정부를 고용하고 싶으면, 그 문제를 해결할 수 있는 공정한 방법이 되지만, 그들이 그러려고 하지 않는다면 이곳에서 할머니를 데리고 가야만 할 거야."

그는 라신에 사는 할머니의 아들에게 편지를 띄웠다. 저마다 다른 도시에 살고 있는, 퀘이커교도의 혜택을 받고 있는 두 사람이 어떻게 살았는지 나는 알지 못한다. 나는 라신과 같은 곳을 지날 때 어린애들을 위한 흔들리는 고무 타이어가 있거나 피아노 소리가 나는 집이 있으면 언제나 혹시 스티바 로시의 집이 아닐까 생각해 본다. 그는 피아노를 가르치는 등 두 딸을 아주 세련되게 양육했다. 오데사에서 자란 그렇게 과묵한 아들들이 다중우주(多重宇宙)를 거쳐 어떻게 이 같은 행로를 밟게 되었는지? 그렇게 규칙적이고 침착하게 보이는 그들이 왜 그랬을까? 글쎄, 적어도 스티바가 보낸 편지에 힌트가 있긴 있었다. 편지에서 스티바는 말하기를, 그와 그의 형은 가정부가 해결책이라고 생각하지는 않으며, 할머니를 노약자들을 위한 넬슨 양로원에서 살도록 준비하고 있고, 만약에 우리가 할머니를 그곳에 보내준다면 아주 고맙겠다고 했다. 자기네 엄마와의 오랜 친분을 생각해서(우리의 배은망덕에 대한 빈정거림), 그들은 그와 같은 것을 조금도 주저하지 않고 요구했던 것이다.

"자, 바로 이거야."

사이먼이 말했다. 심지어 우리가 너무 지나쳤다는 듯한 표정으로 말이다. 그러나 일은 해결되었고, 단지 주의를 해야 할 마지막 몇가지 사소한 것만이 남았을 뿐이었다. 할머니는 동시에 러시아어로 쓴 편지를 받았는데, 그녀는 아주 자만심이 강한 사람에게서나 기대할 수 있는 그런 냉정한 태도를 보이며 그에 대해 자랑하기조차 하였다.

"하하! 스티바가 러시아어로 잘 쓰는구나! 학교에 다니면서, 그래도 무엇인가를 배웠어."

우리는 할머니가 그 양로원에 대해 뭐라고 얘기했는지, 엄마에게 들었다. 그곳은 백만장자에 의해 지어진 궁전같이 훌륭하고 오래된 곳이며, 온실과 정원이 있고, 대학이 가까이 있어서 대부분의 사람들은 은퇴한 교수들이라고 했다. 더 좋은 곳으로 간다는 것과 아들에 의해 우리로부터 구원을 받는다는 사실에 할머니는 아주 기뻐하였다. 거기서 자기는 비슷한 사람들 사이에 있게 되어 서로 아주 지적인 견해를 교환하게 될지도 모른다고, 할머니는 생각하는 모양이었다. 엄마는 놀라서 어안이 벙벙하였다. 그렇게 단순한 엄마조차도 오랫동안 우리에게 묶여 있던 할머니 스스로 지금 주장한 것 같은 그러한 핑계를 대리라고는 믿을 수가 없었나 보다.

이 주일 동안이나 짐을 꾸렸다. 벽에서 그림을 떼어냈고, 주홍색 콧구멍을 한 원숭이상(像), 타슈켄트산(産) 융단, 삶은 달걀을 넣는 컵, 연고와 여러 가지 약품, 벽장 선반에 있던 솜털이불을 챙겼다. 나는 광에서 할머니의 나무 트렁크를 가지고 왔다. 트렁크에는 얄타, 함부르크 항공회사, 미국 급행 기차 등의 표지가 붙어 있는 누렇고 오래된 개척 시대 그림이 있었으며, 지하실의 고약한 냄새가 풍기기는 하지만 숲의 꽃들로 장식이 된 트렁크 내부에는 오래된 러시아 잡지가 있었다. 할머니는 윗부분이 부서지고 깨어지기 쉬운, 꽤나 값이 나갈 만한 물건들을 아주 조심스럽게 싸고, 그 모든 것에다 강력한 나방 방지용 가루를 뿌렸다. 마지막 날, 할머니는 트렁크가 짐꾼의 등에 얹혀 앞 층계를 내려오면서 흔들리는 것을 보고 놀란 듯, 두려운 지휘자의 표정을 지으며 응시를 했고, 이런 식으로 소름 끼치게, 또한 포악스러울 만큼 창백한 표정으로 마지막 상자에 대해서까지 지휘를 했다. 그래서 입가의 솜털까지도 완연히 보였으나 엄격한 후원을 받고 있는 듯한 귀족적인 태도로, 잠시 손님으로 있는 동안 그녀가 돌봐 주었던 버림받은 여자와 그의 아들들의 창피스러울 정도로 초라한 아파트로부터(할머니는 여기서 이미 떠나고 있으므로) 더 나은 것을 향한 중요한 전환점에 직면하고 있었던 것이다. 아! 얼마나 노쇠하였는가는 염두에 두지도 않고 할머니는 굉장히 찬란하게 차렸다. 여러분은 이 할머니가 과거에 얼마나 어리석었고 심술궂었던 가를 잊어버렸을 것이다. 이런 급박한 상태에서 마음의 동요도 멎고, 할머니의 가장 영향력 있던 시대의 존엄성과 세력을 지니고 있었던 그 일 년은 어떠하였던가? 할머니에 대한 내 감정은 부드러워졌고, 할머니가 내게 바라지도 않은 존경심까지 느꼈다. 정말 할머니는 추방을 은퇴로 여겼고, 새로 들어선 공화주의자들은 아직 조직이 미비된 상태에서, 군중이 침묵 속에서 리무진 차를 전송하고 황태자와 그의 가족이 과오의 역사 속에서 그들의 마지막 말을 남기며 떠나갈 때, 실각된 자에 대한 충성심에서 마지막 고통을 느꼈다.

"레베카, 잘 있어."

할머니가 말했다. 할머니는 엄마가 울면서 한쪽 뺨에 키스하는 것을 사양하지는 않았으나, 냉랭한 편이었다. 우리는 할머니가 시동이 걸린, 아인혼에게서 빌려온 차를 타도록 부축해 주었다. 할머니는 긴장해서 조급히 작별 인사를 하고 출발했다. 나는 익어서 터질 듯한 토마토처럼 빨갛고 소방국장의 놋쇠처럼 샛노란, 거북스러울 정도로 큰 기계 장치를 조종했다. 딩뱃이 운전하는 법을 가르쳐주었다.

우리는 아무 말이 없었다. 나는 복작거리는 미시간 대로에서 할머니가 하는 말은 안중에도 두지 않았다. 그것은 단지 교통 사정에 대한 이야기였기 때문이다. 워싱턴 파크를 벗어나 6번가에서 우회전을 했더니, 늦가을의 따스한 날씨에 담쟁이가 살랑거리는 속에, 약간 이상하기는 했으나 아늑하게 보이는 대학교 건물이 완연히 보였다. 나는 그린우드가와 양로원을 찾아냈다. 전면에는 네 쪽씩 묶인 울타리가 있었는데, 슬레이트로 만든 지주목에 기대 있는 해국이 자라고 있는 화단과 두 뙈기의 땅을 둘러싸고, 그 울타리 끝은 아주 예리한 모양을 하고 있었다. 보도로 통하는 길 위에는 판자로 된 시커먼 벤치가 놓여 있었고, 석회암으로 된 현관에 있는 벤치와, 뜨거운 햇볕이 싫은 사람을 위해 현관홀에 놓은 의자에 있던 남녀 노인들이 할머니가 차에서 내려 걸어오는 것을 응시하고 있었다. 우리는 단단하거나 부은 앙상한 돔 모양의 대머리와 막혀 있는 혈액염과 노폐물로 생긴 적갈색 반점을 하고 느릿느릿 깊은 생각에 빠져 있는 늙은이들, 캔자스 더위의 공격이나 와이오밍 추위의 공격에 미치거나, 긴장된 부엌일, 먼 서부를 개척하는 일, 신시내티 소매상일, 오마하의 도살장일, 행상일, 추수하는 일, 그리고 거대한 고래 크기에서부터 섬모

충류 같은 미세한 것에 이르기까지 국가 노동으로 집약되는 일을 힘들게 혹은 부지런히 일하는 기업 등에서 미치다시피 긴장해서 옷깃이 없는 목에 11자 모양의 골이 진 근육을 나타내는 사람들 사이로 걸어 올라갔다. 오래된 슬리퍼나 멜빵, 혹은 코르셋과 무명옷을 입은 여기에 있는 어느 누구라도 세계를 보존시키는 숨겨진 소금 저장소 구실을 하고 있는지도 모른다. 그러나 백발이 성성하고 경솔해 보이는 듯한 무시무시한 몰골들과, 지팡이나 부채, 온갖 언어와 알파벳이 쓰여 있는 신문을 쥐고 있는 혈관 터진 손들과, 물속 어망과 두 눈 속으로 사라져버린 얼굴들 사이에서 그와 같은 것을 찾아내기 위해서는 오리겐[56]의 능력이 필요할 것이다. 이 사람들은 나뭇잎들이 타고 있는 바깥 양지바른 곳에 앉아 있거나 집 안에 가루가 뿌려져 곰팡이 냄새와 시금털털한 고깃국물 냄새가 나는 곳에 앉아 있었다. 그곳은 백만장자가 지은 주택이 아니라 한때 아파트에 불과했으며, 집 뒤에는 아름다운 정원도 없고, 단지 해바라기와 옥수수가 있을 뿐이었다.

트럭이 할머니의 나머지 짐을 싣고 도착했다. 그러나 할머니는 트렁크를 침실에 둘 수 없었다. 침실을 다른 세 사람과 공동으로 사용해야 했기 때문이다. 할머니는 지하실로 내려가서 필요한 물건—갈색머리를 한 긴장한 여사감의 생각으론 너무나 많은 물건—을 가지고 올라와야만 했다. 나는 할머니의 물건을 운반해서 그것을 챙겨 넣어주고, 걸어주었다. 그러고 나서 할머니가 시킨 대로, 혹시 잊어버리고 온 것이 없나 하고 찾아보기 위해 스터츠의 뒤쪽을 살펴보았다. 할머니는 그곳에 대해 나에게 아무런 말도 하지 않았다. 물론 자기가 얼마나 굉장한 변화를 가져왔나 하는 것을 보이기 위해 뭔가 찬양할 만한 것을 발견했다면, 그곳에 대한 칭찬이 대단했을 것이다. 할머니는 풀이 죽은 모습을 나에게 나타내 보이지 않았다. 그곳에 있는 여사감이 할머니에게 실내복을 갈아입도록 했으나, 그 말을 듣지 않고 검은 오데사 드레스를 입은 채, 흔들의자에 앉아 옥수수와 해바라기, 양배추가 자라고 있는 후원을 바라보았다. 나는 할머니에게 담배를 피우지 않겠느냐고 물었다. 그러나 할머니는 어느 누구에게서든 어떠한 것도 받으려 하지 않았고, 특히 나에게는 더욱 그랬다.(할머니는 나와 사이먼이 다년간 노력한 자신의 수고에 보답하려는 태도를 보인다고 생각했다.) 나는 할머니가 울음을 참기 위해서 화를 내거나 또는 냉담한 표정을 지을 필요가 있다는 것을 알았다. 할머니는 내가 그곳을 떠나자 울음을 터뜨렸음에 틀림없다. 할머니는 나이를 먹어 정신이 없다 하더라도 아들들이 자기에게 어떻게 대했는가를 깨달았기 때문이다.

"할머니, 자동차를 가지고 가야겠습니다. 더 이상 필요한 것이 없다면, 이만 가겠어요."

마침내 내가 말을 했다.

"필요한 것이라고? 아무것도 없다."

나는 그곳을 떠나려고 했다.

그러자 할머니가 말했다.

"구두 가방을 가져오는 것을 잊어버렸다. 옷장 문 뒤에 있는데 꽃무늬 천으로 만든 거야."

"곧 가져다 드리겠습니다."

"그것을 네 엄마에게 주도록 해라. 그리고 오기야, 네가 수고를 했으니 여기 너에게 줄 것이 좀 있다."

할머니는 색이 바랜 큰 은고리 단추가 달린 지갑을 열어, 무뚝뚝한 제스처를 취하면서, 뼈아프게 아까운 25센트, 보답의 25센트를 내게 건넸다. 나는 그것을 거절할 수도 없었고, 그렇다고 받아서 호주머니에 넣거나, 손 안에 움켜쥘 수도 없었다.

아인혼 집에서도 역시 모든 일이 이상하게 돌아갔다. 아인혼의 아버지 시 위원은 뒷방에서 죽어가고 있었다. 그러는 동안 그 방 바로 앞 사무실에는 이전보다 몇천 배나 더 많은 거대한 재산 증서가 다른 사람의 소유물로 넘어가고 있었다. 아인혼은 하루에도 몇 번씩 자신의 힘으로 휠체어를 밀어 아버지의 병상으로 가서 조언과 자료를 얻었다. 지금은 모든 것이 그의 수중에 들어 있었다. 그가 경영해야만 할 것이 그의 마음대로 되지 않는다는 것을 느끼기 시작했을 때, 그는 심각한 표정을 짓고 눈살을 찌푸렸다. 그래서 사무실에서 하는 모든 사교적인 잡담 같은 것은 사막의 위험한 신호처럼 되어버렸다. 지금 여러분은 아인혼이 시 위원에 의해서 얼마나 많이 보호를 받아왔는지를 알 수 있을 것이다. 어쨌든 그는 젊은 나이에 불구자가 되었다. 그가 결혼 전에 그렇게 되었는지 결혼 후에 그렇게 되었는지는―아인혼은 결혼 후였다고 말했지만―나는 알지 못했다. 시 위원이 아인혼 부인의 사촌 카라스(홀로웨이)에게 돈을 집어 주고 신체불구자인 자기 아들의 신부를 사 왔다는 이야기를 여기저기에서 들은 적이 있다. 그녀가 아인혼을 사랑했다는 것은 이러한 얘기를 부인하는 어떠한 증거도 되지 못했다. 그 여자가 자기 남편을 존경하는 것은 타고난 성격에서 온 것이기 때문이다. 여하튼, 그가 아무리 허풍을 떤다 하더라도, 그는 아버지의 보호를 받고 살아온 아들이었다. 이것은 내가 목격한 중요한 사실이다. 비록 그가 대학에 다니고 있는 아들을 두었다 할지라도, 세인을 상대로 사기 편지를 쓰고 계략을 꾸미며, 교묘한 음모를 꾸미는 것은 어린애들이나 하는 짓이었다. 중년이 되도록까지 오랫동안 빠져 있던 것에서 어떻게 헤어날 수 있겠는가? 그는 사나워지고 심각해짐으로써 거기서 헤어날 수 있다고 생각했다. 그는 옛날의 계획들을 중단했다. '셔트인' 유인물도 더 이상 발간하지 않고, 사용해 보고 품질이 좋으면 돈을 준다는 선전용 상품 꾸러미도 열어보지 않았다. 나는 이러한 꾸러미들을 팸플렛과 다른 일일 우편 전리품과 함께 창고로 가지고 내려갔다. 그는 사업에 자신의 시간을 다 쏟고, 시 위원의 계획에 있는 거래를 매듭짓기도 하고 개설하기도 했다. 교외에 있는 대지나 식료품 가게 일에 관해서는 동업을 시작하기도 하고, 때로는 해약도 했다. 그가 좋아하는 물건에 대해서는 현금이 필요한 사람들로부터 제2의 저당권을 값싸게 사들였다. 시 위원이 항시 친한 친구로 지냈던, 연통이나 난방, 칠 청부업자들로부터 상납금을 요구했다. 그래서 그들과 적대적인 관계가 되었다. 그는 그들과 적이 되는 것을 조금도 개의치 않았다. 사람들이 그것을 이해할 수 있는 한, 그가 제일 중요하다고 생각하는 일은 무책임한 게으름뱅이들이 샤를마뉴 황제가 되지 않아야 한다는 것이었다. 더욱이 그는 어려움과 뒤틀리는 일이 많으면 많을수록, 더욱 안도감을 느꼈다. 그래서 협정 위반으로 많은 싸움까지 했다. 지불유예 마지막 날까지 결코 돈을 지불한 적이 없었다. 사람들은 시 위원을 봐서 이것을 참아주었다. 그는 아주 무섭게 통솔을 하였다.

"나는 비록 주자가 베이스를 밟았다는 사실을 알고 있을지라도 그렇지 않다고 온종일 우길 수 있다. 네가 밀려날 수 있다는 생각을 해서는 안 된다."

이것은 차차 줄어드는 조용한 휴식 시간마다 권력에 대한 교훈과 이론을 내게 가르쳐주는 방식이었다. 이러한 교훈들은 대부분 자기가 하고 있는 일에 대한 자기 변명이었고, 그가 하고 있는 일이 무조건 옳다는 뜻이었다.

이즈음에 그가 필요로 하는 것들은 값비싼 물건이었다. 전에는 좋아하지 않았던 것들을 집에 갖기를 원했다. 이를테면, 시내 한 곳에서만 파는 특별한 커피 같은 것이었다. 그는 크레인들 가게에서 밀수 럼주 대여섯 병을 주문했다. 크레인들은 럼주 밀수가 부업이었는데, 그는 이 밀주를 모든 위험을 무릅쓰고 두세 사람의 손을 거쳐 사우스사이드로부터 밀짚으로 된 학생용 가방에 넣어 갖고 왔다. 크레인들은 사람들이 얻기를 갈망하는 물건을 구해 주기를 본능적으로 좋아했다. 즉 웨이터, 당직 병사, 사환, 레포렐로⁵⁷⁾나 뚜쟁이의 기질을 갖고 있었다. 그는 파이브 프로퍼티즈와 결별하지 않았다. 그런데 시 위원이 죽어가고, 많은 유산을 물려받게 될 딩뱃이 아직까지 결혼을 하지 않아서 크레인들은 아인혼 집에 자주 드나들면서 시 위원과 침상에서 말동무가 되어 주고 딩뱃에게 얘기를 걸거나 또는 남몰래 아인혼과 긴 밀담을 나누었다. 아인혼은 그를 여러 면으로 이용했다.

그들의 화제 중의 하나는 롤리 퓨터에 관한 것이었다. 롤리는 9월에 이곳을 떠나 지금은 번화가에서 일하고 있었다. 아인혼은 아버지의 병과 증가되는 업무 때문에, 한가했던 지난 여름처럼 롤리에게 자기를 보여 주는 것이 불가능했지만, 그녀가 가버린 데 대하여 더 이상 번민은 하지 않았다. 호화로운 그의 방과 사무실은 항상 사람들로 붐볐다. 그러나 그는 지금 롤리가 필요했다. 그래서 그녀에게 쪽지와 전갈을 보냈고, 그 같은 일을 계속 되풀이해야만 했다. 이러한 시기에 말이다! 그녀 때문에 안달하는 것 역시 그의 자존심을 상하게 했다. 그럼에도 때가 어느 때이든 간에, 그는 어떻게 하면 그 일을 해치울 수 있을까 계속 생각했다. 게다가 단순히 궁리하는 데만 그치는 것이 아니라 그것을 어떻게 처리할 수 있겠느냐고 의논까지 했다. 나는 그가 크레인들과 함께 그 일에 관해서 의논하는 것을 들었다. 그런데 그는 아직까지 집안의 가장이었고, 행정과 결정의 최고 경영자였으며, 거물인 아버지를 보호할 책임이 있는 주목할 만한 대단한 아들이었다. 실로 그는 주목할 만한 거물이었던 것이다. 그가 희끗희끗한 머리카락 위로 눈썹을 곤두세우는 것까지도 그러했다. 그러나 그가 이러한 모든 것을 다 지녔다 하더라도 속으로는 남모를 악과 욕정, 추잡하고 음탕하기까지 한 속성이 번식하고 있었다면, 그는 어떠한 인간으로 생각될까? 그가 불구자이기 때문에 그러한 속성이 그에게 어울리지 않는 것일까? 그런데 한 인간이 불구자의 몸이고, 달리 저주받은 처지에 있으므로, 인간의 욕망이나 속성을 충족시키기를 단념해야 한다고 단언해 버리는 것은 우리가 말할 바가 못 된다고 말함으로써 이 어려운 문제를 해결한다 할지라도, 아인혼은 여전히 사악하고 악한 인간이라는 것은 부인할 수 없는 사실이다. 우리가 어떤 사람을 두고 이야기할 때, 그가 저지르는 사악한 행위와 남에게 해를 끼치는 방법을 보고 그가 얼마나 나쁜 사람이라는 것을 알 수 있다. 그러나 나는 남에게 해를 끼치는 인간 역시 그 자신을 해치게 되는 결과에 이르러야 한다고 믿는다. 이렇게 생각해 볼 때, 만일 어떤 사람이 자기에게는 아무런 해가 되지 않도록 하고 남에게만 해를 끼친다면, 혹은 자기 자신에게 톱니바퀴 같은 장치를 들이대지 않는다면, 그는 나쁜 인간이라고 판단할 수 있다. 그러면 아인혼은 어떠한가? 어찌된 셈인지, 그는 매력적일 수 있는, 매혹적인 인간이었다. 그리고 이것이 사람을 미치게 만들었다. 여러분은 이러한 사실에 대해서 불평을 할 수 있다. 또 이것은 지모(智謀) 있는 사람들이 여러분을 음흉한 사람의 함정이나 그들의 추잡한 욕망에 휘말려 들지 않도록 하기 위해 사용하는 책략이나 과장된 수법이라 말할 수도 있다. 그러나 이러한 기교를 너무 지나치게 부리면, 그것은 본래의 의미를 상실하게 된다. 그런데 이것이 의식적일 만큼 유쾌한 것이라면, 아인혼이 무엇을 추구할 뿐만 아니라 탐닉할 때, 때때로 그러했다. 그는 천진난만한 인간이 될 수도 있었다. 그럼에도 나는 때때로 그를 미워하며, 그는 아무것도 아닌 하잘것없는 인간이라고 혼자 속으로 중얼거렸다. 그는 이기적이고, 질투심이 많았고, 독재적이었으며, 남을 헐뜯는 입을 가진 위선적인 인간이었다라고. 그러나 결국 나는 매번 그를 높이 평가하지 않을 수 없었다. 이를테면 그는 항상 자기의 병과 투쟁해 왔다는 것을 고려해야만 했기 때문이다. 확실히 그가 얼음 위에 미끄러진 폴란드계 인간들을 때린다든지 벨리사리우스[58] 같은 사람이 되는 것은 그보다 더한 일이었고, 또 성배(聖杯)를 찾아가는 기사처럼 행동하는 것은 그보다 더 고매한 일이었다. 그러나 그는 이것에만 지나치게 치우쳐, 전쟁터에 뛰어들어 무기를 손에 쥐고 당당한 위풍을 보였다. 그런데 그의 마음은 내가 앞에서 언급한 그 톱니바퀴 장치에 연결되어 있었다. 그는 자기 아내와 여자들을 학대하는 나쁜 행위와 아버지가 임종을 맞이하며 누워 있는 동안 옳지 못한 행동을 한 것에 대한 응보의 벌이 무엇임을 알았고, 또 향락에 대해서나 바퀴벌레같이 행동하는 데 대해 어떻게 생각해야 하는지를 알았다. 즉 그는 옳고 그름을 판단할 수 있는 지능이 있었다. 또한 숭고해질 줄도 아는 지능을 가졌다. 그러나 숭고함은 마치 색소 결핍증에 걸린 사람으로 태어나는 것처럼, 태어날 때 무엇이 잘못되었기 때문에 몇 사람만이 가진 천부적인 어떤 것으로만 존재할 수 없다. 만일 그렇다면, 우리가 그것에 대해 관심을 가질 수 있겠는가? 아니다, 숭고함은 최악의 것을 이겨내고, 피 묻지 않은 작은 피난처를 찾아야만 한다. 세인트존 제복을 입은 기병(騎兵)들의 세계 원정으로부터는 물론 피를 묻힌 미친 사람들, 진흙탕물을 튀기는 뿔이 돋은 인간들, 장군 나으리들, 말버러[59] 같은 장군들, 금시계를 점검하는 플러그선[60]들, 어린이들을 죽이는 인간들, 사람을 바비큐로 구워 먹는 인간들로부터 퇴각해서 말이다. 그런데 왜 미라처럼 차가워진 다리와 절름발이로 인한 갈망으로 괴로워하는 불쌍한 아인혼을 미워해야만 하는가?

어쨌든 나는 그 옆에 대기하고 있었다. 그래서 그는 나에게 "오, 그 몹쓸 년! 그 더러운 주근깨투성이의 천박한 광부촌의 작부 같은 년!" 하고 말했다. 크레인들을 시켜, 시내에 있는 그 계집에게 미치광이 같은 제안을 담은 서신을 보냈다. 그러나 그는 또한 "빌어먹을 이 같은 시기에 그년을 생각하다니 틀렸어. 이것 때문에 내가 망할 거야."라고 말했다. 롤리는 그의 쪽지에 답장은 했으나 돌아오지는 않았다. 그녀는 제 딴에는 다른 생각이 있었다.

한편 시 위원은 서서히 죽어가고 있었다. 처음에 그는 십 년 전에 그의 곁을 떠났던 세 번째 아내의 간호를 받으며 화려한 침실에 누워서 병문안 오는 많은 친구들에게 둘러싸여 있었다. 침실에는 네 개의 기둥이 있는 제국식 침대와 금으로 도금한 거울, 머리가 화살 안쪽에 위치한 큐피드 동상이 있었다. 마루에 있는 타구, 경대 위의 담배, 수표 부본, 피노클 카드 한 벌이 있는 방은 늙은 사업가의 방이 되어버렸다. 옛날의 고향 친구, 유대 교회의 친구, 옛 사업 동료들이 그곳에 있을 때는 그들에게 자기는 이제 지쳤다고 말하면서도 스스로 즐기고 있는 듯이 보였다. 한평생을 농담해 왔고 지금도 농담을 하는 습성을 그는 버릴 수가 없었다. 일요일 오후에 코블린이 가끔 왔고, 일주일 내내 우유 배달차를 모는 파이브 프로퍼티즈도 찾아왔다. 그는 젊은 사람으로는 대단히 보수적이었다. 어쨌든 그는 존경할 만한 인물이었다. 나는 그가 시 위원에게 많은 관심을 가졌다고 말할 수 없다. 그러나 이렇게 찾아준다는 것은 좋은 일이었다. 그가 이렇게 방문해 준다는 것은 그가 정이 가는 곳이 어디인가를 그 자신이 알고 있다는 것을 보여 주었다. 아마 그는 시 위원이 죽음에 임하는 태도, 즉 그의 고매한 스토이시즘[01]을 존경하고 있었나 보다. 아인혼가(家)의 소작인이며 장의사인 킨스만은 그를 방문할 수 없어서 무척 불안해했다. 그래서 길가에서 나를 세워놓고 시 위원의 안부를 묻고는, 나에게 그것을 말하지 말아달라고 빌었다. 그가 말했다.

"지금이 나에게 가장 어려운 때야. 한 친구가 죽어갈 때, 나는 내 밑에서 일하는 늙은 그래눔만큼이나 환영을 받지."

늙은 그래눔은 임종을 지켜보며 찬송가를 불러주는 사람이었다. 그는 가냘퍼 보이는 초라한 얼굴을 하고 있었고, 중국인 거리에서 산 검은 알파카로 만든 옷을 입고, 조그마한 슬리퍼를 끌고 다녔다.

"내가 방문하러 간다면, 사람들이 어떻게 생각하리라는 것쯤은 너도 알겠지."

킨스만 장의사는 말했다.

늙은 시 위원의 죽음이 임박해짐에 따라 방문객의 출입도 차츰 허용되지 않았다. 깊고 기지에 넘치는 익살스러운 어조로 진행되었던 그의 잡담회도 이제는 끝났다. 지금은 딩뱃이 주로 그와 함께 있었다. 아인혼은 아버지를 간호하기 위해 그를 당구장에서 불러낼 필요가 없었지만 대단히 화가 났다. 그는 의사의 예언을 결코 인정하려 들지 않고 자신에게 말했다.

"그것은 늙은이가 아플 때면 으레 의사란 놈들이 이야기하는 상투적인 방식이야. 아버지는 정말로 건강한 체구야. 그분은 아주 힘이 세단 말이야!"

그러나 지금 딩뱃은 시끄럽게 쿵쿵거리며 탱고를 추던 뒤축으로 그 방을 서둘러 드나들며 시 위원에게 음식을 먹여 주기도 하고, 마사지를 해주기도 하고, 뒤뜰의 가구 위에서 장난을 치는 어린애들을 몰아내기도 했다.

"때려줄 테다, 이 조그마한 쥐새끼 같은 놈들! 여기 환자가 계시단 말이다. 이 코흘리개들아, 가정교육이 영 글러먹었어!"

그는 병실을 어둡게 해놓고는 무릎방석을 깔고 앉아서《캡틴 푸리》,《독 세비지》등이나 다른 싸구려 대중 스포츠 이야기들을 밤을 새워 읽었다. 이런 상황에서 아인혼이 내게 서재에 가서 종이 몇 장을 가져오라고 심부름을 시켰을 때, 나는 시 위원이 일어나 있는 것을 딱 한 번 보았다. 거실의 어둠 속에서 시 위원은 단추가 두 개밖에 남아 있지 않아 맨살이 드러나 거의 벌거벗은 것 같다고 화를 내면서, 없어진 단추에 대한 설명을 들으려고 아인혼 부인을 찾아 속옷 바람으로 어슬렁댔다.

"별도리가 없군."

그는 여전히 화재에 대해 역정을 냈다.

마침내 딩뱃은 시 위원이 거의 기동도 하지 못하고, 눈을 뜨고 누군가를 제대로 알아보지 못하게 되자, 침대 옆 그의 자리를 킨스만 장의사의 그래눔에게 양보하게 되었다. 그러나 시 위원은 수건으로 감싼 12와트 전등 불빛 아래서 임종을 지키는 늙은이의 축 늘어진 둥근 두 뺨을 알아보았다.

"당신인가?(*Du?*) 내가 생각한 것보다 오래 잤구먼."

아인혼은 카토나 브루투스 등 최후의 순간에 평온을 유지함으로써 유명했던 사람들의 이름을 열거하면서, 시 위원이 했던 말을 수십 번 되풀이했다. 아인혼은 이처럼 사실을 수집해 두는 수

집가였다. 그는 읽었던 모든 것, 즉 일요판 부록이나, 설교에 대한 월요 보고, 할데만 줄리우스(2)의 명작 시리즈(*Blue Books*) 및 속담집 등을 적절한 비유를 위해 끄집어냈다. 그러나 항상 적합한 것들은 아니었다. 늙은 시 위원은 평생 동안의 습관을 마지막까지 조금도 수정하지 않고, 아무런 경고도 임종 때의 어떤 혐오감도 없이 소환장을 받을 수밖에 없었다.

그날 밤 그는 킨스만의 가게에서 크고 화려한 관 속에 안치되었다. 내가 아침에 왔을 때 사무실은 닫혀 있었고, 차가운 햇빛과 메마른 가을 날씨를 막고자 푸르고 검은 주름이 있는 차양이 내려져 있었다. 나는 뒤로 돌아갔다. 거울들은 미신을 꼭 믿고 있었던 아인혼 부인에 의해 가려졌다. 어두운 식당에는 빌 코디식(式) 수염이 한창 자라 윤기가 났을 때 찍은 시 위원의 사진이 놓여 있었고, 그 옆에는 창백할 만큼 하얀, 성스러운 컵 속에서 초가 한 자루 타고 있었다. 아서 아인혼은 할아버지의 장례식을 위해 술집에서 돌아왔다. 그는 초연한 대학생의 우아한 모습을 하고 지적으로 보이는 숱 많은 머리털을 만지며 상황을 예견했던 가족들의 어리석음을 여유 있게 받아들이면서 식탁에 앉았다. 서랍식 식기 선반 위에 있는 너구리 모피 코트와 그 코트 위에 있는 베레모에도 불구하고 외모가 혈기왕성한 청년답게 보이지 않았지만, ―그는 양쪽 볼에 벌써 주름이 졌다.―그는 매력적이고 위트가 있었다. 아인혼과 딩뱃은 빌린 옷임을 나타내는, 면도칼 자국이 난 제복을 입고 있었다. 전처인 탬보 부인은 시녀의 머리 모양을 하고 둥근 코안경을 쓰고는 환영회나 결혼식 등에서 축가를 불렀던 아들, 도널드와 함께 있었다. 가족이라는 의무에서 카라스 홀로웨이와 그의 아내도 왔다. 그녀는 앞머리를 푸들처럼 내리고는 평상시에 응축된 불안과 혐오감을 얼굴 가득 나타냈다. 그녀는

6장 195

몸이 비대했고, 얼굴은 불그스름하고 심술궂어 보였는데, 흠을 잘 잡는 여자였다. 나는 그녀가 아인혼의 가족으로부터 자신을 보호하고자 항상 사촌의 아내를 쫓아다니고 있다는 것을 알았다. 그녀는 아인혼 가족을 전혀 신용하지 않았다. 또한 그녀에게 장식이 화려하고 크고 호화로운 사우스사이드의 아파트를 사주거나, 하빌랜드 도자기, 베니스산(産) 블라인드, 페르시아 융단, 프랑스 주단, 열두 개의 진공관이 있는 호화로운 라디오 등 모든 것을 선물해 준 남편조차 믿으려고 하지 않았다. 카라스는 샤크스킨[63]으로 만든, 단추가 두 줄 있는 양복을 입고 있었다. 지극히 섬세하게 면도와 빗질을 하기에는 어려움이 있는 용모였다. 얼굴에 사마귀가 돋아나 있고 머리털이 딱 달라붙어 있기 때문이다. 매끄러운 언변은 그에게 만족스러웠다. 유창한 영어는 시골에서 그의 비천한 신분과 마찬가지로 그가 성공하는 데 아무런 방해가 되지 않았다. 사람들은 그의 유연한 주름살과 조그마한 두 눈, 그리고 6기통 차인 누런 패커드 자가용의 위엄 앞에 굴복하고 말았다.

　잭슨 파크 가까이 있는 제과점에서 카라스 부인과 내가 묘한 감정으로 십 분간 함께 있었던 적이 있었다. 그때 나는 그리스 소녀와 함께 있었는데, 우리는 여름 플란넬을 입고, 팔짱을 끼고, 게다가 이른 아침부터 아주 다정하게 있었기 때문에 카라스 부인은 그 소녀를 내 아내로 추측했다. 부인은 굉장히 기쁜 빛을 띠며 즉시 나를 알아보았다. 그러나 결코 중지할 수도 없고 고칠 수도 없는 기억의 오류로 인해 그들은 대단히 이상했다. 그녀는 소녀에게 내가 실제로 그녀의 친척뻘이 되며, 자기는 나를 아서만큼이나 사랑을 하고, 마치 나를 자기의 혈육처럼 자기 집에 맞아들였다고 얘기했다. 얼마나 기쁘고 행복한 상봉이냐면서, 또한 내가 얼마나 세련되고 미남으로 변했느냐고 감탄하면서 나의 양어깨를 껴안았다. 그러나 그때 나의 안색은 (마치 사무실과 당구장의 아가씨들 사이에 있는 아킬레스이기나 한 듯이) 항상 계집애들의 선망의 대상이었다. 나는 애정과 선의로써 과거를 개조할 만한 큰 의지로 애를 먹었다고 말해야만 하겠다. 사람들은 마치 내가 정말 고아인 것처럼 양자로 삼으려고 했으나, 그녀는 결코 그러지 않았다. 그녀는 자신의 재산에 대하여 까다로웠고, 자신의 미혹함과 맵시 있는 남편에 대해서는 화를 냈으며, 아인혼 가족에 대해서는 아주 비판적이었다. 내가 아인혼의 운전사였을 때 유일하게 한 번 그녀의 아파트에 가보았는데, 그들이 얘기하는 동안 다른 방에 앉아 있었다. 여주인은 아니었지만 틸리 아인혼은 식탁에서 내게 커피와 샌드위치를 갖다 주었다. 방금 아침 식사로 롤 빵을 사리 가려던 카라스 부인은, 운 좋게도 걱정스러운 비밀 속에서 자란 상상의 꽃들로 과거를 수놓을 수 있는 기회를 갖게 되었다. 나는 어떤 사실도 부정하지 않았다. 그것은 모두 진실이었다면서 그녀의 열정대로 행동하게끔 내버려 두었다. 그녀는 나에게 자기를 방문하지 않았다며 꾸짖기조차 했다. 그러나 나는 내가 장례식 전에 부엌에서 거들어줄 때, 얼이 빠져 돌처럼 굳은 얼굴로 아침 식사를 하던 그녀의 모습을 기억해 냈다. 바바츠키가 커피를 끓였다.

아인혼은 완전히 녹초가 되지는 않았지만 지쳐서 머리 뒤쪽에 검은 홈부르크 모자를 걸치고 담배를 피웠다. 나에게는 아무 말도 하지 않았고, 다만 때때로 명령을 내렸다. 딩뱃은 메마르고 거친 목소리로 자기가 그의 형을 휠체어에 태워서 킨스만 장의사에게 가야 한다고 주장했다. 그 후 아인혼을 운반했던 사람은 나였지, 아서가 아니었다. 그의 어머니와 아서는 나란히 걸었다. 나는 관목과 잡초가 있는 가을의 묘지 공원에서 그를 업어 리무진에 태우고 다시 업어서 내려 주었다. 조객들의 저녁 식사로 얇게 저민 고기가 다시 나왔다. 밤이 되자 아인혼은 검은 누더기 옷을 걸치고, 약하고 등자도 없는 말을 타고 그의 뺨을 나의 등에 대고는 유대 교회로 갔다.

아인혼은 신앙심이 있는 사람은 아니므로 유대 교회에 가는 것은 형식적인 일이었고, 또 무엇을 생각하는가에 관계없이 그는 자신이 어떻게 처신해야 하는가를 알았다. 코블린가 사람들도 교회 예배에 참석했다. 나는 동양적인, 그러나 약간 변형된 회랑의 휘장 속에서 사촌 안나를 따라다녔다. 그녀는 다음 해에는 누가 화재나 물난리로 죽게 되겠느냐고—마치 영어 교과서에 번역된 것처럼—흐느끼면서, 정신회복약 냄새를 풍기는 화려한 옷을 입은 여인들 가운데서 호워드를 위해 울고 있었다. 그러나 이 같은 행동은 두 다리를 꼬고 벨벳 드레스를 입고 종소리를 살살 피해 가며 숄을 걸치고 업무용 모자를 쓴 채 밑에서 기도를 올리고 있는 무리들의 시간과는 달랐다. 날은 어두워졌다. 그러자 조그만 무리들, 수염이 텁수룩한 저녁 수도사들, 여러 종류의 나이 먹은 얼굴과 목소리들, 퉁명스럽거나 속삭이는 듯한 소리, 식식거리는 소리, 속으로 중얼거리는 소리, 저녁 기도를 하며 헤브루를 노래하는 시끄럽게 웅성거리는 소리들이 가득 찼다. 딩뱃과 아인혼은 고아들의 카디시(*Kaddish*)[64]를 암송할 차례가 되면 지체 없이 했다.

우리는 크레인들과 함께 카라스의 패커드 차를 타고 돌아왔다. 아인혼은 나에게 크레인들에게 집으로 돌아가라고 말하라고 귀엣말을 했다. 딩뱃이 들어왔다. 그리고 카라스는 사우스사이드로 떠났다. 아서는 친구들을 방문해야만 하기 때문에 아침에 샹파뉴로 떠나 버렸다. 나는 아인혼에게 좀 더 편한 옷과 슬리퍼를 주었다. 뒤뜰에는 차가운 바람이 불어오고 달빛이 비치고 있었다.

아인혼은 그날 밤 나를 옆에 두었다. 혼자 있고 싶어 하지 않았다. 내가 옆에 앉아 있는 동안, 그는 이웃 지방 신문에 보낼 그의 아버지의 사망 기사를 사설 형식으로 쓰고 있었다.

"새로 만들어진 무덤에서 영구차가 돌아옴으로써, 시카고가 습지였을 때부터 위대한 도시가 되기까지 지켜보았던 한 인간을 마지막 변화를 겪게끔 남겨 두었다. 그는 올리어리 부인의 암소가 일으켰다는 대화재[15]가 있은 후 폭군 합스부르크의 강제 징벌에서 탈출해 왔다. 그리고 그의 생애를 통해, 위대한 지역은 파라오들의 피라미드나 수천 명이 러시아 늪 속에서 유린당했던 네바 강둑에 있는 표트르 대제가 세운 수도처럼 노예의 뼈 위에 세울 필요는 없다는 걸 입증해 낸 건설자였다. 스트렐리츠와 그의 아들을 살해한 살인자들의 교훈과 대조되는 나의 아버지의 생애와 같은 어느 미국인의 생애가 주는 교훈이란, 커다란 업적은 관대함과 양립할 수 있다는 것이다. 나의 아버지는 철학은 죽음에 관한 학문이라고 한 플라톤의 말에 익숙지는 못했지만 그는 임종의 순간에 침대 곁에서 그를 지켜보던 고대인들에게 마치 철학가처럼 이야기하며 숨을 거두었다……."

이것이 사망 기사의 주요 골자였다. 그는 넓은 깃 장식이 달린 모자를 쓰고 화장옷의 허리띠를 졸라맨 채 혀끝을 내밀고는 책상에 앉아 종이 몇 장 위에 삼십 분 동안 열심히 써내려갔다.

우리는 속이 빈 마분지로 된 서류철을 가지고 아버지 방으로 갔다. 문을 열고 들어가 불을 켠 후, 시 위원의 서류들을 샅샅이 조사하기 시작했다. 그는 다음과 같이 명령하며 서류들을 내게 건넸다.

"이것을 찢어라. 이것은 불에 태워야겠구나. 나는 어느 누구도 이것을 보는 걸 원치 않는다. 이 쪽지를 둔 장소를 꼭 기억해라. 내일 달라고 할 테니. 서랍을 열고 아래 뭐가 있는지 뒤적거려 보아라. 열쇠는 어디 있니? 바지를 흔들어봐라. 옷을 침대 위에 놓고 주머니를 뒤져봐. 이게 파인버그와 거래를 했던 그건가? 아버지는 얼마나 빈틈없는 분이었던가. 정말 비범한 인물이었지. 자, 이제 물건을 정리하자. 그게 우선이야. 이것들을 분류할 수 있도록 테이블을 말끔히 치워라. 아주 구식인 걸 빼고는 내가 입을 수 없을 것 같은 옷들은 다 팔아도 되겠다. 아무리 조그만 종잇조각도 버리지 마라. 아버지는 항상 이런 식으로 중요한 일들을 기록해 두곤 했다. 아버지는 자기가 영원히 살 것같이 생각했는데, 그것은 아버지의 비밀 중의 하나였지. 과거 거물급 사람들도 이처럼 생각했을 거야. 나 또한 마찬가지였지. 아버지가 돌아가시는 날까지 아버지가 영원히 사실 거라 생각했지. 여태껏 쓰인 모든 역사책에도 불구하고 우리가 이 세상에서 배울 수 있는 것은 아무것도 없어. 역사책이라는 것은 우리가 역사에 대해 자신과 이야기하거나 논쟁하는 하나의 방법이야. 그러나 역사란 우리가 받아들이려고 하는 외계로부터의 빛에 불과할 뿐이야. 우리가 할 수만 있다면 훌륭한 교훈의 착상을 가져오는 좋은 보고(寶庫)가 있다. 우리가 좀 더 나은 사람이 되지 못하였다면, 그것은 의지할 만한 진실하고 신비스러운 진리가 많지 않기 때문이 아니라, 우리의 허영심이 그것들 모두를 합친 것보다 더 크기 때문이다."

아인혼은 또 말했다.

"이것은 마골리스에 관한 것인데, 그 친군 어제 자기는 아버지에게 아무것도 빚진 것이 없다고 거짓말을 했어. 다리 병신, 200달러! 갚지 않으면 그놈의 간을 끄집어내겠어. 이중 얼굴을 가진 배

짱 두둑한 새끼!"

한밤중에 우리는 마치 연기로 새로운 교황의 탄생을 알리는 추기경의 투표용지처럼 찢어진 서류 더미 속에 있었다. 그러나 아인혼은 아버지의 뒤처리에 불만을 나타냈다. 아버지의 대부분의 채무자들은 마골리스의 경우처럼 다음과 같이 표시되었다. '냄새 나는 이빨', '녹슨 머리', '앉은뱅이 거지', '항상 웃는 사람', '시의원 샘', '존경', '바샨의 왕', '수프 국자'. 그는 이들에게 돈을 빌려주고 각서도 받지 않고 수천 달러에 달하는 빚을 이런 식으로 메모했다. 아인혼은 그들이 누구인지 알았다. 그러나 돈을 지불하기를 원치 않는 사람은 지불할 필요가 없었다. 이러한 사실은 아인혼이 믿었던 시 위원이 그에게 재산을 똑똑하게 남겨 주지 않았고, 유산은 그가 늘 제대로 대접하지는 못했던 많은 사람들의 명예심에 달려 있다는 첫 표시가 되었다. 그는 마음을 졸였고, 생각에 잠겼다.

"아서가 아직 도착하지 않았을까? 기차를 일찍 탔는데."

그가 초조하게 말했다. 지금은 파괴되었지만 한때 시 위원이 여성적인 사치 속에서 지냈던 화려한 이 방에서 그는 새처럼 둥근 눈으로 자기 아들을 회상했다. 그리고 한층 더 쉽게 말했다.

"글쎄, 어쨌든 이런 것은 그 애에게 맞지 않아. 그 애는 항상 시인이나 학식 있는 사람들과 이야기를 나누면서 함께 지내는데."

그는 아서에 대해 항상 이런 식으로 얘기했다. 이렇게 얘기하는 것이 그에게 최상의 위안이었다.

7장

 나는 지금 아인혼이 불행해진 면과 연관지어, 크로이소스[66]에 대한 옛이야기를 생각하고 있다. 첫째 크로이소스는 오만한 부자로서 솔론[67]에게 거만을 떨었다. 옳든 그르든 크로이소스는 그와 행복에 관해 논쟁[68]을 했는데, 그 당시 솔론은 방문객 파리인임에 틀림없었고, 또 돈 많은 시골 섬사람에게 잘난 체할 만한 사람이었다. 나는 왜 지혜의 힘이 솔론으로 하여금 황금 보석을 가진 그 반야만인에게 내가 생각했던 것보다 더 관대하게 대하도록 만들지 못했는지 그 이유를 생각해 본다. 여하튼 솔론은 행복에 대한 논쟁에서 옳았다. 그리고 옳지 못했던 크로이소스는 화형식(火刑式)에서 그를 구해 주었던 키루스[69]에게 눈물로써 자기의 교훈을 가르쳤다. 노인인 크로이소스는 많은 불행을 겪은 후 사색가로서 신비스러운 사람이 되어 남에게 조언을 하게 되었다. 그런데 키루스는 복수심에 불타는 여왕에게 목숨을 잃었다. 여왕은 그의 머리를 피 속에 처박고는 "이놈, 너는 피를 원했지? 여기 있다, 마셔라!"라고 소리를 질렀다. 그런데 키루스의 미친 아들인 캄비세스[70]는 크로이소스의 계승자로서, 이집트에서 그를 죽이려고 했다. 캄비세스는 그때 이미 자신의 친형제를 살해하고, 가여운 숫송아지인 아피스[1]에 상처를 가하고, 머리와 몸뚱이를 면도질하여 사제들을 소름 끼치게 했다. 아인혼의 파멸은 키루스에 해당되는 것이고, 은행 부도로 인한 지불 불능은 그의 화형식이었으며, 당구장은 그가 리디아로부터 떠나온 유배지에 비유할 수 있으며, 그가 불량배들의 위협을 잘 이겨냈다는 점은 폭력배 캄비세스에 해당된다고 할 수 있었다.

시 위원은 그의 집이 파산되기 전에 죽었다. 그가 무덤 속으로 들어간 지 오래지 않아 고층 건물에서 떨어져 죽는 자살 사건이 라샐스트리트와 뉴욕 번화가에서 일어났다. 아인혼은 일부는 죽은 시 위원의 금(金) 트러스트 시스템 때문에, 일부는 자기 자신의 경영 실수 때문에 파산하게 된 사람 중의 한 사람이었다. 그는 배당금 준비 없이 주를 발행하는 인슐의 피라미드형[2] 공익 사업주에 수천금을 잃었고—코블린 역시 여기에서 많은 돈을 잃었다.—또 결국 그가 소유할 수 없는 건물에다 돈을 투자해서 자신의 유산, 딩뱃과 아서의 상속 재산도 날려 버렸다. 그래서 마지막에는 불모의 개척지와 공항 부근의 텅 빈 공지들만 갖게 되었다. 더욱이 이 공지 가운데 몇 개는 세금으로 빼앗겼다. 그래서 내가 때때로 그를 차에 태워 나가면, 그는 "저쪽 상가에 있는 저 구획이 우리 소유였다."라든지, 두 판잣집 사이에 있는 잡초가 우거진 공터에 대해서는, "아버지가 팔 년 전에 저 땅을 물물교환 형식으로 매입하여 그곳에 차고를 지으려고 하셨는데, 결국 그것 역시 못 하셨다."라고 말하곤 했다. 그래서 비록 그가 큰 불평을 늘어놓지는 않아도, 그를 차에 태우고 나간다는 것은 우울한 일이었다. 그가 하는 말은 무미건조했고 또 우발적이었다.

시 위원이 10만 달러의 현금을 지불하고 지은, 아인혼이 살고 있던 건물도 가게가 문을 닫고 2층 아파트 세입자들이 집세를 내지 않게 되었을 때 드디어 잃게 되었다.

그는 겨울철에 강경한 태도를 취하기로 결심했다.

"집세를 내지 않으면, 난방도 없다. 집주인은 한결같이 행동해야지, 그렇지 못하면 자기 재산을 포기해야만 한다. 나는 호경기 때나 불경기 때나 경제 법칙을 고수할 것이며, 또 그것을 밀고 나갈 것이다."

이것이 그가 자신의 행동을 변호하는 방법이었다. 그러나 그는 고소를 당해 법정에 끌려갔다. 그리고 재판에 져서 재판 비용을 다 물고, 모든 것을 몽땅 잃었다. 그다음 그는 비어 있는 가게들을 하나는 흑인 가족에게, 다른 하나는 집시 점쟁이에게 세를 놓았는데, 점쟁이는 채색한 손과 라벨이 붙은 거대한 뇌를 창문에 걸어놓았다. 그 건물에선 싸움질이 잦았고, 파이프와 화장실 비품 등을 훔쳐 가는 일이 많았다. 지금까지 이곳에 세든 사람들은 그의 적이었다. 이들 중에 빨간머리 폴란드인 이발사 베쳅스키가 주동자였는데, 그는 화창한 날엔 노상에서 만돌린을 연주했고, 아인혼 집의 판유리 앞을 지날 때면 차가운 눈초리로 그를 노려보았다. 아인혼은 그와 몇몇 다른 사람들을 몰아내기 위한 절차를 밟기 시작했다. 그런데 이것 때문에 어떤 공산당 조직의 피켓 시위를 당했다.

"빌어먹을 놈들, 내가 자기들보다 공산주의에 대해서 모르는 것처럼 야단이구먼. 저 무식한 녀석들이 공산주의에 대해 무얼 안단 말인가? 실베스터란 놈이 혁명에 대해 뭘 알아?"

그는 쓰디쓴 감정으로 말했다. 실베스터는 지금은 열성 공산당원이었다. 그래서 아인혼은 피켓 시위대가 그를 잘 볼 수 있는, 시 위원이 사용했던 앞 책상에 앉아 보안관 사무실에서 무슨 조치가 있기를 기다렸다. 그는 밖에서 보이지 않도록 창문에다 양초 왁스를 발라 흐리게 했다. 똥을 싼 종이 봉지가 부엌으로 던져졌다. 그래서 딩뱃은 그 건물을 보호하기 위해 당구장에서 특공대를 조직했다. 딩뱃은 베쳅스키를 죽일 만큼 분노에 차 있었다. 그래서 그는 그의 가게를 습격해서 거울을 모조리 부숴버리려고 했다. 대경제공황이 일어났던 이 시기에 베쳅스키가 옮겨 간 곳은 가게라고 할 수 없는 곳이었다. 지하실에는 의자 하나만 놓여 있었고, 그는 이곳에서 플랑드르인의 서글픈 우울함에 싸여 카나리아를 키웠다. 클렘 탬보는 그가 자기 턱수염을 알아주는 유일한 사람이라면서 아직까지 그에게 가서 면도를 했다. 딩뱃은 그것 때문에 그를 몹시 불쾌하게 생각했다. 그러나 베쳅스키는 퇴거당해 쫓겨났다. 그래서 그의 아내는 길가에 서서 아인혼을 고약한 냄새가 나는 유대인 절름발이라고 저주했다. 딩뱃은 그녀를 어찌할 수가 없었다. 여하튼 아인혼은 명령했다.

"내가 말하지 않는 이상, 저 여자를 거칠게 다루지 마라."

그는 여자에게 난폭한 짓도 불사하려 했으나 그것을 억제하려고 했다. 그리고 딩뱃은 아인혼이 그의 모든 유산을 한 푼 없이 다 잃기는 했으나 그의 말에 복종했다.

"그것은 우리뿐만 아니라 모든 사람을 겨냥하는 것입니다. 만일 후버와 J. P. 모건이 이러한 일이 일어나고 있는 것을 몰랐다면, 윌리는 어떻게 해야 합니까? 하지만 그는 우리를 다시 부를 것입니다. 나는 그 일을 그에게 맡겨 두겠습니다."

딩뱃은 말했다.

아인혼이 이들을 아파트에서 쫓아낸 이유는 어떤 레인코트 제조업자가 2층에 있는 공간을 쓰겠다고 요청했기 때문이다. 그가 소방법규와 도시 구획 제한법을 위반해서 공장을 주택 지역으로 끌어들인 데 대해 시청 당국이 그에게 벌칙을 가하기 전에, 몇 개의 아파트에서 벽이 허물어져 버렸다. 그때 이미 몇 개의 기계류가 그곳에 설치되어 있었다. 그래서 그 제조업자—그는 영세자본으로 직접 영업을 하는 기술자였다.—는 그를 찾아와 철거에 대한 비용을 지불하려고 했다. 아인혼은 모든 원칙을 팽개치고, 그 기계가 자기 건물 마룻바닥에 설치되어 있기 때문에, 실제로는 자기 재산에 속한다고 주장해서 이것에 대한 또 하나의 소송 사건이 벌어졌다. 아인혼은 이번 역시 패소했다. 그리고 제조업자는 자기의 기계를 분해하는 것보다 유리창을 통해 도르래를 사용해서 아래로 운반하는 것이 손쉽다는 것을 알았다. 그래서 그는 법원으로부터 이렇게 할 수 있도록 허락받았다. 위험한 것은 아인혼이 사슬로 걸어놓은 거대한 간판이었다. 그러나 이것만은 그리 큰 문제가 되지 않았다. 그는 그의 마지막 남은 큰 재산인 빌딩을 잃고 문을 닫았기 때문이다. 그는 사무실을 폐쇄하고, 대부분의 가구를 처분했다. 그리고 많은 책상을 식당에다 쌓아 올려놓고, 서류철은 한쪽에서부터 자기 손이 쉽게 닿을 수 있는 침대 옆에 쌓아 올려놓았다. 그리고 그는 더 좋은 때가 오면 되도록 많은 가구를 다시 갖기를 희망했다. 보험회사가 값싸게 수선을 해서 화기 냄새가 나는 채로 돌려준 불탄 가구들(보험회사는 파산하여 그의 화재보험 요구 금액을 지불하지 못했다.)이 놓여 있었던 거실에는 회전의자들이 있었다.

그는 아직 당구장 소유주였고, 손수 당구장 경영을 맡아 했다. 그는 금전등록기 주변, 앞구석에 사무실을 차렸다. 그리고 여전히 유행에 맞추어 영업을 했다. 그는 이런 하급 장소로 떨어졌고, 그것을 회복하는 데 시간이 걸렸다. 그러나 그는 적시에 여기에서도 역시 우두머리가 되어서, 돈을 모을 생각을 다시 했다. 첫째, 그는 간이식당을 만들었다. 당구장의 테이블은 공간을 내기 위해서 옮겨졌다. 그다음 26(트웬티식스)의 녹색 주사위판을 만들었다. 그는 공증인과 보험업 중개인의 자격은 그대로 갖고 있었고, 가스, 전기 및 전화 회사에 지불어음을 청산해서 신용을 얻었다. 이러한 모든 일은 천천히 이루어졌다. 이러한 고행 시기에는 매사가 서서히 움직였기 때문이다. 그래서 그의 교묘한 재능도 속도와 낙차의 깊이 면에 있어서 마비되었다. 그리고 대부분의 그의 생각은 적어도 아서의 돈과 딩뱃의 돈을 잃어버리지 않도록 그가 취해야만 했던 여러 가지 조치를 더듬어 올라가고 있었다. 게다가 모든 다른 재산을 다 잃고 난 지금 그의 주위는 하나의 거리, 단일 장소로 좁혀졌고, 기계 소리들이 멈춘 짙고 굳은 침묵이 이 빈약하고 황량한 장소에 사방으로 깔려 있었다. 그가 취급하는 돈의 단위도 달러 지폐에서 동전으로 하락했다. 그리고 절름발이 영감이 된 그는 여러 가지 큰 계획을 짜던 일로부터 묵인하는 단순한 일로 하락했다. 그가 보기에 그가 당한 일반적인 재난이 자신의 잘못을 충분히 변명해 주지는 못했다.(종종 다른 일을 흐리게 만들었던 것은 그가 가졌던 타성이었다.) 그래서 그가 시 위원인 아버지로부터 재산을 물려받자마자, 그것은 다만 늙은 아버지의 말에만 복종하는 작은 황금 동물들처럼 앞으로 치달아 꿈틀꿈틀 사라지는 것 같았다.

"물론, 그것은 나에게 그다지 가혹한 것은 아니야. 나는 전에도 신체불구였고 지금도 그래. 행운이 나를 걷게 하지는 못했어. 그리고 만일 어떤 사람이 자기에게 무슨 일이 일어날 것인가를 알았다면, 그는 윌리엄 아인혼일 거야. 넌 그걸 믿을 수 있지."

그는 가끔 이렇게 말했다.

글쎄, 그렇다. 나는 믿을 수 있기도 하고 믿을 수 없기도 했다.

나는 그의 이런 확신은 파랗게 질린 것보다 더 창백한 약한 빛이 그의 마음속에 밝아오고 있다는 사실과, 그가 그의 큰 건물을 잃고, 그것을 구하기 위한 최후의 노력에서 어떤 사업적인 센스에서라기보다 자존심에 자극을 받아 아서의 나머지 유산 수천을 날려 버렸을 때, 그가 얼마나 비굴하고 지루한 날들을 보냈었는가를 말해 주는 것임을 알았다. 그때 그는 정식으로 내게 "오기야, 너는 나에게 하나의 사치품이다. 너를 내보내야겠다."라고 힘없이 말했다. 그가 단조롭고 딱딱한 책 냄새가 나는 방을 떠나 당구장 홀로 자리를 옮긴다고 선언하기 직전, 암담한 생각에 압도되어 깊은 충격을 받고 면도도 하지 않고—그는 그의 모든 생활을 습관적인 규칙에 의존했던 사람이었다.—서재를 여러 날 굳게 지켰던 불행한 기간 동안, 딩벳과 아인혼 부인은 그를 잘 돌봐 주었다. 대통령 선거에서 패배한 애덤스라는 사람이 초라한 하원의원으로 수도로 돌아가고 있었다. 만일 그가 아서를 대학을 그만두게 해서 일을 시키지 않는다면—만일 아서가 동의할 것이라는 조건하에서—그는 그 대신 무엇인가를 해야만 했다. 그는 기댈 것이 없었기 때문이다. 그는 잃어버린 건물을 도로 찾기 위한 현금을 구하기 위해 보험증권까지도 바꾸어버렸다.

그런데 아서는 정식 직업이 없었다. 그는—가족을 부양하고 있는 크레인들의 아들 코치와는 달리—문학, 어학, 철학을 내용으로 한 문과 교육을 받아왔다. 갑자기 아들들이 어떤 일을 하는가가 대단히 중요하게 되었다. 호워드 코블린은 색소폰으로 돈을 벌었다. 그리고 크레인들은 나에게 그의 아들이 여자들에 대해 부자연스럽게 냉담하다고 비웃지 말도록 했다. 그 대신 그는 나에게 그의 사무실 아래에 있는 약국 일자리를 아들에게 부탁해 보라고 했다. 코치는 카운터 뒤에 소다수 판매 실습생으로서 나의 구제처를 마련해 주었다. 나는 사이먼이 고등학교를 졸업하고 자선 단체로부터 떨어져 나간 것을 무척 고맙게 생각했다. 역시 그는 그 라샐스트리트 역에서 그의 젊음을 잃어버렸다. 보르그는 실직한 그의 처남을 채용하고서 다른 사람들을 밀쳐 냈다.

저축에 관해서 말한다면, 사이먼이 할머니의 후계자로서 처리했던 가족의 돈은 전부 없어졌다. 은행은 첫 지불 창구를 봉쇄했고, 기둥 장식이 있던 건물은 지금 생선가게로 바뀌었다.(아인혼은 이것을 그의 당구장 구석에서 바라보았다. 그래도 사이먼은 매우 만족스럽게 졸업했다.) 나는 그가 어떻게 그렇게 해냈는지 이해할 수 없지만 그는 학급 재무간사로 선출이 되어 졸업 반지와 학교 핀을 구입하는 일을 맡았다. 그것은 엄격해 보이는 그의 정직성 때문이라고 생각한다. 그는 교장에게 돈에 대해 설명해야만 했다. 그러나 그와 같은 일은 그가 보석상과 흥정을 해서 50달러를 완전히 자기 것으로 착복하는 일을 막지 못했다.

그는 하는 일이 많았다. 나도 역시 그랬다. 우리는 이것을 서로 숨겼다. 그러나 나는 오랜 습관에 의해 그를 주시했기 때문에 그가 뭘 하고 있는가를 어느 정도 알았다. 그러나 그는 내가 무슨 행동을 하는가 보기 위해 가던 길을 멈추진 않았다. 그 당시 모든 사람들은 공무원 시험 준비를 염두에 두었다. 사이먼도 이 같은 생각을 가지고 시립대학에 입학하기로 했다. 학교와 도서관 게시판에는, 기상국·지질조사국·우체국 등에서 사람을 채용한다는 광고문이 굵직한 글씨로 수없이 나붙었다.

사이먼은 월등한 능력을 가진 사람이었다. 그의 능력은 아마그의 독서와 연관성이 있는 것으로 생각되었다. 그는 주지사처럼 맑게 응시하는 시선을 가졌다. 존 세비어[78]의 눈초리였다. 혹은 잭슨이 그의 결투자의 총탄이 망토의 큰 단추 위를 스쳐 간 후 발사 준비를 할 때의 눈초리, 즉 용서하지 않는 절대권을 가진 선장이 위로 치켜뜨는 시선을 가졌다. 이러한 시선은 정직함이 편견과 결합되고, 미래에 대한 깊은 생각이 비인격적인 격정을 띤 고상한 꺾쇠 모양의 주름살로 나타나는 곳에 존재한다. 내 생각으로는 사이먼의 시선이 한 번은 진지했다. 그것이 한 번 진지했다면, 어떻게 그 순수성이 모두 다 없어졌다고 단정 지을 수 있겠는가. 그러나 그는 이러한 것을 이용했다. 나는 그걸 알았다. 그런데 이것들을 의식적으로 이용할 때, 그것은 참된 것이 못 되고 거짓이 되지 않는가? 경쟁에 있어서 누가 그의 유리한 점을 사용하지 못하도록 하겠는가?

아마 로시 할머니는 사이먼의 이러한 재주를 잘 인식함으로써 로젠왈드와 카네기로부터 호감을 사려는 꿈 같은 본래의 계획을 세웠는지도 모른다. 사이먼이 어느 구석에서 말다툼하고 있었을 때, 순경이 와서 십여 명의 목격자들 가운데서 다른 사람에게 묻지 않고 사이먼에게 무엇이 어떻게 되었느냐고 물었다. 혹은 코치가 새 농구공을 운동기구 창고에서 갖고 나와, 주위에 수십 명이 손을 흔들며 그것을 자기에게 달라고 간청했음에도 불구하고, 그가 공을 던져 준 사람은 사이먼이었다. 그는 그것을 기대했었고 또 그것을 그렇게 놀랍게 생각지 않았다.

그런데 지금 그는 흠뻑 젖은 그라운드에 있기 때문에, 그가 은밀히 목표를 두고 있었던 표적을 향해 취하고 있었던 속력을 줄이도록 강요받았다. 나는 그 당시 그 표적이 무엇인지 알지 못했고, 또 왜 어떠한 표적이 필요해야만 했는지를 정확하게 이해하지 못했다. 그러나 그는 항상 춤과 여자들과의 대화, 구애, 선물 주기, 낭만적인 편지 쓰기, 요정과 나이트클럽 출입, 댄스홀, 넥타이와 보타이를 매는 법, 가슴 위 포켓에 손수건을 꽂을 때 무엇이 옳고 그르고, 어떤 옷을 선택하는가 하는 방법, 무모한 군중들 가운데서 자기 자신을 어떻게 보호하며, 혹은 품위와 범절이 있는 집안에서 처신하는 법 등등의 다양한 지식과 기술을 습득하고 있었다. 품위 있는 훌륭한 집안에서 처신하는 것은 할머니의 품행 수업을 잘 소화하지 못했던 나에게는 하나의 어려운 문젯거리였다. 사이먼은 이것에 대해 이렇다 할 주의도 기울이지 않았지만 핵심적인 내용을 터득했다. 나는 이러한 일들이란 많은 사람들에게는 보잘것없는 것이라고 말했다. 우리는 그것에 전혀 익숙하지 못했기 때문이다. 나는 사이먼이 모자를 쓰고, 담배를 피우고, 장갑을 접어 안주머니에 넣는 기술을 열심히 터득하는 것에 감탄했으며, 또한 어디에서 그 같은 기술을 배웠는지 의아하게 생각하며, 나 자신도 몇 가지를 배웠다. 그러나 나는 결코 그걸 하는 데 있어서 사이먼처럼 사치스러운 뜻은 없었다.

사이먼은 팔머 하우스 같은 우아하고 으리으리한 건물의 로비를 지날 때면, 또는 장식 술이 달린 칸막이 커튼이 드리워져 있고 희미한 촛불에 현악 합주곡이 은은히 들리는 가운데 비엔나의 왈츠 스텝을 차분히 사뿐사뿐 밟고 있는 대식당을 지날 때면 그것에 흠뻑 빠져들었다. 이것이 그를 흥분시켰다. 그는 이러한 것에 냉소적이었으나 결국은 그것에 빠져들어 가고 있었다. 그러므로 나는 그가 맥빠진 겨울철 오후에 이틀씩이나 수염을 깎지 않고, 긴 코트를 걸치고, 아무 일도 일어나지 않는 주위를 배회하거나, 약방에서 공산주의자 실베스터와 함께 제크만의 팸플릿 가게에서, 심지어 당구장에서 시간을 보내는 것이 얼마나 추해 보이는지를 알아야만 했다. 그는 토요일에만 역에서 일을 했는데, 그의 말로는 보르그가 그를 좋아하지 않았기 때문이라고 했다.

느리게 흘러가는 지겨운 겨울, 우리는 당구장 간이식당의 창가에 앉아 바깥 풍경을 내다보며 잡담할 시간이 그리 많지 않았다. 쌓인 눈들은 말이 지나가고 석탄이 떨어져 검댕으로 더럽혀졌으며, 오후 4시에 켜지는 가로등 속에서는 갈색 안개가 움직이고 있었다. 우리는 집에서 난로에 불을 피운다든지 식료품 가게에 간다든지 쓰레기와 재를 치우는 일 등 엄마를 위해 필요한 일을 다 마치고 난 후에는 엄마와 같이 집에 머물지 않았다. 사이먼은 나보다는 집에 좀 더 오래 머물면서 때때로 부엌 식탁 위에서 학교 과제물을 했다. 그러면 엄마는 그에게 줄 커피를 끓이기 위해 항상 주전자를 난로에 얹어놓았다. 나는 지미 클라인과 클렘이 나에게 묻는 질문, 즉 실베스터가 그를 공산주의자로 전향시키고 있는가에 대한 질문을 사이먼에게 되묻지 않았다. 나는 내가 한 대답에 대해서 자신을 가졌다. 그것은 사이먼이 시간을 보낼 방법이 없어 대단히 고심하고 있다는 것과 권태로움에서 벗어나기 위해 그리고 여자애들을 만나기 위해 여러 가지 미팅, 자유토론회, 공개토론회, 친목 및 집세 마련 회합 등에 나갔다는 것이다. 실베스터를 아침에 학교 가는 한 명의 어린이로 생각해서가 아니었다. 사이먼은 가죽 재킷과 굽이 낮은 구두에 베레모와 샴브레이 제품 옷을 입은 다 큰 아가씨들에게 갔다. 그가 집에 가져오는 인쇄물들은 아침 식사 후 식탁 위의 커피잔 자국을 없애는데 쓰거나, 혈색 좋은 큰 손으로 찢어 난롯불 쏘시개로 썼다. 나는 이 인쇄물을 어리둥절한 호기심에 차서 그가 읽었던 것보다 더 많이 읽었다. 아니, 나는 사이먼과 사물의 권리에 대한 그의 사상을 알았다. 그는 엄마와 나를 살찌게 했다고 믿었다. 그는 그 이외의 한 계급 전체를 살찌게 만들려고 하지는 않았다. 그래서 그가 실베스터의 도덕적인 감상을 가지려는 것은 잘 맞지 않는 양복을 사기를 원하는 것과 같은 것이었다. 그러나 그는 제크만

가게에서 선동적인 프롤레타리아 포스터 아래에 조용히 앉아서 담배를 피우면서 라틴어와 독일어 등 외국어 대화를 들었다. 이 때 그는 이들의 이야기를 정신적으로 반대하면서 차가운 노란 담배 연기 속에 아래턱을 옷깃에다 내리눌렀다.

그가 당구장에 나타난 것은, 전에 내가 아인혼 밑에 있을 때 그가 나에게 언급한 것과 연관 지어 보면 놀라운 일이었다. 그러나 설명은 내가 기대했던 것과 같았다. 시간이 무료했고, 돈이 떨어졌기 때문이다. 그는 곧 곰의 눈을 가진 실베스터와 함께 팸플릿으로 무장한 채 부르주아들과의 전쟁에 참가했으며, 당구장에서 딩뱃에게 교육을 받았다. 그는 도박장에서 경험을 쌓아온 전문가들을 멀리하며, 5센트의 볼 하나로 '로테이션'에서 돈을 좀 딸 만큼 실력이 좋았다. 때로 그는 골방에서 크랩스 노름을 했다. 그는 운이 좋았다. 불량배, 고용된 총잡이, 도둑들과 손을 끊었다. 이런 점에서 그는 나보다 영리했다. 나는 어느 정도 강도 짓에 관계해야만 했기 때문이다.

나는 대부분의 시간을 지미 클라인과 클렘 탬보와 함께 보냈다. 고등학교 마지막 학기가 될 쯤에는 그들을 그다지 자주 만나지는 못했다. 지미의 가족은 실직으로 아주 곤란해졌다. 토미는 공화당원들이 서맥[7]에서 밀려왔을 때 시청에서 실직당했다. 그런데 지미는 당시 대단히 열심히 일하고 있었다. 즉 밤에는 부기를 공부했다. 계산에는 어두웠고 또한 그런 문제에 대해서는 전혀 머리가 없었기 때문이다. 그는 오직 그의 가족을 위해 앞으로 나아갈 생각만을 했다. 그의 누이 엘리너는 버스를 타고 멕시코까지 갔다. 지미에게 족보에 대한 관심을 갖도록 해준 한 친척과 성공할 수 있는지 알아보기 위해서였다.

클렘 탬보로 말할 것 같으면, 학교에 대한 그의 경멸은 극단적이었다. 그는 잠자거나, 영화잡지를 보거나, 긁어 모은 종잇조각들을 뒤적거리며 많은 시간을 보냈다. 그는 점점 일급 불량배가 되어갔다. 어머니 때문에, 그는 어머니의 실직한 두 번째 남편과 그의 습관을 두고 오랫동안 다투었다. 한 이웃의 아들은 번화가 골목에서 한 시간에 30센트를 벌며 볼링장 조수로 일했다. 그런데 왜 그는 일거리를 찾는 것조차 거절했을까? 그들 네 명은 모두 전 탬보 부인의 힘으로 꾸려 가고 있는 아기옷 가게의 뒷방에서 살고 있었다. 거친 뒷머리에 대머리를 한 클렘의 의붓아버지는 내복 바람으로 난로 옆에서 《유대교 신보(Jewish Courier)》를 읽고 난 후 가족을 위해 정어리와 크래커로 점심과 차를 준비했다. 테이블 위에는 두세 개의 깡통이 열린 채 항상 굴러다녔고, 우유와 굴 깡통도 있었다. 그는 빨리 생각하는 사람이 아니어서 화제도 풍부하지 못했다. 내가 그 집을 방문해서 그를 보았을 때, 그는 새털구름 모양의 모직 내복을 입고 있었고, 화젯거리는 늘 내가 뭘 해먹고 사는지에 관한 것이었다.

클렘은 그의 어머니가 화제를 자신과 연관 짓자, 어머니에게 말했다.

"비굴하게 일을 할까요? 만일 내가 더 나은 일자리를 구하지 못한다면, 청산가리를 마시겠어요."

청산가리를 마신다는 생각에 그는 입을 잔뜩 벌리고 "하, 하, 하!" 하고 크게 웃으면서 깃처럼 뻣뻣한 머리를 흔들었다.

"여하튼 엄마, 나는 침대에 누워 혼자 놀겠습니다."

그의 어머니는 스커트를 입고 스페인 곡조에 맞추어 춤을 추는 무희처럼 발을 움직였다.

"엄마는 내가 무슨 말을 하는지 알아듣지 못할 만큼 늙진 않았지요. 엄마는 내 방 바로 옆방에, 새 남편과 같이 있다는 사실을 잊지 마시란 말예요."

그러자 그의 어머니는 내가 거기에 있었기 때문에 대답은 못하고 숨소리만 크게 냈다. 그러나 어머니는 아들을 노려보며 분노에 떨었다.

"나를 조롱하세요. 좋습니다. 내가 왜 엄마가 결혼했다고 생각해야만 합니까?"

"나이 많으신 어머니에게 그렇게 불손하게 말하면 안 돼."

나는 그에게 조용히 타일렀다. 그는 나에게 씩 웃어 보였다.

"여기서 이틀 밤낮을 지내 봐. 그러면 너는 내가 엄마에게 오히려 관대하다고 생각할 거야. 엄마의 코안경이 너를 열심히 관찰하고 있잖아. 그래도 너는 우리 엄마가 얼마나 추근대는지 모를걸. 사실에 부딪쳐 보란 말이야."

그러곤 그는 나에게 그 여러 가지 사실에 대해서도 이야기해 주었다. 그래서 그의 어머니가 나에 대해 엉큼한 질문을 하고 내가 얼마나 강하게 보이는지 말한 것은 그러한 사실을 말해 주는 것이라고까지 생각하게 되었다.

오후에 나는 클렘을 데리고 산책을 나갔다. 그는 지팡이를 쥐고 영국식으로 으스대며 걸었다. 그는 도서관에서 귀족들의 자서전을 빌려 읽고는 그들에 대해 소리 내어 크게 웃었고, 폴란드인 상점 주인들에게는 피카딜리 신사처럼 행동했다. 그는 거의 항상 붉은 얼굴에, 추한 행복을 말하는 크고 더러운 주름살을 지으면서 아무런 압박감을 받지 않고 행복에 겨워 죽겠다고 하하 소리 내어 웃을 준비가 되어 있었다. 그는 아버지로부터 몇 달러의 돈을 우려내서 경마에 걸었다. 만일 이기면, 그는 나에게 스테이크 만찬과 시가로 한턱 내었다.

나는 또한 다른 부류의 사람들과도 어울려 다녔다. 한 부류의 친구는 독일어, 프랑스어로 쓰인 엄청나게 두꺼운 책을 읽고, 오래된 물리학 및 식물학에 관한 전문 학술지도 알고, 니체와 슈펭글러를 읽었다. 또 한편으로 나는 범죄자들과 알고 지냈다. 범죄자라는 사실만 빼면 나는 그들을 그저 당구장에서 알거나 학교 점심시간에 체육관에서 더블토들을 추면서 만났거나, 혹은 핫도그 집에서 알았던 소년들로 생각했다. 나는 사방으로 모두 접촉했다. 그래서 아무도 내가 어디에 속해 있는지를 몰랐다. 나 자신도 그 점을 전혀 몰랐다. 만일 내가 아인혼을 알아 그를 위해 일을 하지 않았더라면 내가 당구장 주위를 얼쩡거렸을지 아닐지 말할 수 없다. 나는 공부를 열심히 하는 책벌레도 아니었고, 무엇을 열심히 외우는 괴짜도 아니었다. 그렇지만 책벌레나 괴짜들을 싫어하지 않았다. 그러나 불량배들은 나를 자기네 무리로 쉽게 오인했다. 그래서 조 고맨이라는 도둑은 내게 도둑질에 대한 계획을 말하기 시작했다.

나는 그에게 안 된다고 말하지 않았다.

고맨은 대단히 영리했으며, 얼굴도 잘생겼고, 키도 후리후리하게 커서 농구를 아주 잘했던 녀석이었다. 타이어 가게를 하는 그의 아버지는 부유한 편이었다. 그래서 그는 도둑질을 할 이렇다 할 이유가 없었다. 그런데도 자동차 도둑으로 상당한 전력이 있었고, 세인트찰스에서 차를 두 번 훔친 일이 있었다. 이번에는 코블린 집에서 그리 멀지 않은 링컨가에 있는 가게에서 가죽 제품을 훔치려 했다. 그래서 이 거사를 우리 셋이 하기로 했다. 세 번째 친구는 과거에 나의 과학 노트를 훔쳐 갔던 로커메이트[75]인 세일러 불바였다. 그는 내가 고자질하는 배반자가 아니라는 것을 알았다.

고맨은 탈출용으로 그의 아버지 차를 얻어내기로 했다. 우리는 창고 뒤 창문을 통해 가게를 침입해 들어가 핸드백을 모조리 쓸어 올 계획을 했다. 불바는 훔친 물건을 숨기려고 했고, 우리를 위해 그 물건들을 팔아주는 조나스란 장물아비가 당구장에 있었다.

4월 어느 날 밤 새벽 1시에 우리는 노스사이드로 차를 몰고 가 어떤 골목길에 주차했다. 그러고는 한 사람씩 뒷마당으로 기어들어 갔다. 세일러는 이곳을 범행 장소로 잘 살펴두었다. 중간 크기의 지하실 창문은 빗장이 없었다. 고맨이 맨 처음 지미와 함께 그 문을 열려 했으나 잘 열리지 않았다. 그래서 당구장에서 듣기만 하고 한 번도 시험해 보지 않던 솜씨로 자전거 체인을 가지고 열려고 했으나 마찬가지였다. 그래서 세일러는 모자 속에다 벽돌을 싸서 그것으로 유리창을 깼다. 유리창이 부서지는 소리가 나자 우리는 골목 안으로 흩어졌다. 그러나 아무도 나타나지 않아 우리는 도로 기어들어 갔다. 나는 이제는 그 일에 싫증을 느꼈으나 빠져나올 수가 없었다. 세일러와 고맨은 안으로 들어가고 나는 망을 보기 위해서 밖에 남아 있었다. 이러한 작전은 대단히 분별 없는 짓이었다. 그 창문만이 빠져나올 수 있는 유일한 길이었기 때문이다. 그래서 만일 내가 그 골목에서 순찰차에 붙잡히게 되었다면 그들 역시 도망가지 못했을 것이다. 그럼에도 고맨은 경험 있는 사람이었으므로 우리는 그의 명령을 따랐다. 그곳에는 쥐 소리나 종이가 펄럭이는 소리 이외는 아무 소리도 들리지 않았다. 드디어 창고에서부터 소리가 들렸다. 고맨의 날카롭고 창백한 얼굴이 밑에서 올라왔다. 그는 나에게 핸드백들을 건네주기 시작했다. 얇은 종이에다 포장을 한 부드러운 물건들이었다. 나는 이것을 나의 벨트 달린 레인코트 아래 숨겨 온 캠핑용 원통 가방 속에다 집어넣었다. 불바와 나는 물건을 가지고 뒷마당을 지나서 다음 거리까지 뛰었다. 그러는 동안 고맨은 차를 몰고 돌아왔다. 우리는 불바를 그의 집 뒤에 내려놓았다. 그는 그 가방을 담 너머로 집어던진 다음, 선원용 바지를 펄럭이며 날아올라, 담을 넘어 깡통과 자갈 위로 내려섰다. 나는 지름길로 공터를 지나 집으로 걸었다. 양철 우체통 속에서 열쇠를 꺼내어 문을 열고, 다른 사람들이 다 잠든 집으로 들어왔다.

 사이먼은 내가 대단히 늦게 집에 돌아왔다는 것을 알고는 자정쯤에 엄마가 들어와서 내가 어디 갔느냐고 물어보았다고 말했다. 그는 내가 지금까지 무엇을 하였는지를 신경 쓰지 않았던 것 같았다. 그는 내가 하는 걸 아는 척했지만 실은 눈치채지 못한 것 같았다. 나는 몇 시간 동안 잠을 못 이루고 20~30달러 정도 되는 내 몫을 어떻게 다른 사람들에게 설명해야 할 것인가를 곰곰 생각해 보았다. 나는 클렘에게 부탁해서 그와 함께 경마장에서 돈을 땄다고 말하려고 생각해 보았으나 그럴듯하지가 않았다. 그런데 그것은 큰 문제가 아니었다. 몇 주일에 걸쳐 조금씩 엄마에게 줄 수도 있었고, 그 밖에도 할머니가 있을 때처럼, 내가 무엇을 하는지 눈여겨보는 사람이 없었기 때문이다. 나는 한참 동안 전율을 느끼며 이 문제에 대해서만 고심했다.

 그러나 나는 오랫동안 괴로워하지 않았다. 체질 탓이라고 할까. 나는 한 시간만 빼먹고 수업에 들어갔다. 즉 합창 클럽 연습에 얼굴을 내보이고는, 4시에 당구장으로 갔다. 세일러 불바는 나팔바지를 입고 구두닦이 의자에 걸터앉아 스누커 게임을 보고 있었다. 모든 일은 순조로웠다. 그날 밤에 훔친 물건들을 살 장물아비 조나스가 모든 것을 이미 다 처리했다. 나는 모든 것을 잊어버렸다. 나무에서 새싹이 움트는 봄이었기 때문이기도 했다. 아인혼은 나에게 말했다.

"저쪽 광장에서 자전거 경주가 있어. 구경 가자꾸나."

나는 기꺼이 그를 차 있는 데까지 데리고 가서 차를 타고 갔다.

나는 더 이상 도둑질에 가담하지 않기로 결심했다. 지금에 와서야 도둑질이 어떠한 것이라는 걸 알았기 때문이다. 그래서 조고맨에게 앞으로 있을 일에 대해 나를 염두에 두지 말라고 했다. 나는 겁쟁이 소리를 들을 각오를 했다. 그러나 그는 화도 내지 않고 경멸하지도 않았다. 그저 조용히 말했다.

"만일 네 생각에, 그것이 네가 좋아하는 일이 아니라면."

"사실 그래. 그것은 내가 좋아하는 일이 아니야."

그리고 그는 생각 깊게 말했다.

"좋다, 불바는 철이 덜 든 녀석이지만, 나는 너와 잘 지낼 수 있었어."

"그게 내게 맞지 않는다면 할 필요가 없지."

"무엇 때문에 해? 맞아."

그는 매우 부드러웠고 독자적인 데가 있었다. 그는 껌을 파는 기계에 붙은 거울을 보며 머리를 빗고, 늘어진 넥타이를 고쳐 매고는 사라져버렸다. 그 후로 그는 나에게 별로 말을 하지 않았다.

나는 클렘을 불러내어, 둘이서 돈을 뿌렸다. 그러나 나는 돈을 다 쓰지 못했다. 아인혼은 크레인들을 통하여 이 일을 알게 되었다. 크레인들은 그 가방을 소매로 팔도록 장물아비가 끌어들여 알게 되었던 것이다. 아마 크레인들과 아인혼은 이 일에 대해 나를 조사해야 한다고 결정했나 보다. 어느 날 오후 아인혼은 당구장에서 나를 부르더니 옆에 앉으라고 했다. 그의 엄한 표정을 보고 그가 주먹을 휘두를 거라는 느낌이 들었나. 나는 그가 왜 그러는지 알고 있었다. 그가 말했다.

"나는 네 옆에 앉지도 않겠지만 형무소 미끼가 되는 것도 원치 않아. 나는 네가 이런 환경에 있는 것에 대해 부분적으로 책임을 느낀다. 넌 이곳에 있을 만한 나이도 아니고, 아직 미성년자야."

그런데 불바도 그렇고 고맨도 그렇고 그 외 다른 열두어 명도 마찬가지였다. 그러나 그것에 대해선 아무 언급이 없었다.

"오기야, 비록 네가 장성했다고 해도, 나는 네가 이것을 하게 하진 않을 거야. 딩뱃도 그래. 그런데 그는 그다지 머리는 좋지 못하지만 도둑질을 하지 말아야 한다는 것쯤은 안다. 나는 불행히도 주위의 여러 요인에 대해 참아야만 한다. 나는 누가 도둑인지, 총잡이인지, 뚜쟁이인지 모두 알고 있어. 난 어찌할 수 없다. 이것이 당구장이다. 그러나 오기, 너는 무엇이 더 좋은지를 알고 있다. 너는 과거에 나와 함께 지냈어. 만약에 네가 또 다른 일을 벌인다는 소리가 들리면 너를 여기서 내보낼 테다. 너는 이곳 내부나 틸리와 나를 다시는 보지 못할 것이다. 네 형이 이 사실을 안다면, 하느님 맙소사! 그가 너를 때리겠지. 나는 그가 능히 그러리라 믿고 있다."

그건 사실이라고 나도 인정했다. 아인혼은 좁은 구멍을 통해서 보는 것처럼 내가 공포와 전율을 느끼는 것을 보았음에 틀림없었다. 내 손은 그가 닿을 수 있는 곳에 놓여 있었다. 그는 그의 손을 내 손 위에다 올려놓았다.

"여기가 바로 젊은이가 타락하는 곳이고, 악취를 풍기기 시작하는 곳이고, 건강과 아름다움을 잃는 곳이다. 미성년자의 신분을 벗어났을 때, 성인으로서 일을 처음으로 하는 곳이다. 한 소년이 사과와 수박 몇 개를 훔친다. 그 소년이 대학에 가서도 계속 무모한 놈이 된다면 부도수표를 한두 장 뗄 것이다. 그리고 그가 무장한 악당으로서 대학 문을 나선다면……."

"우리는 그렇지 않아요."

"나는 이 서랍을 열겠다."

그는 격하게 말했다.

"그리고 만일 네가 조 고맨이 총을 가지고 있지 않았다고 맹세한다면, 네게 50달러를 주겠다. 너한테 말해 두지만, 그는 총을 가지고 있었단 말이다."

나는 얼굴이 달아올랐으나 어지러웠다. 그 말은 사실일 수도 있었다. 정말 그럴듯했다.

"그리고 경찰이 왔었더라면, 그는 그들을 쏘고 도망치려 했을 것이다. 그것이 네가 처해 있던 상황이다. 틀림없어, 오기야. 경관 한두 명은 죽였을 거야. 너는 경관을 죽인 자들이 어떠한 벌을 받는지 알지. 경찰서에서부터 곧장 말이다. 그들의 얼굴은 일그러지고 주먹은 부서지고 최악의 상태가 무엇인지 알지. 그것이 네 인생의 시작일 것이다. 너는 이 일에 다만 소년다운 장난기 어린 정신 말고는 다른 건 없었다고 말하지는 못할 것이다. 무엇 때문에 그런 짓을 했지?"

나는 몰랐었다.

"너는 정말 깡패냐? 너는 깡패 직업을 가졌느냐? 그때 내가 외양을 속이는 어떤 낯선 사람의 경우를 본 적이 있다고 생각지 않는다. 나는 너를 내 집에 데리고 있었다. 그리고 모든 것을 열린 채로 내버려 두었어. 그때 너는 훔치고 싶은 유혹을 받았느냐?"

"아인혼 씨!"

나는 흥분해서 격하게 말했다.

"말할 필요는 없어. 나는 네가 그러지 않았다는 것을 알고 있다. 다만 그러한 충동을 받았는지를 물었을 뿐이야. 난 네가 그랬으리라고는 믿지 않아. 이제는 제발, 오기야, 그따위 도둑놈들을 멀리해라. 네가 원한다면 너의 홀어머니를 위해 20달러를 줄 수도 있어. 그것이 그토록 필요했었니?"

"아니에요."

그가 사실은 그렇지 않다는 것을 알면서도 엄마를 홀어머니라고 부른 것은 순전히 그의 친절이었다.

"아니면 스릴을 맛보기 위해서였나? 다른 모든 사람들이 숨으려고 하는 이때, 넌 스릴을 찾고 있어? 롤러코스터나 썰매차 또는 낙하산 높이에서 스릴을 맛볼 수도 있지 않니. 리버뷰 파크로 가거라. 하지만 잠깐. 갑자기 너에 대해 뭔가를 발견했어. 넌 반항심을 갖고 있어. 매사를 예사로 보지 않아. 네가 매사를 그렇게 보려고 한단 말이야."

다른 사람이 내게 나에 대한 진실 같은 걸 말해 준 것은 이번이 처음이었다. 나는 크게 마음이 흔들렸다. 그가 말했듯이 나는 반항심을 갖고 있어서 단호하게 굶주림의 고통처럼 절박한 감정으로 "아니에요!"라고 말하고 싶은 욕망을 느꼈다.

이러한 나를 찾아낸 사람은 나를 생각하느라고—나에 대한 **생각으로**—애를 썼고, 그 때문에 내 마음은 그에 대한 사랑으로 가득했다. 그러나 나는 또한 드러난 속성, 즉 반항심을 안고 있었다. 반항심으로 잔뜩 무장되어 있었다. 그래서 논쟁하고 싶은 어떤 표시도, 내가 어떻게 느끼고 있는가도 나타낼 수가 없었다.

"바보처럼 굴지 마, 오기야. 인생이 너에게 던져 준 첫 번째 함정에 빠지지 마라. 너처럼 나쁜 운을 타고 자라난 젊은 놈들은 교도소나 소년원, 다른 모든 감화원이나 메우고 있는 천치들이란 말이야. 주(州)에서 빵과 콩을 주는 것은 사전에 어떤 것을 바라는 거야. 그것을 먹으려고 감방을 찾게 되는 요인이 있다는 것을 알고 있지. 또한 도로에 자갈을 깔기 위해 얼마나 많은 돌을 깨뜨려야 하고, 누가 그것을 깨뜨려야 하는지, 그리고 시립 보건소에서 경성하감 치료를 위해 누구를 기대할 수 있는지에 대해 주 정부는 알고 있단 말이야. 이곳뿐만이 아닌 도시의 이와 유사한 지역, 그리고 전국에 걸쳐 다른 지방에서도 똑같이 말이야. 실제로 운명 지어져 있는 거야. 정해진 대로 살려고 한다면 넌 바보야. 이미 정해진 대로만 살려는 그런 비극적인 것들이 너를 끌어들이려고 기다리고 있단 말이야. 형무소, 진찰실, 감방 음식은 누가 두들겨 맞고 갇혀서, 늙어가고 기운 빠져 삶의 목적조차도 잃게 되는 천치인가를 알고 있지. 네게 그런 일이 일어난다면 누가 놀랄까? 너는 그렇게 되도록 정해져 있어."

그러고는 덧붙였다.

"그러나 난 놀라게 될 거야. 나를 모범 대상으로 삼으라고 요구하지도 않아."

그는 내가 그의 숱한 협잡을 알고 있다는 모순성을 너무도 잘 알고 있었다.

아인혼은 가스 계량기를 만지는 전문적인 기술을 갖고 있었다. 그는 본선에 접속해서 전기회사에까지 손을 댔다. 증표고지서와 세금을 위조했다. 이런 면에서 그의 영리함은 끝이 없었다. 그의 마음은 항시 계획으로 가득했다.

"그러나 난 하류 생활을 하고 있지는 않다고 생각해. 정말 그렇게 생각해. 결국 넌 생각하는 것으로 너의 영혼과 인생을 구할 수는 없어. 네가 생각한다 할지라도, 이 세상은 큰 위안이 되지 않아."

그는 이야기를 계속했지만, 나의 생각은 다른 방향으로 가고 있었다. 난 그가 운명 시어졌다고 일컫는 사람이 되고 싶지 않았다. 나는 운명을 받아들이지 않았고, 다른 사람들이 원했던 사람이 되려고 하지 않았다. 나는 조 고맨에게도, 할머니에게도, 지미에게도, 다른 많은 사람들에게도 "싫다."고 말했다. 아인혼은 나에게서 이 점을 보았다. 왜냐하면 그도 역시 영향력을 발휘하길 원했기 때문이다.

나를 곤경으로부터 구해 내기 위해서, 또한 대리인이나 사환, 또는 신용 있는 일꾼을 거느리는 일에 익숙했기 때문에, 그는 나를 적은 임금으로 다시 고용했다.
"명심해. 이 늙은 영감, 나는 너를 주시할 거야."
그는 그가 닿을 수 있는 범위 내의 많은 사물과 사람을 항시 주시하지 않았던가? 그러나 오히려 내가 그를 주시하였다. 나는 사환으로 일하고 있었을 때보다 그의 협잡에 더 큰 관심을 보였다. 아인혼의 사업은 너무나도 커서 나는 이해할 수가 없었다.
내가 그를 도와서 한 최초의 일은 노시 무츠닉이라는 갱과 만나는 대단히 위험한 일이었다. 수년 전 보잘것없는 인물에 불과했던 노시 무츠닉은 노스사이드 갱단에서 일했다. 그는 세금을 내지 않는 세탁소들의 옷에 산을 뿌리는 등의 짓을 했었다. 돈이 꽤 있고 특히 부동산 투자처를 찾는 지금의 그는 높은 위치에 올라 있었다. 어느 여름날 저녁에 그가 아인혼에게 심각하게 말했다.
"나는 부정한 돈벌이를 하는 놈들에게는 무슨 일이 일어나는지 알고 있지. 결국 그놈들은 저주를 받게 돼. 난 그런 일을 많이 보아왔거든."
아인혼은 그들이 동업하여 살 수 있는 좋은 공터를 알고 있다고 그에게 말했다.
"내가 자네와 거래하려고 할 때, 자네는 가격을 모른다고 걱정할 필요가 없네. 자네가 그렇게 걱정한다면, 내가 손해를 보지."

그는 무츠닉에게 진심으로 말했다. 부동산 가격은 600달러였다. 그는 500달러로 낮출 수가 있었다. 확실했다. 아인혼이 그의 아버지 친구로부터 75달러에 이 땅을 사서 소유하고 있었기 때문이다. 그는 지금 더 많은 이익을 얻기 위해 그 땅의 반 소유자가 되었다. 모든 것은 갖가지 계략에 의해서 아주 냉혹하게 이루어졌다. 그 일은 무츠닉이 그 땅의 매수자를 구함으로써 잘되었다. 무츠닉은 합법적인 사업으로 100달러를 벌 수 있게 돼 기뻐했다. 그러나 그가 만약에 이 사실을 발견했다면 아인혼을 쏴 죽였거나, 아니면 아인혼이 총으로 자살하게 했을 것이다. 그의 눈에는 자기 자존심을 방어하는 데 이것보다 더 단순하거나 자연스러웠던 건 없었다. 나는 무츠닉이 조사할 생각을 갖고 법원 등기과에 가서 아인혼 부인의 친척 한 사람이 명목상으로만 그 땅을 소유하고 있다는 것을 발견하게 될까 봐 두려움에 떨고 있었다. 그러나 아인혼은 말했다.

"오기, 너는 왜 골머리를 앓는 거야? 난 이 친구가 어떤 놈인지 파악했어. 그는 천하의 바보란 말이야. 나는 언제나 천사에게 그를 보호해 주도록 빌고 있어."

그래서 아인혼은 단 한 푼도 걸지 않고 이 같은 특수한 부정 거래에서 400달러 이상을 벌었다. 그는 나와 함께 기뻐서 어쩔 줄 몰라 했다. 이것이 그가 노렸던 것이었다. 그것은 그와 같은 일에 성공한 하나의 표본이었다. 사기 행각은 점점 커져 갔고 그는 이 같은 일로 그의 전 생애의 역사를 구성해 나가기를 원했다. 그는 초록빛 천이 덮인 트웬티식스 주사위 게임 테이블 옆에 조용히 앉아 있었다. 거기에는 가죽으로 만든 주사위 컵이 있었다. 초록빛 테이블은 그의 얼굴과 하얀 피부와 희고 엷게 화장한 눈에까지 반사되었다. 그는 값비싼 상아 당구공을 옆에 있는 니켈 과자

케이스가 들어 있는 상자에 넣어 두고, 그의 영업체가 어떻게 되어가고 있는지 가까이에서 예리하게 살폈다. 그는 당구장을 거의 전적으로 자기 방식대로 운영했다.

나는 간이식당 뒤에 틸리 아인혼 같은 여자가 항상 앉아 있는 당구장을 또다시 본 적이 없었다. 그녀는 칠리콘, 오믈렛, 흰 강낭콩 수프로 손님들을 대단히 잘 접대했고, 커피 끓이는 큰 주전자 다루는 방법도 배웠다. 게다가 커피를 맑게 만들기 위해서 소금과 날 달걀을 넣는 정확한 시간까지도 배웠다. 그녀는 이러한 변화를 생활의 에너지로 이용했고, 몸은 더욱 좋아지고 건강해지는 것 같았다. 그래서 그녀는 화려한 미사여구를 쓰고 과장되게 몸을 움직였으나, 남성들은 그녀가 얌전히 있도록 했다. 틸리 자신도 알지 못하는 이야기를 하거나 크게 소리 지르는 일이 많았다. 그런데 이것은 그녀에게 대단히 유익한 일이었다. 그녀는 당구장 사람들에게 부드럽게 대하지 않았으며, 영국식의 바텐더나 술집 주인처럼 제한을 두었다. 여기는 모든 게 너무나 거칠고 저속했으며, 욕을 퍼붓거나 소란, 싸움, 탕탕거리는 소리가 종래 그치지 않았다. 아무튼 그녀만은 그곳의 일부분이었다. 다만 고추·소시지·콩·커피·파이만 팔기로 했다.

불경기는 아인혼 역시 바꿔놓았다. 돌이켜 보면, 시 위원이 살아 있을 때는 아인혼은 보다 설익은 사람이었다. 그리고 어떤 면으로는 나이에 비해 인격 형성이 완전히 되지 않은 사람이었다. 이제 그는 더 이상 누구의 후계자도 아니었다. 그러나 그는 그의 가족 가운데서 마지막 종말의 시기를 치르고 있었다. 그가 죽기 전에는 아무도 죽을 사람이 없었던 것이다. 그래서 그의 목전에 어려움이 밀어닥쳤다고, 또 그는 그것을 시험했다고 말할 수 있었다. 그는 더욱 무디고 좀 더 엄해야만 했다. 또 그는 그러했다.

그러나 여자들에 대한 그의 태도는 전혀 변하지 않았다. 당연히 과거보다는 여자들을 볼 기회가 적었다. 어떤 여자가 당구장에 들어왔겠는가? 롤리 퓨터도 그에게 돌아오지 않았다. 그러나 그를 위해서는, 내가 생각하기에, 마음이 최고의 상태에 있지 않을 때는 조직적인 행동들과 그것들을 동여매는 방도를 강구해야 하고, 또 면도를 하거나 옷을 갈아입어야만 한다. 아인혼에게는 자기 아내가 아닌 다른 여자와 즐긴다는 것이 이러한 조직적인 행동이었다. 롤리는 그에게 중요한 인물이었다. 왜냐하면 그녀가 암시장에서 알게 된, 자식을 여럿 둔 트럭 운전사 애인에 의해 총에 맞아 죽을 때까지, 그는 십 년 이상이나 그녀의 뒤를 끝까지 쫓아다녔기 때문이다. 그때 그 남자는 붙잡혀서 감옥으로 가게 되었지만, 그녀를 원망하지는 않았다. 그는 그녀를 죽이고서는 "내 고통을 모른 체하고 다른 녀석이 그녀와 부유하게 살 수 없지."라고 중얼거렸다. 아인혼은 서류철 묶음에서 오려낸 신문 조각들을 들추면서 말했다.

"그가 뭐라고 얘기했는 줄 아니? 부유하게 산다고? 부유하게 산다는 건 그녀와 같이 있는 거였어. 그렇고말고."

그는 나에게 자기가 그렇게 할 수 있다는 것을 알아주기를 바랐다. 그는 정말 나에게 말할 수 있었다. 또 그의 이야기를 들어주는 데 나보다 더 좋은 위치에 있는 사람은 별로 없었다.

"가엾은 롤리!"

"에그, 불쌍하고 가엾기도 한 녀석. 그러나 오기, 난 그 애가 그렇게 죽게 될 운명이라고 생각했지. 그 애는 프랭키와 조니의 정신 상태를 갖고 있단 말이야. 또 내가 처음 그 애를 보았을 때는 예뻤거든. 그래, 그녀는 부유했지."

백발을 하고, 이전보다 약간 움츠러든 자세로 그는 그녀에 대해 열을 내어 나에게 얘기했다.

"사람들은 롤리가 끝까지 단정치 못하고 돈에 욕심을 내는 여자라고 말하지. 그것은 참 안 된 일이야. 놀아날 때부터 빚어진 문젯거리가 많이 있거든. 그녀는 그와 같은 비행이 자신에게 일어나게끔 만들어버렸어. 세상은 뜨거운 피를 쉽게 발산하게끔 하지는 않아."

그의 뜨거운 피를 회상해 보는 것은 이 속에 싸여 사는 나에게는 하나의 매력이었다. 그에 대한 나의 봉사는 나를 어떤 인상적인 여러 가지 위치에 가져다 놓았다. 다만 그는 내가 그것들에 관해 어떤 생각을 갖고 있는지, 혹은 인간적으로 충분히 내가 그와 함께 그것들을 즐길 수 있는지 없는지를 알려고 했는지도 모른다. 아! 자존심이 견뎌내지 못하는 곳!

이 대화에서 내가 특히 기억한 것은 나의 고교 졸업식날 밤이었다. 아인혼 씨 가족은 나에게 친절히 대해 주었다. 10달러가 들어 있는 지갑은 그들 세 명에게서 받은 선물이었다. 아인혼 부인은 2월 어느 날 밤에 엄마, 클라인 가족, 탬보 가족과 함께 졸업식장에 왔다. 그 후에 예상했던 대로 클라인 씨 댁에서 파티가 열렸다. 나는 그 모임에서 엄마를 차로 집에 모셔다 주었다. 그날 저녁 프로그램에는 사이먼과 내 이름이 빠졌지만, 내가 엄마를 2층 침실로 데리고 갈 때 엄마는 기뻐서 내 손을 어루만졌다.

틸리 아인혼은 밑에 있는 차 속에서 기다리고 있었다. 내가 아인혼 부인을 태우고 당구장으로 다시 가려 했을 때 그녀는 "너는 파티에 가거라." 하고 말했다. 그녀의 눈에는 내가 고등학교를 마친 것이 대단히 중요하게 보였다. 그녀는 나에게 특유의 어조로 지나칠 정도로 경의를 표했다. 그녀는 다정한 여인이었고, 대부분의 문제를 대단히 단순하게 생각했으며, 나를 축복해 주기를 원했다. 또 내가 '교육'을 받았다는 사실이 나에 대해 갑자기 수줍음을 느끼게 만들었다고 나는 생각했다. 우리는 어둡고 축축한 차가운 날씨에 당구장을 향해 차를 몰았다. 그녀는 여러 번 되풀이해서 말했다.

"네가 비상한 두뇌를 가졌다고 윌리가 그러더라. 너는 선생이 되어라."

그리고 나서 그녀는 기쁜 날에 입는 물개가죽 코트를 입은 채 나를 꽉 껴앉고는 뺨에 입을 맞추고, 대단히 감격하여 행복의 눈물을 흘렸다. 그녀는 우리가 당구장에 들어가기 전에 눈물을 닦았다. 아마 이 뒤에는 내가 '고아'였다는 의미가 있었을 것이다. 이 일이 그 사실을 일깨워 주었다. 우리는 가장 좋은 옷으로 단장을 했다. 차 속의 아인혼 부인의 실크 스카프와 가슴에 은단추가 있는 드레스에서 향수 냄새가 풍겼다. 우리는 당구장을 향해 넓은 인도를 건넜다. 밑에는 법률로 규정해 놓은 듯이 창문에 커튼이 드리워져 있었고, 위에는 당구장 표시만이 비에 젖어 여러 가지 색이 혼합되어 엉켜 있었다. 오늘 밤은 졸업식 때문에 당구장은 그리 붐비지 않았다. 그래서 가장 멀리 떨어져 있는 동굴에서 비쳐 오는 듯한 빛으로부터 당구공이 서로 부딪치는 소리와 초록색 테이블 위를 부드럽게 구르는 소리를 들을 수가 있었다. 석쇠 위에는 비엔나 소시지의 비계가 놓여 있었다. 딩뱃이 나무로 만든 삼각형 공받침을 쥐고 악수를 하러 뒤에서 나타났다.

"오기는 클라인의 파티에 갈 거예요."

아인혼 부인이 말했다.

"축하한다, 오기야."

아인혼은 정중한 태도로 말했다.

"틸리, 그 애는 파티에 갈 거요. 그러나 지금은 아니야. 내가 먼저 그 애를 대접할 생각이오. 쇼 구경이라도 시켜 주고 싶소."

"윌리, 그냥 내버려 둬요. 오늘 밤은 그의 밤이잖아요."

그녀는 불안해하며 말했다.

"가까이 있는 극장이 아니라 맥비커에 있는 극장에 데리고 가겠단 말이오. 그곳에는 어린 아가씨들의 무대 쇼와 훈련받은 동물들, 펑 소리가 나는 병 위에서 물구나무서기를 하는 발 타바린 출신의 프랑스인들이 나온다오. 오기, 넌 어떻게 생각해? 멋진 일 같지? 나는 일주일 전부터 그런 계획을 생각해 왔다."

"네, 좋습니다. 지미가 말하기를 파티는 늦게까지 열릴 거랍니다. 저는 밤늦게라도 갈 수 있어요."

"윌리, 딩뱃이 당신을 데리고 갈 수 있잖아요. 오기는 오늘은 당신이 아니라 젊은 사람들과 지내고 싶을 거예요."

"내가 나가면 이곳에는 딩뱃이 필요하오. 그러니 그는 여기 머물러 있게 해야 하오."

아인혼은 그녀의 주장을 묵살해 버렸다.

나는 아인혼이 이렇게 주장하는 이유—벌판을 잽싸게 돌아다니는 들쥐보다 더 클 것도 없는 작고 음흉한 이유—를 알아채지 못할 정도로 오늘이 나의 밤이라는 사실에 도취되지는 않았다.

아인혼 부인은 두 손을 양옆으로 축 늘어뜨렸다.

"윌리, 그가 원한다면……"

아무런 방해가 될 것이 없으므로 실제적으로 가족의 일원이었던 것이다. 나는 그의 외투 위에 타이를 매주고 차에 태워서 갔다. 밤공기 속에서 내 얼굴은 붉어졌고 나는 화가 났다. 아인혼을 극장에 데리고 간다는 것은 별로 유쾌한 일이 못 되었기 때문이며, 게다가 여러 가지 귀찮은 단계와 교섭이 필요했기 때문이다. 먼저 차를 주차하고 매니저를 찾아서 출구에서 가까운 곳에 좌석

두 개가 필요하다고 설명한 다음, 쇠로 된 방화문을 열고 좁은 통로로 차를 몰고 내려가서 그 통로 후문을 통해 아인혼을 극장으로 운반해야 했으며, 또 다른 주차장을 찾아야만 했다. 게다가 일단 극장에 들어가서도 무대와는 나쁜 각도에 앉아야 했다. 그는 비상구 옆 오른쪽에 자리를 잡아야 했다.

"화재 발생 시에 도망가는 사람들 한가운데 내가 있다고 상상해 봐라."

그러므로 우리는 큰 무대의 정면에 앉지 않고 비껴 앉았으므로 배우 얼굴에 바른 분이나 화장한 얼굴, 작아졌다 커지는 소리, 번쩍이는 은빛을 다 볼 수 있었다. 때때로 관객들이 왜 웃는가를 모를 경우도 많았다.

"속력을 내지 마라."

아인혼은 워싱턴 대로에서 내게 말했다.

"여기서 속력을 줄여라."

갑자기 나는 그가 손에 주소를 들고 있는 것을 보았다.

"여기가 새크라멘토 부근이구나. 너는 오늘밤 내가 정말로 너를 맥비커 극장으로 데려가리라고 생각하지 않았겠지. 그렇지 않느냐? 오기야! 물론 시내에 들어가는 것도 아니야. 내가 너를 데리고 가는 곳은 나도 한 번도 가본 적이 없는 곳이다. 아마 뒷문이 있었고, 3층에 있었다고 생각된다."

나는 차를 세워놓고 둘러보러 나갔다. 무허가 술집을 찾아내고는, 돌아와서 그를 등에 업었다. 그는 항상 자신을 신드바드를 타고 다니는 바다의 노인 같다고 말하곤 했다. 그러나 아이네이아스 이야기도 있었다. 아이네이아스는 불타는 트로이 전쟁터에서 늙은 아버지인 안키세스를 지고 다녔는데, 그 노인은 비너스에 의해서 그 여신의 애인으로 뽑혔다는 것이다. 이 이야기는 퍽 적합한 비유였기에 나에게 깊은 감명을 주었다. 단지 우리 주위에는 화염이나 전쟁의 아우성 소리가 없을 뿐, 그 대신 행길에는 죽음과 같은 침묵이 흐르고 있었고, 땅은 빙판이었다. 잠들어 있는 창문들 밑으로 좁은 시멘트길을 따라 내려갔다. 이때 아인혼은 발걸음을 조심하라고 큰 소리로 말했다. 다행히 그날 나는 사물함을 청소하고는 거의 몇 년 내내 사물함 바닥에 처박혀 있던 고무신을 신고 있었다. 그래서 발은 미끄럽지 않았다. 그러나 나무 계단을 올라가 현관에 쳐놓은 짧은 빨랫줄 밑으로 계속 걸어간다는 것은 힘든 일이었다. 내가 3층에서 초인종을 눌렀을 때, 그가 말했다.

"여기가 바로 그 장소였으면 좋겠구나. 그렇지 않으면, 그들은 내가 여기서 무슨 짓을 하고 있는가를 묻겠지."

어떤 장소에 주로 참석하는 사람은 항상 그였다.

그러나 초인종을 잘못 누르지는 않았다. 어떤 여자가 문을 열었다. 나는 숨가쁘게 말했다.

"어디지요?"

"계속해서 가."

아인혼은 말했다.

"여기는 아직 부엌이야."

정말 그랬다. 맥주 냄새가 짙게 풍기는 곳이었다. 나는 그를 데리고 응접실까지 주의 깊게 걸어갔다. 그리고 놀란 듯한 사람들 앞 소파에 그를 내려놓았다. 소파에 앉자 그는 그들과 동등하게 느꼈고 주위의 여인들을 쳐다보았다. 나는 그 옆에 서서 대단히 열렬하게, 흥분해서 그 여자들을 바라보았다. 나는 그를 어디로 데리고 다닐 때 항상 큰 책임감을 느꼈다. 그리고 여기서, 나는 그가 얼마나 나에게 의존하고 있는가를 어느 때보다도 크게 느꼈다. 그런데 나는 지금은 그 점에 대해 염려하고 싶지 않았다. 그는 비록 오만하고 침착한 태도로 자신의 불리한 점을 보이지 않지만, 자기와 같이 중요한 인물이 무서운 성적 욕구 앞에서 무력하게 보일 거라는 사실에 대해 수치스러움을 느끼며 주저했다.

"여기 모인 여자들은 아주 쓸 만하다고 들었는데, 정말 그렇군. 하나 골라봐."

그가 말했다.

"제가요?"

"물론이지. 막 졸업한 이 멋쟁이 소년을 어느 아가씨가 즐겁게 해줄 수 있을까? 침착하게 골라봐."

그는 나에게 말했다.

마담이 방에서 거실로 나왔다. 그녀의 독특함은 얼굴 화장에 있었다. 얼굴빛은 곤충의 몸에 묻은 가루나 혹은 꺼진 램프 빛이었고, 볼연지 빛깔은 나방의 붉은 날개 빛이었다.

"이봐요."

그 여자는 말을 시작했다.

그러나 일은 잘 해결되었다. 아인혼은 어떤 사람으로부터 소개장을 받았다. 그래서 마담이 그것을 생각해 냈을 때는, 이미 그 일은 사전 준비가 되어 있었다. 다만 그녀는 아인혼이 안으로 인도될 것이라는 사실은 전달받지 못했다는 것을 알 수 있었다. 아무 소개가 없었다면, 그는 이곳을 믿지 않았을 것이다.

모든 일이 순조로웠음에도 불구하고 그는 당황했다. 아인혼은 은행가들이 입는 바지로 움직일 수 없는 다리를 덮고 한쪽 구두 위에 다른 구두를 포개고 앉아 있었다. 침착하게 생각해 볼 때, 아인혼은 누가 나를 즐겁게 해줄 것인가를 물어보면서도 그 자신이 선택했던 그 아가씨가 혐오감을 가진다는 것은 당연하다고 생각했을지도 모른다. 그가 돈을 지불하는 이곳에서조차 말이다. 그러나 실제로는 그런 것 같지 않았다. 협소하고 요란스럽고 사치스러운 비밀 특실인 이런 장소에서는 내 머리는 맑지 못했으며 정상적인 상태와는 거리가 멀었다. 그 역시 밖으로 나타내 보이는 것처럼 그렇게 대담하고 마음 편하지는 못했을 것이다.

마침내 아인혼은 그가 조금 전에 불러서 말을 나누었던 아가씨에게 물었다.

"너의 방은 어디에 있느냐?"

그러고 나서 침착한 태도로 체면도 무시하고 나에게 자신을 방으로 데려다 달라고 했다. 침대 위에는 분홍빛 침대보가 덮여 있었는데, 이곳은 그 후에 알게 된 사실이지만 그렇게 나쁜 방은 아니었다. 여자는 침대보를 젖혔다. 나는 그를 침대 위에 눕혔다. 여자가 방 구석에서 옷을 벗기 시작했을 때, 그는 나에게 한 번 더 자기 쪽으로 머리를 숙여 보라고 손짓을 하더니 속삭이듯 말했다.

"내 지갑을 가져가."

나는 무거운 가죽 지갑을 꺼내서는 주머니 속에 집어넣었다.

"그걸 잘 간수해라."

그의 눈빛은 대담했고, 열기에 차 있었으며, 분노의 빛마저 띠고 있었다. 그가 나의 태도에 화가 난 것이지, 나 자신에 대해서 화를 낸 것은 아니었다고 생각한다. 긴장감이 그의 얼굴에 감돌았으며, 머리카락은 베개 위에 흐트러져 있었다. 그는 무엇을 가르치는 듯한 어조로 여자에게 말했다.

"내 신발을 벗겨라."

그녀는 시키는 대로 했다. 그는 그녀를 적극적으로 바라보았다. 그의 시선은 자기의 전신의 선을 따라, 가운을 입은 채 머리를 그의 발 위로 숙이고 있는 여자에게로 옮겨 갔다. 이 여자는 굵은 목을 갖고 있었으며 손톱에는 붉은 칠을 하고 있었다. 침대 곁에는 펠트로 만든 슬리퍼 한 켤레가 놓여 있었다. 그가 말했다.

"한두 가지 좀 더 부탁할 것이 있다. 내 등을 편하게 만들어줘. 차근차근히 해."

그는 문 옆에 서 있는 나를 보았다.

"아직도 가지 않았니? 가봐. 내가 일일이 이래라저래라 해야 되나? 나중에 여자들을 너에게 보내줄게."

나는 꼭 명령대로 할 필요는 없었지만, 그가 나를 가라고 하지 않는 한 그의 곁에 머물러 있어야만 했다.

나는 응접실로 돌아왔다. 거기서 어떤 여자가 나를 기다리고 있었다. 나머지 다른 여자들은 다 돌아갔고, 이 여자가 나를 위해 뽑힌 모양이었다. 낯선 사람들과 함께 있을 때면 항상 그렇듯이 나는 마치 내가 내 행동을 정확히 알고 있는 듯이 행동했다. 또 이렇게 행동하는 것은 위기의 순간에 내가 추진력을 갖는 것이 가장 적절하고 올바르다는 생각에서였다. 이 여자는 이러한 나의 생각을 앗아가지는 못했다. 아무도 없는 곳에서 그녀가 하는 일, 아니 짐이라고도 할 수 있는 것은, 주요한 일을 치를 때 잠자코 기다리다가 경험 있는 자로서 접근하는 것이었다. 그녀는 젊지 않았다.(그 여자들이 나에게 딱 맞는 사람을 골랐다.) 그리고 야한 얼굴을 하고 있었다. 그러나 그녀는 내가 자기를 여인처럼 다룰 수 있도록 격려해 주었다. 그녀가 옷을 벗었을 때, 속옷에는 보기에도 우스운 요란스러운 주름 장식이 달려 있었다. 무엇을 강요하는 여자의 그 무엇, 심오하고 찬란한 그것과 어울리는 값싸고 번지르르한 장식들 말이다. 내 옷은 벗겨졌고, 나는 기다렸다. 그녀는 내게 다가와서 내 몸을 만졌다. 그리고 나를 침대 위에 눕히

기조차 했다. 그 침대가 자기 것인 듯이 나에게 그 사용법을 보여주는 것 같았다. 그녀의 가슴이 나를 눌렀다. 그녀는 어깨를 뒤로 젖히고, 눈을 감고, 나의 허리를 껴안았다. 일이 끝났을 때도 그녀는 계속 친절했으며, 나를 밀어내지 않았다. 나는 운이 좋았음을 그 후에 알게 되었다. 그녀는 내게 쌀쌀하게 혹은 냉소적으로 대하지 않으려고 노력했다. 그녀는 매우 자비롭게 그 일을 했던 것이다.

그러나 번개가 내리친 다음 땅으로 흩어진 것처럼, 전율이 내 몸을 지나갔을 때, 나는 이것이 기본적으로 하나의 거래였음을 알았다. 그러나 그것은 그리 중요하지 않았다. 그 여자는 일 이외에는 다른 어떤 생각도 하지 않을 정도의 큰 즐거움을 아인혼과 나에게서 맛보았어야 한다는 식의 생각도 없었다. 즉 충혈된 눈을 가지고 마음속으로는 게걸스럽게 욕구하고 있으면서도 겉으로는 대단히 침착하고 우월하게 보이는, 내 등에 업혀 그곳을 간 위대한 감각주의자인 아인혼과 내게서 말이다. 돈을 얼마나 지불하느냐의 문제도 또한 대수롭지 않았다. 다른 사람이 사용했던 그것을 사용하는 것도 별로 문제가 되지 않았다. 이것이 도시 생활의 현실이었다. 그리고 꼭 있어야 할 가지 달린 촛대도 없었으며, 부드러운 연인들을 위한 축혼가도 없었다.

나는, 쾌락을 위해 이러한 짓을 한 아인혼을 생각하며, 부엌에서 그를 기다려야만 했다. 마담은 이것을 못마땅하게 생각했다. 다른 사람들이 이곳으로 들어오고 있었고, 그녀는 부엌에서 음료수를 섞어 만들고 있었다. 그래서 나는 그녀의 토라진 시선 때문에 안으로 들어왔다. 그때 아인혼의 아가씨가 옷을 다시 갈아입고 나와서 나에게 그를 데려가라고 했다. 마담은 돈 때문에 나를 따라왔다. 그래서 아인혼은 대가를 지불하고 팁까지 주었다. 내가 아인혼을 응접실로 데려갔을 때 내 파트너 여자는 담배를 피우고 있는 어떤 남자와 함께 있었다. 아인혼은 귓속말로 말했다.

"아무도 보지 마, 알겠어?"

이러한 말은 그가 한 행동에 대해 다른 사람이 자신을 알아보는 것이 두려웠기 때문인가? 아니면 어두운 옷을 입고 나의 등에 매달려 다시 응접실을 지나치기 위해 나에게 매우 침착한 태도를 가지라는 단순한 명령인가?

"지옥을 통과하듯 내려가는 길을 조심해야 한다. 회중 전등을 가지고 오지 않은 것이 어리석었지. 지금 우리가 필요한 것이라곤 등불뿐이야."

그러곤 웃었다. 아이러니한 웃음이었지만, 어쨌든 웃었다. 집은 육중해 보였다. 보통 평범한 여자들처럼 코트를 입은 매춘부가 우리에게 길을 밝혀 주러 마당으로 나왔다. 우리는 그녀에게 고맙다고 인사를 하고 아주 정중하게 작별 인사를 했다.

나는 그를 집으로 데리고 갔다. 당구장은 아직 열려 있었지만 안채로 데리고 갔다.

"침대에 눕는 것은 염려 말고 파티에 가봐라. 차를 몰고 가도 좋다. 술에 취해서 속도를 높여 마구 몰아대지는 마라. 이거 하나만 부탁하마."

8장

　여기서부터 일이 새롭게 진행되었다. 우리에 의해서, 그리고 우리를 위해서 말이다. 나는 모든 원인들을 해명하려고 애를 쓰지는 않으리라.
　돌이켜 볼 때 나는 요즈음 우리 가족을 닮은 내 독특한 손발과 푸르고 회색빛 나는 눈, 그리고 위로 치솟은 머리를 하고 익숙한 평상복을 걸치고 있는 나 자신을 볼 수 있다. 그러나 나는 완전히 자격을 갖추고 새로운 사회적 단계에 놓인 또 다른 나를 보아야만 했다. 나는 내가 어떻게 말을 많이 하고, 농담을 하고, 소동을 야기시키며, 또 갑자기 여러 가지 견해와 의견을 한 번에 가지게 되었는지를 모르겠다. 내가 이렇게 되었을 때, 어떻게 그것들을 무(無)에서부터 배워왔는가를 설명하는 것은 불가능했다.
　사이먼과 내가 다녔던 시립대학은 신부들이 경영하는 신학교가 아니었다. 그런 곳은 아리스토텔레스와 결의론(決疑論)을 가르치고, 유럽적인 속임수들과 악습뿐만 아니라, 그것이 진실이든 아니든, 실제적인 것이든 아니든 모든 것을 진실과 실제로 주상하도록 대처하는 훈련을 시켰다. 알아야만 할 분야가 얼마나 많은가를 생각해 볼 때—아슈르바니팔, 유클리드, 알라리크, 메테르니히, 매디슨, 블랙호크[76]—전 생애를 거기에 바치지 않는 한 어떻게 그것들을 배워나갈 수 있겠는가? 그리고 학생들은 여러 지방—즉 헬즈 키친,[77] 리틀 시실리,[78] 블랙 벨트,[79] 폴란드인 집단, 훔볼트 파크의 유대인 거리 등—에서 온 이주민들의 자녀들이었다. 모두 엉성한 교과 과정을 쉽게 거쳐 갔다. 그래도 역시 그들은 지혜를 넓혀 갔다. 그들은 공장 길이만큼 긴 복도와 거대한 강의실을 다양한 개성과 원종(原種)으로 가득 채우고, 통합을 거쳐, 사상적으로 미국인이 되는 것이다. 이러한 혼합 속에는 아름다움, 여드름이 난 사춘기 학생들의 오만함, 어버이 살해자의 얼굴, 껌을 씹는 순진한 모습도 있었고, 노동자, 비서군(秘書群), 덴마크인의 착실성, 다고[80]의 영감(靈感), 카타르[81]로 애를 먹는 수학적인 천재 등 여러 모습이 뒤섞여 있었다. 귀에 땀을 흘리며 삽질하는 사람의 자녀들, 포주들의 딸들—즉 서부로 이주해 와 대리인의 일자리에서 밀려난 사람들의 자녀나 혹은 엄청나게 많은 수와 종류의 종교인들의 자녀였다. 혹은 어느 여행자의 사생아인 나이거나.

 사이먼과 나는 고등학교를 졸업한 후 일을 하는 것이 정상이었으나, 일자리를 구하지 못했다. 그리고 당시 상황에서는 공립대학은 우리와 같은 상태에 있는 학생들로 가득 찼다. 왜냐하면 실업 문제로, 좀 더 강력한 의견을 담은 공립학교의 추천장을 얻으려 했기 때문이고, 고급 공무원 시험에서 과학, 수학과 더불어 동등한 수준으로 셰익스피어나 다른 위대한 작가들이 우연히 튀어나오기 때문이었다. 특성상 어쩔 수 없는 일이었다. 만약에 의욕을 잃은 이러한 젊은이들을 어려운 직무에 대비해서 준비시키거나, 혹은 단지 그들에게 책을 읽혀 고민에서 벗어나도록 한다면, 대중으로부터 어떤 주목할 만한 결과를 낳게 하는 것이 될 것이다. 나는 바짝 마르고 병약한 한 멕시코인을 알고 있었다. 그는 너무 가난해서 양말 한 켤레도 제대로 신지 못했고, 몸이나 의복할 것 없이 온통 더러운 때가 묻어 있었다. 그러나 그는 칠판에 나가 어떠한 방정식이라도 다 풀 수 있었다. 그 외에도 나는 그리스어에 귀신 같은 남유럽인, 천재적인 두뇌를 가진 물리학자들, 두 바퀴 손수레를 끌면서 공부한 역사가들, 또는 의사·기사·학자·전문가가 되기 위하여 8~9년간을 굶주려 가며 피나게 일을 하고 있는 강하고 끈기 있는 많은 가난한 소년들을 알고 있다. 나는 이런 종류의 특별한 욕망도 없었고, 또한 그런 욕망을 가져야만 한다고 생각한 적도 없었다. 게다가 나 자신 그러한 전문적 직업을 가져보겠다는 생각으로 초조해하지도 않았다. 나는 그런 문제를 심각하게 생각하고 싶은 충동을 느끼지 못했다. 그럼에도 불구하고 나는 프랑스어와 역사 과목에서는 대단히 훌륭한 성적을 얻었다. 식물학에서는 내가 그린 그림은 엉망이고 확실하지 못해서, 반에서 뒤에 처지는 편이었다. 비록 내가 아인혼의 사무실 서기로 일해 왔지만, 깨끗함과 단정함에 대해선 많은 것을 터득하지 못했다. 게다가 나는 일주일에 오 일간 오후 시간과 토요일은 온종일 일을 했다.

나는 아인혼의 사무실에서 더 이상 일하지 않았다. 지금은 중심가에 있는 옷가게의 지하실에 위치한 여화부(女靴部)에서 일을 하고 있으며, 위층 남자 양복부에서는 사이먼이 일하고 있었다. 사이먼의 형편은 다소 나아졌다. 그래서 이렇게 일할 수 있는 변화에 기뻐하고 있었다. 그곳은 경영주들이 고용인들로 하여금 옷을 잘 차려입으라고 할 정도로 유행에 민감한 가게였다. 그러나 사이먼은 판매원에게 요구되는 그 이상이었다. 그는 단지 말쑥하고 단정한 옷차림에 그치는 것이 아니라, 목에 줄자를 걸고 가슴에 두 줄로 단추가 있는 줄무늬 양복을 입고서 들떠 있었다. 나는 루프가 8층에서 거울과 융단, 옷감이 쌓여 있는 선반에 둘러싸여 있는 그를 거의 알아보지 못했다. 그는 체구가 컸으나 민첩하게 움직였다. 혈기왕성한 그의 얼굴은 열에 들떠 있었다.

아래층에서, 나는 인도 아래에 있는 염가판매부에 있었다. 거기서 콘크리트에 박힌 초록빛 나는 둥근 유리판 위로 지나가는 손님들을 구경하거나 그들이 하는 이야기를 들었다. 이 렌즈들을 통해 보면, 무거운 정장들은 그림자처럼 날아가지만 몸무게는 적당했고, 유리는 삐걱거리는 소리가 났고, 구두 바닥들은 사방으로 급히 옮겨지고 있었다. 이 아치형 천장이 있는 곳은 주로 가난한 계층의 고객들이나, 혼자서 공연히 성가시게 구는 손님들을 위한 곳이며, 결혼 준비를 하는 아가씨들을 위한 모자나 액세서리를 취급했다. 같은 날에 여인들이 서넛의 어린 딸들을 데리고 구두를 사러 왔다. 물건은 테이블 위에 사이즈별로 쌓여 있었으며, 두꺼운 마분지로 된 상자들이 벽처럼 층층이 쌓여 있었고, 보도에는 육각형으로 된 벌집 모양의 벽 아래 조립 의자가 원을 그리며 놓여 있었다.

여기서 몇 주간의 견습을 마친 후, 구매계에서 나를 본격적인 판매장으로 올려 보냈다. 처음에는 단지 일을 거드는 것뿐이었다. 즉 재고품을 판매원에게 갖다 주거나 상자들을 다시 선반 위에다 갖다 놓는 일 등이었다. 그런 후 나는 구두 판매원이 되었다. 그리고 구매계원에게서 머리를 짧게 깎으라는 말을 들었을 뿐이다. 그는 항상 근심하는 친구였으며, 위장은 나빴다. 하루에 두 번씩 면도를 해서 피부가 부드러웠다. 일요일 아침에 그가 판매원들을 집합시켜 놓고 연설을 하기 전에 그의 입언저리에서 피가 흘렀다. 그는 자기가 할 수 있는 것보다 더욱 엄격해지기를 원했다. 내 생각에 그의 문제는 그가 사실 이렇게 세련되고 멋진 일을 지휘 감독할 수 있는 사람이 아니라는 점이었다. 왜냐하면 그곳은 벽에는 프랑스식 램프가 사람의 팔 모양으로 된 램프받이에 걸려 있고 주름 잡힌 휘장과 중국식 가구가 놓여 있는, 손님을 맞는 살롱이기 때문이었다. 그곳은 발소리와 속삭임이 들리지 않도록 동양제 양탄자가 깔려 있었고, 내부가 보이지 않게 외교 의식의 커튼이 드리워져 있었으며, 외부와는 차단되어 심지어는 리볼리 거리와도 단절된 아늑하고 포근한 곳이었다. 외부와 내부와의 차이는 조화되기 힘들었다. 왜냐하면 이러한 살롱 문턱까지는 도저히 평온할 수 없는 것을 평온하도록 강요당한, 무서울 정도로 고조된 긴장감과 적대적인 에너지가 있었다. 이러한 긴장과 적대적인 힘을 걱정과 전율로 제어시키려는 것은 분노에 찬 피투성이의 고든[82]이나 차티스트 폭동들 가운데서 폭발할 수 있는 어떤 것, 또 산처럼 쌓아 올린 달걀 상자들이 타오르는 듯한 화염을 뿜을 수 있을 어떤 것을 야기시킨다고 하겠다. 춥고 젖어 있는 어둠침침한 시카고 생활 주변에 흘러넘치는 알 수 없는 자유로운 힘은 결코 평온할 수 없는, 그럼에도 평온함에서 계획된 것들로부터 나온 것이다.

경제적인 면에서 사이먼과 나는 일류급이었다. 그는 수당 외에 일주일에 15달러를 벌었고, 나는 13달러 50센트를 벌었다. 그러므로 우리가 자선 단체로부터 도움 받을 자격을 잃는다는 것은 그다지 문제 되지 않았다. 엄마는 눈먼 장님이 되다시피 하여서 집안일을 더 이상 해나갈 수 없었다. 사이먼은 몰리 심즈라고 불리는 흑인 혼혈녀를 고용했다. 아주 튼튼하고 몸이 마른 35세가량의 여인이었다. 그녀는 부엌—사실상 조지의 오래된 침실—에서 잤다. 그리고 우리가 밤늦게 집에 돌아올 때면 몰리는 속삭이거나 노래를 불러댔다. 우리는 결코 정문을 사용하지 않았는데, 이것은 할머니가 있던 때부터 금지된 일이었다.

"그녀는 너를 생각하고 있단 말이다, 이 자식아."

사이먼이 말했다.

"바보 같은 소리, 그녀가 항상 눈독을 들이고 쳐다보는 것은 바로 형이야."

새해 첫날, 몰리는 나타나지 않았다. 그래서 내가 집안일을 하고 식사를 준비했다. 사이먼도 집에 없었다. 그는 잘 차려입고 망년 파티에 갔다. 중산모를 쓰고 물방울무늬 머플러를 두르고 색이 배합된 구두에 각반을 두르고, 돼지가죽으로 된 장갑을 끼고 말이다. 그는 그다음 날 초저녁에야 쏟아지는 새하얀 눈을 맞으며 돌아왔다. 그는 불결하고 초췌해 보였고, 인상을 찌푸렸다. 눈은 충혈된 채 금빛 수염에는 긁힌 상처가 있었다. 첫눈에 그의 격렬하고 방종한 성격을 알 수 있었다. 그는 조용히 내리는 눈을 맞으며 뒷문으로 들어와서 벽에다 대고 구두를 쳐서 눈을 턴 후 빗자루로 구두를 몇 번 쓸고서는, 마치 가시나무 사이를 걸어 다니다 온 듯이 긁힌 상처투성이의 얼굴을 하고 구멍이 나 있는 의자 위에 빳빳한 모자를 놓았다. 다행히 엄마는 그의 모습을 볼 수 없었다. 그러나 무엇인가 잘못되었음을 알고는 큰 소리로 물으셨다.

"뭘요, 아무 일도 아니에요, 엄마."

우리는 말했다.

엄마가 알아듣지 못하도록 속으로 사이먼은 내게 웰가의 엘역에서 두 명의 술주정뱅이와 싸운 황당무계한 이야기를 들려주었다. 두 명은 모두 사나운 아일랜드인이었다. 그중 한 놈이 사이먼의 옷깃을 잡아당겨서 코트 속으로 팔을 잡고, 다른 한 놈이 그의 얼굴을 난간의 철조망에 밀어 넣어 아래층으로 집어 던졌다는 것이다. 어떤 이야기도 납득이 가지 않았다. 그따위 이야기로는 그가 하루 밤낮을 어디서 보냈는지 해명이 되지 않았다.

"몰리 심즈가 나타나지 않았던 것을 형도 알고 있잖아. 온다고 했었는데."

나는 말했다.

사이먼은 자기가 몰리와 함께 있었다는 사실을 극구 부인하려고 하지 않았다. 그러나 그는 진흙탕에 젖은 옷을 입고 지쳐버린 짐승처럼 무거운 몸을 하고 앉아 있었다. 그는 목욕을 할 수 있도록 불을 피우라고 했다. 그가 셔츠를 벗자, 등에는 찢긴 자국이 더 많이 드러났다. 그는 내가 어떻게 생각하든 상관치 않았다. 허풍도 떨지 않고 불평도 하지 않고, 그날 아침 일찍 몰리에게 갔었다고 말했다. 그가 두 명의 아일랜드인과 싸웠다는 것은 사실이었다. 그는 파티가 끝난 후 술이 취했었다. 그래서 그녀가 그를 할퀸 것이었다. 그녀는 그를 아주 어두울 때까지 보내주지 않았다. 그러다가 그는 블랙 벨트가의 눈 속에서 비틀거렸다. 침대에 누우려고 이불을 들추면서 사이먼은 내게 우리가 몰리를 내보내야 한다고 말했다.

"형은 어디서 '우리' 란 말을 끄집어내는 거야?"

"그렇지 않으면 그녀는 자기가 이곳 주인이라고 생각할 거야. 그녀는 삵쾡이 같은 무모한 여자란다."

우리는 낡고 작은 방에 있었다. 그 방에는 여러 겹의 벽지가 군데군데 불룩 튀어나온 것이 보였으며 포근한 눈송이가 창문에 떨어져 녹아 흘러내리고 문턱에는 눈이 쌓여 있었다.

"그 여자는 그게 무슨 큰일이나 되는 양 떠들고 다닐 거야. 벌

씨 입을 벌렸는걸."

"뭐라고 했는데?"

"자기가 나를 사랑한대."

그는 씩 웃었지만 침울한 표정을 지었다.

"아주 미친 여자야."

"뭐! 그 여자는 마흔이 가까운데!"

"그게 무슨 상관이니? 그 사람도 여자야. 그녀를 보러 갔을 때 나는 그녀에게 다가가기까지 나이를 묻지 않았어."

그는 그 주일에 몰리를 내쫓아 버렸다. 나는 아침 식사 때 그녀가 사이먼의 긁힌 얼굴을 어떻게 보고 있는가를 눈여겨봤다. 그녀는 몸이 가냘픈 집시 스타일의 여자였고, 얼굴은 매우 날카로웠다. 그녀는 마음이 내키면 아주 예절이 발랐다. 그러나 그렇지 않을 때는 누가 그녀를 보든 아무런 주의를 기울이지 않고 날카롭고 푸른 눈으로 씩 웃었다. 사이먼은 그녀에게 놀라지 않았다. 왜냐하면 그는 이미 그녀가 귀찮은 존재가 되리라는 것을 알았기 때문이다. 그녀는 사이먼이 자기를 해고시키려는 것을 눈치챘다. 그녀는 패배의 쓰라림을 많이 맛보고 워싱턴에서 브루클린에 이르기까지 이 마을에서 저 마을로 전전하며 방랑 생활을 하다가, 아무도 모르는 곳에서 잠시 머무르며, 이곳에서는 금니를 얻어 하고 저곳에서는 한 대 후려맞고 다니던, 경험이 풍부한 거친 여인이었다. 그러나 독립심이 강한 여자였으며 어떠한 동정도 구한 적이 없었다. 또한 다른 어떤 것도 받은 적이 없었다. 사이먼은 그녀를 해고하고 사블론카를 고용했다. 늙은 폴란드 여인이었는데 우리를 싫어했다. 그녀는 느리고 불평이 많고 험상궂은 인상을 지었으며, 또한 뚱뚱하고 천박했다. 게다가 음식 솜씨도 없는 신앙심 깊은 과부였다. 그러나 우리 둘은 집에 있는 적이 별로 없었다. 그녀가 들어온 지 몇 주일 내에, 나는 집에서 살지도 않고 학교를 그만두고는 에반스턴에서 일하면서 지냈다. 나는 잠시동안 백만장자의 순회점에 들어가서 교외—하일랜드 파크, 케닐워스, 위네트카—에서 귀족만을 상대로 하여 사치스러운 물건들을 파는 전문적인 세일즈맨 일도 했다. 나와 같이 일했던 구두 가게 구매계원이 에반스턴에서 사업을 하는 친분이 있는 사람으로부터 누군가를 추천해 달라는 부탁을 받고 나를 소개했다. 그는 나를 데려왔고, 내가 상점 1층을 지날 때 에반스턴의 스포츠 상품을 취급하는 렌링 씨가 나를 볼 수 있었다.

"그는 고향이 어디냐?"

그가 구매계원에게 물었다. 그는 차갑고 매정스러웠으며, 혼자 중얼거리고, 모호한 눈동자를 하고, 긴 다리에 멋진 풍채를 한 사람이었다. 마치 스코틀랜드인처럼 보였다.

"북서부 지방이야. 이 아이의 형은 위층에서 일하고 있는데, 형제가 모두 아주 영리하지."

구매계원이 말했다.

"유대인(Jehudim)이야?"

렌링 씨는 구매계원을 여전히 모호하게 바라보면서 물어보았다.

"유대인이야?"

구두계원이 나에게 물었다. 그는 대답이 무엇인지 너무나 잘 알고 있었나. 단지 그냥 물어보았을 뿐이다.

"아마 유대인일 거야."

"아!"

렌링은 이번에는 나를 보며 말했다.

"글쎄, 북부 연안에서는 유대인을 좋아하지 않아."

그는 냉소를 지으며 말을 이었다.

"그러나 누가 그들을 행복하게 해주겠니? 그들은 어느 누구도 좋아하지 않아. 어쨌든 그들은 아마 네가 유대인인지 모를 거야."

그러고는 다시 구매계원에게 말했다.

"그런데 너는 이 애가 멋있는 일꾼이 될 수 있다고 생각하니?"

"그는 여기서 아무 탈 없이 아주 일을 잘했어."

"북부 연안은 약간 더 어려운 곳이야."

내가 상상하기로는 판자집에서 온 장래성 있는 종들도, 교육을 받기 위해 어머니들에 의해 늙은 매춘부에게 온 소녀들도 이와 똑같은 것을 되풀이해야만 할 것 같았다. 그는 내 재킷을 벗기더니 내 어깨와 엉덩이를 보았다. 내가 그에게 무슨 직업을 갖고 있느냐고 물어보려는 순간, 그는 내가 자기 목적에 적합한 체격을 지니고 있다고 말했다. 게다가 나의 허영심은 내 자존심보다 훨씬 더 힘이 컸다. 그런 다음 그는 내게 말했다.

"나는 네가 안장 파는 가게—부인용 승마복, 승마용 장화, 관광 목장에서 필요한 물건들과 팬시용품—에서 일을 해줬으면 한다. 견습 기간 동안에는 20달러를 주지. 그리고 능숙해지면 수당 이외에 25달러를 주겠다."

내가 그 일자리를 택한 것은 지극히 당연한 일이었다. 나는 사이먼보다 돈을 더 벌기를 원했다.

나는 에반스턴에 있는 학생 다락방으로 이사했다. 그 방에서 가장 품위 있는 물건은 옷장이었다. 아마도 나는 복장에 대해 언급해야만 할 것 같다. 왜냐하면 렌링 부부는 내가 의복을 잘 갖추어 입는가에 신경을 썼기 때문이다. 사실상 그들은 나에게 돈을 미리 주고, 트위드나 플란넬 옷, 체크무늬 옷이나 풀라 천으로 만든 넥타이, 운동화, 멕시코식의 망사 구두, 셔츠, 손수건 등으로 나를 옷에 지나치게 신경 쓰는 사람으로 만들어버렸다.(이런 것들은 대부분 영국 취향을 지닌 것이었다.) 내가 그곳이 좋은 곳이라는 것을 알았을 때도 그것 때문에 가지는 않았다. 그러나 처음에 나는 너무나 들떠 있었고 열광적이었기 때문에, 그곳이 어떤 곳인가를 잘 알 수 없었다. 나는 호화찬란하게 옷을 차려입고는 가로수가 무성한 거리에 있는, 유행의 첨단을 걷는 상점에서 일을 하고 있었다. 상점에서의 나의 위치는 지금까지 내가 본 것 중 가장 어마어마한 판유리 뒤였다. 이 상점은 낚시와 사냥 도구 그리고 등산, 골프, 테니스 용구 및 통나무배, 선외(船外) 모터 등을 파는 렌링 상회 본점에서부터 서구산(西歐産) 입목(立木) 아래로 불과 세 발짝 떨어진 곳에 있었다. 나는 나의 사회적 위치에 놀라지 않을 수 없었다. 또한 갑자기 이런 일에 자신이 생기고 재능이 생겼다. 나는 한 손으로는 상품을 보여 주고 다른 손으로는 긴 물뿌리에 시가를 한 대 끼면서 자신 있고 빈틈 없이, 부유한 젊은 소녀들이나 컨트리 클럽 스포츠맨이나 대학생들에게 이야기할 수 있었다. 그래서 렌링은 내가 전에 예상했던 모든 불리한 점을 다 극복했다는 걸 인정해야만 했다. 나는 승마 교육을 받아야만 했다.(그러나 너무 비쌌기 때문에 많이 배우지는 못했다.) 렌링은 내가 아주 능숙한 기수가 되는 건 원치 않았다. 그는 말했다.

"무엇 때문에? 나는 이런 사치스러운 엽총을 팔면서 내 평생 동물 한 마리 쏘아보지 못했다."

그러나 렌링 부인은 내가 기수가 되어 세련되기를 원했으며, 다방면으로 나를 교육시키려고 했다. 그녀는 내가 노스웨스턴 대학의 야간 학부에 등록하도록 해주었다. 상점에서 일하는 네 명중에—내가 나이가 가장 어렸다.—두 명은 대학을 졸업했다. 렌링 부인이 말했다.

"만약에 너도 학사 학위를 받게 된다면…… 너의 외모로 보나 너의 사람됨으로 보아……."

그녀는 마치 그것이 이미 내 수중에 들어 있기나 한 것처럼 결말을 나에게 제시해 주었다.

그녀는 내 허영심을 부채질하며 말했다.

"너를 아주 완전한 사람으로 만들겠다. 아주 완전하게."

렌링 부인은 쉰다섯에 접어들었으며, 머리숱은 적고 약간 회색빛이 감돌았으며, 몸매는 자그마하고 얼굴보다도 목이 더욱 희었다. 그녀는 작고 마르고 붉은 주근깨가 있었고, 두 눈은 맑았으나 부드러운 빛은 없었다. 그녀의 억양은 이국적이었다. 그녀는 룩셈부르크 출신이었다. 그래서 자기가 이 지구상의 일부분인 『고타 연감』[83]에 수록된 이름과 연관을 맺게 된 것이 큰 자랑이었다. 때때로 그녀는 내게 말했다.

"모두가 넌센스야. 나는 민주당 지지자야. 이 나라의 한 시민이고. 나는 콕스나 알 스미스, 루스벨트를 지지하는 투표를 했단다. 귀족들 따위는 염두에도 없지. 그들이 우리 아버지의 땅에서 전부 사냥을 했거든. 카를로타 여왕은 늘 우리들 가까이에서 예배를 보곤 했는데 나폴레옹 3세 때문에 결코 프랑스인들을 용서하지 않았단다. 그 여왕이 죽었을 때 나는 브뤼셀에 있는 학교에 재학 중이었지."

그녀는 여러 곳에 살고 있는 귀족 부인들과 서신 왕래를 하고 있었다. 그녀는 도른에 살고 있는 독일 부인과 요리에 관해 서로 의견을 나누었다. 그래서 카이저 가문과도 인연이 있었다.

"나는 수년 전에 유럽에 있었는데 거기서 남작 부인을 만나게 되었단다. 그녀와 오랫동안 알고 지냈지. 물론 그들은 너를 진실로 받아들일 수는 없어. 나는 부인에게 '나는 진정으로 미국인입니다.' 하고 말했지. 나는 절인 수박을 가지고 갔어. 그곳에는 그런 것은 없거든. 오기야, 그 부인은 내게 코냑을 넣어 송아지 콩팥 요리를 하는 법을 가르쳐주었단다. 세상에서 보기 드문 요리 중 하나지. 지금은 뉴욕에도 그 요리를 하는 음식점이 있지만 말이야. 요새와 같은 불황에도 미리 예약을 해야만 먹을 수 있단다. 그녀는 500달러를 받고 어느 요리사에게 그 요리법을 팔아넘겨버렸어. 나는 결코 그와 같은 행동을 하지는 않았단다. 나는 가서 나의 친구들을 위해 그것을 요리하려 했지만, 어떤 오랜 가문의 비밀을 판다는 것은 있을 수 없는 일이라고 생각했지."

그녀는 음식 솜씨가 좋았다. 그녀는 모든 요리 비법을 알고 있었으며, 그녀가 내놓는 만찬 요리 때문에 유명해졌다. 그녀는 친구들을 위해 어느 곳에서나 음식을 대접하리라고 결심했기 때문에 다른 곳에서도 사람들을 위해 요리를 했다. 그녀의 사교적인 대상들은 사이밍턴에 있는 호텔 지배인의 부인, 보석상들, 그리고 부유한 족속들에게 지극히 무겁고 문장이 새겨져 있으며 심벌즈 크기만큼 큰 과일 접시와 배 모양으로 만든 그레이비[84] 그릇을 파는 블레톨드였다. 또한 달마티안 개를 기르고 있고 남편이 티폿 돔 스캔들[85]에 관련이 되었던 미망인도 끼어 있었다. 누구나 이 송아지 콩팥 요리를 좋아했다. 이 요리를 모르는 새로운 부인들을 위해 그녀는 집에서 모든 것을 준비하여 그들의 테이블에서 요리했다. 그녀는 모든 사람들을 잘 먹이기를 좋아했다. 그래서 종종 세일즈맨을 위해 요리를 했다. 그녀는 우리가 음식점에 가는 것을 싫어했다. 음식점에서는 모든 것이 너무나 싸구려라서 기분이 나쁘다며, 결코 끼어들 수 없는, 연예인을 흉내 내는 외국인의 음성으로 말했다.

　렌링 부인에게 그것은 그냥 그런 것이었다. 그녀가 창백한 불꽃을 튀기며 무엇인가 집중할 때는 결코 방해할 수도 중단시킬 수도 없었다. 그녀가 원하기만 한다면 당신을 위해 요리를 해줄 것이다. 당신을 먹여 살릴 수도 있고, 가르치거나 교육을 시킬 수도 있으며, 함께 마작도 할 수 있을 것이다. 그런데 당신이 그것에 대하여 할 수 있는 일이란 거의 없다. 그녀는 주위의 어느 누구보다도 더 강한 세력을 지니고 있었다. 그녀의 두 눈은 가벼웠고, 손등 위나 분 아래 박혀 있는 얼굴의 주근깨는 창백한 여우 가죽의 얼룩 점 같았고, 근육의 힘줄은 길고 뚜렷한 빛을 발했다. 그녀는 내가 신문대학에 들어가 광고에 대해 공부했으면 한다고 말했다. 그리고 내 학비를 대주었다. 그래서 나도 그렇게 했다. 그녀는 또한 학위를 얻는 데 필요한 다른 과목들도 선택해 주면서, 미국에서 교육받은 사람은 탄광에 있는 촛불처럼 탁월하다며, 그가 요청만 하면 원하는 것은 무엇이나 다 가질 수 있다고 강조했다.

　나는 바쁜 생활을 했다. 그 당시 나는 나의 새로운 모습에 대해 멋모르고 자랑을 하며 지냈다. 야간에 수업을 받고, 도서실에서 밤마다 역사책이나 소비자들의 불만을 창조해 내는 교활한 서적들을 읽는 한편, 렌링 부인이 비단으로 장식된 아파트의 호화판 거실에서 브리지와 마작을 할 때는 시중을 들었다. 때로는 종복으로서, 때로는 조카로서, 입에는 담배 물뿌리를 물고, 머리에는 빛나는 스타 핀을 꽂고, 가슴의 옷깃에는 만발한 꽃을 달고 헤더로션 냄새를 풍기면서 과자 접시를 날라다 주었다. 이럴 때 나는 등을 쓰다듬어 주는 듯한 느낌을 받았고, 어떤 내 행동이 정중하고 예절 바르다고 해서 주는 팁도 사양하지 않고 받았다. 나중에 나는 나의 정중하고 굽실거리는 예절 바른 행동은 즉흥적으로 꾸민 것임을 알았고, 많은 사람들이 어떤 품격의 자세를 취하는가를 알기 위해서 사람들을 쳐다보았다는 것을 알았다. 진정한 표준이 되는 것은 렌링 부인이었다. 그녀가 통솔자임을 부정할 수 없었다. 렌링 씨는 카드 놀이나 당구 따위에는 전혀 관심도 없는 듯이, 또 그런 것과는 완전히 떠나서 초연하고 냉정하게 보였다. 그는 별로 말이 없었지만, 렌링 부인은 다른 사람의 의견은 듣지도 않고 자기가 말하고자 하는 것을 전부 말해 버렸다. 다른 사람의 의견이란—하인들에 관한 것, 실업, 또는 정부에 관한 이야기—괴상한 것이어서, 그것에 대한 두 가지 방도란 있을 수가 없었다. 렌링 씨도 이 사실을 알고 있으나 전혀 관심을 기울이지 않았다. 사업을 하는 그의 친구들도 이러했다. 다시 말하면 사업을 하는 사람은 이와 같은 태도를 지녀야만 했다. 그리고 방문을 하고 초청을 하기는 하나, 그는 결코 어떠한 영향을 주거나 받지는 않았다.

그는 그의 사업에 아주 적절한 성격을 지니고 있었다. 때때로 그는 끈 하나로 매듭을 짓는 솜씨를 보여 주려고 하거나 다음과 같이 노래를 부르거나 하였다.

그래서 이것이, 그래서 이것이 웨니스다.
어디에다 차를 주차할 거나?

그는 입술을 꼭 다물었다. 그래서 우울하고 참을성 있어 보였다. 그는 남을 위해 봉사를 해야만 하나 자신을 위해 저축도 해야만 하는, 예를 들면 겉으로는 지는 척하면서 뒤로는 싸움을 거는 이상한 인생 게임에 관계하는 인간들, 웨이터장이나 은행의 급사

우두머리같이 냉정하고 믿을 수 없는 교활한 인간이었다. 그는 권투 팬이어서 때때로 나를 몬트로즈 공동묘지 부근의 링에서 열리는 선수권 경기에 데리고 갔다. 10시경 모임에서 말했다.

"오기와 나는 표 두 장이 있는데, 둘 다 못 쓰면 창피한 일이야. 지금 가도 주요 시합은 볼 수 있을 거야."

남자들에게 필요한 일이라는 것을 알기 때문에 렌링 부인은 이렇게 말했다.

"좋아요, 다녀오세요."

권투 시합을 하는 동안에 그는 소리를 지르거나 미친 듯 소란을 피우지는 않았으나, 사람을 치는 이 경기에 대단히 열중했다. 스태미너를 요구하는 것은 어떤 경기이든 그의 마음을 끌었다. 즉 육 일간의 자전거 경기, 댄스, 마라톤, 멀리 걷기, 깃대 위에 앉기, 계속적인 세계일주 비행, 혹은 반항하는 죄수들이 행하는 장기간의 단식 투쟁, 산 채로 묻혀서 환기갱(換氣坑)을 통해서 음식을 받아 먹으며 지하에서 캠핑하는 사람. 실린더 벽 혹은 증기, 가스, 모든 비인간적인 압력을 견디어내는 다른 기계적인 물질과의 투쟁에서 승리하듯, 인내와 노력의 기적들을 말이다. 이러한 광경을 보기 위해서라면 그는 성능 좋은 패커드 차를 몰고 멀리까지 갔다. 드라이브하면서 경주를 했다. 그러나 빨리 달리는 것 같지 않았다. 그는 초록빛 가죽 의자에 앉아 안정을 유지하고, 옥빛 나는 기어 손잡이 옆으로 흔들리지 않게 무릎을 높이 올리고, 손은 깔깔한 털로 싼 핸들 위에 올려놓고, 자동차의 속도계 바늘이 80에 서 있는 것처럼 현혹되게 차를 몰았기 때문이다. 이렇게 차를 몰 때 1마일 거리에 늘어서 있는 나무들이 테이프의 1인치 그림자처럼 부서지는 것을 볼 수 있었고, 새들이 파리를 닮았고 양 떼들이 새들을 닮았다는 것과 푸르고 노랗고 붉은 작은 곤충들의 핏방울들이 얼마나 빨리 차창 유리 위에 후두둑 떨어지는가를 눈여겨볼 수 있었다. 그는 나와 같이 가기를 좋아했다. 그런데 그가 나와 같이 가는 까닭이 무엇인지 도무지 알 수가 없었다. 우리가 회오리바람처럼 왔다가 갈 때는 풍경을 무시하고 차갑게 치달리는 일과 라디오 안테나가 휘어져 가볍게 부딪치는 소리, 판 속에 박혀 황금 망사로 덮여 있는 스피커에서 들려오는 방송 잡담에 대응할 만한 따스한 대화도 없었다. 이따금 가장 많이 언급되는 것은 차의 움직임과 가스 및 기름 사용량의 통계였다. 우리는 마치 지구를 방문하고 있는 한 쌍의 명왕성(冥王星)처럼 소나무가 우거진 곳, 따스한 모래 위에 차를 멈추고 바비큐로 요리한 닭을 뜯었다. 조그마한 체크무늬가 있는 모직이나 해리스 트위드 천으로 만든 좋은 옷을 입고 상점에서 사 가지고 온 케이스에 든 야외용 유리잔에 맥주를 부어 조금씩 마셨다. 우리는 마치 우울한 돈 많은 신사와 그의 귀공자 조카, 아니면 남보다 잘난 체하는 속물근성을 가진 사촌처럼 보였음에 틀림없었다. 나는 내가 입은 이러한 의복을 만져보고 좋은 옷을 내 몸에 가져다 대어보거나 혹은 나의 모자 속에 있는 건초 더미처럼 푸른빛 나는 티롤 인의 솔과 영국식 구두의 광채에 너무나 정신을 팔았기 때문에, 렌링 씨를 나중에 알게 된 것처럼 알 수 없었다. 그는 장애물을 극복하는 사람이었다. 그는 도로를 횡단하여 질주했다. 그는 용기 있는 행동을 좋아했고 인내력을 숭배했다. 모든 반대와 난관과 어려운 방해물을 물어뜯어 씹어 삼켰다.

때때로 그는 짤막한 말로 자신에 관해 이야기했다. 한번은 우리가 북부 연안 고가다리 밑을 지나갈 때 그가 말했다.

"내가 저 고가다리를 짓는 것을 도왔지. 그 당시 나도 너만 한 나이였어. 시멘트를 섞는 사람에게 시멘트를 날라주었지. 파나마 운하가 개통되던 해였음에 틀림없어. 그 일이 내 복부 근육을 못 쓰게 만들 것이라고 생각했었지. 그때는 달러 지폐와 15센트짜리 동전 하나도 큰돈이었어."

이것이 그가 나를 길동무로 삼은 이유였다. 내가 어떻게 이런 종류의 삶에 뛰어들게 되었는지가 그에게는 흥미로웠던 것 같다.

나는 만찬복을 입고 정식 파티에 초대되기를 지극히 원했었고 또 어떻게 하면 소(小)상공회의소에 일자리를 구할 수 있을까 많은 생각을 했다. 그러나 사업적인 생각을 지니고 있어서가 아니었다. 상점에서 나의 실력은 보통보다는 나았지만 돈을 버는 데 있어서 폭넓은 창의력은 없었다. 내 마음을 움직였던 것은 멋을 부리거나 옷에 신경을 쓴다는 사교적인 열정이었다. 착 달라붙는 듯한 아가일 양말 한 켤레를 다리를 포개었을 때 보이게 하는 방법, 프린스턴 옷깃에 나비넥타이를 매어 어울리게 하는 것은 내 마음을 굉장한 힘과 갈망으로 사로잡았다. 나는 그것에 굴복되고 말았다.

간단히 말해서 사이밍턴에서 온 웨이트리스인 윌라 스타이너와 함께 다녔다. 나는 그녀를 메리 가든에 데리고 가서 춤을 추었고, 밤에는 함께 해변으로 나갔다. 그녀는 아주 다정한 소녀여서 대부분의 시간을 내가 으스댈 수 있게 해주었다. 그녀는 결코 부끄러움을 타지 않았고, 함께 있는 것에 아무런 거리낌이 없었다. 그녀는 고향에 애인이 있고 그와 결혼할 것이라는 이야기 등을 하였다. 나는 분명히 질투심을 억제할 수가 없었다. 그녀는 아마도 그녀가 옳았을지도 모를, 나에게 불리한 수많은 것들을 알고 있었기 때문이다. 예를 들면 나의 신사다운 체하는 수다스러움, 자만심, 또는 내가 의복에 대해 신경을 쓰는 것이 그것이었다. 곧 렌링 부인이 내가 그 소녀와 관계하고 있다는 것을 알고 나를 꾸짖으러 내려왔다. 아인혼도 렌링 부인만큼 자기 주위에서 일어나고 있는 일을 더 알지는 못했다.

"오기야, 나는 네게 아주 놀랐다. 그 애는 예쁘지도 않더라. 코는 마치 작은 인디언 코 같고 말이야."

그녀가 말했다. 그런데 나는 특히 윌라 스타이너의 아름다운 코를 제일 좋아라 하고 애무했었다. 그래서 내가 그 코를 옹호해 주지 못한다는 것은 용기가 없는 짓이었다.

"게다가 그 애는 주근깨투성이지. 나도 역시 주근깨가 있지만 내 것과는 달라. 어쨌든 내가 지금 너에게 얘기하는 것은 어디까지나 너보다는 좀 더 나이를 먹은 사람으로서 하는 이야기야. 그 애는 작은 매춘부야. 정직하지 못한 매춘부지. 왠지 알아? 정직한 매춘부는 원하는 것이라곤 돈뿐이지. 네가 정말 이런 짓을 계속 해야겠다면, 내게 와서 이야기를 해라. 부끄럽게 생각하지 말고 말이야. 그러면 내가 그런 장소가 있는 윌슨 부근의 셰리던가에 갈 수 있도록 돈을 주겠다."

이것은 돈을 주고 나를 곤궁에서 빠져나오도록 한 하나의 예가 된다. 마치 내가 도둑질을 했을 때 아인혼이 설교를 했던 때처럼 말이다.

"오기야, 너는 이 조그만 매춘부가 너를 곤궁에 빠지게끔 해놓고는 어쩔 수 없이 자기와 결혼하도록 하는 걸 원한다는 것을 모르니? 너의 인생의 첫 출발점에서 그녀와 아기를 갖게 되는 게 네가 원하는 전부냐? 나는 네가 이것이 무엇을 의미하는지 알 것이라 생각한다."

가끔 나는 그녀의 말이 현명하고 자유로운 것이라 생각했다. 반대로 그녀의 말이 굉장히 어리석었다고도 생각했다. 나는 렌링 부인이 주근깨 난 화난 얼굴로 쓸데없는 걱정을 하는 듯한 표정을 짓고 그녀가 감시하던 칸막이 방으로부터 밖을 엿보면서, 자기가 원하는 사람을 끌어내어 설득하려고 계속 몸을 굽실거린다는 인상을 받았다. 그것은 세상 각지의 주요 도시나 공작 부인의 영지, 별장 등에서 돈으로 도금을 한 벙어리 젊은이가 여성 후견인이나, 장군과 정치가의 부인들로부터 들을 수 있는 그런 종류의 이야기였다.

"그러나 렌링 부인, 당신은 윌라에 관해서 정말 아무것도 모르십니다."

나는 서투르게 말했다.

"그녀는 결코……."

나는 계속 말을 잇지 못했다. 그녀가 얼굴에 온통 비웃음을 띠고 있었기 때문이다.

"얘야, 너는 바보처럼 지껄이는구나. 그래, 계속해 봐라. 나는 너의 어머니는 아니니까. 그러나 너는 곧 알게 될 거야."

그녀는 흉내 내는 목소리로 말했다.

"그 계집애가 너에게 올가미를 씌웠다고 하자. 너는 그 애가 식탁이나 돌보면서 너를 위해 그늘에 처박혀서 먹고살기 위해 일하기를 원하리라고 생각하니? 너는 그저 그 애를 노리개감으로 즐기기만 하면 되리라고 생각하느냐 말이다. 너는 계집애들에 대해 통 모르는구나. 그 애들은 결혼을 원한단다. 지금은 누군가가 자비를 가질 때까지 조용히 앉아서 기다리는 조심성 있는 구식 시대가 아니란 말이야."

그녀는 메스껍다는 듯이 말했다. 그녀는 혐오를 느껴 발끈 화를 내었다.

렌링 부인이 관절염 치료를 위해서 광물 온천을 하려고 벤턴 하버로 자기를 데려다 달라고 했을 때, 나는 그녀가 나를 윌라로부터 떨어뜨려 놓으려 한다고는 생각지 않았다. 그녀는 자기 혼자 미시간에 간다는 것은 생각할 수도 없는 일이라면서 나에게 차를 몰고 가서 호텔에서 자기 말동무가 되어달라고 했다. 그 후에 나는 그것이 무엇을 의미하는가를 깨달았다.

벤턴하버는 지난번 네일즈, 딩뱃과 함께 땀에 젖은 셔츠의 소맷자락으로 목을 처매고 아픈 발을 이끌며 머스키건에서부터 히치하이크로 돌아왔을 때와는 많이 달랐다. 우리는 미시간 호수 옆에 있는 세인트조의 메리트 호텔에 투숙했다. 호텔 바로 앞에는 바다가 있었다. 그래서 윤기가 흐르는 분홍빛 객실 방으로 신선한 바다 냄새가 짙게 풍겨 왔다. 그 호텔은 거대한 벽돌 건물이었다. 옛날 사라토가 스프링즈[86] 건물 분위기를 좇아서 온실이나 고리버들 세공을 만들어놓고, 칸막이 커튼에는 장식용 술이 달린 끈이 있으며, 프랑스어로 쓴 메뉴가 놓여 있고, 흰옷 차림의 홀 심부름꾼과 살이 찐 부자들이 왔다 갔다 하고, 깨끗이 씻겨진 자갈 위에 리무진이 주차해 있으며, 탐스럽게 잘 가꿔진 꽃들이 무성하게 나 있고, 잘 자란 풀로 세 겹으로 장식한 잔디밭이 있었다. 7월의 폭염 속에서 이곳만큼 풍요한 곳은 없었다.

나는 장시간 목욕을 한 후 주위를 구경하러 나갔다. 이곳은 대부분 독일인들이 과일을 재배하고, 농부 차림의 사람들이 많이 눈에 띄었으며, 마당의 큰 참나무 밑에서 긴 드레스를 입고 맨발로 다니는 보닛을 쓴 늙은 여자도 보였다. 복숭아 가지는 수액이 나와 빛이 나고, 잎사귀들은 살충제의 발포로 유백색을 띠고 있었다. 거리에나 자전거와 포드 트럭 속에는 수염이 난 긴 머리의 다윗의 자손 유대인들이 있었다. 그곳은 평화롭고, 조직적이며, 신앙심 깊은 사람들이 거주하는 육식을 금하는 지역이었다. 그곳 사람들은 넓은 땅이나 그들 나름의 주권, 호화로운 농가 저택을 소유하고 있었다. 그들은 샤일로나 아마겟돈에 대한 얘기를 마치 계란이나 마구(馬具)에 관해 얘기하듯 아주 거침없이 했다. 그들은 백만장자보다 몇 갑절이나 되는 부자들이었다. 그들은 농장과 온천 등을 소유하고 넓은 바바리아 지방의 골짜기에 거대한 놀이 공원을 가지고 있는데, 이곳에는 소형 철도나 야구팀이 있었고, 또는 밤마다 댄스 공연장에서 흘러나오는 음악 소리가 길까지 청명하게 들릴 정도로 연주하는 재즈 밴드 등이 있었다. 사실 남녀 혼성 악단이 둘 있었다.

  나는 렌링 부인을 이곳에 몇 번 데리고 와서 춤을 추고 샘물을 마셨다. 그러나 모기들이 그녀에게 너무 극성이었다. 그 후부터는 종종 나 혼자 왔다. 부인은 내가 왜 이곳에 오고 싶어 하는지를 몰랐다. 내가 아침에 무엇 때문에 그 지역을 방황하는지, 핫케이크와 달걀, 커피로 아침을 잔뜩 먹고 나서도 남북전쟁 당시 재판소 자리였던 조용하고 초록빛 나는 제과점에 앉아서 즐기고 있는 이유를 부인은 몰랐다. 그러나 나는 그렇게 했으며, 또한 조그만 메뚜기 모양의 전차가 찔걱찔걱 소리를 울리며 항구 쪽으로 기어올라 가, 푸른빛 짐승들과 갈대를 흔들리게 하는 새들이 잠시 동안 흥분된 소란을 피우는 습지 위를 가로지르는 교각을 지나는 동안 나의 정강이와 배에 햇빛을 쬐었다. 나는 책을 가져왔다. 그러나 페이지마다 햇볕이 가져다주는 갈색 얼룩이 너무나 많았다. 벤치들은 흰 칠을 한 철로 만들어졌고, 넓은 터는 습지의 냄새가 풍겨오는 달콤한 양지 속에서 네다섯 명의 시골 할아버지들이 낮잠을 자기에 족할 정도의 크기였다. 그곳은 붉은 날개의 티티새가 민첩하게 치달아 활동하도록 만들고 꽃들을 아름답게 피우게 하지만, 나머지 다른 것들은 느리고 게으름을 피우게 만들었다. 나는 신선한 공기를 듬뿍 들이마셨고, 다정한 이 분위기에 흠뻑 젖어들었다. 이것은 마치 사랑을 북돋아 주고 가벼운 고통의 감정을 야기하는 그런 종류의 풍요로운 생명의 케이크 같았다. 사람을 그 자신의 특유한 진지함 속에 머무르게 해주는 상태, 그리고 사람이 어떤 재료로서 존재하는 것이 아니라 최초의 인간이 맛보았던 근원적인 맛을 보면서 그 자신의 본원으로 돌아와 분주한 인간들의 간섭에서 벗어나 있게 되는 그러한 상태는 우리를 자신의 습관에서조차 해방시켜 준다. 이러한 상태는 태양빛 속에서, 그리고 발이나 손가락을 움직이고 끈 매는 평범한 일 가운데서 단지 환상적으로 존재할 뿐이며 아무 힘도 없는 것이다. 마치 머리빗이나 머리카락의 그림자가 두뇌에 전혀 힘을 못 미치는 것처럼 말이다.

  렝링 부인은 식사 때 혼자 있기를 싫어했다. 아침 식사 때마저도 그랬다. 나는 그녀의 방에서 함께 식사를 해야만 했다. 매일 아침 그녀는 우유와 설탕을 넣지 않은 차와 제백[87] 몇 조각을 먹었다. 나는 포도 주스에서 라이스 푸딩에 이르기까지 메뉴의 반을 시켜, 점박이 스위스제 커튼이 펄럭이는 호수의 공기를 마시며, 열어 놓은 창가에 놓인 자그마한 테이블에 앉아서 식사를 했다. 침실에서, 렝링 부인은 줄곧 입을 놀리면서 잠잘 때 쓰는 가제로 된 턱 밴드를 벗고는 로션, 크림 등으로 얼굴을 문지르고 나서는 눈썹을 뽑았다. 그녀의 평상시의 화젯거리는 다른 손님들에 관한 것이었다. 그녀는 그들을 끄집어내어 그것을 윤색했다. 그러나 그대로 좋았다. 여유가 있는 이른 아침 시간에 그녀는 용감하게 말을 타고 담을 뛰어넘었다. 그녀는 피디아스 면전이나 보티첼리를 통해 계발되었던 모든 세련된 교양 있는 의무―화려한 궁정에서 사는 여성들이나 위대한 대가들이 규정해 왔고, 완전하게 이루려고 힘써 왔던 것, 즉 두 눈에 지니고 있는 지식이나 달콤함과 권력의 틀 같은 것―를 열심히 지켜왔던 숙녀로서 죽기를 원했다. 그러나 그녀는 분노를 억누르지 못했다. 그녀는 부드럽게 불어오는 여름날의 아름다움 속에서 찬란한 옷에 여성적인 관심을 드러내 보이면서도, 남의 허물을 들춰내어 불평하거나 혐오하는 힘든 일을 하지 않고는 못 배겼다.

"너는 지난밤 번코 파티에서 내 왼쪽에 앉았던 늙은 젤란드 부부를 보았니? 굉장히 오래된 네덜란드 가문이란다. 멋진 늙은이 아니니? 오, 그는 시카고에서 가장 큰 회사의 고문 변호사란다. 유명 인사로 구성된 로빈슨 재단의 이사야. 대학에서는 그에게 명예 학위를 주었고, 그의 생일날에 각 신문마다 그에 관한 사설을 실었지. 그런데도 그의 아내는 여전히 어리석기 짝이 없어. 그녀는 술을 마시고, 그녀의 딸도 술고래야. 그 여자가 이곳에 있는 것을 미리 알았더라면 나는 이곳 대신에 사라토가로 갔을 거야. 나는 호텔 같은 곳에서 손님의 명부를 미리 보는 방법이 있었으면 좋겠어. 그와 같은 서비스는 마땅히 있어야 하지. 저들은 시카고에서 옷값으로만 한 달에 600달러를 쓴대. 그리고 아침에 자가용 운전사가 그 노인에게로 오자마자―이것은 내가 아주 확실히 알고 있는 거야!―심부름꾼이 나와서 버번 위스키 한 병을 그들에게 사다 주고, 그들을 위해 경마에 돈을 걸지. 그러면 그들은 그 위스키를 마시고 결과를 기다려. 그러나 그 딸애는 약간 구식풍의 옷을 입고 있어. 네가 어젯밤에 그녀를 보지 못했다면 깃털로 장식된 옷을 입은 육중하게 생긴 여자를 찾으면 돼. 그녀는 어린애를 창문 밖에 내던져 죽여 버렸단다. 그 부부가 그들의 영향력을 이용해서 그녀를 자유로운 몸으로 해주었지. 가난한 여자였더라면, 루스 스나이더[88]처럼, 사진기자들이 그 광경을 사진 찍지 못하도록 여자 간수들이 둥그렇게 둘러서서 스커트로 가리고 전기의자에 앉혀 사형을 처해 버렸을 테지. 나는 그 애가 그런 짓을 했던 말괄량이라고는 느껴지지 않을 만큼 지금 그렇게 옷을 차려 입고 있다는 데 대해 의아함을 금할 수 없단다."

이런 빌어먹을 잡담을 들으면서 찬란한 아침을 계속 즐기려면 강한 체질이 필요했다. 그녀가 공포의 위력과 묵시적인 죽음의 사자(使者)들, 벌거벗은 죄인을 뒤에서 붙잡아 끌고 가서 죄를 준다는 교회 문간에 있는 악마, 유아 살해범, 전염병, 근친상간 등에 대해 소리 높여 얘기할 때 나는 그야말로 몸부림을 쳐야 했다.

나는 그럭저럭 지냈다. 그러나 그 상황은 내가 부유층의 젊은 이들이 즐기는 것을 즐기고 있는 것이었다. 따라서 나의 감정은 여러 가지 결함을 메우거나 은폐시키는 데에 급급했다. 그것을 제외하면, 그녀가 스나이더의 처형에 관해 이야기를 하고 정절을 지키기 위해 수천 볼트의 전압 속에서 몸부림치는 여인에 대한 끔찍한 비호를 재현하는 것 같은, 불쾌한 순간들의 연속이었다. 비록 내가 원하는 바와 일치되지 않는 모든 것은 피해 왔지만, 나는 그녀가 자신의 전공인 불운과 악에 대해 끊임없이 묘사하는 데에 짜증이 났다. 그녀가 말한 것이 사실이라면 어떻게 되겠는 가? 만약 예를 들어, 그녀가 아기를 창 밖으로 던져버린다면? 그것은 오래전 자기의 가련한 아이들을 쫓아낸 메데이아[89]가 아니라, 내가 식당에서 본, 깃털 장식을 달고 백발의 부모와 함께 앉아 있는 여인일 뿐이었다.

그러나 그들 가까이에 있는 식탁에는 내가 더 관심이 가는 사람들이 있었는데, 그들은 내가 하고 있는 이러한 생각들을 멈추게 하거나 점점 줄어들게 만들 만큼 아름다운 두 소녀였다. 내가 그들 중 어느 한 소녀에게 빠졌을지도 모르는 순간이었다. 그런데 모든 것은 더 날씬하고 더욱 호리호리한, 더 어린 소녀 쪽으로 기울어졌다. 나는 그녀를 사랑하게 되었다. 그런데 내가 그녀를 사랑한 방법은, 예전에 힐다 노빈슨을 사랑했을 때 전차 뒤에 유성처럼 붙어다니거나 그녀 아버지의 양복점 주위를 맴돌았던 것과는 달랐다. 이번에는 다른 종류의 정열을 가졌으며 성적 쾌감이 무엇인지를 알았다. 나의 기대는 더 컸다. 또한 퇴폐적이었는데, 아마도 방해를 받지 않고 욕정에 대해 지껄여 대는 렌링 부인의 이야기에 영향을 받은 탓이리라. 그래서 나는 내 혈관 속에서 느껴지는 여러 가지 충동을 억제하지 않았다. 그런 일에 대해 결코 자신을 나무라지 않았다. 이러한 것을 억제하는 데 대한 내 경험은 제한되어 있었다. 나는 우리의 혈통의 위험성에 대한 로시 할머니의 경고를 부분적으로 받아들이고, 어머니를 통해 우리가 사랑에 민감하다는 사실은 인정했지만 우리가 파멸의 인자(因子)를 안고서 세상에 태어났다는 비난은 받아들이지 않았잖는가? 그래서 나는 선택의 여지 없이 끌려갔다. 나 자신을 나타내는 태도 때문에—렌링 부인 탓이다.—나는 특별한 핸디캡을 가졌다. 나는 마치 신이 주는 선물 가운데 하나라도 빠뜨리지 않고 주위서 내가 나에게 신의 관대함을 선전하는 것 같았다. 신의 선물이란 뛰어난 용모, 멋진 옷장, 지극히 훌륭한 예법, 사회적 여유, 위트, 미치게 만드는 미남의 미소, 단정한 춤, 여인들과의 대화이며, 이 모든 것은 새로이 만든 금박으로 도금을 한 것이었다. 그런데 문제는 내가 소위 위조된 신임장이란 것을 가지고 있다는 것이다. 에스터 펜첼이 이 사실을 알지 않을까 하는 것이 나의 고민이었다.

    나는 사기꾼으로서, 이 제한된 분야에서 대성공을 거두기 위해 가슴이 미어지도록 일을 했다. 나는 현실적으로 가능한 소망을 이루기 위해 몸치장을 하면서 시간을 보냈다. 말없이 몰두하고 말로써 구애하려는 노력. 이것이 내가 혈통에서 물려받은 아름다운 천연색 연정을 표시하는 유일한 길이었다. 그러나 그 방법, 그러한 괴로운 저주와 암시는—안정과 분주함 가운데 느끼는 평화의 한 장면이기도 한—부드러운 바람에 나부끼는 깃발들과 항구의 아름다움 속에서 사라진다. 해변에서, 꽃이 피어 있는 잔디밭에서, 희고 황금빛 나는 식당의 활짝 열린 공간에서 정신을 맑게 하고 평화로운 주위 환경을 보기 위해 나의 생각의 방향을 허공으로 흩어 보낼 수 있었다. 이러한 생각들이란 내가 그녀의 머리털에 꽁꽁 묶여지는 데 굴복할 수 있다는 것이었다. 나는 그녀의 입술과 손과 가슴, 다리, 그리고 사타구니에 대해 격렬한 꿈을 꾸었다. 그녀는 테니스장에서 공을 줍기 위해 허리를 굽힐 수가 없었다. 나는 그 계절에 에반스턴에서 렌링 부인이 유행시킨 수제 나무반지를 낀 손아귀에서 묘하게 빠져나와, 얇은 풀라 천으로 만든 옷을 입고 녹음을 배경으로 갈색 말들과 더불어 움직이지 않고 서 있었다. 즉 나는 내심에서 그녀의 엉덩이 곡선과 의기양양한 처녀의 뒤태, 부드럽고 엄밀히 보호된 비밀에 대한 사랑이나, 숭배의 충동 없이는 그걸 볼 수 없었다. 사랑으로 허용되는 그곳은, 승인받은 세계이다. 멀고 무미건조한 두려움이 암시하고 속삭이는 삭막한 혼란이 아니라 기쁨으로 정당화되는 필수 불가결한 곳이다. 그녀가 나를 어루만지고 키스하고 나에게 그녀 다리에 묻은 정원의 진흙 먼지나 가볍게 흘린 땀을 닦게 한다면, 그 먼지와 땀이 거짓의 고통으로부터 구제할 수 있을 텐데. 거짓도, 해로움도, 고칠 수 없는 공허한 마음도 없음을 보여 줄 수 있을 텐데!

할 일이 없는 무료한 어느 날 밤에 나는 식사를 하러 가기 위해 옷을 차려입고 우울한 마음을 건드리며 어떤 재미있는 일이 없을까—우둔함과 서투름은 팽개치고 꽃 같고 혜성 같고 별 같은 행동을 말이다.—하는 쓸데없는 생각과 동경에 사로잡혀 방바닥에 누워 있었다. 그러나 나는 에스터가 나에게 관심을 갖도록 유도하기 위해 그녀에 대해 내가 할 수 있는 한 연구하고 조심스럽게 봐두었다. 사실 거기에는 숭고함이 있었다. 그녀가 나와 사랑에 빠져 나와 함께 말을 타고 노를 젓도록 요청하기만 한다면. 그런 그녀는 싱싱하고, 여성다운 아름다움과 경탄할 만한 것에 휩싸여 있다. 그건 스웨터 속에 감춰진 팔꿈치와 젖꼭지를 가진 그녀와 정확히 일치하는 것에 대한 내 즐거움에 의해 더욱 커져 갔다. 나는 그녀가 테니스 코트에서 어떻게 어색하게 뛰어다니는지, 공이 급히 네트 위로 올 때 어떻게 가슴을 막고 어떻게 무릎을 오므리는지 등을 주시했다. 그녀에 대한 연구는 내 희망을 뒷받침해 주지 못했다. 그게 바로 내가 탐욕스럽게 햇빛에 그을린 얼굴로 생각에 잠겨 입을 헤벌리고 방바닥에 누워 있는 이유였다. 나는 그녀가 최상위등급임을 깨달았고, 또한 절박한 마음에 복종하지 않는다는 것도 알았다. 즉, 에스터 펜첼은 내 설득에 움직일 사람이 아니었고, 땀이 흐른다거나 먼지가 묻었다는 얘기에 크게 신경쓸 사람도 아니었다.

그럼에도 느낀 그대로 말한다면, 세상은 더 화려하지도 아름답지도 않으며 더욱 합리적인 표현을 갖지 못했다. 나에게 더 나은 고통을 주지조차 않았다. 나는 본성과 희열이 인간을 비롯한 모든 존재의 근원을 형성하는 데 사용되는 한 내 자신이 실재이자 진리라고 느꼈다.

그리고 나 역시 교묘하게 행동했다. 나는 늙은 펜첼 씨, 소녀의 아버지가 아닌 광천수 사업을 하는 숙부 펜첼 씨와 이야기를 나누었다. 그는 백만장자여서 의사소통이 쉽지 않았다. 그가 모는 패커드 차는 렌링 씨의 차와 같은 모델에 색상도 똑같았다. 나는 차도에서 그 차 뒤에 주차를 해서 그가 어떤 게 자기 차인지 두 번씩이나 봐야 했다. 그때 내가 그를 낚았다. 내가 주당 25달러씩 벌고 그 차가 내 차가 아닌 걸 어떻게 그가 알았겠는가? 우리는 이야기를 나누었다. 나는 퍼펙토 퀸 담배를 권했지만 그는 웃으며 사양했다. 그는 권총도 넣을 수 있는 커다란 케이스에 특별히 만든 아바나산 궐련을 넣고 다녔는데, 몸집이 워낙 비대해서 주머니 속의 그것이 불룩 튀어나와 보이지 않았다. 그의 얼굴은 살이 찌고, 주름졌으며, 잿빛을 띤 검은 눈—중국의 리치 열매의 알맹이처럼 검은 눈—에, 뒤와 옆, 두개골의 살찐 부분까지 깎아 올린 독일 군인의 머리를 하고 있었다. 그가 직접 말한 바와 같이 그 아가씨들이 그의 상속자라는 건 다소 실망스러운 일이었다. 그는 흰털이 나고 화약 반점이 있는, 주름지고 연골성의 묵직한 렘브란트형의 호박코에 대해 내가 매력을 느끼지 않는다는 것을 알아채고 실망한 것 같았다. 분명 아니었다. 그는 내가 어떤 연맹에서 활동하는지를 알고자 했으나 전혀 알려 주지 않았다. 나는 어린아이들이든 어른이든 남자 친척들에게 물러나지 않았으며, 아버지와 보호자들도 나를 좌절시키지 못했다.

에스터의 숙모와 가까워지는 것은, 그녀가 병약하고 소심하고 말이 없어서 더욱 어려웠다. 그녀는 사람들이 건강 때문에 낙담하는 그런 상태였다. 옷과 보석은 훌륭했지만 가엾은 부인의 얼굴은 개인적 고뇌로 가득 찼다. 그녀는 약간 귀가 어두웠다. 나는 친절하게 관심을 가질 필요가 없었다. 그러나 신은 알겠지만, 나는 정말 관심을 가졌다. 나는 본능적으로 그녀의 마음을 끌 수 있는 것은—그녀처럼 허약하고, 돈이 있고, 특수 은(銀)으로 만든

숱한 노를 가지고 모르는 수로를 오래 헤매다가 지친 여자 같은
―평범한 건강함이 풍기는 매력이라는 것을 알았다. 그래서 나는
얘기로 그녀를 현혹시켰고, 그녀는 그것을 즐겁게 들었다.

"귀여운 오기, 옆에 앉아 있던 여자가 펜첼 부인이니?"

렌링 부인이 말했다.

"그녀는 한 달 내내 그저 잔디밭에 물 뿌리는 것만 보고 있더
구나. 정상이 아닌 여자 같더라. 네가 먼저 말을 걸었니?"

"아녜요. 우연히 그 부인 옆에 앉게 됐어요."

이 말에 좋은 인상을 받았는지 그녀는 기뻐했다. 그러나 다음
문제는 나의 목적이었다. 그녀는 그걸 재빨리 대충 파악했다.

"아가씨들이구먼, 그렇지? 참 아름답지 않니? 특히 검은 머리
쪽이 멋저 보이는구나. 그런데 심술궂고 바람둥이 같네. 그런데
오기야, 넌 나와 있다는 걸 명심해. 난 네 행동에 책임이 있거든.
그 아가씨는 웨이트리스가 아냐. 네가 뭐 좀 안다고 생각하지 않
는 게 좋아. 넌 아주 총명하고 착한 소년이야. 난 네가 출세하기
를 바라. 넌 분명히 그럴 거야. 그 애와 같이 지내게 되면, 출세할
기회를 잃게 됨은 뻔하거든. 부잣집 딸들은 때때로 창녀 기질이
좀 있어. 그들은 보통 창녀들만큼 욕정에 몸이 간질간질하거나
더 나쁠 수도 있어. 저 애들은 아니지. 너는 독일 교육이 어떤지
몰라."

말하자면, 펜첼의 여상속자들을 위해 상당히 많은 돈이 준비
되어 있었다. 그러나 렌링 부인도 전혀 오류가 없는 것은 아니어
서 벌써 한 번 실수를 했다. 그것은 내가 사랑하고 있는 소녀가
에스티 펜첼이 아니라 테아라고 생각한 것이다. 또한 내가 얼마
나 사랑에 빠져 있는지, 죽음에 대한 시적(詩的)인 위협을 느낄
만큼 얼마나 쇠약해져 있는지 알지 못했다. 나 역시 그녀가 눈치

채지 않기를 원했다. 설령 누군가에게는 너무너무 그 얘기를 하고 싶었지만 말이다. 난 렌링 부인이 그것을 알아낼 것이라고 예측하는 것도 싫어했다. 그래서 내가 사랑을 품고 있는 사람이 곱슬머리를 하고 아름다운 얼굴을 가진 테아라고 그녀가 생각하게 두는 것이 만족스러웠다. 내가 속인 면도 있었다. 렌링 부인은 내 괴로움의 원인을 정확하게 빨리 추측했다는 생각으로 만족스러워했지만 그건 별로 중요하지 않았다.

사실 테아 펜첼은 나에게 단순히 기쁨을 주는 이상이었다. 어느 날 아침 나는 그녀의 숙부를 따라 낚시를 하고 있었다. 그는 기분이 좋지 않아 무뚝뚝하고 까다로웠다. 그때 그녀가 나에게 테니스를 칠 줄 아는지 물었다. 나는 대답을 해야만 했다. 그리고 내게 좋지 않은 순간임을 생각하며 미소를 지으면서 승마를 한다고 말했다. 그러곤 즉시 라켓을 구해 벤틴 하버의 공용 코트로 테니스를 배우러 가야겠다고 절망적으로 생각했다. 또한 내가 태어난 것도 아니었다. 그러나 내가 기수이며 좋은 말을 가졌다고 말하는 것은 내 비천한 태생을 다소 가려주었다.

"파트너가 오지 않았어요. 에스터는 해변에 있고요."

테아가 말했다.

십 분도 안 되어 나는 이미 바닷가 백사장에 도착했다. 렌링 부인이 몸이 약해져 독서를 할 수 없을 것 같다고 말하자, 내가 부인이 광천(鑛泉)에서 목욕을 다 하면 함께 카드 놀이를 하겠다고 약속했지만 말이다. 나는 엎드려서 뒹굴거리며, 흥분된 채 에스터를 바라보았다. 수십 갈래로 상념이 흩어졌다. 노련하기도 했고, 에로틱하기도 했고, 절반은 고통스러웠다. 그녀가 허리를 굽히고 양다리에 광택이 나는 오일을 문지르며 내 쪽으로 고개를 돌렸을 때, 희망에 부풀기도 했지만 한편으로는 두려웠다. 그때 나는 그녀 가슴의 무게를 가늠해 보고 몸에 꼭 끼는 수영복 때문에 아주 우아하게 조여진 부드러운 배를 상상하느라, 그리고 동물적 힘으로 느껴질 정도로 아주 거칠게 하얀 수영 모자를 벗고서 머리카락을 빗질하는 그녀 모습을 바라보느라 온통 넋이 빠져 있었다.

바다제비들은 벼랑 위에 있는 구멍 모양의 둥지에서 날개를 치며 날아와서 투명한 물에 몸을 적셨다. 그러곤 물에 젖은 숲과 서로 들러붙어 있거나 햇빛에 뒤틀린 뿌리들과 꼼짝 않는 모래곱이로 날아, 희고 갈색빛 나는 검은 바다 위로 다시 날아 나왔다.

이윽고 그녀는 일어났다. 조금 있다가, 나도 역시 일어났다. 렌링 부인은 내가 늦었다고 차갑게 대했다. 나는 방에 누워 마치 박차가 뒤엉키는 바람에 말에서 떨어진 무장한 사람처럼 뒤꿈치를 침대보 위에 올려놓고, 나의 무관심이 렌링 부인을 화나게 했음을 깨닫고 이제는 관심을 보여 줄 시기라고 생각했다. 나는 일어나서 특별한 애정이나 흥미 없이, 그녀가 내게 준 군용 브러시 두 개로 머리를 빗었다. 나는 느리게 운행하는 하얀색 엘리베이터를 타고 1층으로 내려와서 로비에서 서성거렸다.

해가 지고, 어두워져 가는 찬란한 물빛이 저녁 시간이 되었음을 알려 주었다. 식당에는 냅킨과 크고 넓은 메뉴 판이 놓여 있었고, 목이 긴 꽃병에는 장미와 양치류(羊齒類) 꽃이 꽂혀 있었다. 커튼 뒤에서는 오케스트라가 악기를 조율하고 있었다. 복도에서 나는 난처했으나 태연한 척 혼자 있다가 음악이 연주되는 음악 감상실로 들어갔다. 축음기에서는 카루소의 목소리가 흘러나왔다. 그 목소리는 질식할 듯하다가 오페라적인, 어머니를 그리워하는 맑은 외침으로 변했고, 가슴에는 우울한, 그러나 화려한 이탈리아풍의 아들의 호소가 깃들어 있었다. 그곳에 에스터 펜첼이 하얀 옷에 주교의 각모(角帽) 같은, 구슬로 수놓은 모자를 쓰고, 닫힌 캐비닛 위에 두 발꿈치를 올려놓고 기대어 서 있었다. 그녀는 한쪽 발끝으로 발돋움하고 서 있었다. 내가 말했다.
"펜첼 양, 괜찮다면 언제 한번 저녁에 다비드 하우스에 같이 가주시겠어요?"
그녀는 음악을 듣고 있다가 놀라서 나를 쳐다보았다.
"사람들은 매일 밤 그곳에서 춤을 추는걸요."
나는 그 첫마디로 실패를 깨달았다. 사방에서 주먹으로 몹시 얻어맞은 듯한 느낌이었다.
'너와 함께라고? 그렇게 말하는 게 아니었어. 확실히 그렇게 말해선 안 되는 거였어.'
피가 머리에서, 목에서, 어깨에서 아래로 쭉 빠지는 것 같았다. 그러곤 그만 기절하고 말았다.
나는 누구의 부축도 없이 그곳에서 나왔다. 내게 도움을 베풀 사람은 아무도 없었다. 에스터는 내게 무슨 일이 일어났는지 보려고 일 초도 허비하지 않았다. 분명히 그랬다. 찬란하게 끝나 가는 노랫소리가 나에게 들려왔기 때문이다. 그 소리는 바다의 조개 소리처럼 들리더니 차차 커져서 웅장한 홀 계단에 있는 오케스트라의 고조되는 소리와 함께 망치로 두들겨 모든 것을 매장시켜 버리듯 드럼이 미친 듯이 연주하는 절정에 가서는 가슴이 미어지고 애통에 찬 맑은 소리를 내었다.
내가 실신할 지경이 된 것은 거절 때문이었는지, 말을 주고받았다는 감정 때문이었는지 알 수 없었다. 나는 권총을 만지며 방아쇠가 어디에 있는지, 왜 방아쇠가 흔들리는 치아 같은가를 생각하며 방아쇠를 당겨 자살할 지경에까지 이르진 않았다. 내가 자살하는 것에 대한 벌이 얼마나 큰가를 발견하고 또 죽는다는 게 허위적인 상황에 대한 반항이라는 것을 깨닫는 것만으로 족했다. 그러는 동안 나는 길게 숨을 들이마셨다. 실신으로 얼굴이 축축히 젖어서 공기가 차갑게 느껴졌다. 나는 소파에 등을 기댔다. 거기서 나는 어머니와, 지금 이 시간에도 빗자루를 들고 일을 하고 있다가 그것을 놓고 저녁을 먹으러 다리를 질질 끌며 들어가고 있을 동생 조지, 넬슨 양로원에 있을 로시 할머니와 이어진 무거운 압박으로 인해 온몸이 짓밟히는 느낌이었다. 어쨌든 마치 그들을 계속 따라다니는 짐승들, 내가 안전하게 피해 왔으리라 생각했던 그 짐승들에 의해 짓밟힌 듯했다.

한편 젤란드 양은 문 앞에 서 있었다. 유명한 회사 고문 변호사의 딸인 그녀가 나를 쳐다보았다. 그녀는 저녁에 다는 깃털 장식을 하고, 굴곡이 없는 긴 휘장 같은 옷을 입어 몸이 자르지 않은 식빵처럼 보였다. 그녀는 금빛 구두를 신고 팔꿈치까지 오는 흰 장갑을 끼었으며, 큰 젖가슴과 균형을 이루는 일종의 탑 모양으로 빗어 올린 풍성한 머리로 인해 동양적이고 환상적으로 보였다. 얼굴은 날씨처럼 맑고 차가워 보였다. 윗입술의 길고 깨끗한 선이 마치 침묵을 깨뜨리며 중대하고 오랫동안 생각해 온—나에게 사랑을 고백해 줄지도 모르는—것을 이야기할 것 같았다. 그러나 아니다. 그녀가 어떤 생각을 하는지는 내게 닫혀 있었다. 비록 내가 축음기를 끄러 일어날 때까지 그녀는 자리를 떠나지 않고 있었지만, 바로 미끄러지듯 사라져버렸다.

나는 남자용 화장실로 가서 미지근한 물로 얼굴을 씻고 저녁을 먹으러 갔다. 렌링 부인을 피할 수 없었기 때문에 음식도 별로 못 먹었다. 복숭아 플람베(*pêche flambée*)[00]까지도 말이다. 그런데 그녀는 말했다.

"오기야, 언제 이 어리석은 사랑을 그만두려고 하느냐? 몸 버리겠다. 그것이 그렇게 중요하니?"

그녀는 나에게 애무하듯이 가장 부드러운 말을 사용했다. 나를 놀려서 공격하기 위함이었다. 그녀는 여자로서 여자를 평가하는 문제에 관해 자신의 견해를 나에게 강요하려고 했다. 즉 여자들에게 무엇이 제일이고 무엇이 제일이 아닌가를 설명하면서 말이다. 마치 아테네 여신을 위해서 일하는 것처럼 모든 면에서 남성 찬양을 했다. 이러한 말을 듣고 나는 약간 화가 치밀었다. 나는 제정신이 아니었다. 그녀가 짜증 나게 만드는 태도로 여성 전체를 비난했을 때, 나는 눈에 핏대를 세우고 화가 나서 그녀를 바라보았다. 그러고 나서 학질에 걸린 것처럼 몸을 떨면서 에스터가 식당에 나타나기를 기다렸다. 늙은 펜첼 부부는 이미 식탁에 앉아 있었다. 곧 테아가 들어왔다. 그러나 그녀의 동생은 저녁을 먹지 않으려고 했다.

잠시 후 렌링 부인이 말했다.

"그래, 알다시피 저 애는 여기 들어온 이후 줄곧 너에게서 한 번도 눈을 떼지 않았다. 너희 둘 사이에 벌써 무슨 일이 있었느냐? 오기! 일을 저질렀구나. 그래서 침울한 거니? 무슨 짓을 한 거냐?"

"아무 짓도 안 했습니다."

내가 대답했다.

"너도 더 나을 게 없어!"

그녀는 여자 간수처럼 날카롭고 재빨리 나를 쳐다보았다.

"너는 여자들에게 너무 매력적이야. 그 때문에 너는 파멸로 끝날 거야. 저 애도 마찬가지야. 저 어린애는 핫팬티를 입었어. 저 작은 계집애 말이야."

그녀와 테아는 서로 빤히 쳐다보았다. 웨이터는 펜첼 부부에게 플람베 요리를 해주기 위해 불을 붙였다. 곧 석양의 초원 곳곳에 작은 불이 켜졌다.

나는 더 이상 말을 하지 않고 식당을 나와서 해변을 따라 난 길을 걸었다. 수치스러움과 메스꺼움이 속에서부터 일어나, 소화가 되지 않았다. 내가 가지고 있던 감정과 에스터에 대한 치욕과 분노, 렌링 부인의 머리를 한 대 때려 주고 싶은 충동이 격하게 일어났다. 나는 물가를 거닐다가, 렌링 부인이 나의 무례함을 책망하려고 기다릴 현관을 피해서 정원을 어슬렁거렸다. 그러다가 다시 어린이 놀이터로 가서 그네에 앉았다.

거기 앉아서 나는 꿈을 꾸었다. 에스터가 내 제안을 생각해 보고 나를 찾아 방에서 나오는 꿈을. 그래서 나는 나의 어리석음이 가져다준 아픔으로 신음해야 했고, 전보다 더 타락한 기분으로 만신창이가 되었다. 그때 누군가 가볍게 걸어오는 소리가 들렸다. 한 여인이 나무 아래에서 걸어와 그네를 따라 아이들 발자국이 나 있는 곳으로 왔다. 렌링 부인이 경고했던, 에스터의 언니 테아였다. 나와 이야기를 나누기 위해 찾아온 것이다. 삼각형 모양을 하고 날아가는 새들처럼 흰옷과 흰 구두를 신고 팔에 레이스를 단 그녀는 그네 옆 뿌연 빛으로 보이는 고랑에 서서, 나를 바라다보고 있었다. 그녀 머리 뒤로는 나뭇잎 그늘이 연한 명암 속에서 교차했다.

"에스터가 아니라 실망했군요. 안 그래요, 마치 씨? 당신은 참 견디기 어려웠던 것 같았어요. 식당에서 너무 창백해 보였거든요."

그녀가 무엇을 알고 또 무엇을 찾고 있는지 의아해서 나는 아무 말도 하지 않았다.

"좀 회복되었나요?"

"뭐가요?"

"기절 말이에요. 에스터 외에는 모두 간질병 발작일지도 모른다고 생각했어요."

"아마 그렇겠죠."

나는 무겁고 음울한 마음으로 허망하게 느끼며 말했다.

"난 그렇게 생각지 않아요. 당신은 그저 화가 났을 뿐이죠. 당신은 내가 귀찮게 구는 걸 바라지 않죠?"

그렇지는 않았다. 반대로 나는 그녀가 머물러 주기를 바랐다. 그래서 나는 "아니요." 하고 말했고, 그녀는 허벅지가 내 발에 닿도록 옆에 가까이 와 앉았다. 나는 피했다. 그러나 그녀는 내 발목을 만지며 말했다.

"신경 쓰지 마요. 나 때문에 불편해할 필요 없어요. 어쨌든 무슨 일이 있었죠?"

"나는 당신의 동생에게 데이트를 청했습니다."

"그런데 그 애가 거절하니까 실신했군요."

그녀는 내게 단지 호기심이 있는 정도 이상으로 다정한 것 같았다. 그녀가 말했다.

"마치 씨, 나는 무조건 당신 편이에요. 그러니까 에스터가 당신을 어떻게 생각하는지 말해 줄게요. 그 애는 당신이 함께 있는 부인에게 봉사하고 있다고 생각한답니다."

"뭐라고요?"

나는 소리를 지르며 자리에서 펄쩍 뛰어 일어났다. 그래서 그네 못에 머리를 부딪혔다.

"당신이 그녀 기둥서방이고 그녀와 관계를 가졌다고요. 앉아봐요. 당신한테 이걸 말해 주는 게 좋을 것 같다고 생각했어요."

나는 지극히 신성한 헌신으로 무언가를 운반하다가 그걸 엎질러서 상처를 입은 것 같은 기분을 느꼈다. 사실 나는 여기에서 어린 아가씨, 상속녀들의 마음속에 일어날 수 있는 가장 나쁜 것도 아인혼의 당구장 기준으로는 순진한 것이라고 생각해 왔다.

"누가 그렇게 생각했지요? 당신과 당신 동생 중에?"

"나는 에스터에게 모든 책임을 돌리고 싶지 않아요. 만일 그 애가 먼저 그랬다면 나 역시 그렇게 생각할 겁니다. 우리는 당신이 렌링 부인과 관계가 없다는 것을 알고 있습니다. 그녀가 젤란드 부인에게 당신이 그녀 남편의 부하라고 말한 것을 들었기 때문이죠. 당신은 아무하고도 춤추지 않았고 다만 그녀의 손만 잡았습니다. 그녀는 나이에 비해 섹시하게 보여요. 당신은 당신의 두 모습을 함께 보아야 합니다. 그녀는 유럽인이고 또 유럽인들은 여자가 훨씬 젊은 연인을 갖는 것을 끔찍하다고 생각지 않습니다. 나 역시 그것을 대단한 일로 여기지 않아요. 바보 같은 내 동생도 마찬가지죠."

"하지만 나는 유럽인이 아닙니다. 시카고 출신이죠. 나는 그녀의 남편을 위해 에반스턴에서 일하고 있습니다. 그의 상점에서 서기로 일하고 있지요. 그것이 제 유일한 직업입니다."

"그렇게 화내지 마세요, 마치 씨. 제발요. 우리는 돌아다니면서 많은 것을 봤습니다. 왜 내가 당신에게 이야기하기 위해서 이곳에 왔다고 생각하나요? 당신을 더 이상 괴롭히지 않기 위해서에요. 당신이 그렇다면 그런 것이고, 또 그렇지 않다면 안 그런 것이지요."

"당신은 자신이 무엇을 이야기하고 있는지 모르는군요. 나에 대해서나 그리고 단지 내게 친절하기만 한 렌링 부인을 그렇게 생각하는 것은 더럽고 야비한 일입니다."

나는 화를 내었고, 화난 것처럼 보였다. 그녀는 아무 대답도 안

했다. 그녀 또한 격분했고 흥분으로 긴장했다. 나는 나를 깊숙이 응시하고 있는 그녀의 두 눈을 보았을 뿐만 아니라 느끼기조차 했다. 지금까지는 때때로 미소를 지었던 그녀가 더 이상 얼굴에 웃음기도 나타내지 않았다. 흰옷과 땅의 먼지와 과수원 나뭇잎 속에서 그 얼굴을 잘 볼 수 있었다. 나는 아주 특별한 누군가와 함께 있다는 것을 이해하기 시작했다. 그녀의 얼굴은 뜨겁고 민첩하며 무엇을 조사하려는 듯하고 탄원하는 듯한 빛을 띠고 있었기 때문이다. 그 얼굴은 미묘하고 대담한 용기로 가득 찼으며, 또한 젊은 여자에게서 볼 수 있는, 관심과 칭찬을 동시에 주는 무모함을 띠고 있었다. 마치 사나운 두 마리의 새가 피를 흘리며 싸우다 조그마한 상처를 입고 죽지만 그것을 알지 못하는 것과 같은 상황이었다. 물론 그것은 어떤 순수한 남자의 생각일는지도 모른다.

"당신은 내가 렌링 부인의 기둥서방이라고 믿는 것은 아니죠?"

"이미 난 당신 과거에 관심이 없다고 했잖아요."

"물론이죠, 그게 당신에게 무슨 상관이겠어요!"

"아뇨. 당신은 전혀 모르는군요. 당신이 내 동생에게 빠져 동생 옆에서 맴돌았기 때문에 내가 당신과 똑같이 당신을 사랑하는 걸 당신은 몰랐던 거예요."

"뭐라고요?"

"당신을 사랑하고 있어요. 당신을."

"가버려요. 당신은 나를 사랑할 수 없어요. 생각일 뿐이에요. 대체 내게 뭘 주려는 거죠?"

"만일 당신이 에스터를 안다면 당신은 그녀를 사랑할 수 없을 거예요. 당신은 나와 같아요. 그래서 당신이 사랑에 빠진 거죠.

에스터는 사랑할 수 없어요. 오기 씨, 내게로 마음을 돌려 봐요?"

그녀는 탐스러운 궁둥이를 나에게 기대며 내 손을 잡아끌었다. 오, 렌링 부인! 그녀의 의심이 헛다리를 짚어서 내가 승리했다고 생각했는데!

"나는 렌링 부인은 상관없어요. 당신이 과거에 그녀와 관계했다고 하더라도 말예요."

"절대 그렇지 않아요!"

"젊은 남자는 자기가 처리할 줄 아는 것보다 더 많은 것을 갖고 있어서, 무슨 일이든 할 수 있지요."

세상은 보다 더 훌륭한 빛을 갖지 못한다고 내가 말하지 않았던가? 당신이 아름다움과 오리자바꽃에 손을 뻗칠 때처럼 난 바탕을 잃어버린 병신 같은 생각을 계산에 넣지 않았다. 그러나 그와 같은 생각이 당신을 앞지른다는 걸 알게 될 것이다.

"자, 펜첼 아가씨, 당신은 아름다워요. 그러나 당신은 우리가 뭘 하고 있다고 생각하나요? 난 어찌할 수가 없어요. 나는 에스터를 사랑합니다."

나는 그녀를 자리에 앉히고 일어서며 말했다. 그녀는 그 자리에 있지 않으려고 해서 나는 과수원으로 피했다.

"마치 씨, 오기."

그녀가 불렀다. 그러나 지금은 그 여자와 말할 수 없었다. 나는 비상구를 통해 호텔로 들어왔다. 방에 들어와 수화기를 내려놓고 렌링 부인이 나에게 전화를 걸지 못하도록 했다. 잘 차려입은 옷을 벗어 마룻바닥에 던지며, 그것은 그저 그들 자매간 일이며 인간이 개입할 수 없는 우연일 뿐이라고 여겼다. 그러나 또 한편으로는 이것이 그들 자매 사이의 일이 아니라면 재수 없는 일이라고 생각했다. 서로 얼마나 잘못된 방향으로 흘러가겠는가. 같은 욕망을 충족시키기 위해 기이한 일이 일어난 것이었다. 그리고 그 욕망들을 특정하고 한 사람에게 정해진 것으로 느낀다는 것은, 너무나 순수하고 특별하여 받아들일 수 없는 가정일 것이다. 또한 사물의 진정한 상태를 잘못 이해하는 것이었다.

다음 날 아침, 렌링 부인과 함께 아침을 먹기 위해 방으로 들어가면서 나는 문을 열어놓았다.

"아니, 난로 안에서 태어났니?"

그녀가 말했다.

"문을 닫아라. 나는 누워 있고 싶으니까."

내켜하지 않은 태도로 문을 닫으러 갈 때 그녀는 내가 찡그리는 모습을 보았다.

"식사 후 양복점에 가서 옷 좀 다려 입어. 바지를 입고 잤구나. 네가 사랑에 빠져 있기 때문에 내가 이해하지. 지난밤 나에게 공손하게 대해 준 태도 때문에도 말이다. 하지만 방탕아가 될 필요는 없어."

식사 후 그녀가 목욕하려고 옷을 벗을 때 나는 호텔 로비로 내려왔다. 에스터 가족은 계산을 끝내고 떠나고 없었다. 데스크에 테아의 전갈이 와 있었다.

에스터가 숙부님에게 당신에 관한 이야기를 했습니다. 우리는 며칠 동안 워키쇼로 갑니다. 그다음엔 동부로. 지난밤 당신은 어리석었어요. 생각해 보세요. 진정으로 사랑해요. 다시 만날 때까지…….

그 후 며칠 동안 날씨도 매우 좋지 않았고 난 우울해서 줄곧 누워 있었다. 마치 행복한 청춘을 세어볼 때처럼, 그리고 달콤한 과자로 된 뼈를 가진 여인과 멋지고 달콤한 사랑을 하도록 태어난 것처럼, 아름다움과 향락적인 분야를 지상 최대의 것으로 생각하는 태도를 어디에서 가져왔나 하고 생각했다. 내가 민주적인 기질을 가지고 있어서 내 어려움은 누구에게나 있으며, 내가 스스로에 대해 생각했던 것을 다른 사람에 대해서도 생각했기 때문에 나에게 별로 문제가 되지 않았던 것들, 즉 내가 어디에서 태어났고, 부모가 누구고, 기타 다른 과거지사나 내가 별로 어려운 것이라고 생각지 않았던 것들을 생각해야만 했다.

한편 나는 지금까지 내가 해왔던 일을 계속하지 않으면 안 되었다. 예를 들면 크림빛 나고 황금빛 나는 이곳 메리트가 지금 내 목을 짓누르고 있다. 서비스, 저녁 식사 때의 음악, 춤 등이 말이다. 과장된 꽃들은 갑자기 페인트를 칠한 쇠 같았고, 멋있는 돌은 맷돌로 보였고, 맷돌 위에서 렌링 부인과 그녀의 주철 같은 무게가 짓눌렀다. 지금 렌링 부인은 성가신 존재가 되어 나는 그녀를 견딜 수가 없었다. 날씨마저 나빴다. 추워지더니 저녁 무렵에 비가 내렸다. 나는 렌링 부인이 나에게 손을 올려놓고 바보스럽게 흥분해서 나를 함부로 대하는 이곳에 머무르고 싶지 않아 실버 해변의 유원지로 가서 그곳을 배회했다. 날이 어두워져서 페리스 관람차 좌석도 전부 덮여 있었다. 레인코트가 흠뻑 젖었다.(그것은 낡아서 최근의 내 우아함을 살려 주지 못했다). 나는 핫도그 집에 들어가 카니발쇼를 하는 배우, 토지사용권 소유자들, 셸 게임 사기도박꾼들 사이에 앉아서 렌링 부인이 목욕을 다 마칠 시간을 기다렸다.

휴가가 끝날 무렵 사이먼은 여자 친구와 함께 세인트조로 온다는 편지를 보내왔다. 그가 오는 날에는 다행히 날씨가 좋았다. 사이먼을 태운 하얀 증기선이 정박할 때 나는 부두에 나가 있었다. 비가 온 뒤의 푸르름이 마음을 상쾌하게 했다. 춥고 습기찬 날씨로 인한 불쾌감은 깨끗이 사라졌다. 배에서 내린 사람들은 도시에 시달린 사람들이었다. 그들이 이렇게 물 위에서 네 시간 동안 여행하는 동안 도시의 피로가 다소 풀렸으리라. 가족과 같이 온 사람들, 혼자서 온 사람들, 쌍쌍으로 온 직업여성들 모두 여름 해변용 물품들을 가지고 있었다. 그중 어떤 것은 눈에 띄게 번거롭진 않았지만 짐이 무거워 보였다. 물건에 따라 헝클어지거나 상한 것도 있었다. 배에서 내려 그들은 자동차가 다니는 물가를 걸어 찬란하게 빛나는 숲지대로 걸어 들어갔다. 빛은 여기저기 무엇에 몰두한 얼굴이나 자유롭고 행복한 얼굴을 비추었다. 명주옷, 머리카락, 눈썹, 밀짚모자, 쌓여 있는 우울함을 내뿜어 버리고 밑바닥에 있는 순박함을 일깨우는 가슴도, 고대 도시 혹은 그보다 더 오랜 어떤 것을 지닌 사람들도, 배와 어깨, 다리에 에덴과 원죄만큼 아주 오래전에 지닌 여러 가지 욕망과 회피도 불빛에 드러났다.

  다른 사람보다 월등히 키가 크고 혈색 좋은 독일 사람처럼 생긴 형이 그 속에 있었다. 그는 미국 독립 기념 경기 선수처럼 멋들어지게 차려입고, 멋쟁이 집시와 좀 닮은 듯한 모습이었는데, 씩 웃자 부러진 앞니가 튀어나와 보였다. 두 줄 단추가 달린 체크무늬 재킷을 열어젖히고 손잡이가 두 개 달린 가방을 아래에 움켜쥐고 있었다. 그는 푸른 눈 속에 일종의 열기를 띠고 무섭게 아름다운 빛을 발하고 있었다. 뺨과, 살이 찌고 동물처럼 보이는 목 아래서도 빛이 번쩍였다. 그는 균형 잡힌 걸음으로 무겁게 걸어 나왔다. 끝이 뾰족한 구두를 신고 부두와 배 사이에 있는 널빤지를 넘어 나왔다. 무거운 여행 가방 때문에 팔을 늘어뜨리고 배와 부두 사이에 있는 건널판에 서서 그늘진 부두에 서 있는 나를 찾고 있었다. 그가 나들이 옷을 입고 군중 사이에 섞여 햇빛 찬란한 부두에 있을 때보다 더 잘생겨 보인 적이 없었다. 그가 팔로 나를 부둥켜안았을 때 나는 행복감에 젖어 그를 느끼고 그의 체취를 맡았다. 우리는 싱긋 웃고 다시 얼굴을 맞대고 서로의 머리칼을 만지며 포옹했다. 거칠고 사납게 손을 잡았다.

"야, 이 녀석아, 어때?"

"형, 돈 좀 벌었어?"

여기엔 상대방에 대해 비꼬는 의미는 없었다. 그렇더라도 사이먼은 내게 한동안 말이 없었다. 내가 더 돈을 많이 벌었고 호화 여행을 즐기고 있었기 때문이었다.

"모두들 어떻게 지내는지……, 엄마는?"

"무고해, 알다시피 눈이 좀…… 엄마는 괜찮대."

그런 다음 그는 애인을 불렀다. 시시 플렉스너라는 키가 크고 살결이 검은 아가씨였다. 나는 학교 다닐 때 이미 그녀를 알고 있었다. 그녀는 이웃에 살았고, 그녀 아버지는 파산하기 전에 포목점을 경영했는데, 멜빵 달린 작업복, 캔버스 장갑, 두툼한 내복, 방수용 덧신과 같은 물건 등을 팔았다. 그는 살이 쪘고, 수줍음을 잘 타며, 창백하고, 내성적이어서 가게 안에서만 있었다. 하지만 그녀는 비록 남의 환심을 사려는 노력도 한 몫 했으나, 길쭉하고 얌전한 다리에 엉덩이가 나온 키 큰 미인이었다. 입이 커서 모든 것을 한 입에 넣고 맛볼 수 있을 것 같았다. 눈꺼풀은 겹치긴 했으나 눈을 천천히 무겁게 감을 때는 에로틱한 맛을 풍길 만큼 멋졌다. 그녀는 타고난 몸매와 어울리도록 눈을 약간 아래로 떨어뜨려야만 했다. 커다란 젖가슴, 엉덩이 모양, 그 외 풍만한 육체를 보면, 어린 계집아이가 어떻게 저럴 수 있을까 하고 놀라지 않을 수 없게 된다. 내가 너무 심하게 그녀를 음미하며 들여다보자 그녀는 나를 약간 나무랐다. 그러나 어느 누가 그렇게 하지 않을 수 있단 말인가? 사이먼의 열렬한 사랑으로 그녀가 내 형수가 될지도 모른다는 점에서 나의 행위를 용서받을 수 있었다. 그는 벌써 그녀의 남편이나 된 듯 행동했으며, 내가 좀 떨어진 호수에서 혼자 수영을 할 때 그들은 바다와 하늘의 푸르름 속에서 산책을 하며 서로 매달려 애무하고 키스하며 다정스럽게 속삭였다. 모래 위에서 사이먼은 훌륭한 가슴 털을 문질러 닦고 그녀의 등을 말린 후 등에다 키스를 했다. 마치 내가 향기를 맡고 애무를 하는 듯하여 입천장에 순간적인 아픔을 느꼈다. 그 여자는 굉장했고, 그만큼 아름다움을 발산했다. 여자로서 말이다.

그러나 개인적으로 나는 그녀에게 별로 관심이 없었다. 나에게 에스터가 있었다는 것도 이유였지만, 인상이 여성적인 매력과는 거리가 멀다는 데에도 원인이 있었다. 아마 그녀 자신도 자신의 살인적인 육체의 무게에 깜짝 놀랐을 것이다. 그것이 자연 속의 어떤 대단한 생명력처럼 그녀의 사고 능력을 압박했음에 틀림없다. 회색곰이나 호랑이의 핏속에 살아 있는 충동처럼, 이들 짐승의 마음을 이와 똑같은 몸무게로 누르면, 그중 하나만 대단한 줄무늬와 발톱으로 완전하게 표현된다. 그러나 자연에 묶여 있다는 특권과 종(種)의 임무에 대해서는 어떻게 한단 말인가? 생각의 성분은 시시의 기질을 이루는 다른 요소들보다 약했다. 그러나 그녀는 겉으로는 부드럽게 보였지만 간사한 여자였다.

그녀가 모래 위에 다리를 쭉 뻗고 누워 있을 때였다. 팝콘의 뜨거운 기름과 겨자를 펑 하고 튀기는 소리가 실버 해변에서 들려왔을 때, 그녀는 내가 알아들을 수 없는 말을 사이먼에게 계속했다. 사이먼은 빨간 팬티 바람으로 그녀 옆에 있었다.

"오, 제기랄, 쓸데없는 일들이야, 시시!"

그러나 그녀의 즐거움은 컸다.

"당신이 날 데려와 주어서 기뻐요, 사이먼. 너무나 깨끗해요. 여긴 천국 같군요."

나는 사이먼이 그녀를 설득하고, 조종하고, 움직이게 하려고 그녀와 승강이하는 것—그것은 사실이었기 때문이다.—을 좋아하지 않았다. 그가 제안한 걸 그녀는 거의 다 거절했다.

"우리는 그렇게 하지 않기로 했잖아요."

이와 비슷한 말로 사이먼의 요구를 거절했다. 그 때문에 사이먼은 내가 전에 보지 못했던 거칠고 노골적인 태도를 나타냈다. 직접 계획을 세워 연구를 하고 그녀에게 설명하고 아첨하는 태도는 상스럽고 추잡스러웠다. 그는 그 일에 열중한 나머지 덥고 열이 나서 혀를 축 늘어뜨렸다. 그는 속으로 화를 냈다. 화낼 때 그의 얼굴의 두 중심 부분, 눈밑과 코의 양쪽이 새빨갛게 됐다. 나는 우리가 트로이 성 앞에서 고난과 투쟁의 전장을 수비하듯, 이것을 이해했다. 우리에게 일어난 이러한 일은 로시 할머니에게 어떤 예언자적인 정신적인 만족을 가져다주었을 텐데. 여하튼 할머니는 양로원의 먼지와 다음 단계에 죽음이 올 것이라는 사실을 전혀 추측하지 못하는 사람들 속에 싸여 있었다. 그래서 나는 할머니를 위해 할머니의 예언이 이루어진 것 같은 이 사실을 기록해 두었다. 사이먼에 대해서는, 그와 나 사이에 거리감과 차이가 있기 전에 우리가 아직 어렸을 때에 같이 갔던 모든 장소들이 다시 생각나 애착심이 일었다. 실상은 그런 애착심이 우러나지 않았지만 그래도 나는 그를 사랑했다. 그가 깨끗한 바다의 해안에 싱싱하고 햇빛에 그을린 몸으로 서서 마치 이 여자가 좋아하는 옷을 입어보며 장난을 치는 것처럼, 아름다운 꽃무늬가 있는 그녀의 비치드레스 옷을 어깨에 걸치고 일어났을 때는 다소 거친 데가 있었으나 용감해 보이기도 했다.

나는 그들을 저녁 기선으로 데리고 갔다. 그녀가 그곳에서 밤을 보내는 걸 거절했기 때문이다. 그러곤 그들과 함께 갑판에 서서 일몰이 서서히 지며 마지막 푸른빛이 있는 곳까지 내려가 마침내 불빛이 완전히 사라질 때까지 지켜보았다. 해는 무겁게 드리워져 구름 속에 주름을 만들며 도시 쪽에 걸려 있었다. 태양의 위력은 한풀 꺾여, 회색빛을 띠고 거대한 힘을 가진 바닷물의 방파제 아래로 가라앉았다.

"참 이봐, 우린 아마 몇 달 내에 결혼할 거야. 내가 부럽지 않아? 아마 부러울 거야."

그리고 그는 팔로 그녀를 껴안으며 턱을 그녀의 어깨 위에 얹고 그녀의 목에 키스했다. 그가 그녀를 사랑하는 뜨겁고 현란한 표현 방법은 나에게는 신기했다. 그는 자기 다리를 그녀의 다리 사이 앞에 놓고 손가락으로는 그녀의 얼굴을 만졌다. 그녀는 절대로 동의한다는 말은 하지 않으면서도 그가 하는 짓을 뿌리치지 않았다. 그녀는 친절하게 말하는 스타일이 아니었다. 그녀는 오한이 나는지 흰 코트 소매에 팔을 올려놓고, 기둥 옆에 서 있었다. 그는 여전히 셔츠 바람으로 있었으나, 햇빛에 그을까 봐 파나마 모자를 썼다. 미풍이 모자 차양 주위를 스쳐 지나고 있었다.

9장

 나에 대한 렌링 부인의 계획이 거의 완성될 무렵에 나는 떠났다. 내가 서둘러 떠나게 된 것은 그녀가 나를 양자로 삼겠다고 제의해 왔기 때문이다. 내 이름은 오기 렌링이 되고 그들과 함께 살고 그들의 모든 재산을 상속받기로 되어 있었다. 이 계획의 배후에 무엇이 있는지 알아내기 위해서는 내가 밝힐 수 있는 빛보다 더 밝은 것이 필요했다. 그러나 무엇보다도 나에게는 양자가 될 만한 게 있었다. 그것은 우리가 어렸을 때 로시 할머니의 양자 노릇을 했다는 사실과 관계가 있다. 나는 양자를 삼으려는 사람에게 고분고분하게 대해 왔었고 표면적으로 고마워했기 때문에 그들을 기쁘게 해주었고 그들의 뜻에도 보답했다. 내가 정말로 유순하고 고분고분하지 않았다면 이런 사실은 내게 신기하고 놀라운 일이었다. 왜 아인혼 부부가 아들인 아서를 옹호하면서 나를 자기의 가족으로 끌어들일 의도가 없다는 것을 강조해야만 했을까? 그것은 아마 내게는 양자가 될 만한 무엇이 있기 때문일 것이다. 그 당시 특히 나를 양자로 삼고자 마음먹은 사람들이 몇몇 있었다. 개중의 어떤 사람은 아마도 자기의 세상일을 모두 끝마쳐

주기를 바라고 있었는지도 모른다. 그러므로 렌링 부인은 집요하고 악착스러운 방법으로, 그녀의 열렬한 목적을 수행하려는 압박감에 창백해지기까지 했다. 그녀 역시 세상에서 할 의무가 있었다.

  렌링 부인에게서 쉽게 발견해 낼 수 없는 것이 한 가지 있었다. 나는 그녀의 변덕스러운 태도와 토막 대화로 가장 깊은 그녀의 욕망이 무엇인지 알지 못했다. 그러나 그녀는 엄마가 되고 싶어 했다. 그러나 나는 그녀가 내게 원하는 것과는 멀어져 가는 상황에 놓여 있었다. 내가 왜 스스로가 누구인지도 모르는 인간으로 변해야만 하는가? 그것이 내게 그리 좋은 운명은 아니라는 것은 명백한 진리이다. 내가 양자로 들어가느냐 들어가지 않느냐 하는 것이 문제가 되었을 때, 분명히 드러났다. 그렇지 않았더라면 내가 그들에게 대항할 것은 아무것도 없었다. 오히려 그 반대였다. 나는 그들에게 감사해야 할 것이 참으로 많았으니까. 그렇지만 렌링 부인의 세계로 들어가 나 자신을 쌓아 올리고 그녀가 확신하는 자기의 현재 위치를 강화시켜 줄 생각은 없었다. 그녀뿐만 아니라 자신의 행동이 정당하다고 믿는 부류의 사람들이 모두 그렇다. 그들의 생각이란 건물을 지을 일곱 개의 언덕만큼이나 엄청난 것이었다. 생각이 건전하지 못한 건축가들이 견고하지 못한 대지 위에 벽돌과 널빤지로 건물을 지어 파멸하는 날, 그들은 자기네들의 세력을 뻗쳐서 자기 변명을 위한 불멸의 도시를 세우리라고 생각한다. 이것이 의미하는 바는, 평범하게 설계된 바벨탑 하나가 아니라, 미국의 전 지역에서 일어나는 수백만의 독립된 건설의 시작이다. 약한 자들은 고통과 불확실에 대항하여 무엇을 바라기만 하지만, 정열적인 사람은 그런 어려움에 대항하여 장래를 쌓아 올린다. 렌링 부인은 강인한 여자였다. 그녀는 보이는 일은 전혀 하지 않았는데도 근육이 발달한 것을 보면, 숨은 노력을 하는 사람임에 틀림없다.

렌링 씨 또한 나를 쾌히 양자로 삼으려고 했다. 기꺼이 나의 아버지가 되어줄 수 있다고 말했다. 누구에게도 할 수 없는 말임을 나는 알았다. 그는 가난한 여자들 밑에서 자라난 내가 악순환의 세계로부터 구조되고 애정에 의해 구원을 받는다는 것은 굉장한 기회라고 생각했다. 신은 모든 인간을 구원할지도 모르지만, 인간에 의한 구원은 극소수에게만 일어나니까.

내가 렌링 부인에게 사이먼이 곧 결혼할 것이며 시시는 파산한 포목점 딸이라고 얘기하자, 부인은 그 문제를 나를 위해 사회학적으로 분석해 주었다. 그녀는 작은 신발과 부엌에 걸린 기저귀를 제시했다. 가구와 의류의 골치 아픈 할부금, 그리고 영혼은 차단되고 불안에 휩싸인 노인, 여자와 애들의 포로가 된 서른 살 먹은 형의 모습을 그려 보였다.

"오기야, 너도 서른이 되면 결혼을 생각하기 시작할 거야. 너는 돈도 있고 교양도 있고 여자도 선택할 수 있지. 테아 펜첼 같은 여자도. 교육받은 사람이 사업을 하면 왕이나 다름없지. 렌링은 매우 현명하고 교육도 많이 받았어. 거기다 과학·문학·역사에 관한 지식을 가졌더라면, 그는 진정한 왕자였을 거야. 그저 그런 평범한 부자가 아니라 말이야……."

그녀가 펜첼 집안에 대해 언급했을 때, 적절한 지점에서 힘을 주었다. 그녀의 이야기는 흥미를 일으키게 했다. 그러나 그저 하나의 유혹에 불과했지 충분하지는 않았다. 나는 에스터 펜첼이 나를 갖게 되리라고는 믿지 않았다. 게다가 내가 여전히 그녀를 사랑하고 있다 하더라도 그녀에 대한 내 태도는 이전과 같지 않았다. 나는 그녀 언니가 이야기했던 것을 더욱더 믿었다. 그리고 그녀가 말한 진리를 절대적인 것이라고 속으로 생각하며 내가 기회를 얻지 못했다는 것을 인정했다.

어쨌든 렌링 부인은 내게 부드러운 부담을 안겨 주었다. 그녀는 나를 '아들'이라고 불렀고, 사람들에게 '우리 애'라고 소개를 시키며 내 머리를 쓰다듬기도 했다. 나는 건강했고 남성다웠다. 그런 행동이 의미하는 것은 여덟 살 난 소년의 윤기 있는 새 머리털을 쓰다듬는 것과는 달랐다. 내게는 어린애 이상으로 여겨질 만한 어떤 것이 있었다.

내가 결코 자발적으로 양자가 되기를 원하지 않을 것이란 생각이 그녀에게 떠올랐다. 그녀는 말을 듣지 않는 것이 정상인 것처럼 다른 어떤 것을 생각하고 있었다. 즉 내가 모든 사람처럼 이기주의자라는 사실이다. 만약에 내가 예비로 반대되는 의견을 갖고 있더라도 그것들은 사소한 것이었다. 그래서 나는 그대로 덮어두기로 했다. 혹은 형이나 엄마를 도와줄 의향을 가지고 있다 할지라도, 그런 생각들은 묶어서 뒤에 숨겨 두기로 했다. 그녀는 엄마를 본 적이 없으며, 보려고 하지도 않았다. 내가 그녀에게 세인트조에서 사이먼이 오고 있다고 말했을 때, 그녀는 그를 만나겠다고 청하지 않았다. 그런 행동 속에는 모세나 파라오의 딸 같은 점이 있었다. 나는 갈대 속에 숨겨진 어린애가 아니었다. 나는 재고 처리장에서 매각된 것이 아니라 내게 잘 어울리는 가족이 있었으며, 성실함을 보여 줄 만한 역사도 지니고 있었다.

그래서 나는 손을 떼고 뒤로 물러선 것이었다. 나는 양자를 삼겠다는 암시를 거절했다. 그리고 그러한 암시가 노골적인 제안으로 되었을 때 그것들을 거절해 버렸던 것이다. 나는 렌링 씨에게 말했다.

"제게 친절을 베풀어 주서서 감사합니다. 두 분 다 아주 훌륭하신 분들입니다. 살아 있는 한 두 분께 감사를 드릴 것입니다. 그러나 가족도 있고, 지금 막 떠오른 느낌은……."

"바보 같으니라고."

렌링 부인이 말했다.

"무슨 가족? 무슨 가족이란 말이냐."

"왜요, 어머니와 형님, 동생이 있습니다."

"그들이 이 일과 무슨 관계냐? 다 헛소리야! 네 아비는 어디 있는지 말해 봐라!"

나는 말할 수 없었다.

"너는 아버지가 누구인지조차 모르잖니. 자, 오기야, 바보 같은 짓은 그만두어라. 진정한 가족이란 훌륭한 인물이어야 하며, 네게 무엇인가를 줄 수 있어야 한다. 렌링 씨와 나는 너의 부모가 될 것이다. 왜냐하면 우리가 네게 무엇인가를 줄 것이기 때문이야. 나머지 모든 것은 허튼수작일 뿐이야."

"자, 혼자 생각할 시간을 줍시다."

렌링이 말했다.

그날 렌링은 기분이 언짢은 것 같았다. 그의 뒷머리카락이 곤두섰으며, 조끼 속으로 바지 멜빵 고리가 보였다. 이것은 그가 나와는 상관없이, 무언가 절망스러워서 괴로워하고 있다는 걸 나타냈다. 왜냐하면 보통 때 그는 조금도 흐트러진 곳이 없이 단정하게 보였기 때문이다.

"생각할 게 뭐가 있어요!"

렌링 부인이 소리쳤다.

"그 애가 어떻게 생각하느냐고요! 얼간이가 되고자 원하고, 평생 타인들을 위해 일하기를 원한다면, 그 애는 먼저 생각하는 방식부터 배워야 해요. 내가 그 애를 내버려 두었다면, 그 애는 벌써 옆방의 뭉크러진 납작코를 한 인디언 여급과 결혼해서 아기를 낳기를 기다리고 있겠지요. 이 년 내에 그는 허풍을 떨며 자랑스럽게 애기할 거예요. 그에게 금을 줘봐요. 그는 안 받겠다면서 똥을 집을 거예요."

그녀는 이런 식으로 계속 지껄이며 나에게 심술궂고 성가시게 굴었다. 렌링의 마음은 어지러웠다. 심각한 상태는 아니었고, 한낮을 잘 아는 부엉이가, 꼭 그래야만 한다면 거칠고 크고 갈색 무늬가 있는 모습으로 낮 동안 날개를 파닥거리다가, 다시 울창한 숲으로 날아가서 어둠 속으로 되돌아가는 그런 상태였다.

그리고 나, 나는 항상 여성들로부터 인생에 대해 심오한 지식을 가지고 있지 못하고 인생이 주는 대가, 고통, 혹은 인생의 엄청난 황홀감이나 영광을 알고 있지 못하다는 말을 들어왔다. 그것은 내가 약하지도 않고 또한 인생의 공포가 나를 엄습할 심중도 없었기 때문이다. 그리고 인생과 잘 어울릴 수 있을 정도로 강하게 보이지도 않았기 때문이다. 다른 사람들은 나에게 그들의 업적과 요구, 특권, 낙원과 지옥의 증거, 그리고 투기자들의 샘플―때때로 그들의 얼굴이나 혹에서―을 보여 주고 특히 여성들은 나의 무지함에 대하여 이야기를 해주었다. 여기서 렌링 부인은 나를 바보 같은 어린애라고 소리 지르면서, 나는 어느 문간에서 짓밟힐 것이며 인생의 투쟁 속에서 도태돼 패배할 인간임을 확신한다면서 위협했다. 왜냐하면 그녀의 말을 들으면, 나는 편안한 조건으로 태어났기 때문이다. 즉 나는 아주 훌륭한 침대에서 일어나 편안히 진수성찬의 아침을 즐기고 계란 노른자에 둥근 빵을 적셔 먹고 밝은 햇빛 속에서 편안히 커피를 마시며 시가를 피우고 우울함이나 더러움 없이 지낼 수 있었기 때문이다. 세상에 이렇게 친절한 사람이 나를 원하고 있으며, 만약에 내가 이런 기회를 거절할 것 같으면, 그 대신에 망각만이 나를 기다리고 있을 뿐이었다. 즉 사악한 자들이 나를 손아귀에 넣게 될 것이다. 나는 내가 들은 이야기 속에 나타난 진리를 부인하지 않으려고 노력했고 그와 같은 진리를 알고 있는 여성들의 능력에 대해 상당한 경의를 표했다.

그러나 나는 그 문제에 관해 생각해 볼 시간의 여유를 달라고 했다. 그리고 아주 훌륭하게 생각해 볼 수 있었다. 날씨가 도와주었기 때문이다. 가장 좋은 가을 날씨였으며, 축구하기에 좋았다. 맑은 하늘의 신선한 공기 속에 차갑고 노란 과꽃들이 피었으며, 공을 차는 소리가 크게 들렸고, 수레가 다니지 못하는 길에서 말들이 발로 땅을 치고 있었다.

나는 아인혼과 의논하기 위해 오후에 그에게 갔다.

아인혼의 행운은 다시 돌아오기 시작했다. 그는 거리를 가로질러 당구장을 계속 감시할 수 있는 곳에 위치한 아파트로 이사를 해서 그곳에 사무실을 새로 차렸다. 이러한 변화는 그를 다소간 자기 중심적인 인간으로 만들었고, 그를 사랑하는 여인이 있다는 사실도 거기에 한몫했다. 사랑하는 여인이 있다는 것은 그에게 큰 도움이 되었다. 그는 전에 발간했던 '서트인' 신문을 재발간하기 위해 종이를 끄집어내어 등사기에 올려놓았다. 그의 독자 중의 한 사람인 밀드레드 스타크라고 불리는 절름발이 여자가 그에게 반해 버렸던 것이다. 첫째 그녀는 아주 젊은 소녀가 아니었다. 그녀는 약 30세가량 되었으며 몸이 매우 육중했다. 그러나 고생으로 인해 다소 약해졌지만 활력이 강한 검은 머리카락과 눈썹을 지니고 있었다. 그녀는 아인혼의 고무적인 시(詩)에 대해서 운문 형식으로 답장을 했다. 그리고 마침내 자기 여동생에게 그의 사무실로 데려가 달라고 하여 그곳에서 소란을 피우면서 아인혼이 자신에게 일을 시킬 것을 약속할 때까지 가지 않고 버티었다. 그녀는 봉급은 전혀 원하지 않았다. 단지 아인혼이 집 안에 틀어박혀 있는 지루함에서 자기를 구해 줄 것을 바랐을 뿐이었다. 밀드레드의 고민은 그녀의 두 발에 있었다. 그녀는 의족을 차고 있었다. 아 의족 때문에 느리게 걸어야만 했다. 그리고 내가 나중에 가서야 알게 된 일이지만, 그녀의 여러 가지 충동은 급속히 그리고 격하게 일어나는데, 이런 충동이 뜻밖에 부전도체에 부딪혔다가 다시 되돌아와서는, 얼굴이 꺼매지도록 계속 쌓여만 갔다. 그녀의 풍채로 볼 것 같으면, 이미 말한 것처럼 몸은 육중하고 두 눈은 검은빛을 띠었으며, 피부는 윤이 나지 않았다. 절름발이 소녀에서 절름발이 여성으로 성숙하는 데는 가족이나 집에서나 그만큼의 진부함과 어려움이 있었으리라. 그것이 우울함, 무뚝뚝함, 그리고 과도한 불만 등을 조성한 요인이었다. 얼굴이라는 창에 만족스러운, 혹은 불만이 없다는 표정을 드러낼 필요가 없었기 때문이다.

그러나 밀드레드는 비록 집 안에 들어앉아 있어야만 할 여인, 혹은 어린애를 낳을 시기를 놓쳐 버린 여자로서 중년 가까이 되어 보이고 침울하고 우울하게 보이긴 하나, 누워 있거나 죽는 것을 받아들이려고 하지 않았다. 비록 그녀가 자기를 사랑하게끔 내버려 두는 아인혼을 향한 사랑의 포로가 되어 있다고 해도, 그것이 완전히 지워질 수는 없었다. 처음에 그녀는 단지 일주일에 두세 번 그를 위해 편지를 타이핑해 주러 왔지만, 이제는 전임 비서직을 맡아 다른 일―그의 심부름꾼, 믿을 만한 여자 친구―까지 하게 되었다. 성경에서 말하는 것처럼 '당신의 시녀'라고 말할 수 있을 정도였다. 그의 휠체어를 밀 때 그녀는 절름거리고 발을 끌면서 역시 휠체어에 의지했다. 그는 아주 만족한 듯, 시중을 잘 받는 듯이 앉아 있었다. 그는 엄격하고 조바심이 난 듯이 보였다. 그러나 사실은 그렇지 않았다. 내가 그에게서 발견한 정력이란 수탉의 정력 같았다. 수탉의 정력이라 함은 화려하게 미끄러져 내려온 깃털과 더불어 남성적인 통찰력, 날카로움, 울퉁불퉁한 단단한 근육, 볏에 묻은 피, 변덕스러움, 자만심, 거만함, 찬란함 등을 말한다.

아, 그러나 이러한 비교 외에 또한 충분히 만족스러울 수밖에 없는 다른 사실들이 있었다. 그것은 너무나 나쁜 것이지만 사실이 그렇다. 인간은 그러한 단순성—막대기 하나로 땅 위에 그려 놓은 단 하나의 선이 아니라 수많은 단면에 어마어마한 써레질을 한 것이다.—을 지니고 있지 않다. 그의 정신에는 사물을 꿰뚫어 보는 통찰력이 있었다. 그러나 나쁜 안색, 노쇠함, 백발을 말하지 않을 수 없다. 뿐만 아니라 새로 이사 온 아파트의 누추함, 시간의 무료함, 무미건조한 하루하루, 따분함과 초췌함도 있었다. 거리는 살벌하고 어두우며 삶에 대한 활기가 없고 불쾌했다. 이곳에는 장사에 대한 생각이 존재하고, 소란스러움과 새로운 소식으로 자극받으며, 무섭고 위협적인 목적들이 기형적으로 성장하고 있었고, 실질적인 것이든 호의에 의한 것이든 간에 허위로 둘러싸인 여드름과 점이 자라나고 있었던 것이다.

누구나 말할 수 있겠지만, 틸리 아인혼에게 밀드레드는 마음에 드는 여인이었다. 이것은 틸리가 아인혼을 잘못 판단한 데서 온 것이었다. 이러한 오판이 그녀에게 너무 크게 작용했다. 게다가 구두 속으로 들어간 구두수선공의 구둣골처럼 사람들은 자기들이 처해 있는 상황을 염두에 두어야만 한다. 즉 틸리로 하여금 이렇게 이해하도록 하는 것은 불구자로서 아인혼의 특별한 요구였던 것이다. 그녀는 쉽게 허락하는 경향이 있었다.

이것이 내가 아인혼의 조언을 구하러 왔을 때 그가 처한 상황이었다. 나는 그가 너무 바빠서 내게 신경을 쓸 수 없음을 알았다. 내가 말을 했을 때 그는 거리를 쳐다보고 있었다. 그러더니 화장실로 자기를 밀어달라고 부탁했다. 그래서 나는 여느 때와 같이 기름칠을 해야 될 찍찍거리는 휠체어를 밀고 화장실로 갔다. 그가 한 대답이라고는 고작 이런 말이 다였다.

"글쎄, 그것은 대단히 흔치 않은 일이야. 상당히 좋은 제안이지. 네가 운이 있구나."

그는 내가 렌링 부부의 제의를 거절하려고 생각 중이라는 점은 말하지 않고 그들이 나를 양자로 삼으려고 한다는 소식을 전한다고만 생각하고, 이 일에 대하여 그의 속마음을 절반도 나타내지 않았다. 당연히 그는 자기 문제에 싸여 있었다. 그래서 나는 한 사람이 어떻게 다른 사람에게 귀속되어 한 가정에 흡수될 수 있는지 그 예를 보고 싶다면 밀드레드 스타크를 볼 수 있었다.

나는 그날 오후를 시내에서 보냈다. 아인혼 집에서 간 샌드위치를 먹고 디어본에서 실업자 음악가들을 바라보았다. 그때 클라렌스 루버가 지나가는 것을 보고 반지로 유리 벽을 두들겼더니 그가 나를 알아보고 이야기하려고 들어왔다. 루버는 크레인 대학 출신이었다. 그는 그곳에 있는 에나크 카페에서 야구 경기에 돈을 거는 도박장을 해왔었다. 그는 조용하고 말을 퍽 상스럽게 하며, 미끈하게 생긴 얼굴에 살이 찐 엉덩이와 아시리아식으로 눈썹 위까지 진득한 빛이 나는 앞머리를 늘어뜨리고 있었다. 그리고 가슴팍이 부드럽게 부푼 옷과 실크 셔츠와 노랑 실크 넥타이를 매고 회색빛 나는 플란넬 바지를 입고 있었다. 그는 나를 넘겨다보고는, 불경기에 허덕이는 음악가들이나 여기서 식사하는 다른 사람들과는 대조적으로 내가 잘 지낸다는 것을 알았다. 우리는 서로 정보를 교환했다. 그는 남부 연안에서 소자본을 가진 사촌 미망인과 동업으로 조그마한 가게를 하나 열었단다. 그들은 램프·그림·꽃병·피아노 덮개·재떨이 그리고 이런 유의 골동품을 취급했다. 파산하기 전에 사촌과 그의 아내가 고객들을 위해 큰 호텔의 실내장식을 맡아 했었기 때문에 거래가 꽤 많았다. 그는 말했다.

"여기에는 돈이 있어. 이곳은 사람들이 특별 취급을 받는 데 대한 대가로 돈을 지불하는 야단스러운 곳이지. 참으로 눈부시게 화려한 장사야. 만일 사람들이 알기만 했다면, 이렇게 많은 허접한 것들을 싸구려 백화점에서 살 수 있기 때문이지. 그런데 그들은 자기 판단을 믿을 수가 없어. 이것은 여자가 할 장사야. 그리고 너는 어떻게 그들의 배를 간질이는가를 이해해야만 해."

나는 그가 이 음악가들 사이에서 무엇을 하는지를 물었다.

"음악가라니, 바보 같은 것들."

그는 사촌 미망인과 번햄 빌딩에서 목욕탕에 칠하는, 고무 제품을 원료로 한 방수 페인트를 발명한 사람을 만났는데, 그것이 그에게 큰 재물을 모으게 했다. 이 제품은 벽이 썩는 것을 방지했고 그래서 물이 벽토를 상하게 하지 않았다. 발명자는 곧 생산을 시작하게 되었다. 루버 자신이 나가서 그것을 팔아 많은 돈을 벌었다. 그러므로 가게에서 그의 후임을 맡을 사람이 필요하게 되었다고 그는 말했다. 내가 돈 많은 부자나 고급 고객들과 접하는 경험을 쌓아왔기 때문에 그 후임 자리에 앉게 될 적합한 사람이었다.

"나는 병신 같은 친척들을 주위에 두고 싶지 않아. 그들은 나의 모골을 쑤시게 하거든. 그러니 만약 네가 생각이 있으면 나서 시설을 한번 봐. 너만 좋다면 조건을 얘기해 보자고."

내가 만일 렌링 부부의 양자가 되지 않는다면 그들과 함께 머물 수 없다는 것을 알기에, 그들의 청을 거절한 다음에는 다른 계약이 불가능하리라는 생각에 루버와 계약을 맺었다. 지금 양자로 들어간다는 것은 나를 질식케 하는 것임을 알고 있었다. 나는 렌링에게 학교 친구와 평생 동안 하게 될 놀랄 만한 사업 기회에 대해서 얘기하기로 결심했다. 그러고선 차가운 날에 에반스턴을 떠났다. 렌링 부인은 분노에 못 이겨 나를 쌀쌀맞게 대했고, 렌링은 냉정한 표정을 지으며 내가 잘되기를 바랐다. 그는 도움이 필요할 때면 찾아오라고 했다.

나는 블랙스톤가에 있는 집의 남쪽 방을 하나 얻었다. 그 방은 네 개의 층계를 올라가야 있었는데, 세 개에는 싸구려 붉은 주단이 깔리고 다른 하나는 보기 흉한 먼지가 쌓인 연약한 나무판자로 되어 있었다. 화장실 옆방이었다. 여기는 넬슨 양로원과 그리 멀리 떨어져 있지 않아서 나는 일요일 아침 기분이 좋을 때나 시간이 있을 때 로시 할머니를 보러 갔다. 지금 내 눈에 할머니는 이 양로원에 있는 다른 모든 사람과 똑같았다. 눈에 띄게 보였던 독립심도 사라져버렸고, 쇠약해져서 두더지같이 보였다. 그래서 할머니가 나를 반길 때, 옛날에 가졌던 여러 가지 성격 등을 지금은 내려놓고 어디다 두었는지를 잊어버린 듯이 그것을 찾아 휘둘러보는 듯했다. 할머니는 내게 가졌던 불평이나 불만을 다시 회상하는 것 같지도 않았다. 우리가 응접실에 있는 벤치에서 몇몇 말 없는 늙은이들을 사이에 두고 앉았을 때 할머니가 물었다.

"그런데 그 애(jener) 바보는 잘 있니?"

할머니는 조지의 이름을 잊었던 것이다. 나는 그 말에 소름이 끼쳤다. 그렇다! 이와 같은 사실에 나는 어안이 벙벙했다. 그러나 할머니의 전 생애와 비교했을 때 우리와 같이 보낸 시간은 얼마나 짧은가. 그리고 오래된 정맥류성의 채널 양면에는 많은 늪지와 괸 물이 있어 신진대사가 잘되지 않았음이 틀림없다. 자신들에 관한 최초의 사실이 언급되는 것을 원치 않는 사람들에게 강인함과 완고함이 있는 것처럼, 그러한 사실이나 진리가 더 이상 아무 도움이 될 수 없는 때가 있다.(늙은 여인이 파멸하는데 달리 도리가 있겠는가?) 그러나 옛날의 표정을 넘겨다보는 나의 두 눈에는 그것이 하나의 오점으로 보였다. 이러한 사실이 죽음과 아주 가까이에 있다는 것이 무슨 소용이 있을까? 그것을 보는 사람들에게 돌아가는 이익을 제외하고는 말이다. 왜냐하면 우리 인간이란 모든 것에서, 최악의 진흙탕, 즉 배설물이나 부산물인 독약에서조차 누군가에게 유리한 이점이나 이익이 있을 것이라고 믿는 여러 이유가 있기 때문이다. 그리고 화학 약품이나 산업의 쇠찌꺼기, 광물 찌꺼기, 뼈, 그리고 비료 등을 어떻게 끝없이 이용할 수 있는가 하는 방법을 찾고 있는 것이다. 그러나 우리가 모든 것에서 이익을 얻을 수 있다는 것은 현실적으로 거리가 먼 이야기이다. 그렇다. 더욱이 진리조차도 고독이나 그것이 유폐된 곳에서 벗어나면 굳어지고 바스티유 감옥 밖에서는 오래 존재할 수 없게 된다. 만약에 구출하려는 공화당의 보수적인 무리들이 죽음의 세력이라면, 진리는 결코 살지 못한다. 이것이 여생이 몇 개월밖에 남지 않은 로시 할머니가 처해 있는 상황이었다. 할머니의 오데사 검은 드레스는 기름에 절어 색이 허옇게 되었다. 할머니는 내게 늙은 고양이가 하품하는 듯한 모습을 보여 주었다. 나를 잘 알아보지 못한 것 같았다. 할머니는 사팔뜨기처럼, 원래의 사실과 할머니에게 주로 관계되었던 것에 대해 이렇게 희미한 시선을 던졌다. 허약하고, 어린 아이와 미친 사람 같기도 했다. 우리가 항상 힘이 있고 충격에도 잘 견디어내리라고 생각했던 할머니가 아니었던가! 이런 사실은 나를 당황하게 만들었다. 그러나 할머니는 내가 누구인지 기억해 냈다. 또한 옛 기억도 천천히 도는 회전판처럼 아주 느리게 되살아나긴 했지만 잃어버리지는 않았다. 할머니는 내가 찾아와 준 것을 고맙게 생각하고, 이젠 내가 가까이 있으니 다시 와달라고까지 했다. 그러나 나는 다시 갈 수가 없었다. 그해 겨울에 할머니는 폐렴으로 숨졌다.

새로 구한 일자리에서 나는 처음부터 내리막길을 걸어야 했다. 루버의 사촌 미망인은 만족을 하지 못하는 여인이었다. 게다가 나를 그다지 믿지도 않았다. 이 부인은 가시투성이 왕관 같은 모자를 쓰고, 상점에서 파는 망토 스타일의 털 코트를 입었으며, 좋지 않은 피부와 보잘것없는 입술 등 자기 얼굴의 결함을 깨닫고, 그런 결함 때문에 항상 괴로워하는 듯 보였다. 그녀는 위장병을 앓고 있었으며 몹시 급한 성질을 지나치게 억제했다. 그녀는 내가 제대로 능력을 발휘할 수 없도록 억눌러 내 스타일을 다 구겨버렸다. 나의 스타일은 어쨌든 내가 생각하기론 좀 더 나은 상류층 고객들로부터 배운 것이었다. 그녀는 나를 중요한 사람들에게까지 가지 못하게 했다. 그리고 사무실 서랍도 잠가두었다. 내가 상품의 원가를 아는 것을 원하지 않았던 것이다. 그녀가 바라는 것은 나를 뒤켠에 몰아놓고 포장을 하고, 상품의 얼룩을 지우고, 틀을 만들어 끼우고, 램프의 갓에 셀로판지를 싸도록 시키는 것이었다. 그래서 뒤쪽 자리를 지키거나 와바시가의 다락방에 있는 도자기 제조소나 여러 조그마한 공장으로 심부름을 나가게 될 때, 나는 그녀가 나를 문가로 밀어낸다는 것을 금방 알아챘다. 고무를 먹인 페인트가 시판되자, 루버도 역시 줄곧 염두에 두어왔고 내가 생각했던 대로, 나는 그것을 파는 세일즈맨이 되었다. 그는 내가 심부름꾼으로 만족하고 사업에는 흥미가 없어 보였기 때문에 상점에선 사실 내가 필요하지 않다고 말했다.

"나는 네가 봉급쟁이가 아니라 지금까지 해왔던 것과는 다른 어떤 것들을 염두에 두고 있다고 생각했었지."

그가 내게 말했다.

"그런데 말이야, 루버 부인은 나에 대해 다르게 생각해."

"물론이지. 나는 그 여자가 너를 구석을 지키는 심부름꾼으로 만들려는 것을 보았어. 문제는 네가 그 여자가 그렇게 하도록 내버려 뒀다는 거야."

이제 그는 나에게 봉급 대신에 판매에 대한 수당을 받게 했다. 나는 그것을 받아들일 수밖에 도리가 없었다. 페인트 깡통을 들고 주문을 받으려고 전차 정거장이나 엘가의 호텔, 병원 등등을 돌아다녔다. 이 일은 완전히 실패했다. 재무 상태가 너무 핍박했던 때라 어떠한 계약도 체결할 수 없었다. 나는 특별한 부류의 사람들을 상대했다. 루버 부인으로부터 함석을 받아 여러 호텔에 납품했다. 루버 부인은 자기가 호텔업계에서는 아주 잘 알려져 있다고 주장했으나 사실은 그렇지 않았다.(혹은 매니저들이 나의 임무를 알고 나서야 그녀가 누구인지를 알아보았다.) 그리고 더욱이 크림빛의 최고급 대리석 건물에 제복을 입은 종복들이 있고 사제(司祭)들의 휴양지처럼 설비되어 있는 호숫가의 음식점 뒷계단에서나 작업장에서 이들을 붙잡고 이야기하는 것은 쉽지 않았다. 또한 많은 호텔에는 단골 페인트 청부업자들이 있었고 부정한 방법으로 계약이 맺어졌다. 즉 중역 회의와 파산 관재(管財) 본사에서 임명한 관리인들이 통제하고 있었다. 관리인들은 보험, 배관, 음식 공급, 실내장식, 바, 매점 개업 허가와 이와 관련된 나머지 시스템에 관심을 두었다. 페인트 중개업자에게 사람을 보내는 것은 하나의 속임수였다. 그들은 내 고무 페인트를 보려고 하지 않았다. 나는 사무실 밖에서 아주 오래 그들을 기다렸다. 그것은 좋은 징조가 아니었다. 그렇다는 게 곧 명백하게 드러났다.

때는 한겨울이었다. 으스스하고 험한 날씨였다. 그래서 거미처럼, 차를 타고 몇 시간 계속해서 시내를 돌아다닌다는 것은, 마치 안에 갇혔기 때문에 하는 수 없이 난로 곁에 앉아 있는 고양이처럼 사람을 바보로 만들어버리는 일이었다. 획일적인 것들이 대량으로 쌓여 있는 것 외에 건물의 벽돌 조각이나 신문의 칼럼 모양으로 작은 부분까지 유사하다는 것은 정신을 혼미한 상태로 빠뜨렸다. 사람들이 나를 보고 있는 동안 내가 앉아서 뒹굴며 차에 실려 가는 것을 생각해 보라. 거기에는 끝없이 긴 실이 감길 실감개나 몇 야드 길이의 직물을 감아놓은 포목 한 필의 신세가 될 위험성이 있었다. 만일 이렇다 할 목적이 없이 차를 타고 다녀야만 하는 신세가 되면 말이다. 그리고 먼지를 닦은 흔적이 그대로 남아 있는 유리창문에 태양이 약간 비치면, 그것은 무자비하고 조금도 진정할 줄 모르는 쇳덩이처럼 무거운 구름보다 머리에는 더 나쁠 수 있다. 도시 없이는 문명이 없다. 그러나 문명이 없는 도시에 대해서는 어떻게 생각하는가? 서로가 아무 도움도 되지 못하는 수많은 사람들을 한곳에 모아둔다는 것은 비인간적이다. 아니, 비인간적이 아닐 경우도 있다. 우울한 것 가운데서 그 자체의 빛을 내기도 한다. 이런 일은 결코 일어나지 않는다.

나는 몇 개 팔았다. 홀로웨이 회사를 경영하는, 아인혼의 사촌 처남인 카라스가 나에게 기회를 주었다. 그는 철도역 부근 반 버렌가에 있는, 건달들이 드나들고 값싼 낡은 침대가 있는 조그마한 호텔에 시험 삼아 발라보려고 몇 갤런을 샀다. 그는 이보다 더 나은 건물에는 그것을 사용하지 않으리라고 말했다. 샤워장에는 더운 기운과 습기가 차서 고무 냄새가 많이 났기 때문이다. 스테이트 앤드 레이크에 루버의 친구인 의사가 한 명 있었는데, 그는 낙태 수술을 하는 사람이었다. 그는 그의 방을 다시 칠하려 하고 있었다. 그래서 나는 그에게 주문을 받았다. 여기서 루버는 나를 속여 판매 수당을 가로채려고 했다. 그가 말하길, 자기는 이 판매를 하는 데 내가 필요 없었다는 것이다. 만약에 그 당시 내가 《트리뷴》에서 구직 광고란을 잘 보지 않았더라면, 그때 그에게 그 일을 깨끗이 그만둔다고 했을 것이다. 나는 돈을 충분히 벌 수 없어서 어머니를 부양하기 위한 돈을 더 이상 보낼 수 없었다. 그러나 적어도 나는 내가 쓸 경비를 벌고 있었으므로 사이먼이 나를 도와줄 필요는 없었다. 물론 그는 내가 렌링에게서 떠났다는 이유로 불평을 했다. 만약에 그가 홀로 어머니를 모셔야만 했다면, 어떻게 그가 결혼할 생각을 했을까? 나는 말했다.

"형과 시시는 엄마에게 들어가 함께 살 수 있지 않아."

그러나 이 말은 그를 우울하게 만들었다. 나는 시시가 낡은 아파트에서 어머니를 돌볼 만한 어떠한 인격도 갖추지 못했다는 것을 알고 있었다.

"글쎄, 형도 알다시피 나는 형을 난처하게 만들고 싶지 않아. 그러니 내가 최선을 다해 보겠어."

우리는 라클리오스 음식점에서 커피를 마시고 있었다. 페인트 통이 식탁 위에 있었고, 통 위에는 장갑이 놓여 있었다. 솔기가 해진 그 장갑이 내가 어떻게 행운을 잡았다 놓쳤는가 하는 것을 드러내 보여 주었다. 나는 세일즈맨치고는 더러웠다. 세일즈맨의 외모에 대해서는 인격을 확고부동하게 보증할 의무가 있도록 규율이 정해져 있었다. 나는 옷을 세탁하거나 수선할 형편이 안 되었고, 그런 것에 많은 신경을 쓸 수도 없었기 때문에 표준 이하로 떨어졌다.

내가 생활하는 방식은 차차 조잡해졌고, 몇몇 무단 입주자들의 버릇을 배우게 되었다. 내 방 위쪽까지는 온기가 올라오지 않아서 나는 코트를 입고 양말을 신고 잤다. 아침에는 몸을 녹이기 위해 커피 한잔을 마시러 잡화점으로 내려갔다. 그리고 그날 하루를 위한 계획을 세웠다. 호주머니에 면도칼을 넣고 다니다가 시내로 나가 공중 화장실에서 공짜 온수, 액체비누, 그리고 종이 타월로 면도를 했다. 그러고 나서는 YMCA 식당이나 무허가 선술집에서 돈도 지불하지 않고 가끔 식사를 했다. 9시경에는 활기가 넘치나 정오가 되면 바닥이 났다. 당시 나의 어려움 중의 하나는 휴식처가 없다는 점이었다. 나는 아인혼의 새 사무실에서 오후를 보내려고 했다. 그는 특별한 일이 없는 사람들이 자기 벤치나 난간에서 쉬는 데에 아주 익숙했다. 그러나 전에 그를 위해 일을 했던 나로서는 무엇인가를 해야만 했고, 그도 나를 심부름을 보내곤 했다. 그래서 나는 일단 전차에 올라타면 차라리 그 자리에 있는 편이 나았다. 게다가 사이먼에 대한 채무 때문에 빈둥빈둥 놀 수도 없었다. 설사 단순히 돌아다닌다는 그 자체가 아무런 이익이 되지 않는다고 해도 말이다. 가만히 한곳에 정착하는 것이 허락되지 않았던 것은 나에게만 해당되는 것은 아니었다. 사람들에게 아무런 도움도 주지 않고 푸대접만 당하는 장소로부터 옮겨 다니는 것은, 이구석 저구석에서 넓은 곳으로 쫓겨다니는 사람들의 처지처럼 일반적인 현상이었다. 이것은 대체로 세상에 속해 있었으나 머리 둘 곳은 없었던 그리스도의 경우와 같았다. 아무도 이 지구상에서 무엇이 일어났는가를 크게 생각하고 있지 않기 때문에, 세상에 속해 있다는 사실을 제외하고는, 이 문제에 대한 올바른 이해가 없었다. 페인트 깡통을 든 나는 이들과 다를 바 없다. 내가 어디로 갈 때, 전차들은 나를 태울 만큼도 넓지 못했고, 역시 나를 수용할 만큼 시카고가 크지도 않았다.

겨울이 끝날 무렵 눈이 휘날리는 어느 날 엘 역에서 나올 때였다. 나는 도둑질을 한 이후로 본 적이 없는 조 고맨을 우연히 만났다. 그는 몸에 달라붙는 스타일의 짙은 푸른색 코트를 입고 있었고, 마치 손가락으로 부드러운 빵을 눌렀을 때처럼 모자 위가 움푹 들어가게 새로 본을 뜬 페도라 중절모를 쓰고 있었다. 그는 매점 옆 벽에 걸어놓은 서가에서 잡지를 사는 중이었다. 코는 위로 치켜져 있었고, 얼굴은 아침을 배부르게 먹은 뒤 차가운 아침 공기를 쐬어서 불그스름하게 혈색이 좋아 보였다. 비록 밤새워 포커 게임을 하고 오는 것이 그의 습관처럼 보였을 터이지만 말이다. 그는 페인트 깡통 샘플을 든 나를 잡았다. 내가 그것을 정당하지 못하게 얻었으리라고 생각하는 것은 그에게는 당연한 일이었다.

"웬일이야?"

그는 내게 물었다. 내가 설명하자, 그는 기세등등한 태도는 아니지만 "바보 자식!" 하고 말했다. 그 말은 확실히 옳았다. 그래서 나는 자신을 변호하려고 애쓰지 않았다.

"그게 다 사람을 만나는 방법이야. 머지않아 무슨 일이 일어날지 모르지."

내가 대답했다.

"그래. 깊은 함정이군. 네가 사람들을 만난다면, 네가 예뻐서 누군가가 너를 위해 무엇을 해주리라고 생각하니? 네게 큰 기회를 주리라고? 요즘 같은 세상에는 자기네들 친척부터 먼저 돌본다. 네게 친척이라면 누가 있지?"

나는 친척이 그리 많지 않았다. 파이브 프로퍼티즈는 여전히 우유 트럭을 운전하고 있지만 그에게 일자리를 부탁할 생각은 없었다. 코블린은 신문 돌리는 일을 제외하고는 모든 것을 잃었다. 어쨌든 나는 시 위원의 장례식을 치른 이후로 그들 중 어느 누구도 자주 만난 적이 없었다.

"가서 치즈와 파이나 먹자꾸나."

그가 말했다. 우리는 식당으로 들어갔다.

"넌 요새 뭐 해?"

나는 드러내 놓고 묻고 싶지 않았다. 그것은 좋지 못한 태도니까 말이다.

"세일러 불바를 만난 적 있어?"

"그런 바보를 왜 만나. 그 녀석은 쓸모가 없어. 지금 노동조합을 위해 파업 방해자를 폭력으로 감시하는 단체에서 일하고 있지. 그에게는 맞는 일이야. 지금 내 형편으로는 그 같은 놈은 아무 쓸모가 없어. 하지만 네가 빠른 시간 내에 돈을 벌고 싶다면 너를 위해 내가 뭔가 해줄 수 있어."

"위험한 일이야?"

"지난번 너를 속태우게 만든 것 같은 일은 아니야. 나도 더 이상 그 같은 일에 가담하진 않아. 지금 내가 하는 일은 합법적이지는 않지만 훨씬 쉽고 안전한 일이야. 너는 돈을 빨리 버는 일이 뭐라고 생각하니?"

"글쎄, 그게 뭐지?"

"이주민들을 캐나다로부터 국경선 부근이나 혹은 뉴욕 주에 있는 루즈 포인트에서 매세나 스프링즈로 실어다 주는 일이야."

"싫어. 나는 그런 짓은 할 수 없어."

나는 아인혼과의 대화를 잊지 않고 말했다.

"아무것도 아니야."

"그러다 네가 붙잡히면?"

"내가 붙잡힌다면? 흥, 그러다 내가 붙잡히지 않는다면?"

그는 나를 야비한 말로 놀려대면서 말했다.

"너는 내가 거리를 돌아다니면서 페인트 행상 노릇을 하면 좋겠니? 나는 차라리 가스가 차 있는 파일럿 램프처럼 조용히 앉아 있겠어. 이대로 빈둥거리고 앉아 있을 수 없어. 아니면 미쳐버리든지."

"이곳은 미합중국이야."

"그게 뭔지 말하지 않아도 돼. 그저 네가 돌파구를 찾는 것 같아서 물어본 거야. 나는 한 달에 두세 번 이런 여행을 하지. 계속 운전하는 데 이력이 났거든. 그래서 나랑 같이 매세나 스프링즈까지 가면서 운전을 교대해 주면 일체의 경비와 50달러를 주겠어. 만약 네가 목적지까지 운전하겠다면 100달러까지 올려줄게. 가면서 더 생각해 볼 시간은 있어. 사흘 이내로 우리는 돌아올 거야."

나는 그의 제안을 받아들였고, 이것을 돌파구라 생각했다. 확실히 50달러라면 사이먼에 대해 마음을 놓으면서 잘 살아갈 수 있을 것이다. 나는 고무를 먹인 페인트를 돌아다니며 파는 일로 끼니를 이어왔다. 위기를 극복할 수 있는 돈을 조금만 갖게 되면 다른 일을 찾으면서 한두 주일 보낼 수 있을 것이고, 어쩌면 대학교를 다시 다닐 수 있는 길을 마련할 수 있을지 모른다는 계산이었다. 그 문제를 아주 포기하지는 않았기 때문이다. 이 모든 것이 외부적으로 결심한 이유였다. 다른 하나, 내면적인 이유는 압박감으로부터 변화를 원했고 도시에서 벗어나고도 싶었다. 이민자들에 관한 내 생각을 말하면, 그들이 이곳에 있기 원한다면 왜 우리와 함께 이곳에 있을 수가 없을까 하는 것이었다. 불운을 포함하여 모든 것은 돌고 도는데 말이다.

나는 틸리 아인혼에게 욕실을 칠하라고 페인트를 주었다. 조 고맨은 아침 일찍 검정색 뷰익을 타고 나를 데리러 왔다. 개조된 차였다. 생각할 틈을 주지 않을 만큼 열정적으로 이 처음 순간을 이야기할 수 있다. 우리가 카네기 강철 공장의 마당을 지나서 멀리 사우스사이드에 올 때까지, 나는 뒷좌석에 놓아둔 신문지에 싼 예비용 셔츠 뭉치와 내 의자 밑에 접어서 깔고 있는 코트 때문에 편안히 앉지도 못했다. 그리고 유황처럼 쌓아 올린 모래 언덕들을 지나, 두 굽이로 꼬부라진 개리를 거쳐서 톨레도로 가는 길을 달리고 있었다. 이곳에서부터 우리는 속력을 냈다. 엔진의 입구는 죽을 지경인 것처럼 벌려져 있었다. 그것은 헐떡이지 않았지만, 정해진 임무를 다하고 있었다.

날씬한 몸에 깨진 듯한 긴 코를 하고 얼굴빛을 순간적으로 바꾸며, 이마에 좁은 주름살을 짓고 초조하게 핸들을 누르는 고맨은 흡사 기수처럼 감정을 담아 자동차를 조종했다. 몰두할 만한 것을 발견했다는 즐거움에 휩싸인 채였다. 톨레도를 벗어나서부터는 내가 핸들을 잡았다. 그리고 때때로 그가 좁다란 얼굴에서 냉소적으로 곁눈질을 하고 있음을 보았다. 길고 검은 눈이 피로로 인해, 아니면 조급한 마음의 동요로 인해 퇴색된 큰 반점을 보이면서 나를 새로이 측정해 보고 있었다. 그가 말했다. 비록 실제로 그러한 것은 아니었지만, 이것이 내게 던진 첫말인 것 같았다.

"밟아!"

나는 아직 자동차에 대한 감각이 없다고 사과를 하면서 그의 말에 따랐다. 그러나 그는 내 운전 방식이 맘에 들지 않았다. 특히 언덕 위에서 트럭을 앞지를까 말까 하고 주저할 때는 더욱 그랬다. 우리가 클리블랜드로 가는 길로 접어들 때쯤 고맨은 나와 교대해서 핸들을 잡았다.

4월 초였다. 오후 시간은 짧았다. 그래서 우리가 래커와나에 가까워졌을 때는 어둠이 깔리고 있었다. 그곳을 지나 다른 어떤 곳에서 휘발유를 넣기 위해 멈췄다. 고맨은 내게 옆에 있는 가게에 가서 햄버거를 사 오라고 하면서 지폐를 주었다. 그곳에서 나는 먼저 화장실에 갔다. 그러곤 화장실 창문을 통해서 펌프 옆에 주(州) 기동경관들이 자동차를 조사하고 있는 것을 보았다. 고맨은 보이지도 않았다. 나는 더러운 햄버거 집 옆에 있는 방으로 숨어들어 가 부엌을 살짝 들여다보았다. 늙은 흑인이 접시를 씻고 있었다. 눈치채지 않게 그의 뒤를 살그머니 지나서 문가에 있는 곡식 가마를 넘어 그 사이에 있는 공지로 나갔다. 고맨이 차고의 벽을 따라 벌판이 시작되는 나무덤불의 경계선 쪽으로 뛰어가는 게 보였다. 나는 10야드 정도 떨어져서 그와 나란히 뛰었다. 그리고 나무들 뒤에서 우리는 만났다. 그가 나를 알아보기 전에 사고가 일어날 뻔했다. 그가 손에 권총을 쥐고 있었기 때문이다. 아인혼이 고맨이 가지고 다닐 거라고 경고를 했던 그 권총이었다. 나는 총신에 내 손을 대고 가볍게 쳐서 그것을 밀쳤다.

 "뭣하러 그따위 것을 꺼내 들었어?"

 "손 치워. 그러지 않으면 이 총으로 너를 쏘겠어."

 "도대체 무슨 일이야? 왜 경관을 피하는 거야? 그냥 속력을 낸 것뿐인데."

 "그 차는 훔친 거야. 과속이 다 뭐야!"

 "난 그게 네 차인 줄 알았어!"

 "아니야, 훔친 거야."

 우리는 길에서 모터사이클 소리를 듣고, 다시 뛰기 시작했다. 그러곤 쟁기로 밭을 간 들판에 몸을 내던졌다. 그곳은 활짝 트인 시골이었지만, 날은 이미 어두웠다. 경관들이 나무들 있는 곳까지 와서 찾아보았으나 샅샅이 뒤지지는 않았다. 다행이었다. 고맨이 잔디에서 휴식을 취하다가 총으로 그를 덮칠 수도 있었기 때문이다. 그는 능히 총을 쏠 그런 카우보이였다. 나는 공포에 질려 목구멍에서 구역질이 나는 것을 느꼈다. 그러나 경관은 상록수 위를 램프로 비추어서 보더니 꺼버렸다. 우리는 쟁기질을 한 밭을 지나 한길을 벗어나 보이지 않는 시골길로 도망쳤다. 확실히 이곳은 악마가 있을 것 같았다. 푸르스름한 빛을 띠었고, 흙더미로 뒤덮였으며, 구역질이 나는 기름 냄새가 풍겼다. 우리 뒤로 멀리 떨어지지 않은 곳에서 래커와나 굴뚝으로부터 하늘을 향해 어둠 속에서 기계가 무엇을 만들고 있었다.

"쏘려고 한 건 아니겠지, 그렇지?"

내가 말했다. 그는 마치 여자들이 안쪽에 있는 허리띠를 끌어올리는 것처럼 어깨를 올리고서는 소매 속에다 손을 넣었다. 그는 총을 치웠다. 추측건대, 우리 서로가 파트너가 되지 못할 거라고 생각하는 듯했다. 나는 닥쳐오는 위험의 허망함을 생각했고, 그는 경멸하며 내가 혈관에 똥이 쌓여 있음에 틀림없는 녀석, 아니면 당구장의 조소나 받을 녀석이라고 생각했다.

"너는 뭣 때문에 뛰었니?"

그가 말했다.

"네가 뛰는 것을 보고 그랬어."

"무섭기도 했겠지."

"그런 이유도 있고."

"차고에 있는 녀석이 우리를 보았을까?"

"그랬겠지. 못 봤다 해도 햄버거 가게의 누군가가 내가 어디로 갔을까 했겠지."

"그러면 우리 서로 갈라지는 편이 낫겠어. 우리는 버펄로에서 멀지 않은 곳에 있어. 내가 내일 9시에 그곳 중앙 우체국 정문 앞으로 차를 가지고 갈게."

"차를 가져온다고?"

"응, 그럴 거야. 그때쯤이면 다른 차 한 대를 구하겠지. 내가 밥값으로 준 10달러 지폐를 가지고 있지? 도움이 될 거야. 도시에는 분명히 버스가 있을 거야. 너는 길을 따라 쭉 올라가서 버스를 타. 나는 내려갈 테니. 버스 두 대쯤만 그대로 가게 두면 우리는 같은 버스를 타지는 않게 될 거야."

그래서 우리는 헤어졌다. 그가 없으니 한층 마음이 놓였다.

그의 양어깨와 모자와 모습이 멀어져 갈 때, 그는 마르고 키가 크고 날카로워 보였다. 그는 흡사 낯선 시골길에 서 있는 도시의 기술병처럼 내가 길 위를 따라 올라가기 시작하는 것을 지켜보고 있었다. 그리고 나서 그도 역시 재빨리 돌아서서 돌에 긁히면서 언덕 아래로 다리를 끌며 바쁘게 내려갔다.

고속도로로 접어드는 첫 번째 교차로에 이르기까지 나는 상당한 거리를 터벅터벅 걸어갔다. 창고를 비추는 헤드라이트가 커브를 돌아 다가왔고, 그 빛을 보고 나는 땅에 엎드렸다. 그것은 주 경찰차였다. 이렇게 좁은 길에서 우리를 찾으려고 하는 짓이 아니라면 무엇이겠는가? 아마도 고맨은 자동차 면허증을 바꾸는 일조차 성가셔서 하지 않았나 보다. 나는 그때 좁은 샛길에서 빠져나와 벌판으로 접어들었다. 그리고 그와 버펄로에서 만나지 않고 래커와나로 돌아갈 가장 빠른 길을 찾기로 결심했다. 그는 너무나 충격적이었다. 그가 했던 상습적 범죄는 예상 밖이었다. 그런데도 무엇 때문에 나는, 성급한 범죄를 저질러놓고 나를 무서운 판결을 받을 종범(從犯)으로 끌어들인 그를 기다리면서 진흙 구덩이에서 허우적거리고 있어야만 하는가? 내가 길 위쪽으로 가려고 그의 곁을 떠났을 때, 이미 나는 이런 생각을 하고 있었으며, 실제로 시카고로 돌아오는 길이었다.

　길을 택하는 데 지친 나는 시골길을 가로질러 뛰기 시작했다. 그러자 마을 근처에 있는 도로로 나왔다. 그곳은 이리 호숫가였다. 그곳에서 군중들이 떼를 지어, 낡은 차를 타고 행렬을 지으면서 깃발과 표지판을 든 채 통행을 금지하고 있는 것을 보았다. 실업자와 재향군인회 모자를 쓴 제대한 군인들의 무리일 것이다. 매섭게 추운 밤공기 속에서 너무나 오랫동안 도망 다녀서 그것을 똑바로 알아볼 수가 없었다. 그러나 그들은 구제 기금 증가를 요청하면서 올버니나 워싱턴에서 행군을 하기 위해 모이는 중이었으며 버펄로에서 오는 파견단을 만나기 위해 출발하고 있는 중이었다. 나는 천천히 그들에게 다가갔다. 그 주변에 있는 많은 기마 경관들이 교통 정리를 하느라고 몹시 애를 쓰고 있는 것이 보였다. 그리고 마을 순경들도 있었다. 나는 마을로 들어가려고 하는 것보다 차라리 이 무리들 틈에 섞이는 편이 더 안전하리라는 걸 깨달았다. 램프빛에 내 몸에 진흙이 얼마나 많이 묻었는지 볼 수 있었다. 축축히 젖어 털어내 버릴 수도 없었다. 줄을 서기 위해 움직이는 낡은 엔진들의 째지는 듯한 소리와 바퀴 구르는 소리가 났다. 그래서 나는 구식 자동차의 뒷문으로 가서 벤치용 널빤지를 잡으며 한 남자에게 손을 내밀었다. 차의 지붕에는 방수포가 덮여 있었다. 어둠을 틈타 그의 팀의 일원이 되었다. 지금은 래커와나에서 조금 떨어져 있었으나 어쨌든 버펄로를 향해 출발할 순간이었다. 나는 다시 벌판으로 되돌아가서 다른 길로 마을로 갔을지도 모른다. 그런 짓을 하면, 체포될지도 모른다는 생각이 들었다.

　내가 자동차 뒤에서 천막을 묶고 있을 때 군중들은 서서히 떠

밀려 가고 있었다. 앞뒤로 사람들을 비추는 노랗고 빨간 불빛을 보고 순찰차가 길을 헤치고 나가고 있는 걸 알았다. 탐조등(探照燈)의 불빛이 차 꼭대기에서 부드럽게 빙빙 회전하는 것을 보았다. 나는 달리는 차 안에서 밖을 내다보려고 몸을 뒤로 젖혔다. 조 고맨이 뒷자리에서 두 명의 주 경찰관 사이에 앉아 있었다. 그러나 나는 두려움 때문에 이것을 의심했다. 아마 고맨은 경관들과 싸우려고 했고, 그러자 그를 취조하던 경관들이 그의 입을 열게 하려고 했었는지, 그의 턱에선 피가 터져 흐르고 있었다. 이것이 그가 먼 길을 와서 얻은 대가였다. 그는 당황한 것 같지 않고 오히려 정신이 멀쩡한 듯 태연하게 보였다. 어쩌면 겉으로만 그렇게 보였을지 모른다. 붉은 피가 거무스름하게 보였으니까. 그 모습을 보고 있자니 가슴이 아팠다.

순찰차가 지나갔다. 부르릉거리는 시끄러운 소리가 난 후 스무 명이 무릎을 맞대고 꼭 끼어 앉은 채 흔들거리는 트럭을 타고 우리는 출발했다. 고약한 날씨였다. 먼저 비가 오더니 다음에는 습기 찬 바람이 불어왔다. 이 바람은 낙농장에서 기름 그릇을 헹구는 증기처럼 사람을 찌게 만들었다. 차가 울퉁불퉁한 길 위에서 흔들리며 덜컹거리고 가는 동안, 조 고맨의 비참한 신세와 그들이 어떻게 그를 체포할 수 있었을지 생각해 봤다. 만약에 그가 총을 뽑을 기회가 있었더라면 하는 생각도 해보았다. 나는 천막 뒤에 있어서 주유소를 볼 수 없었다. 그래서 우리가 내버려 두고 간 자동차가 아직도 거기에 있는지 알 수 없었다. 트럭이 도시에 접어들기까지 아무것도 보이지 않았다.

나는 도시 한복판에서 차 뒷문으로 내려 호텔로 들어갔다. 그곳에서 나는 방세도 묻지 못할 정도로 벙어리가 되어버렸다. 그러나 정신을 차리고 호텔 종업원에게 더러운 모습을 보이지 않도록 신경을 쓰면서 코트를 팔 위에 걸쳤다. 게다가 조 고맨에게 너무나 시달린 나머지 아무것도 생각할 수가 없었다. 아침에 호텔은 2달러의 바가지 요금을 씌웠다. 여인숙 요금의 약 두 배나 되는 액수였다. 먹지 않을 수 없었던 아침 식대를 지불하고 나니 시카고까지 돌아갈 버스비가 부족했다. 나는 사이먼에게 돈을 좀 부쳐달라고 전보를 치고 시내 중심가를 돌아다녔다. 나이아가라 폭포까지 구경을 하러 갔다. 그날 따라 그곳은 매우 한산한 듯이 보였다. 노트르담 사원이 문을 열기 전에 성당 광장에 일찍 날아드는 참새 몇 마리처럼, 물이 부서지는 옆으로 몇몇 뜨내기들이 있을 뿐이었다. 야생적이고 쓸쓸한 안개 속에서 이런 유황의 냉기가 모든 것을 마비시킬 수 없다는 게 분명했는데, 대성당이 그걸 증명해 주었다.

그래서 나는 물방울이 이슬비처럼 떨어지기 시작할 때까지 물보라가 흩어지는 검고 위험한 바위 옆에 있는 난간 주위를 서성거렸다. 그러곤 사이먼의 답장이 도착했는지 보려고 돌아왔다. 오후 늦게까지 계속 물어보자, 마침내 사무실에 있는 여자도 내 얼굴을 보는 데 싫증이 난 듯했다. 버펄로에서 하룻밤 더 지내거나 길을 떠나야만 했다. 군중을 헤치고 지나가는 순찰차를 탄 고맨, 맹렬하게 흐르는 나이아가라 폭포수, 버펄로 차들의 덜컹거림, 땅콩과 딱딱한 롤빵을 먹어 고무 나사처럼 된 창자, 낯설고 축축한 도시……, 점차 빠른 속도로 내게 부딪혔다가 산만하게 흩어져 버리는 어려움으로 인해 정신은 희미하고 멍해져 버렸다. 내가 이처럼 멍청하지 않았더라면, 사이먼이 돈 한 푼도 보내지 않을 것이라는 사실을 좀 더 일찍 깨달았을 것이기 때문이다. 불현듯 그걸 깨달았다. 방세를 물어야 할 초순이 갓 지났으므로 그는 돈을 보낼 여유도 없으리라.

이런 생각이 들자 나는 전보국 여직원에게 전보에 대해서는 잊어버리라고 말하고는 그 도시를 떠났다.

북부 뉴욕에서 체포되지 않기 위해 나는 그레이 하운드 정류장에서 이리로 가는 표를 샀다. 그래서 그날 저녁 펜실베이니아 주 한 외딴곳에 있게 됐다. 이리에서 내렸을 때, 그곳은 그 자체로 나름의 어떤 곳에 도착했다는 느낌을 주지 못했다. 다른 장소 사이에 끼어듦으로써 활기를 띠게 만드는 다른 장소를 기다리던 곳이라는 느낌이 들었다. 도시의 숨결은 약했고, 형태만이 부각되었으며, 무엇인가를 기다리는 듯했다.

내가 찾은 잠자리는 벽에 판자를 댄 높은 호텔이었는데, 빌딩의 뼈대만 남은 그런 종류로서 석회보다는 벽 속에 넣은 윗가지 나무대가 더 많이 보였다. 담요에는 탄 자리가 있었으며, 매트리스 위의 시트는 찢어져 있었고, 얼룩이 져 더러웠다. 그러나 거처에 신경을 쓰지 않았다. 신경을 쓴다는 것은 아주 성가신 문제였다. 나는 구두를 벗어 던지고 침대로 기어들어 갔다. 그날 밤 호수에는 강풍이 부는 듯한 소리가 났다.

그럼에도 불구하고 이튿날 아침 자동차를 얻어 타려고 길에 나가니 화창하게 개이고 따스했다. 나는 혼자가 아니었다. 고속도로 위에는 수많은 사람들이 있었다. 가끔씩 짝을 지어 여행하는 사람들도 있었지만, 혼자 차를 얻어 타는 편이 훨씬 수월하므로 대부분은 혼자였다. 멀리 봉사대원들이 늪지에서 물을 빼고 나무를 심고 있었다. 길가에 있는 이런 무리에는 마음속에 특별한 예루살렘이나 키에프 없이, 그리고 입 맞출 성스러운 유물도, 죄를 씻겠다는 특별한 생각도 없이 단지 다음 도시에서는 더 좋은 기회가 있으리라는 희망에서 길을 떠나는 방랑자들이 있었다. 이런 경쟁 속에서 차를 얻어 탄다는 것은 힘든 일이었다. 또한 외모도 나에게 불리했다. 렌링 집에서 입고 왔던 옷이 멋은 있었지만 더러워졌기 때문이다. 나는 조 고맨이 체포되었던 래커와나에 이르는 쭉 뻗은 도로에서 서둘러서 벗어나고 싶었고 또한 오랫동안 깃발을 들고 서 있을 수 있는 인내력이 없었으므로 걷기 시작했다.

차량들이 내 앞을 거꾸로 솟구치듯 덜컹거리며 지나갔다. 니켈 플레이트 열차 노선[91]이 고속도로와 접하는 오하이오 주의 애슈타불라 근방에 도착했을 때, 클리블랜드행 화물열차가 보였다. 유개화차와 대차(臺車), 무개화차에 사람들이 앉아 있었고, 여덟에서 열 명의 녀석들이 그 화물차를 쫓아가며 승강 사다리의 계단에 발을 올려놓으려고 애를 쓰고 있었다. 나 또한 재수 없었던 고속도로에서 내려와서 구두가 닳아서 얇아졌다는 걸 느낄 정도로 가파른 비탈길을 뛰어올라 가 사다리를 잡았다. 내가 민첩하지 못해서 화물차와 함께 달려가다가 누군가가 뒤에서 밀어줘서 비로소 차에 올라탈 수 있었다. 밀어준 사람이 누군지 볼 수 없었다. 아마도 달려오던 사람 중에서 내가 그들 앞에서 팔을 다치거나 다리뼈가 부러지거나 하는 것을 원치 않았던 사람이었으리라.

그리하여 나는 지붕 위로 기어올라 갔다. 이 열차는 넓고 붉은 판자로 지붕이 덮인, 높은 벽을 가진 가축 운반차였다. 앞쪽에서 종소리가 천천히 여러 번 울렸다. 이윽고 나는 니켈 플레이트 열차를 타고 험상궂게 보이는 무임 승차한 무리들 틈에 끼어 가게 되었다. 판자에 기대고 있는 가축들이 움직이는 것이 느껴지고, 가축 냄새가 코를 찌르는 속에 앉았다. 클리블랜드에 이르기까지 광대한 벽돌 공장, 집이 빽빽이 들어선 언덕, 연무(煙霧)가 보였고, 가축들의 여물과 모래가 얼굴에 날아왔다.

역 구내에는 톨레도로 가는 급행열차가 수리 중에 있었다. 사람들 얘기로는 그 열차가 두 시간 이내에 떠날 준비를 마칠 것이라고 하였다. 그동안 나는 먹을 것을 얻기 위해 시내로 올라갔다. 역 구내 뒤로 가서, 피스가 산의 절벽같이 가파른 좁은 길을 따라 내려갔다. 아래는 공장 부지가 있었고, 서원 윌리엄스 페인트 공장 옆으로 나 있는 녹이 슨 철로가 드러나 보였다. 넓은 벌판에는 철로들이 놓여 있었고, 양편에는 작은 언덕이 솟아 있었다. 그 언덕에는 키가 큰 잡초가 우거져 있었고, 거기서 사람들은 낮잠을 자거나 낡은 신문을 읽거나 무엇을 고치면서 기다리고 있었다.

지루하고도 긴장된 오후였다. 우리가 잡초 더미에 쭈그리고 앉아 기다리는 동안, 날은 차츰 어두워져 비가 내릴 듯했다. 무미 건조하긴 했으나 용기를 내게 하는 오후였다. 그러므로 어두운 철길을 따라 열차가 역으로 들어오는 것을 봤을 때, 나는 일어나서 재빨리 앞으로 달려 나갔다. 공터와 궤도를 향해 갑자기 방향을 바꾸자, 수백 명이 일어나는 것 같았다. 가장 멀리 있던 사람들도 이미 기차 가까이 다가와 있었다. 시커먼 보일러를 단 철피(鐵皮) 모양의 기관차가 마치 들소처럼 서서히 다가왔다.

기관차가 객차 칸들과 서로 충돌하더니 잠시 뒤로 물러섰다. 마지막 칸을 달고 있는 중이었다. 그 순간 나는 석탄을 운반하는 무개화차 밑으로 들어갔다. 화차의 경사면과 양쪽 바퀴 사이에 있는 한 모퉁이로 말이다. 우리가 앞으로 굴렀을 때 양쪽 바퀴가 삐걱 소리를 내고는 회전 연마기처럼 불꽃을 튀기며 톱니바퀴가 맞물렸다. 관찰력과 지력을 요구하지 않을 수 없는 기계적인 게임에서, 연결 장치가 자유로이 움직이더니 갈고리가 단단히 잠겼다. 누구의 왕국에 들어가 있는 것 같았다. 이곳 뒤에는 수 톤의 석탄이 있고, 양쪽에서 내리치는 검은 빗발을 맞으며 조그마한 막다른 갱도를 달리고 있다는 것을 인식해야만 했다. 이 속에 나와 함께 네 명이 앉아 있었다. 우리들 모두는 다리를 짧게 모아 웅크리고 있는데 그중 야위고 탐욕스럽게 생긴 녀석이 바퀴 위로 두 다리를 길게 쭉 펴고 있었다. 그가 담배꽁초에 불을 붙일 때 그의 얼굴을 보았는데, 이를 드러내 놓고 씽긋 웃었으며, 약간 아픈 듯이 보였고, 두 눈 밑에는 사슬고리처럼 멍이 들어 있었다. 손가락은 가랑이 속에 넣고 있었다. 반대 쪽에는 어린 소년이 있었다. 네 번째 사나이는 흑인이었다. 그런데 나는 우리가 로레인에서 추적을 받아 기차 밖으로 뛰어내릴 때까지 그가 흑인이라는 것을 몰랐다. 우리가 뛰고 있었을 때 내가 그에게서 본 것이란 레인코트뿐이었다. 철도 연변 판잣집 옆에서 그를 지켜봤을 때, 그는 커다란 두 눈을 감고 판자에 기대어 서 있었다. 그는 숨을 거칠게 쉬는 땅딸막하고 육중한 체구의 사나이였으며, 입가의 턱수염은 땀이나 빗방울로 반짝거렸다.

　급행열차는 로레인에서 정차했다. 열차는 급행열차도 아니었다. 아니면 무임승차자들을 너무 많이 태웠기 때문에 멈추었을지도 모른다. 무임승차자들은 밤에 기차가 홈에 들어올 때, 기차의 헤드라이트 뒤에서 물러나는 사람들처럼 흐트러진 행렬을 지었다. 다만 그들이 수에 있어서 훨씬 많았을 뿐이다. 경찰들이 그들을 쫓아내느라고 열차의 칸마다 회중전등을 비췄다. 무임승차자들을 다 쫓아낸 후에 기차는 철도의 수기(手旗)신호기 불빛과 기름이 묻은 푸른 철길을 따라 미끄러져 사라져버렸다.

　이 땅딸막한 어린 소년—그의 이름은 스토니였다.—은 나에게 쭉 달라붙어 다녔고 우리는 함께 읍내로 갔다. 인공적으로 돌출부를 만들어놓고 원추형의 모래와 석탄 더미가 쌓여 있는 항구가 진흙탕인 한길에서 뚜렷이 보였다. 준설기(浚渫機), 기중기, 케이블 등에 매달려 있는 보기 흉한 둥근 전등 불빛 속에서 비는 마치 아무 쓸모가 없는 것처럼 내렸다. 나는 돈을 좀 꺼내 빵과 땅콩버터, 그리고 우유 두 병을 사서 저녁을 때웠다.

10시가 넘었고 비가 계속 내렸다. 그날 밤 나는 또 다른 화물열차를 추적하려 하지 않았다. 너무나 기진맥진해 있었다.

"우리, 어디 잠잘 곳을 찾아보자."

내 말에 소년도 동의했다.

우리는 철도의 측선에서 폐차가 된 유개화차를 발견했다. 그것은 아주 낡고 녹이 슬어 부풀어 있었고 내부는 낡은 신문지 조각과 짚 그리고 쥐를 들끓게 하는 쓰레기가 담겨 악취가 풍기는 오래된 치즈 깡통들이 널려 있었다. 또한 벽은 허옇게 곰팡이가 슬거나 이회토가 보였다. 이런 쓰레기 더미 속에서 우리는 잠을 잤다. 나는 단추를 꼭 채웠다. 춥기도 했지만 그보다 안전을 위해서였다. 다리를 쭉 뻗고 누웠다. 처음에는 자리가 넓었다. 그러나 한밤중까지 사람들이 계속 들이닥쳤다. 그들은 문간에 잠자리를 펴거나, 어디서 누울까를 의논하기도 하면서 우리를 가로질러 왔다 갔다 하였다. 그들이 칸막이를 따라 발걸음을 옮길 때마다 삐걱거리는 소리가 났기 때문에, 그들이 오는 걸 알 수 있었다. 마침내 우리가 누워 있던 유개화차는 만원이 되어 새로 오는 사람들은 들여다보고는 그냥 지나갔다.

신음하는 소리, 아파서 기침하는 소리, 나쁜 음식을 먹어서 배 속에서 나는 끅끅거리는 소리와 가스 냄새, 마치 한숨 짓는 소리처럼 종이와 밀짚이 바스락거리는 소리, 불만으로 가득 찬 탄식의 숨결 등이 있었음에도 불구하고, 잠을 깨거나 반쯤이라도 깨어날 여유가 없었다. 그런데 내가 잠이 들었을 때, 내 곁에 있는 사나이가 자꾸 밀어대는 통에 오래 잘 수가 없었다. 나는 그 사나이의 그런 행동이 무의식적인 밤의 잠버릇—즉 자기 아내에게 늘

했던 것 같은—에 불과하리라고 생각했다. 그래서 조금 옆으로 피했으나 그는 자꾸만 다가왔다. 그는 오랫동안 애를 쓰더니 남모르게 바지를 열고, 처음에는 마치 우연히 나의 손을 만지는 듯 하더니 다음에는 내 손가락을 잡아끌었다. 사내가 마침내 두 손으로 내 손목을 잡았기 때문에 몸을 자유롭게 하기가 곤란했다. 그래서 나는 그의 머리를 판자에 부딪쳐 보았으나, 나무가 너무나 썩어서 딱딱하지도 않았고, 그래서 심하게 다치지도 않았다. 그는 나를 놓아주면서 거의 웃음을 터뜨리며 말했다.

"야단스럽게 굴지 마."

그는 몸을 뒤로 물려서 내게 자리를 좀 내주었다. 나는 일어나 앉았다. 만약에 내가 움직이지 않았더라면 그는 내가 자기를 싫어하지 않는다고 생각했을지도 모를 일이었다. 사실 그는 기다리고 있다가 몸을 심하게 떨면서 냉소적이면서도 희망적으로 여자들에 대한 음탕한 말을 하기 시작했다. 그 말을 들었을 때 나는 벽에 등을 기대며 몸을 일으켜 세우고는 누운 사람들을 밟고 넘어서 스토니가 누워 있는 곳으로 급히 갔다. 기분 나쁜 밤이었다. 한편으로는 비가 억수같이 쏟아지고, 또 한편으로는 누군가가 상자나 새 둥우리에 못을 박고 있는 듯했다. 생각하는 동물에 대해 엄청나게 슬픈 마음이었고 불안했다. 심장은 내 가슴에 비해 너무나 큰 공으로 가득 찬 것처럼 두근거렸다. 그것은 극도의 불쾌감—나는 이런 감정을 느끼지 못했다고 말해야겠다.—에서가 아니라 전반적으로 보아 일반적인 불행에서 연유된 것이었다.

나는 스토니 옆에 누웠다. 그 애는 약간 몸을 일으켜 나를 알아보고는 다시 잠이 들었다. 날씨가 차가웠을 뿐이었다. 새벽녘이 되면서 거의 죽을 것처럼 추웠다. 때때로 우리는 얼굴과 머리털을 서로 비비면서 꼭 껴안고 있는 것을 알았다. 그래서 우리는 서로 떨어지려고 했다. 그러나 날씨가 살을 에는 듯이 추웠으므로 서로가 낯선 사람이라는 것을 생각할 수 없었다. 우리는 너무나 심하게 떨고 있었다. 서로 꼭 껴안아야만 했다. 나는 코트를 벗어 우리 둘 위를 덮어 몸을 따뜻하게 만들려고 했다. 그렇게 하고서도 우리는 덜덜 떨면서 누워 있었다.

근처에 있는 어떤 제동수(制動手)의 집에는 수탉이 한 마리 있었다. 그놈은 이렇게 비가 내리는 뒤뜰의 잿더미 속에서도 본능적으로 그리고 뻔뻔스럽게 울었다. 이 수탉 울음소리는 아침이 되었음을 알려 주는 신호였다. 우리는 차에서 나왔다. 정말로 날이 밝았나? 하늘에서 빗방울이 떨어지고 구름이 연기처럼 가볍게 떠가고 있었다. 그 속에는 빛이 감돌았으나 그것이 햇빛을 받아 반사된 것인지, 아니면 철길의 화염이 반사된 것인지, 어떻게 알 수 있겠는가? 우리는 난로가 있는 역 안으로 들어갔다. 난로 밑의 가장자리는 뜨겁게 달아올라 쇠가 투명해 보였다. 우리는 그 옆에서 몸을 녹였다. 뜨거운 열기가 얼굴에 닿았다.

"커피 한 잔만 사주세요."

스토니가 말했다.

이런 식으로 여행을 해서 시카고로 돌아가는 데 오 일이 걸렸다. 왜냐하면 잘못해서 디트로이트로 가는 기차를 탔기 때문이다. 제동수가 톨레도행 기차가 금방 올 거라고 말해 줬다. 그래서 나는 그 기차를 타러 갔다. 스토니도 따라왔다. 우리는 운이 좋은 듯했다. 시간 때문에 기차는 텅 빈 셈이나 마찬가지였다. 우리끼리만 차 한 칸을 차지한 셈이었다. 기차의 부속 설비품들이 지난 여행 때 운반되어진 것임에 틀림없다. 기차 바닥에 포장용 상자에 넣었던 깨끗한 대팻밥이 떨어져 있었기 때문이다. 우리는 종이로 만든 짚 속에 잠자리를 만들고 그곳에 누워 잠을 잤다.

나는 문에서 비치는 태양빛의 경사각이 대단히 커졌을 때에야 잠을 깼다. 정오라고 추측했다. 시간이 그 정도 지났다면 우리는 이미 톨레도를 지나서 인디애나를 통과하고 있음에 틀림없다. 그러나 이 참나무 숲과 깊숙이 자리 잡은 농장, 드문드문 보이는 가축들은 내가 조 고맨과 함께 통과한 적이 있던 인디애나에서 볼 수 있었던 모습은 아니었다. 기차는 기관차와 빈 객차를 달고 나는 듯이 빨리 달렸다. 그러자 나는 길을 통과할 때 트럭에 미시간 주 자동차 번호판이 붙어 있는 것을 보았다.

"우리는 디트로이트로 가고 있음에 틀림없어. 톨레도를 지나와 버렸다."

내가 말했다.

태양이 남쪽에 떠 있었을 때, 햇빛이 우리의 왼쪽 손 위를 비추는 것이 아니라 등에 있었다. 기차는 북쪽으로 가고 있었다. 차에서 내릴 수도 없었다. 나는 앉아서 두 다리를 열어놓은 창문에 걸쳐 놓았다. 피로에 지쳐 갈증이 났고, 게다가 배까지 고팠다. 시선은 씨를 뿌리려고 준비해 놓은 들판을 따라 기차가 질주하는 대로 옮겨 갔다. 진한 청동색의 잎들이 살아남은 참나무숲, 그 뒤로 이어지는 커다란 세계, 맑은 구름, 그리고 휘황찬란한 거대한 캐나다를 넋을 잃고 보았다.

짧은 오후라 금방 어두워졌다. 나무와 그루터기 사이는 푸르스름한 빛을 띠었다. 그곳은 공업 도시였으며 공장들이 우뚝 솟아 있고 가시덤불 위에는 유조차와 냉장차가 세워져 있었다. 호주머니에는 겨우 25센트짜리 은화 몇 개와 잔돈 몇 푼이 있었는데, 모두 합쳐 약 1달러 정도였다. 이렇게 어둡고 약간 춥기까지 한 겨울에 차를 타고 가는 것은, 무가치하고 거대한 것이 혼합되어 있는 그 무엇을 타고 가는 듯한 느낌이었다. 척추처럼 연결된 기차가 질주하며 굽이쳐 돌고 무쇠와 녹, 핏빛 페인트가 하늘 공간으로 뻗어 있었으며, 다른 것들이 공간을 잇달아 끝없이 펼쳐졌다.

공장의 매연이 바람에 날려 피어올랐다. 우리는 주변 공업 도시에 들어섰다. 싸움터, 공동묘지, 쓰레기 더미, 용접된 홈집투성이의 보랏빛 철물, 축 늘어진 폐품 타이어 더미, 기관차 앞에 파도처럼 높이 솟은 잿더미, 실업자 수용 천막들, 곤충 떼, 나폴레옹의 모스크바 원정 때 약탈과 방화가 일어나는 듯한 불길이 보였다. 기차는 덜커덩 진동을 일으키며 정지했다. 우리는 기차에서 뛰어내렸다. 우리가 철로를 넘는데 누군가 뒤에서 어깨를 붙잡고 발길질을 했다. 도로 순찰 경관이었다. 경찰복을 입고 조끼 앞에 권총을 찼다. 그의 얼굴은 위스키를 마신 듯 거울 사과처럼 불그레했고 턱에는 흥분해서 튀긴 침이 불빛에 비쳤다. 그가 고함쳤다.

"다음엔 네놈을 쏘아 똥을 싸게 할 테다!"

우리는 뛰어 도망쳤다. 경찰은 우리에게 돌을 집어 던졌다. 그 녀석이 비번일 때까지 기다렸다가 그의 숨통을 끊어버리고 싶었다.

하지만 우리는 어둠 속에 차갑게 놓인 강철과 사그라진 증기, 한쪽만 깨진 헤드라이트, 천천히 움직이는 차 속에서부터 무언가 우리를 불쑥 덮치지 않을까 경계하며 철길 위로 도망쳤다.

고속도로 이정표를 보니, 우리는 디트로이트에서 20마일 떨어진 곳에 있었다. 우리가 거기에 서 있을 때, 함께 무개화차를 타고 클리블랜드에서 내린, 이리같이 음흉한 놈이 다가왔다. 비록 주위가 어두웠으나, 그가 이쪽으로 오는 걸 알 수 있었다. 특별한 용무가 있는 것 같지는 않고 그냥 배회하는 듯했다.

나는 작달막한 스토니에게 말했다.

"시카고까지 돌아갈 수 있는 1달러가 있으니 어디서 뭘 좀 먹자."

"그 돈은 넣어둬요. 뭔가 빌붙을 만한 것이 있겠죠."

소년은 말했다. 그러고는 고속도로변 상점을 돌아다니며 깨끗하지 않은 젤리로 만든 비스마르크 과자를 조금씩 얻어 왔다.

철판 운반 트럭이 우리 셋을 읍내까지 태워주었다. 우리는 타르 칠을 한 방수천 밑에 누웠다. 날씨가 몹시 추웠다. 트럭은 하단 기어를 넣고 언덕을 천천히 올라갔다. 이 차는 정류장마다 멈춰서 시간이 걸렸다. 스토니는 잠을 잤다. 능히 나쁜 짓을 할 법한 울피 녀석은 우리를 안중에도 두지 않는 듯했다. 우리를 동행하는 사람들로만 여겼다. 트럭이 밤늦게 도시를 향해 다시 출발했을 때, 그는 그 도시가 얼마나 거칠고 험한 곳인가를 얘기하기 시작했다. 경찰들은 야비하고 모든 게 누더기같이 엉망이라는 말을 들은 적이 있다고 했다. 그러나 자신이 전에 이곳에 와본 적은 없다고 말했다.

우리가 쭉 줄지어 있는 가로등을 지나 도시로 더욱 깊이 들어서자, 그는 앞서처럼 그 도시를 다시 묘사하면서 나를 실망시켰다. 바로 그때 트럭이 멈추고 운전사가 우리를 내리게 했다. 어딘지 알 수 없었다. 거리는 텅 비고 자정이 지난 조용한 시간이었다. 조그만 음식점이 하나 보였다. 그 외의 다른 집은 모두 문이 닫혀 있었다. 우리는 여기가 어디인지 묻기 위해 음식점에 들어갔다. 복도처럼 좁고 바닥엔 유포(流布)가 깔려 있었다. 그때 자리에 있던 어떤 사람이 차도를 따라 다음 교차로까지 가면 도시 중심부에서 약 2마일 떨어진 외곽지대에 이를 거라고 말했다.

우리가 밖에 나왔을 때 경찰 순찰차가 문을 열어놓은 채 기다리고 있었다. 경관이 앞을 막으며 말했다.

"올라타."

사복형사 둘이 차에 있었다. 스토니가 차 바닥에 누워 있어서 나는 울피 녀석을 내 무릎에 앉혀야 했다. 스토니는 어린 소년에 불과했다. 그래서 그에겐 아무 말도 안했다. 우리는 파출소로 끌려갔다. 사방에 작은 창이 나 있는 콘크리트 건물로, 경사의 책상에서 멀지 않은 곳의 계단 끝에서 철창이 시작됐다.

경관들이 우리를 한구석에 몰아넣었다. 취조할 다른 사건이 있어서였다. 책상 전등 옆엔 밤의 무법자 같은 기이한 네다섯 명의 얼굴이 있었고, 몸집이 크고 살찐 흰 얼굴의 경사가 심문하고 있었다. 여자도 하나 있었는데, 인상을 보면 말다툼했으리라고 믿기 어려웠다. 그녀는 대단히 겸손해 보였으며 모자엔 푸른 송어 모양의 매듭 장식을 달고 있어서 양재사 냄새를 풍겼다. 그녀 옆에 두 사내가 있었는데, 한 명은 머리에 벌집 모양의 피투성이 붕대를 감고 머리를 흔들고 있었다. 다른 하나는 거만하게 입을 다물고 자기에게 관심을 가져달라는 듯 두 손으로 가슴을 치고 있었다. 그가 범인이라는 추측이 들었다. 여기 내가 추측이란 말을 쓴 까닭은 이렇다. 경관의 말에 따르면, 이들은 싸움을 했는데, 모두 듣지도 못하고 말도 못한다는 거다. 그중 하나가 다른 놈을 망치로 때렸고, 그 여자는 아주 더럽고 야비해서 남이야 어떻든 전혀 상관 않는다고 덧붙였다. 또 그녀가 비록 학교 교사처럼 보이지만 귀먹고 말 못하는 집단에서 발생한 소동의 큰 원인이라는 것이다. 경사에게 말한 것을 전해 본다.

경관이 말했다.

"내 생각에 이 불쌍한 바보 녀석은 자기 딴엔 그 여자와 약혼했다고 생각했는데, 여자가 다른 녀석과 함께 있는 걸 본 것 같습니다."

"어째서요?"

"모르겠습니다. 그 녀석이 얼마나 화내고 있는가 보면 알겠지요. 하지만 바지를 벗는다 해도 놀랄 일은 아닙니다."

"뭣 때문에 그가 그토록 난폭하게 구는지 궁금하군. 그들은 포르투갈 사람들보다 사랑싸움을 더 심하게 한단 말이야."

경사가 말했다. 그는 한쪽 눈을 찡그렸고 뺨은 아주 거친 벽 같았다. 옷소매로 보이는 팔은 아주 굵었다. 나는 그 팔이 사용되는 걸 보고 싶지 않았다.

"왜 저들은 항상 치고받아야 할까? 아마 손으로 얘기를 하기 때문인지 몰라."

스토니와 울피 녀석도 경관의 농담에 공감이라도 하듯 이를 드러내고 웃었다.

"붕대 아래 어디가 터졌을까?"

"머리를 두 바늘 꿰맸죠."

붕대를 감고 피 묻은 머리를 한 사람이 경사가 볼 수 있게 불빛에 내밀었다.

그는 상처 입은 머리를 보고 말했다.

"흠, 영창에 처넣어. 내일 우리가 통역자를 데려올 때까지 말이야. 만약 통역자가 없으면 아침에 발길로 차 내보내지. 이렇게 잘난 척하는 놈들에게 감화원이 무슨 소용이 있어. 어쨌든 유치장에서 하룻밤 보내고 나면 이 세상이 자기네들 혼자만 있는 게 아니고 또 그런 식으로 행동할 수 없다는 걸 알게 될 거야."

우리는 다음 차례였다. 그동안 나는 혹시 조 고맨의 체포와 우리가 잡힌 데 무슨 연관이 있지 않나 걱정했다. 도난당한 뷰익 차의 뒷좌석에 놓아둔 셔츠가 내 뒤를 밟게 한 유일한 단서일 수 있으나, 그것은 세탁한 흔적이 있고 빳빳하게 다리미질한 것이었다. 그것 외에 다른 것은 생각나지 않았다. 나는 그들이 우리를 체포한 이유를 말했을 때 안도감을 느꼈다. 즉, 우리가 건물을 허는 곳에서 자동차 부속을 훔친 절도범이 아닌가 해서였다.

"우리는 한 번도 디트로이트에 가본 적이 없어요. 방금 이곳에 도착했어요."

내가 말했다.

"그래, 어디서 왔지?"

"클리블랜드에서요. 히치하이크를 했죠."

"이 망할 놈의 거짓말쟁이. 너는 폴리 갱단이고, 자동차 부속을 훔쳤잖아. 우린 네 뒤를 밟았어. 네 일당을 몽땅 잡게 될 거다."

나는 말했다.

"우리는 디트로이트에서 오지도 않았고, 더구나 난 시카고 출신이라고요."

"어디로 가는 거냐?"

"집으로요."

"클리블랜드에서 시카고로 가는데 이곳을 경유한다고? 네 얘기는 냄새가 난다."

그는 스토니에게 묻기 시작했다.

"어디로 가지? 어디서 왔냐?"

"펜시요."

"거기 어디?"

"윌크스바레 근처요."

"어디로 가냐?"

"네브래스카로요. 수의사가 되기 위해 공부하려고요."

"그게 뭐야?"

"개와 말에 관한 것이죠."

"포드와 시보레 차에 관한 거겠지. 이 바보 같은 꼬마 건달아! 그리고 너, 네 집은 어디냐? 넌 어떤 놈이냐?"

그는 울피 녀석을 취조하기 시작했다.

"저도 펜실베이니아에서 왔습니다."

"펜실베이니아 어디쯤이야?"

"스크랜턴 부근입니다. 아주 작은 마을이죠."

"얼마나 작은데?"

"주민이 500명쯤이죠."

"그 마을 이름이 뭐지?"

"이름도 없습니다."

"정말이야? 자, 바른대로 말해. 그 마을 이름이 뭐냐?"

그는 두 눈을 무섭게 굴리며 말했다. 그 태도는 미소 지으려는 그의 노력을 헛되게 했다.

"드럼타운이지요."

"너 같은 생쥐 새끼들을 길러낸 걸 보면 거칠고 조그만 형편없는 곳임에 틀림없어. 좋아, 어디 있는지 지도에서 찾아보자."

그는 책상 서랍을 열었다.

"지도상엔 나타나지 않을 거예요. 너무 작아서요."

"상관없어. 이름만 있으면 내 지도엔 나와. 내가 가진 지도엔 안 나오는 곳이 없어."

"제 말은 그곳이 정식으로 조직된 마을이 아니라는 거죠. 단지 작은 읍에 불과해요. 아직 행정구역으로 올라 있지 않습니다."

"거기 사는 주민들은 무슨 일을 하지?"

"석탄을 파고 있습니다. 대량으로 파진 못해요."

"무연탄이냐, 연청탄이냐?"

"둘 다죠."

울피 녀석은 머리를 숙이며 이를 드러내고 씩 웃었다. 그의 아랫입술은 이와 약간 사이가 벌어졌고 근육은 튀어나왔다.

"너는 폴리 갱단에 속하지?"

경사가 물었다.

"아닙니다. 나는 이곳에 온 적이 없습니다."

"지미를 데려와."

경사가 경관 중의 하나에게 명령했다.

지하 감방의 좁은 계단에서 늙고 축 처진 모습의 지미가 올라왔다. 근육은 살찐 노파의 것과 같았다. 그는 천으로 만든 슬리퍼를 신고 있었고, 앞에 단추 달린 스웨터가 넓은 가슴을 가리고 있었다. 숨을 쉴 때마다 조금씩 죽어가는 듯했다. 회색과 노란색을 띠는 흰 머리칼을 가진 그는 허약해서 등이 굽은 채 굉장히 기진맥진했지만, 두 눈만은 또렷했다. 그 눈은 그렇게 훈련이 된 듯 오래 바라보는 것 말고는, 아무런 사사로운 관심도 없어 보였다. 지미는 스토니와 나를 뚫어지게 보더니 고개를 돌려, 시선을 울피 녀석에게 고정했다. 그가 말했다.

"너, 삼 년 전에 여기 왔었지. 그때 어떤 친구를 때려눕혀서 육 개월 영창 신세를 졌어. 5월이 돼야 삼 년인데. 한 달 부족하군."

이렇게 전과 사실을 밝혀 내는 경찰의 머리는 놀랍기도 했다.

"그래, 펜실베이니아 범헤드라고?"

경사가 말했다.

"그래요, 육 개월 감옥 생활을 했습니다. 그러나 폴리는 몰라요. 정말이에요. 자동차 부속을 훔친 일도 절대 없습니다. 저는 자동차에 대해선 아무것도 몰라요."

"이놈들을 모두 감방에 처넣어."

우리는 호주머니에서 모든 걸 끄집어내야 했다. 그들은 칼과 성냥, 그러한 흉기를 찾고 있었다. 내게 해당되는 건 아니나, 소지품을 압수하는 데도 그 나름의 목적이 있다. 즉 어떤 용의자의 압수품을 통해 그 직업을 밝힌다는 것이다. 가진 소지품 전부를 털어놓고 우리는 동물원에서 쓰는 짚이 깔린 감방을 지나 끌려 내려갔다. 여러 감방에서 죄수들이 잠자리에서 일어나 쇠창살을 통해 밖을 내다보고 있었다. 나는 좀 전에 봤던 상처 입은 귀먹은 벙어리가 목침대 위에 머리를 뉘이고 옛날 마술사처럼 있는 걸 보았다. 우리는 줄지어 있는 의자의 끝까지 걸어갔다. 거기엔 비상한 기억력을 가진 경사가 앉아 잠들어 있었다. 아마 통풍기 창살에 매둔 물고기 꼬리 모양의 리본 아래에 있는 의자에서 밤새 선잠을 잔 듯했다. 그들은 우리를 커다란 감방에 밀어 넣었다. 어디선가 우리에게 "여긴 틈도 없다. 더 이상 들어올 틈도 없단 말이야!" 하고 고함치는 소리가 들렸다. 음탕하고 잡다하게 지껄이는 소리, 경멸하는 비웃음, 화장실의 물 내리는 소리, 원숭이 같은 재치와 불평도 들렸다. 정말로 감방은 꽉 차 혼잡했다. 그러나 어떻든 그들은 우리를 처넣었다. 우리는 그럭저럭 감방 마룻바닥에 쭈그리고 앉았다. 앞서 본 벙어리 하나도 여기에 있었는데, 어떤 술주정꾼 발밑에 마치 3등 선실의 하급 승객처럼 움츠리고 앉아 있었다. 거대한 전등불 하나가 24시간 비추고 있었다. 그것은 마치 무덤 앞에 구르는 돌처럼 무거워 보이는 조명등이었다.

그런데 낮에 감방 벽 옆에서 뭔가 구르는 희미한 소리가 들리기 시작했다. 달리는 트럭 소리, 질식할 듯한 무거운 기계 소리가 들렸고, 재봉틀이 움직이듯 전차가 잠자리처럼 빨리 내달렸다.

나는 여기서 개인적 불법에 대해서 아무 충격도 받지 않았다.

다만 밖으로 나가 내가 갈 길을 갔으면 했다. 그게 내가 바란 전부였다. 나는 붙잡혀 매를 맞는 조 고맨을 생각하고 괴로웠다.

어쨌든 내가 펜실베이니아 이리로 들어갈 때처럼 어둠이 깔렸다. 누구나 다 느끼는 어둠이었다. 아마 뭔가 마음속에 그리듯, 이발소에 걸린「9월의 아침」[92]처럼 사람들은 이 어둠 속으로 한 발 들여놓고 말리라. 옛날 어떤 동양의 군주가 물고기를 관찰하기 위해 유리공 속에 물풀을 내려보내게 했던 것처럼, 방문객이 가진 호기심만으로 거기에 내려가진 못한다. 또 헝가리 병사들이 쏜 총탄이 진흙 둑을 무너뜨리는 동안 사려 깊은 그의 능력을 똑바로 세우던 나폴레옹이 아르콜[93]의 진흙 더미에서 빠져나온 것처럼, 불행한 추락을 당한 후 바로 그곳을 빠져나올 순 없다. 인간적인 것에 대한 우정의 아름다움이 성숙했던 비 오는 정오에 몇몇 그리스인들과 그들을 존경하는 사람들만이 이러한 어둠에서 완전히 분리됐다고 생각했다. 이들 그리스인들 역시 어둠 속에 있었다. 그러나 그들은 나머지 다른 사람들의 존경의 대상이다. 진흙이 튀기고 굶주림에 지쳐 거리를 헤매며 전쟁에 시달려 고난과 괴로움 속에 배를 걷어챈 슬픈 사람들, 석탄을 빨아들이며 탁한 연기를 내는 베수비어스 산과 군중들, 무더운 캘커타의 어둠에 싸인 사람들 말이다. 그들은 자신이 어디에 있는지 너무나 잘 알고 있다.

산뜻한 아침의 잿빛 여명 속에 그들은 우리에게 커피와 빵을 주고는 석방시켰다. 울피 녀석은 혐의를 받아 아직도 억류되어 있었다.

경관들은 우리에게 말했다.

"이곳을 떠나라. 어젯밤에 우린 네놈들에게 잠자리를 주었다. 하지만 다음엔 유배를 보내버리겠다."

야간 순찰을 한 경관이 임무를 끝내고서 총을 내려놓고 모자를 벗어던지고 보고서를 쓸 때, 그곳에는 새벽의 담배 연기와 성냥 켜는 소리가 들렸다. 천사가 방문했던 그날, 토빗 부근에 어떤 경찰서가 있었다 해도 이곳과 별 차이가 없었으리라.

우리는 차가 많이 다니는 곳을 따라갔다. 드디어 마티우스 광장에 이르렀다. 그곳은 내가 아는 다른 마르스 광장 같지는 않았다. 여기는 매연과 차의 진동에서 나온 가스로 변질된 혈암 같은 벽돌뿐이었다. 우리는 전차를 타고 도시 끝까지 가려고 출발했다. 차장이 우리의 어깨를 흔들며, 차를 갈아탈 지점에 왔음을 알렸다. 그 말을 듣고 나는 스토니도 내 뒤를 따라 내릴 거라 생각하고 뛰어내렸다. 그러나 차가 통풍창을 닫은 채 지나갈 때 그가 아직 창가에서 잠자고 있는 걸 봤다. 유리창을 두드리며 깨웠지만 허사였다. 나는 고속도로가 있는 궤도 끝으로 가기 전에 한 시간 이상 거의 정오까지 기다렸다. 그는 내가 일부러 떨쳐 버렸다고 생각하겠지. 사실은 전혀 그렇지 않았지만 말이다. 나는 그를 잃은 허탈감을 느꼈다.

드디어 한길로 나와 손을 들어 차를 탔다. 맨 처음 트럭 한 대가 나를 잭슨까지 태워주었다. 거기서 값싼 여관을 찾아 하룻밤을 보냈다. 다음 날 오후 영화회사 세일즈맨이 나를 태워주었다. 그는 시카고로 가는 길이었다.

(2권에서 계속)

옮긴이 주

1) 독일어와 슬라브어, 히브리어가 혼합된 말.
2) 카드 게임의 하나.
3) 러시아어, '하느님 맙소사!'라는 뜻.
4) 브론스키는 『안나 카레니나』에 나오는 인물로, 가정이 있는 안나와 사랑에 빠진다. 데 그리외는 『마농 레스코』에 나오는 인물로, 마농의 연인이다.
5) 러시아어, 가족이나 친한 사이에 여자를 부르는 호칭.
6) 모세가 어릴 때 왕의 왕관을 벗긴 일 때문에 위기에 처했던 일화를 가리킨다.
7) 셰익스피어의 『햄릿』에 나오는 비극적인 여인.
8) 아우구스토 산디노(Augusto Sandino, 1895~1943년)는 니카라과의 게릴라군 지도자이다.
9) 스키타이인(Scythian)은 흑해 북쪽 해안에 살았던 유랑민이다.
10) 콘 차우더는 생선이나 조개, 야채로 만든 수프에 옥수수를 넣은 음식.
11) 벨사자르(Belshazzar)는 고대 바빌로니아 제국의 마지막 왕으로, 성서에 등장하는 인물이다.
12) 마르쿠스 포르시우스 카토(Marcus Porcius Cato, 기원전 234~기원전 149년)는 고대 로마의 정치가이며 문인이다.
13) 미국 뉴욕 주에 살았던 아메리칸 인디언.
14) 기사 바야르로 더 잘 알려진 피에르 테라일 세뇨르 드 바야르(Pierre Terrail, seigneur de Bayard, 1473~1524년)는 프랑스인으로 중세 시대의 기사의 귀감으로 일컬어진다.

15) 킨키나투스(Cincinnatus, 기원전 519~기원전 438년)는 고대 로마 시대의 정치가이다.
16) 미국 남부의 매사추세츠 주에 있는 도시.
17) 두 개의 주사위를 사용해서 하는 도박의 일종.
18) 줄리어스 로젠월드(Julius Rosenwald, 1862~1932년). 미국 실업가이며 박애주의자.
19) Yehuda는 Judah의 다른 말로, 유대인을 가리킨다.
20) 「굉장한 바델리스(Bardelys the Magnificent)」는 1926년에 상영된 로맨틱 무성 영화.
21) 데이브 아폴론(Dave Apollon, 1898~1972년)은 20세기에 가장 유명한 러시아의 만돌린 연주자이다.
22) 여러 가지 색으로 된 층을 가진 아름다운 보석.
23) 디온 오바니온(Dion O'Bannion, 1892~1924년)은 조니 토리오와 알 카포네와 함께 시카고에서 세력을 다투었던 갱이다.
24) 조셉 푸셰(Joseph Fouché, 1759?~1820년). 프랑스의 정치가로, 나폴레옹의 참모로 활약하면서 실권을 쥔 인물이다.
25) 샤를 모리스 드 탈레랑(Charles-Maurice de Talleyrand, 1754~1838년). 프랑스의 정치가이며 외교관이다.
26) N.B.는 Nota Bene의 약자로, '주의하라'라는 뜻의 라틴어와 이탈리아어이다. 이 말은 미국의 프랭클린 루스벨트 대통령이 라디오 담화에서 한 말로, 당시 깊은 인상을 남겼다. (원주)
27) 버펄로 빌(Buffalo Bill, 1846~1917년)의 본명은 윌리엄 프레데릭 코디로, 미국의 서부 개척자이며 사냥꾼, 쇼맨이기도 했다. 팔 개월 동안 4,280마리의 버펄로를 사냥하여 이런 별명이 붙었다.
28) 프랑스 북부 마른(Marne) 강가에 있는 작은 도시. 1814년 나폴레옹이 이끄는 프랑스군과 프로이센군 사이에 벌어진 전투로 유명한 곳이다.
29) 하와이 원주민들이 쓰는 기타 비슷한 현악기.
30) 프랑스의 왕 루이 14세(1638~1715년)를 가리킨다.
31) 인도로 도피한 페르시아 계통의 조로아스터교의 일파.
32) 병으로 외출을 할 수 없는 사람이라는 뜻.
33) 아브라함의 첩으로 이스마엘의 어머니.

34) 아브라함의 아내이며 이삭의 어머니.
35) 알키비아데스(Alcibiades)는 기원전 5세기 아테네의 정치가이며 장군이다.
36) 사르다나팔로스(Sardanapalus, 기원전 608~기원전 626년 동안 재위)는 아시리아의 마지막 왕으로, 폭도들이 궁정으로 몰려들 때 지금까지 쾌락과 기쁨을 가져다주었던 여인과 장신구, 그릇 등을 함께 불태움으로써 자살을 하였다.
37) 헨리 워드 비처(Henry Ward Beecher, 1813~1887년)는 미국의 목사이며 사회 개혁가이다.
38) 에밀 쿠에(Emil Coué, 1857~1926년)는 프랑스의 약사이며 심리치료사이다. '자기 암시' 치료법으로 유명하다.
39) 신드바드의 다섯 번째 모험에 나오는 노인. 한번 업히면 절대 떨어지지 않는 노인을 태우게 된 신드바드는 노인에게 포도주를 먹여 취하게 한 뒤 가까스로 풀려나게 된다.
40) 알프레드 제이크 링글(Alfred Jake Lingle, 1891~1930년)은 미국《시카고 트리뷴》의 기자이면서 알 카포네 갱 조직의 조력자였다. 1930년 6월 9일, 일리노이 센트럴 기차역에서 총에 맞아 죽었다.
41) 당구 게임의 일종.
42) 1487년에 설립된 고등 재판소로, 배심원을 두지 않고 극히 불공평하게 재판했기 때문에 여론의 반대로 1641년에 폐지되었다.
43) 귀양·투옥 따위를 국왕이 날인한 명령서.
44) 베네수엘라 동쪽, 『로빈슨 크루소』에서 식인종이 사는 곳이다.
45) 브링크 익스프레스(Brink's Express)는 보안이나 경호 등의 일을 하는 회사이다.
46) 핀커턴 프로텍티브(Pinkerton Protective)는 잘 알려진 민간 경비 조직을 말한다.
47) 헤브루의 고승. 사무엘을 가르쳐 종교적 지도자로 만들었다.
48) 조지 루이스 텍스 리카드(George Lewis Tex Rickard, 1870~1929년)는 미국의 복싱 프로모터이며, 뉴욕 하키 팀 레인저스의 창립자이다.
49) 미국 일리노이 주 졸리엣에 있는 감옥을 가리킨다.
50) 토미 오코너(Tommy O'Connor, 1883~?)는 1923년에 시카고 법원에서 탈출한 갱 단원으로, 사형 집행일 삼 일 전에 탈출한 이후 지금까지 그의 행적에 대해 알려지지 않는다.

51) claw crane이라고도 한다. 갈고리 모양의 크레인을 움직여 물건을 낚는 게임이다.
52) 그리스 신화에 나오는 미노스의 아내이며 아리아드네의 어머니이다. 파시파에는 바다의 신 포세이돈이 미노스에게 하사한 황소와 관계하여 미노타우로스를 낳았다.
53) 1909년에 처음 출판된 51권짜리 고전 문학 전집을 가리킨다. 하버드 대학교의 총장인 찰스 엘리엇의 주도로 작품들을 수집하여 편집하였다.
54) 수정궁(Crystal-Palace)은 영국 런던의 하이드파크에 지은 건물로, 1851년에 만국박람회가 열렸다. 벽돌을 쓰지 않고 철골 기둥에 온통 유리로 덮은 독특한 디자인으로 주목을 받았다.
55) 스코틀랜드 농민이 쓰는 큰 두건 모양의 모자.
56) 오리겐 또는 오리게네스(185~254?년)라고 한다. 이집트의 알렉산드리아에서 태어났으며, 크리스트교를 신플라톤주의 철학으로 재해석한 신학자이며 철학자로 유명하다.
57) 모차르트의 오페라 「돈 조반니」에 나오는 하인.
58) 플라비우스 벨리사리우스(Flavius Belisarius, 505~565년)는 동로마 제국의 장군으로, 카르타고를 중심으로 나라를 건설했던 반달족을 물리쳤다.
59) 말버러 공작 1세 존 처칠(John Churchill, 1650~1722년)은 영국의 장군으로, 블렌하임 전투에서 대승했다.
60) 19세기 영국의 신흥 산업주의자, 무식한 시장족이라는 뜻.
61) 스토이시즘(stoicism)은 스토아학파의 영향으로 나타난 정신적인 태도를 가리킨다. 자기 극기를 통해 희열이나 비애의 감정을 누르고 평정심을 갖는다.
62) 할데만 줄리우스(E. Haldeman-Julius, 1889~1951년)는 미국의 작가이며 사회 개혁가, 출판인으로, 지금까지 수억 부가 팔린 '리틀 블루 북스(Little Blue Books)' 시리즈를 만들어낸 사람이다.
63) 상어 가죽 모양의 양모나 무명 직물.
64) 회장자(會葬者)를 위하여 기도가 끝날 때 부르는 유대교의 찬송가.
65) 1871년 10월 8일부터 10일까지 시카고에서 일어났던 화재를 말한다. 최초의 발화 지점은 올리어리 부인의 외양간이었는데, 소가 등불을 걷어차서 불이 났다고 전해졌다. 그러나 이것은 신문기자가 꾸며낸 이야기로 밝혀졌다. 수백 명이 목숨을 잃고 10제곱킬로미터에 달하는 지역이 잿더미가 되었다.

66) 크로이소스(Croesus, 기원전 595~기원전 547?년)는 리디아의 왕으로, 부호로 알려져 있다.

67) 솔론(Solon, 기원전 638?~기원전 558?년)은 고대 그리스 아테네의 정치가이며 입법가이고, 칠현인(七賢人) 중의 한 사람이다.

68) 현자 솔론이 이집트를 방문했을 때, 이 세상에서 가장 행복한 사람이라고 자부하던 크로이소스는 자신의 부와 행복을 확고히 하기 위해 솔론에게 "어떤 사람이 행복한가?"라고 물었다. 솔론은 "숨을 거둘 때까지는 행복하다고 하지 마라."라고 말하면서, 아테네를 위해 싸우다 장엄하게 죽은 텔루스, 어머니를 수레에 태워 신전까지 끌고 가서 효의 모범을 보여 주고 어머니가 빌어주는 행복의 기도를 들으며 평화롭게 잠이 든 채 죽음을 맞이했던 클레오비스와 비톤 형제를 크로이소스보다 더 행복한 사람으로 꼽았다.

69) 키루스 2세(Cyrus the Great, 기원전 600 또는 576~기원전 530?년)는 페르시아 제국을 건설했으며, 리디아를 정복했다. 키루스가 크로이소스를 화형에 처하려 했을 때, 크로이소스는 솔론의 이름을 세 번 불렀다. 키루스가 그 까닭을 알아본 뒤 화형을 멈추게 했으나 불이 꺼지지 않았다. 키루스는 아폴론 신에게 부탁하여 그를 구해 냈고, 그 후 크로이소스는 키루스의 조언자가 되었다.

70) 캄비세스 2세(Cambyses II, 기원전 529~522년 재위)는 키루스 2세의 맏아들이며 이집트를 정복했다. 폭군에 미치광이 기질이 있는 것으로 전해진다.

71) 아피스(Apis)는 고대 이집트의 멤피스에서 숭배되던 성우(聖牛)이다.

72) 경제 용어, 건옥(建玉)의 이를 보아 거래를 확대해 가는 제도.

73) 존 세비어(John Sevier, 1745~1815년)는 미국의 주지사이며 사령관을 지냈다.

74) 서맥(Cermak), 시카고에 있는 기차역 중의 하나.

75) 사물함을 함께 쓰는 사람을 가리킴.

76) 아슈르바니팔(Ashurbanipal, 기원전 669~기원전 627년 재위)은 아시리아의 마지막 왕으로, 문화를 부흥시켰다. 체계적인 도서관을 건립하고 천문학과 수학, 언어 사전에 관한 책들을 편찬했다.

유클리드(Euclid)는 기원전 300년을 전후하여 활동한 그리스의 수학자이다. 기하학을 정리하여 쓴 『원론』은 지금도 수학의 고전으로 평가받고 있다.

알라리크(Alaric, 재위 395~410년)는 서고트의 초대 왕으로, 로마에 수차례 침입하였지만 격퇴당했다. 그리고 410년에 드디어 게르만 족으로는 처음으로 로마 시내를 침입하였다.

메테르니히(Klemens von Metternich, 1773~1859년)는 오스트리아의 정치가이며 외교관이다. 나폴레옹이 몰락한 후 유럽의 부흥을 위해 애썼다.

매디슨(James Madison, 1751~1836년)은 미국의 제4대 대통령으로, 미국 헌법의 주 저자이다.

블랙호크(Blackhawk, 1767~1838년)는 인디언 소크 족의 전투 대장으로, 역사적인 '블랙호크 전쟁'의 주인공이다. 인디언을 내쫓고 그 땅에 정착한 백인에 맞서 많은 전투를 벌였다.

77) 헬즈 키친(Hell's Kitchen). 미국 뉴욕 시에 있는 우범 지구를 가리킴.
78) 리틀 시실리(Little Sicily). 이탈리아 이민자들이 거주하는 지역을 가리킴.
79) 블랙 벨트(Black Belt). 흑인 근거 지역을 가리킴.
80) 다고(Dago). 살결이 거무스름한 외국인, 특히 스페인, 포르투갈, 이탈리아인을 가리킴.
81) 카타르(catarrh). 감기로 인해 코와 목에 생기는 염증을 가리킴.
82) 찰스 조지 고든(Charles George Gordon, 1833~1885년)은 영국의 장군으로, 이집트와 수단의 총독을 지냈다.
83) 『고타 연감(Almanach de Gotha)』은 유럽의 왕가와 높은 귀족의 족보를 적어 놓은 책으로, 1763년에 처음으로 출판되었다.
84) 그레이비(Gravy)는 고기를 익힐 때 나오는 육수에 밀가루와 양파 등을 넣어 만든 소스이다.
85) 티폿 돔 스캔들(Teapot Dom Scandal)은 1922년 미국 티폿 돔에 있는 해군 석유 저장소를 둘러싸고 내무부 장관인 앨버트 폴이 뇌물을 받고 운영권을 마음대로 넘긴 사건이다.
86) 사라토가 스프링즈(Saratoga Springs)는 미국 뉴욕 주의 유명한 피서지이다.
87) 제백(zwieback)은 빵을 두 번 구워 단단하고 바삭하게 만든 비스킷이다.
88) 루스 스나이더(Ruth Snyder, 1895~1928년)는 가정주부였으나 다른 남자와 사랑에 빠져 남편을 살해하였다. 전기의자에서 사형을 당했다.
89) 메데이아(Medeia)는 그리스 신화에 나오는 마녀로, 황금 양털을 찾으러 온 이아손을 도와준다. 그리고 이아손과 결혼하였으나 나중에 남편에게서 버림을 받게 되고, 복수심에 자식들을 죽인다.
90) 플람베는 주재료를 볶다가 그 위에 와인이나 럼주를 뿌리고 불을 붙여 향을 살리는 요리이다.

91) 니켈 플레이트(Nickel Plate) 열차는 미국 북서부를 지나는 노선으로, 초기에는 버펄로, 시카고, 클리블랜드, 인디애나폴리스, 세인트루이스, 톨레도 등을 운행하였다.
92) 「9월의 아침(September Morn)」은 프랑스의 화가 폴 에밀 샤바스(Paul Émile Chabas, 1869~1937년)가 1910~1912년에 그린 그림이다.
93) 아르콜(Arcole)은 이탈리아의 베로나 근처에 있는 지역으로, 1796년 11월에 프랑스의 나폴레옹이 오스트리아군을 격파한 격전지이다.